Trilogia

Livro 1

Eu não tenho medo
Eu nasci para fazer isso

(Joana d'Arc)

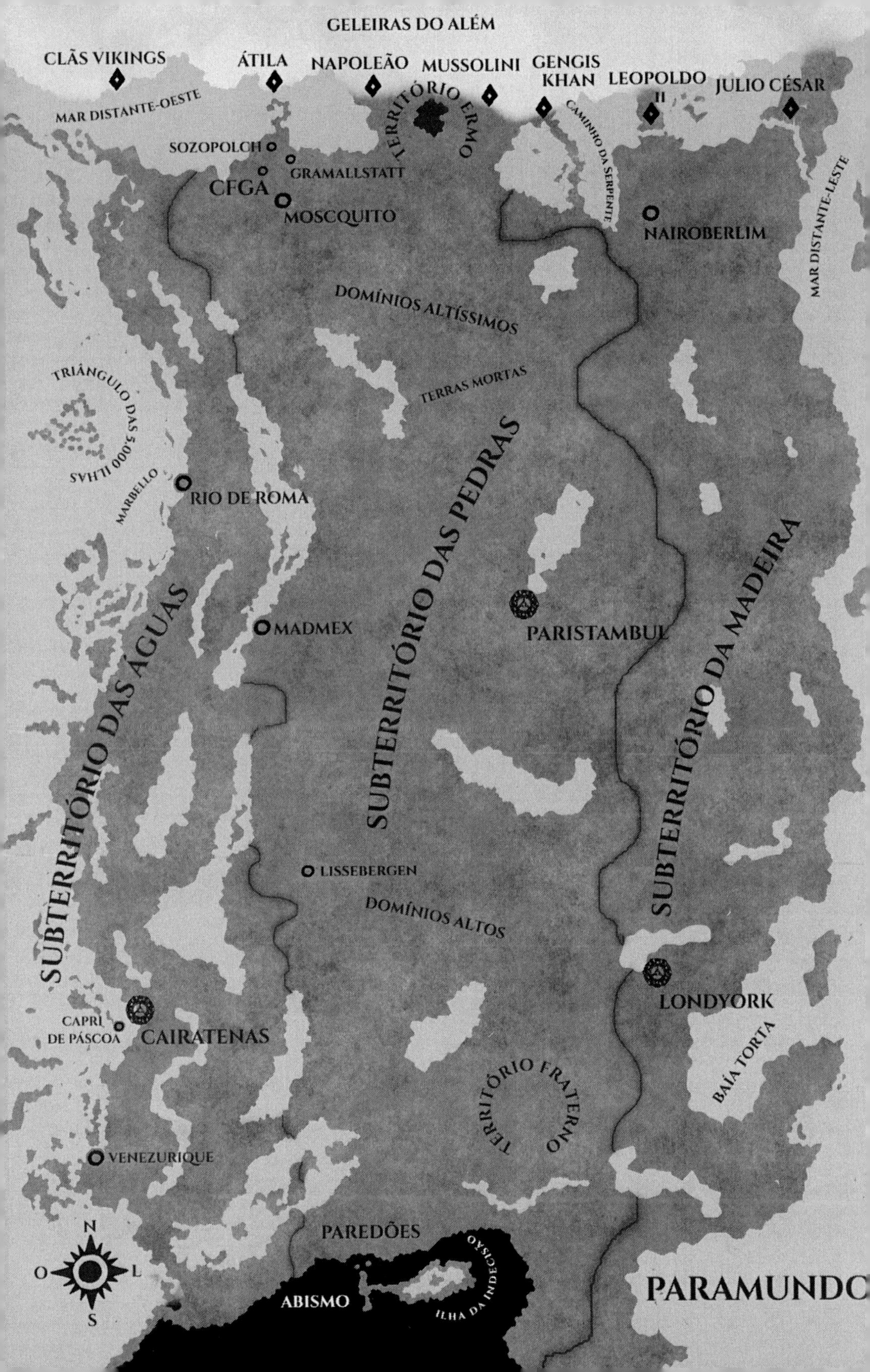
GELEIRAS DO ALÉM
CLÃS VIKINGS
ÁTILA
NAPOLEÃO
MUSSOLINI
GENGIS KHAN
LEOPOLDO II
JULIO CÉSAR
MAR DISTANTE-OESTE
TERRITÓRIO ERMO
CAMINHO DA SERPENTE
SOZOPOLCH
GRAMALLSTATT
CFGA
MOSCQUITO
NAIROBERLIM
MAR DISTANTE-LESTE
DOMÍNIOS ALTÍSSIMOS
TERRAS MORTAS
TRIÂNGULO DAS 5.000 ILHAS
MARBELLO
RIO DE ROMA
SUBTERRITÓRIO DAS PEDRAS
SUBTERRITÓRIO DAS ÁGUAS
MADMEX
PARISTAMBUL
SUBTERRITÓRIO DA MADEIRA
LISSEBERGEN
DOMÍNIOS ALTOS
LONDYORK
CAPRI DE PÁSCOA
CAIRATENAS
BAÍA TORTA
TERRITÓRIO FRATERNO
VENEZURIQUE
PAREDÕES
N
O
L
S
ABISMO
ILHA DA INDECISÃO
PARAMUNDO

E SE VOCÊ FOSSE ESCOLHIDO PARA LIDERAR OS GRANDES
GÊNIOS DA HUMANIDADE NA MAIOR GUERRA
DA HISTÓRIA DO UNIVERSO?

MAURÍCIO GOMYDE

1ª Edição

Santa Catarina - 2023

Qualis

Esta é uma obra de ficção. Nomes, personagens, lugares, datas e acontecimentos descritos são produto da imaginação do autor. Inspirado em frases públicas de figuras públicas, qualquer outra semelhança com a realidade é mera coincidência.

Editora Responsável	Simone Fraga
Assistente Editorial	Bianca Jung
Projeto Gráfico e Produção Editorial	Setor editorial
Preparação de Texto e Revisão Ortográfica	Jonata Fraga de Oliveira Simone Fraga
Ilustradora	Ana Araújo
Design de Capa	Cosmo X
Projeto Gráfico	Qualis Editora
Diagramação	Marcos Jundurian

DADOS INTERNACIONAIS PARA CATALOGAÇÃO NA PUBLICAÇÃO (CIP)

G634v

Gomyde, Maurício - 1971 -
Vida Becker e a máquina de contar histórias / Maurício Gomyde.
— [1. ed.] — Florianópolis, SC: Qualis Editora, 2023.
340 p. : il. ; 23 cm.

ISBN Impresso 978-85-7027-095-5
ISBN Digital 978-85-7027-101-3

1. Literatura Nacional 2. Romance 3. Fantasia 4. Ficção I. Título

CDD – B869.3
CDU – 821.134.3(81)

1ª edição – 2023

Qualis

Qualis Editora e Comércio de Livros Ltda
Caixa Postal 6540
Florianópolis - Santa Catarina - SC -
Cep.88036-972

www.qualiseditora.com
www.facebook.com/qualiseditora
@qualiseditora
@qualiseditora
contato@qualiseditora.com

Desde muito antes do sopro da vida,
a Amável e a Temível – fervente e gelado –
duelavam no vazio profundo.
À derrotada, infinito escuro.
À vencedora, reinado permanente.
Com supremacia indizível,
ao fim da luta pela prevalência,
a criatividade, a perseverança e a sensibilidade
– seio da rubra natureza concertada –
fizeram fagulhas o azul, o cinza e o amarelo,
de medo, tristeza e ódio inomináveis.

Na Terra caiu a vermelha, esquecida.
O indigno trio, no ilimitado
e recôndito Paramundo.
Mas um longínquo futuro
as colocará frente a frente.
Da Amável, obra mais incrível,
o humano morto portará a essência.
Cruzará a ponte pela verdade
a impedir a força gelada
de cumprir missão sem paralelo
de avivar males indomáveis.

Pois, ao apelo da chama reacendida,
quando as duas luas houverem se levantado,
erguer-se-á, pelo mal fecundo,
em prol do obscuro
de vil e torpe semente,
o humano temível.
Que, sem remorso, clemência,
pudor ou piedade,
alteará escudo, machado, espada
arco, flecha e cutelo
com fúria e rigor imensuráveis.

Mas no meiociclo da esperança renascida,
à luz do sol purpureado,
criativos terão trazido, da Terra oriundo,
o Único – de coração puro,
sonhador persistente
e poder indescritível.
Que na arena de inocência,
pureza e liberdade,
conduzindo a força colorada,
reeditará o antigo duelo
pela glória de todos os amáveis.

*(**REVELAÇÃO** a Moisés, Samuel, Isaías, Zoroastro, Jeremias, Beltessazar, Pitágoras, de Fiore, Paulo de Tarso, Rasputin, Nostradamus, Maomé, Chico Xavier e outros)*

1
VIDA

A cidade-fortaleza pousada no topo da montanha de 1.000 metros de altitude era um quadrilátero formado por gigantescos blocos de concreto, ao centro de um sistema defensivo circundado por quatro cidadelas. Na planície descampada à frente, a legião romana de 5.000 homens e 200 cavaleiros, munida de artilharia de balistas, bestas e onagros, aguardava o comando para o ataque. Ouviam-se apenas o silvo do vento e o chicote dos panos dos estandartes alteados com a heráldica de Hércules. Postada ao centro da primeira linha, a menina tentava controlar a velocidade do coração sob a cota de malha. A cada minuto de espera, o escudo e o pilo dobravam de peso, mas a glória de Roma era a razão de sua existência, em nome da qual valia qualquer sacrifício, até o de sucumbir. Ao pé da montanha, os inimigos, também à conta de milhares, brandiam foices, machados de batalha e escudos ovais. Berravam cânticos de guerra em uma língua estranha. O comandante romano, montado em um corcel negro de longa crina, ergueu o gládio como sinal de ataque. Trombetas soaram, estandartes tremularam, os milhares de legionários em formação começaram a golpear as armas nos escudos e os pés na terra. Os onagros abriram a carga e imensas bolas de fogo voaram contra as cidadelas. A menina segurou as armas com firmeza, uma gota de suor desceu pela testa. O comandante então apontou o gládio na direção da montanha e a legião romana avançou como um rolo compressor...

São Paulo, 6h30.

Abri os olhos, meu coração batia bem mais rápido que o da personagem daquele sonho. Finalmente o grande dia tinha chegado! Desliguei o abajur e peguei a fantasia de legionário romano que encomendei ao meu pai, na viagem para o lançamento do último livro dele, em Florença. Vesti a túnica, ajustei meus cabelos roxo e rosa debaixo do capacete de metal dourado com um penacho vermelho no alto, calcei as sandálias de tiras de couro trançadas e prendi a espada de madeira na cintura. Não fiz maquiagem, claro, nunca existiu legionário de batom e sombra, mas deixei o bracelete prateado com o par de pingentes de flor vermelha, a lembrança da minha mãe que jamais saía do meu braço.

O professor Manollo, de História, tinha passado um trabalho sobre civilizações antigas, e o que aconteceu não me surpreendeu nem um pouco: o pessoal da sala saindo de lado para não ter de montar grupo comigo. Mas eu já estava acostumada, no fim das contas sempre acabava sozinha. Qual o problema de eu não me contentar em só copiar os textos da internet, mas de querer assistir a vídeos, pesquisar em livros, selecionar as fotos e preparar apresentações cheias de efeitos? Bom, o fato é que ninguém topava trocar tempo de celular por pesquisas a respeito de coisas velhas e pessoas mortas. Daquela vez, resolvi inovar. A apresentação sobre o Império Romano já estava na ponta da língua, inclusive um monólogo que eu ia declamar no papel de Júlio César. *Você, covarde, vai morrer muito antes da sua própria morte!*, era o refrão que eu berraria com a espada apontada para o peito de um inimigo imaginário. Fiz os últimos ajustes da fantasia no corpo e desci para o café-da-manhã.

— Vai pra escola vestida assim? — Valentina, minha irmã mais velha, servia-se de café. — Mais alguém vai?

— Sou a única. — Coloquei o cereal e o leite na tigela e ataquei.

— Gostei bastante da ideia, Vida. — Meu pai deixou a mala ao lado da bagagem de Valentina e se sentou à mesa. Complementou, com um olhar perdido: — Anda faltando ousadia por aí.

— O que aconteceu dessa vez?

— Ah, o mundo... Não sei por que insisto em ler as notícias ainda na cama. É só ódio, medo e tristeza. — A voz mudou para o tom animado das palestras que ele dava para os leitores: — Mas ainda bem que existem os escritores! Somos a resistência, a teimosia, a última linha de defesa e...

Mais uma colherada no cereal e me levantei ainda com a boca cheia.

— Já acabou? — O olhar dele caiu. — Filha, olha, eu prometo que na volta a gente vai maratonar uma série comendo... — Tirou de uma sacola uma caixa também trazida de Florença.

— Giuinott? — Não consegui conter o sorriso. — Obrigada, obrigada, obrigada! Eu amo esse chocolate!

— E eu não sei? Edição comemorativa, raridade. Pois, você acaba de ser nomeada guardiã oficial. Não pode abrir até eu e Valentina voltarmos.

— Prometo. — Dei um beijo e um abraço demorado nele, assim como na minha irmã.

— Sucesso, legionária! — Ele ergueu o punho.

Desde pequena eu tinha me acostumado a passar dias apenas na companhia de dona Lourdes e do motorista Arnaldo. Meu pai é o Vinícius Becker, um dos escritores mais famosos do mundo. A Valentina também é uma escritora que lança um sucesso atrás do outro. Os dois sempre foram muito bons. Daquela vez, eles viajariam para a Amazônia, uns lançamentos em livrarias de Manaus e Belém. Quem sabe, um dia eu também conseguiria colocar minhas histórias no papel, mas, bom, a pessoa precisa ter histórias pra contar, né? Coloquei a mochila nas costas, desejei boa viagem aos dois e entrei no carro. O velho Arnaldo acelerou.

Ao desembarcar na escola, parei diante do porteiro Benedito, sentado com os ombros caídos. Após alguns segundos, ele ergueu a cabeça e arregalou os olhos, acho que por me ver fantasiada.

— Tudo bem, Bené?

— Sim, Vida — balbuciou.

— E essa cara?

— É que... — Os olhos dele se encheram. — A doença da Clara voltou mais forte, ela vai ter de recomeçar o tratamento e... Ah, sei lá.

Apertei os lábios, não sabia o que dizer. Apenas dei dois tapinhas no ombro do meu amigo.

Meio metro depois de atravessar o portão, já comecei a achar que a fantasia podia não ter sido boa ideia. As gargalhadas aumentavam de volume a cada passo que eu dava, tornando a distância até a sala de aula bem maior do que a de todas as manhãs. Quanto mais forte a gozação dos alunos no corredor, mais pesada ficava a mochila nas minhas costas. Uma chuva de bolinhas de papel acertou meu capacete. Apertei o passo e entrei na sala com o coração disparado, nem acendi as luzes. Eu não entendia aquela reação, a fantasia era linda! No horário de início da aula, os colegas entraram e a situação não melhorou nem um pouco.

— O senso de ridículo passou longe daqui — Lavínia Mota resmungou. Ela era uma das que sempre implicavam comigo.

— O penacho na cabeça é pra varrer a escola? — Heitor Magalhães foi para o fundo da sala se contorcendo de rir.

Só quem não riu foram meus únicos amigos, Grilo e Euclides. Nós crescemos brincando nas ruas do condomínio, eles me conheciam como ninguém, e eu entrar na escola fantasiada de legionário jamais os surpreenderia. Gostei do Grilo desde quando, nós dois com 5 anos de idade, ele me ofereceu no parquinho uma pá de plástico para cavarmos um buraco até o outro lado do mundo. Já Euclides, que usava um par de óculos fundo de garrafa e tinha as bochechas mais rosadas do mundo, eu nunca soube muito bem o motivo de gostar tanto dele. Talvez pelo nome de velho, quem sabe pela cor das bochechas. Ali, aos 14 anos de idade, nós três fazíamos parte dos *frics*, o apelido dado pelos alunos "populares" ao grupo de todos aqueles que, como se carregassem um tipo de maldição em seus corpos, nunca recebiam convites para festas e eventos, eram excluídos de jogos e gincanas, e vez ou outra encontravam bichos, frutas podres e coisas de cheiro desagradável dentro das mochilas.

No fim da primeira metade da manhã veio o intervalo. Ainda tendo de ouvir as piadinhas da roda de puxa-sacos de Lavínia Mota, peguei o lanche, abaixei a cabeça e saí da sala.

— Oi, dona Marildes. — Passei pela bibliotecária em velocidade. — Não pergunta nada, não pergunta nada.

Mesmo acostumada a me ver ali todos os dias logo após a batida do sinal, a velha por detrás do balcão arregalou os olhos. Fui para o fundo da biblioteca, peguei o livro que eu vinha devorando na última semana, sentei-me no chão e abri na página com o marcador.

— Oi, romana!

— Aaaaahhh! — Inspirei e expirei freneticamente.

Grilo e Euclides também chegavam com seus lanches.

— Ou, ou, ou — bati o indicador na página —, tem coisas importantes acontecendo aqui dentro.

— Como você pode gostar tanto de ler?

— Euclides — sussurrei, com os dentes travados —, eu pre-ci-so terminar este livro, só faltam dez páginas.

— Finge que a gente não tá aqui.

Os dois se sentaram. O silêncio na biblioteca era impossível, pelas mastigadas, esfregadas dos papéis de embrulho dos sanduíches e chupadas nos canudos.

— Vocês vieram pra me irritar? Não consegui ler nenhuma frase ainda, pelo amor de Deus!

— Que livro é esse aí? — Grilo apontou com o queixo.

— O Guia do Mochileiro das Galáxias, Praticamente Inofensiva, volume 5 da trilogia — minha voz saiu monótona, os olhos grudados na página.

— Bem estranho! — Euclides franziu a testa, ajeitando os óculos.

— Tudo é estranho pra quem não lê livros.

— Eu jamais consigo passar de cinco linhas.

— Não consegue porque não tenta. — Virei a folha.

— Eu tento, mas minha cabeça mistura o nome do personagem com um vídeo da última *trend*, a música da semana e as imagens das nossas partidas de *CONQ*. Quando chego no meio do parágrafo, já não faço a menor ideia do começo dele. Eu devo ter algum problema.

— Seu problema é uma coisa chamada "celular". Vá agora no pátio ver todo mundo com a cara enfiada em um. Eu preferia que desinventassem as redes sociais.

— Endoidou.

— As pessoas fariam coisas importantes.

— Tipo...?

— Tipo conversar olho no olho. Isso, não sei se vocês sabem, é uma das maiores invenções da humanidade.

Grilo deu uma longa chupada no canudo e concordou com a cabeça, com cara de quem não sabia muito bem se de fato concordava com a ideia. Mas comentou:

— Deus me livre de viver sem uma rede social.

— Isso é coisa da sua cabeça, não da minha. Eu fico muito bem sozinha, resolvendo meus problemas sozinha, sem ajuda de ninguém e sem precisar ficar postando dancinhas e inventando coisas sem sentido só pra ganhar curtidas e seguidores que nunca vou conhecer pessoalmente — despejei num fôlego.

— Pelas risadas lá fora, você vai ser o assunto dos próximos dias.

— Problema deles...

— Tá bom, a gente não vai mais atrapalhar.

— Ótimo.

Após cinco segundos de silêncio, Grilo retomou:

— Qual o horário do treino hoje?

— Aaaaah, desisto! — Devolvi o livro à prateleira. — Treinamento às sete da noite.

Dona Marildes chegou com as mãos na cintura e a testa franzida.

— Ssssshhhhhhhhh!

Simpatia não era nem de longe uma qualidade do professor Manollo e a presença dele silenciou as gracinhas na volta do intervalo. Gregos, fenícios, egípcios e babilônios, os grupos fizeram as apresentações intercaladas por longos bocejos do professor. Minha confiança já tinha desaparecido, foi inútil resistir, e partes importantes da pesquisa simplesmente se apagaram da minha mente, inclusive o monólogo de Júlio César:

— Você, covarde, vai... Você vai covarde morrer... Vai morrer muito antes... Da... Na morte o...

Minhas pernas tremiam, a boca seca pregava os lábios. Acabei levando 5 pelo conteúdo, mais 2 de consolo pela fantasia. Um 7 capaz de manchar um boletim quase todo de notas 10.

Na saída, Euclides mostrou a tela do celular.

— Já viralizou.

— Tô nem aí. — Estufei o peito e entrei no carro.

Ele se escorou na janela e a voz saiu num tom consolador:

— As pessoas mais diferentes são sempre as melhores.

Apertei os lábios e subi o vidro. Arnaldo manobrava o carro e me mirava através do espelho retrovisor. Desviei o olhar. Ele já tinha me visto chorar outras vezes na saída do colégio, mas jamais comentava qualquer coisa. Tudo o que eu mais queria era que ele contasse uma história, uma piada, sei lá. Ou que, de repente, sugerisse passarmos numa lanchonete para eu me entupir de sanduíche e refrigerante. Mas, como sempre, ele não perguntou a razão das lágrimas nas minhas bochechas.

Ao chegar em casa, corri para o quarto, bati a porta e atirei a fantasia debaixo da cama. Abri meu diário e rabisquei várias páginas com muita força. Deitei-me, encolhi meu corpo entre as pernas e caí no choro.

2

A CONQUISTADORA DE LUGAR NENHUM

Meu quarto era tipo um caleidoscópio. Tinha paredes coloridas, um computador com gabinete de acrílico e detalhes em neon, dois troféus dourados do regional de *Conquerors of Nowhere,* post-its colados no espelho, com mensagens de superação. Numa das paredes, um desenho meu, de Julieta num balcão e Romeu ajoelhado oferecendo uma flor. Não era grande coisa, mas eu gostava das cores. Em outra parede, pôsteres da Viagem de Chihiro, Sakura Card Captors e Nimona. Acima da escrivaninha, um quadro com uma gravura da Amy Winehouse e outro com uma foto minha, aos cinco anos de idade, sorrindo no colo da minha mãe (já muito magra e com a careca debaixo de uma bandana), a pessoa cuja ausência tinha transformado meu quarto no único lugar onde eu me sentia realmente segura, escondida nas páginas dos livros de fantasia que lotavam minha estante.

"Vida. Viiida. Viiiiiidaaa..."

O som vinha de longe. Despertei com dona Lourdes acariciando meus cabelos.

— Está tudo bem, querida?

Concordei com a cabeça.

— Esses olhos inchados não parecem de sono.

— Saudade do pai e da Valentina, só isso.

— Eles telefonaram, chegaram bem e já estão no hotel. — Ela deu um tapinha na minha perna. — Vamos lá, já passou muito da hora de você almoçar.

Um muro alto protegia o condomínio. *O mundo lá fora é um perigo para crianças diferenciadas como vocês*, era a frase repetida por todos os pais ali. Nunca entendi muito bem o que seriam "crianças diferenciadas", mas o fato é que eu cresci temendo os monstros além do muro. Um dia, subi no topo do flamboyant de flores vermelhas, perto do laguinho no centro do condomínio, e descobri que de lá era possível ver ao longe um amontoado de casinhas coladas umas às outras. Montei então um posto de observação e passava as tardes com o binóculo observando o lugar. Para minha frustração, jamais vi um dos tais monstros e logo abandonei a ideia. Quando descobri que *freak*, além de "aberração", tinha como um de seus sinônimos a palavra *flamboyance*, transformei o topo do flamboyant num tipo de esconderijo para "frics", ou aberrações, tanto fazia.

Após o almoço, decidi ir ao esconderijo para tentar me esquecer das gargalhadas da manhã. No trajeto, encontrei o celular jogado no sofá da sala. Melhor seria se eu aplicasse meus próprios conselhos sobre redes sociais, mas... Freei e peguei o aparelho. Minha última publicação era de uma semana antes, a resenha do primeiro livro de uma trilogia fantástica de fadas. Para variar, flopada. Duas curtidas, do meu pai e da minha irmã. Segui zapeando pelas publicações das outras meninas da escola, todas magrinhas, com roupas da moda e fazendo dancinhas cheias de curtidas, até aparecer o vídeo da legionária passando pelo corredor de alunos. O bumerangue com a chuva de bolinhas de papel batendo no meu capacete tinha sido publicado com uma trilha comédia e já tinha mais de duzentos compartilhamentos. Bastou eu ler dois ou três comentários para voltar a chorar. A vontade ali foi de nunca mais pôr os pés na escola.

Assim que a noite caiu voltei para casa. Coloquei o *headset* de realidade virtual, segurei os controladores e conectei o battle royale

Conquerors of Nowhere, ou *CONQ*, como batizaram os amantes do jogo. Meu avatar de menina-guerreira com cabelos roxo e rosa, vestido preto, botas longas e espada nas costas brilhou na antessala onde os avatares de Grilo e Euclides já esperavam.

— Nossa, levou a vida inteira pra entrar — resmungou o avatar de Grilo, um guerreiro negro musculoso, careca e coberto de cicatrizes nos braços, segurando um machado e uma banana de dinamite.

— Achei que você não viria, principalmente depois dos milhões de comentários no vídeo — exagerou Euclides, cujo avatar de lagarto marrom com escamas triangulares e dentes afiados babava ao falar. — O negócio tá feio pro seu lado, quer saber quantas visualizações já...

— Ei, ei, ei — interrompi. — Já disse, não tô nem aí pra esse assunto.

— Foi mal. — O lagarto apertou a boca escamosa. — Vamos focar, porque se ganhar o regional já foi difícil, imagina o nacional.

Vidinha, *GriloVéio* e *Cyclides*. Nosso trio vinha aparecendo bem nos torneios menores e já tinha até saído em uma reportagem de um site especializado em *CONQ*, na seção "Fique de Olho", com indicações de promessas do *game* mais popular dos últimos anos, jogado por jovens do mundo inteiro. Para nós três, diferentemente do mundo real, o metaverso era um lugar seguro, onde nossos números e resultados trabalhavam a favor do respeito que sabíamos merecer.

A partida abria com a seleção do mapa da batalha e escolhemos o Floresta Amazônica. Saímos em busca de armas, munições, itens de cura e outros recursos, enquanto lutávamos pela sobrevivência e destruição dos inimigos em uma arena que diminuía de tamanho conforme avançava uma chuva ácida. *Por aqui, por ali, à direita, atenção, fujam pelo rio, a gente se encontra do outro lado da ponte! Cuidado, GriloVéio! Cyclides, atrás de você! Nunca abandonem o amigo no campo de batalha,* eu berrava como se a guerra fosse real.

Depois de cinco vitórias contra equipes de outros estados do Brasil, acabamos o treino da noite. Fui para a biblioteca do meu pai, fechei a porta e inspirei fundo. Nossa, eu adorava aquele cheiro, como se fosse um remédio capaz de curar todos os meus problemas! Grande, alta e coberta por estantes entupidas de livros, ali era meu lugar favorito da casa. Parti para a diversão: empurrei em velocidade a escada de rodinhas paralela às prateleiras e me agarrei nela. Subia e descia os degraus tipo num brinquedo de parque de diversões, passando a mão nas lombadas e sem pressa para decidir qual seria minha companhia nos próximos dias. *Você não, claro que não, sem chance, hoje não, nem tenta, desculpa, foi mal, talvez numa outra, você jamais.*

Até que, lá do alto, vi um livro estranho em cima da poltrona do meu pai. Desci da escada e o peguei.

3

O LIVRO DAS QUATRO CHAMAS

A capa de couro marrom grossa e desgastada não tinha título nem autor, mas a imagem de uma chama vermelha no alto e, logo abaixo, três círculos de metal ao redor de vidros que protegiam lacres de cera tipo daqueles que fechavam cartas antigas. O da esquerda, uma chama azul; o do meio, cinza; e o da direita, amarela. Gostei. Esquisito, mas diferente.

Na primeira página, um poema de três estrofes em francês, numa fonte floreada e dourada. Em seguida, outro poema, agora à caneta e assinado por *Jacqueline Durant, Lyon – 1968.* Depois, um texto por *Jawari Mbaye, Dacar – 1968* e outro mais longo, em inglês, por *Michael Higgins, San Diego – 1968.* Todas as folhas eram bem envelhecidas e escritas a lápis ou à caneta. Parecia um livro viajante, daquele que as pessoas "esquecem" nos bancos de praça e pontos de ônibus. Corri páginas e vi que o livro tinha atravessado o mundo inteiro antes de parar na minha casa: *Matteo Pagano, Milão – 1995; Hans Bauer, Frankfurt – 2004; Akira Yamamoto, Nagoia – 2004; Amina Hasanovic, Sarajevo – 2007; Aziza Selemani, Dodoma – 2012.* Após centenas de textos, o último era sobre a alegria de ser pai, assinado por *Vinícius Becker, Brasília – 2023,* indicando a cidade onde ele nasceu.

Meus olhos foram de um lado para outro. *Ah, por que não?*, pensei.

Não vou baixar minha cabeça
Ninguém vai dizer quem eu devo ser
É impossível alguém me derrubar
Eu vou voltar mais forte
E só vai sobrar paz e alegria

Assinei *Vida Becker, São Paulo – 2023.* Confesso que não acreditava tanto assim naquilo, mas, acho, eram coisas de que eu precisaria me convencer um dia. Decidi que aquele seria meu livro favorito de todos os tempos, pelo menos durante os próximos três dias. Com o sono já dobrando minhas pernas, fui para o quarto, guardei o livro na mochila, acendi a luz do abajur e desabei na cama.

Acordei na manhã seguinte com o toque do meu celular.

— Oi, pai — disse, encolhida e com a voz rouca.

— Bom dia, filha! Vamos levantar que o dia vai longe hoje! — A voz empolgada certamente tentava compensar o horário da ligação e o frio de São Paulo. — Nosso lançamento terminou tarde e não deu pra ligar, mas quero muito saber como foi sua apresentação ontem.

— Hum... a apresentação foi... — pigarreei — sucesso.

— Eu sabia! — O tom saiu orgulhoso. — Conta mais.

Inventei elogios do professor, exagerei nos aplausos da cena do monólogo e contei que todo mundo quis saber onde ele tinha comprado a fantasia. Quando desligamos, cobri a cabeça.

— O café-da-manhã e o Arnaldo já estão esperando. — Dona Lourdes puxou a coberta.

— Deixa eu não ir?

— Tá doida? Imagina se o seu pai descobre.

— Ele não precisa saber. Por favor, só hoje!

— De jeito nenhum.

Demorei bem mais do que o normal para colocar o uniforme, lanchar e escovar os dentes. No carro, murmurei:

— Arnaldo, você pode ir bem devagar, por favor?

Acho que ele suspeitou de que meu pedido tinha a ver com a lágrima do dia anterior, porque nem se importou com o atraso. Desacelerou, pegou avenidas e ruas distantes do condomínio e totalmente fora do trajeto para a escola. Pela primeira vez, eu entrava no bairro onde moravam os tais monstros que aterrorizariam as "crianças diferenciadas", muitos deles trabalhadores das mansões e jardins do próprio condomínio. Com o rosto colado na janela, eu admirava as pessoas nas ruas, pontos de ônibus e balcões das padarias, as lojas abrindo, os camelôs montando barracas e as crianças de mochilas nas costas indo para a escola de mãos dadas com suas mães. Vida de verdade. Arnaldo me olhava através do retrovisor, com um sorriso que parecia de orgulho por mostrar o lugar onde ele próprio morava.

Já na porta da escola, tirei da mochila a caixa do chocolates que meu pai tinha me dado de presente e entreguei para o Benedito. Os olhos dele se encheram.

— Pra você comer com sua filha, quando ela sair do hospital. E ela vai sair logo, Bené, acredita em mim.

A estratégia de pegar o pátio vazio funcionou. Mesmo assim, fui para a sala de aula me esgueirando pelos cantos, para evitar topar com algum aluno retardatário. Não imaginava o número de compartilhamentos e comentários na publicação, mas o desenho na minha mesa, de uma menina redonda com cara de louca e penacho na cabeça, abaixo da palavra *FRIC,* indicava que o fiasco ainda seria uma pedra no meu sapato por algum tempo. Engoli o choro e apaguei com a borracha. De cabeça baixa, mal prestei atenção às aulas. Quando bateu o sinal do intervalo, a sala esvaziou rapidamente, mas eu preferi ficar sozinha por ali mesmo. Tirei da mochila o lanche e o livro das quatro chamas. Foi quando um raio de sol atravessou a janela e bateu exatamente na chama vermelha impressa, que brilhou muito além do normal. Franzi a testa e passei o indicador sobre a imagem.

— Aaaaaiiiii!

A chama fervia e, incrivelmente, eu fui arremessada uns cinco metros para trás, enquanto um choque feito uma cobra subia por meu braço até meu peito. Minhas costas acertaram com violência uma estante, que despencou, quebrando várias maquetes de ciências montadas pela turma.

Eu tremia e girava no chão com os olhos apertados, não conseguia fazer qualquer som com a boca. Rolei de um lado para outro, meu pé acertou cadeiras e mesas, várias tombaram. Levei alguns minutos para recobrar a consciência. Senti uma pontada no peito, levantei a blusa e notei um chamuscado vermelho na pele, logo abaixo da garganta.

— Caraca! Mas o quê...?

Engatinhei em direção ao livro, cutuquei com o pé e dei um salto atrás. Meu coração batia a mil por hora. Com as mãos tremendo e suando, voltei a segurar o livro. E foi então que a capa se abriu e as páginas começaram a se escrever sozinhas em palavras na cor vermelha, por cima do que já estava registrado. O novo texto corrido e de parágrafo único misturava línguas do mundo inteiro, uma verdadeira confusão. Pronomes em inglês e grego emendavam sujeitos em português e italiano. Palavras que deviam ser aramaico ou outra língua de que eu não fazia a menor ideia desembocavam em verbos franceses e árabes, seguindo para os mais diversos complementos em espanhol, latim, chinês, russo e o que mais o ser humano criou ao longo dos milênios. Se bobear, até línguas mortas. Diante dos meus olhos, folhas se preenchiam em velocidade, como se dedos invisíveis segurassem uma caneta invisível.

O texto com certeza seria incompreensível a qualquer ser humano, mas apenas durante aquela leitura eu virei *expert* em todas as línguas criadas. Eu sentia a história na alma e fui me enchendo de criatividade, perseverança e sensibilidade. Nunca tinha lido nada parecido. Com um sorriso besta, deitei-me no chão e segui na leitura. Se possível, passaria a eternidade abraçada àquelas palavras.

O sinal de encerramento do recreio então soou, despertei do transe. Uma roda de olhos me fuzilava.

— Ficou doida! — Heitor Magalhães gritou com o dedo apontado para mais um de meus fracassos. — Quebrou a sala toda, destruiu os nossos trabalhos de ciências! É vingança da legionária!

Escondi o livro debaixo do corpo. Alunos de várias turmas se acotovelavam na janela para testemunhar. Muito pior do que no dia anterior, agora todo mundo apontava os celulares e me filmava caída no chão. A filha do escritor famoso tinha endoidecido, as redes sociais bombariam. Lavínia Mota se abaixou e sussurrou no meu ouvido:

— Você nunca fez e nunca vai fazer nada de útil, fric!

Levantei-me cabisbaixa e guardei o livro na mochila. A professora de matemática entrou na sala, mandou todos se sentarem e me levou para a Diretoria.

— Está tudo bem, querida? — A diretora me ofereceu um copo d'água com açúcar.

— Eu só quero ir pra casa, garanto que tá tudo bem. Você pode ligar pro motorista vir me buscar?

— Vamos avisar ao seu pai.

— Não foi nada, eu só me senti um pouco tonta porque não tomei café-da-manhã direito. Meu pai tá viajando, eu ligo para ele quando chegar em casa, prometo.

A diretora balançou a cabeça devagar, confiou em mim. Tudo o que eu mais queria era sumir dali o quanto antes. Uma pergunta se repetia na minha cabeça: *que livro é esse?* Estava acostumada com as cenas fantásticas da literatura, mas aquilo parecia o mundo real puxado para dentro de um livro, ao mesmo tempo que a história pulava fora das páginas. A queimadura na minha pele não deixava nenhuma dúvida.

4

MEDO, TRISTEZA, ÓDIO

Deitada na cama durante toda a tarde, eu tentava não olhar para a mochila em cima da escrivaninha. A leitura tinha sido ótima, mas aquele livro me dava calafrios. Ainda assim, a curiosidade estava a mil. Pensei, refleti, a mão foi e voltou várias vezes.

— Ah, quer saber? — Corri até a área de serviço e busquei um martelo. Tranquei a porta, abri a mochila e coloquei o livro sobre a cama.

Se a chama vermelha escreveu uma história vermelha, as outras..., encarei a linha de anéis. Bati o martelo no vidro circular que protegia a chama azul e nada aconteceu. Golpeei com mais força e ele continuou intacto. Martelei ainda mais forte nos três círculos. Nada. Desisti da ferramenta, pelo visto aquilo era só viagem da minha cabeça. Mas, ao pegar o livro para colocar de volta onde meu pai tinha deixado na biblioteca, resvalei o dedo no vidro da chama azul, que se abriu como uma janela.

Pelo jeito, naquele livro tudo era esquisito. Pressionei o lacre, ele tinha uma textura macia e, ao contrário da imagem vermelha, era muito gelado. Diante dos meus olhos, as folhas voltaram a ser reescritas numa velocidade impressionante e em poucos segundos todo o texto vermelho foi substituído por outro, agora azul. Sem pensar duas vezes, respirei fundo e entrei de cabeça naquela nova mistura de palavras de todas as línguas. Quanto mais eu avançava na leitura, mais se apertava um tipo de abraço dado pela maldade. Nada a ver com fantasmas, monstros ou demônios, mas com o terror penetrando cada poro da minha pele. Passei a ofegar e a tremer. Encolhida, temia as prateleiras e lombadas dos livros transformadas em dentes de um monstro prestes a me devorar.

Foi quando uma gigantesca mão de pedra saiu por trás da estante, destruindo tudo e espalhando livros pelo chão, para em seguida encolher, voar até meu pescoço e passar a me enforcar em direção ao fundo do mar bravo em que o quarto se transformou. Eu me debatia em busca de ar, a mão me empurrava cada vez mais ao fundo. Uma água escura entrava por meu nariz e boca, saía por meus olhos e ouvidos. Até que, num esforço absurdo, consegui soltar o livro e retomar a consciência e o fôlego. O vidro da chama azul se fechou. A estante estava intacta. O quarto, seco. Não, eu não estava sonhando. Dei um beliscão no braço e senti a dor de pessoas muito bem acordadas.

Meu indicador foi tremendo em direção ao vidro central, o coração voltou a bater a mil por hora. *Vai, Vida, coragem!* Como previ, ao toque do meu dedo a janela se abriu. Pressionei o lacre cinza, também gelado. Palavras acinzentadas passaram a substituir as azuis, as folhas viravam-se ainda mais velozes do que antes. Desta vez, um texto tão triste que meus ossos pareceram virar pedra. Eu me encolhi dentro do próprio corpo sobre a cama, lágrimas começaram a cair. A atração por seguir na leitura, porém, era mais poderosa do que a de nunca mais ter qualquer contato com aquelas palavras. Eu lia e chorava, e lia e chorava, cada vez mais triste. Veio uma mistura de sensações: cansaço, náusea, tontura e dor de cabeça, enquanto a imagem de uma árvore com galhos horizontais e uma copa lembrando uma mesa se repetia freneticamente na minha cabeça, junto a uma confusão de vozes incompreensíveis que bagunçava meus sentidos. Um choro doído, uma faca penetrando minha pele e torcendo pra lá e pra cá. Mas consegui fechar o livro e o vidro do lacre cinza se fechou.

Nada disso está acontecendo. Não pode ser verdade, pensei e me estapeei no rosto. *Acorda, Vida!* O tapa doeu e não foi pouco. Já sabendo que não viria boa coisa, mas louca de curiosidade, abri a última janela e pressionei o indicador no lacre amarelo, novamente gelado. Como imaginei, agora uma história em letras amarelas. Mas uma trama tão odienta que brotou em mim a vontade de arrebentar meu quarto. Por instantes, pensei em fazer crueldades contra os alunos que tinham publicado vídeos me ridicularizando. Quanto mais eu lia, mais minha mente era invadida por gritos horrendos e cenas de tortura, pessoas pedindo perdão ao serem mortas. O prazer por assistir aquilo tomou conta de mim, eu gargalhava de ódio, rangia os dentes, espumava pelos cantos da boca. Uma imagem incompreensível, cinco traços horizontais e dois verticais, acendiam e apagavam como *flashes*. E comecei a suar num calor infernal, em que a sensação menos dolorida era a da minha pele derretendo. Mas me debati, lutei contra mim mesma e joguei o livro longe.

Medo, tristeza e ódio. Medo, tristeza e ódio, eu repetia na mente. Precisava dividir a loucura, impossível esperar um minuto para contar às duas únicas pessoas a quem confiaria aquele segredo. Com o coração acelerado, conectei o Discord. Grilo estava *online*. Ele já entrou perguntando:

— Vida do céu! Acabei de ver no grupo da escola, tão dizendo que você endoidou. O negócio tá bem feio, tem um monte de vídeos e fotos de você caída no chão e os comentários não são nada...

— Eu não tô maluca! Para com isso, você me conhece. Corre aqui na minha casa pra ver a coisa mais inacreditável de todos os tempos. Passa na casa do Euclides e traz ele.

— Eu ia jantar agora.

— Tem comida aqui.

Em dez minutos, os dois chegaram à garagem. Abri uma fresta na porta lateral.

— Psssst. — Sinalizei. — Aqui. Em silêncio.

Encostaram as bicicletas numa linha de arbustos.

— Eu tive que simular um boneco de travesseiros deitado na cama e sair pela janela. — Euclides entrou apressado. — Se minha mãe descobre, eu tô ferrado.

— Não vai demorar, prometo.

Fomos para a biblioteca e fechei a porta.

— Bolacha de água e sal? — Grilo entortou a boca, ao ver o pratinho com duas bolachas. — Não acredito que vim até a melhor casa do condomínio jantar bolacha de água e sal! É muita humilhação, eu achei que seria recebido com um banquete.

— É o que tem pra hoje, não reclama não.

Ele pegou uma e deu a outra para Euclides.

— Sentem ali. — Indiquei o sofá. — Vocês nunca mais serão os mesmos. — Inspirei fundo e apresentei o livro fazendo uma cara sinistra, balançando lentamente a cabeça.

Grilo e Euclides encolheram os ombros.

— Não posso acreditar que você me tirou de casa a essa hora da noite pra ver um livro. — Euclides ameaçou se retirar.

— Não é um livro qualquer, é *O LIVRO*. Querem ver? — Apontei para o vidro que protegia o lacre azul. — Grilo, esfregue o dedo aqui e os dois prestem muita atenção porque não vão acreditar.

Ele passou o dedo e nada aconteceu. O vidro não se abriu, as páginas continuavam preenchidas com letras amarelas.

— Peraí, vai funcionar. Euclides, aperte o vidro da chama cinza.

Euclides fez o que pedi, também nada mudou.

— Nossa, sensacional! — desdenhou Grilo, com os olhos semicerrados.

— Eu juro, é tudo verdade. Esse livro é mágico, ele, ele...

— Ih, ela endoidou mesmo! Euclides, é melhor a gente ir embora. Você montou um boneco de travesseiros ridículo e eu não vou ser cúmplice de uma coisa tão besta. — Virou-se para mim e resmungou com a boca torta: — Bolacha de água e sal... Nem um copo de suco ofereceu.

Quando os dois estavam próximos à porta da biblioteca, desesperada para provar que ninguém jamais poderia me chamar de louca, grudei a palma da mão sobre os três vidros. Eles se abriram e eu toquei com força as três chamas ao mesmo tempo, berrando:

— EU. NÃO. TÔ. DOIDA!

As páginas então voltaram a ser preenchidas com os poemas originais escritos pelas pessoas ao redor do mundo. Ao mesmo tempo, fui bombardeada por medo, ódio e tristeza. Numa mistura de sentimentos e sensações físicas, joguei o livro para o alto, meus olhos reviravam, eu dançava, rodopiava pela biblioteca, improvisava melodias com uma voz sinistra, gargalhava, sentia frio e calor, chutava de raiva os móveis, abraçava o abajur e me encolhia de medo, chorava de tristeza e berrava de ódio, como se possuída na estranha apresentação de um balé dos infernos. Os dois pularam em cima de mim e me abraçaram com força.

— Calma, Vida! — gritou Grilo. — O que tá acont...

As luzes então se apagaram, a temperatura desceu abaixo de zero. Num estrondo grave, o chão começou a tremer e os livros a cair das estantes, como se fossem vomitados. Os mais grossos acertavam com violência nossos corpos, tentávamos nos proteger encolhidos no chão. Não havia como escapar pela porta ou janela. Feito um monstro nos engolindo, em meio a um barulho infernal, uma ventania impossível de correr dentro de um ambiente fechado se fez, num furacão de livros, móveis e três pessoas rodando desnorteadas.

— Eu não fiz naaadaaa, juroooo! Não sou eu, é o livrooooo. — Eu me agarrava ao alto da estante, com o corpo paralelo ao chão e os cabelos esvoaçantes para cima.

— Eu não quero morrer! — Grilo rodopiava no ar, abraçado à poltrona.

— É fantasma, é fantasmaaaaahhhh! — Euclides choramingava, girando de ponta-cabeça e com as mãos tapando os ouvidos.

Uma cratera então se abriu e nós despencamos pela garganta de um espaço infinito. Caímos e caímos e caímos cada vez mais rápido. Não conseguíamos mais gritar, não havia onde pudéssemos nos segurar. Uma sensação de apagamento, de flutuar em uma bolha, de ser esmagada contra meu próprio corpo. Tudo levou um tempo impreciso, mas o suficiente para nos deixar completamente desnorteados, até a gente se esborrachar no chão da própria biblioteca. A temperatura e a luz voltaram ao normal, o silêncio desceu sobre o caos de livros e objetos espalhados, móveis tombados e tapetes revirados.

— Ai, minha cabeça — Grilo resmungou, passando a mão no alto de seu cabelo *black power*. — Agora, sim, eu preciso comer.

— Rá, eu não falei que era a coisa mais espetacular do Universo? — Ajustei o vestido amassado e o bracelete.

— Por favor, não abre esse livro nunca mais perto de mim — Euclides murmurou, com os óculos tortos sobre o rosto.

— Vamos cair fora, Euclides. Já deu por hoje.

— De jeito nenhum. — Parei entre os dois e a porta da biblioteca. — Ninguém sai antes de prometer guardar segredo.

— Pode ficar tranquila. — Euclides botou a mão no meu ombro. — Se eu já não gostava de livros, imagina agora.

— Grilo? — Ergui uma sobrancelha.

Ele concordou com a cabeça.

— Ótimo, estão liberados.

Desbloqueei a passagem e abri a porta, mas os dois não deram nenhum passo. Euclides puxou várias vezes a barra do meu vestido. Então me virei e, assim como eles, arregalei os olhos e congelei o rosto. As casas, ruas e veículos desapareceram, não existia mais muro, apenas um gramado verde até onde a vista alcançava e árvores baixas aqui ou ali. Coloquei a cabeça para fora.

— Ah, meu pai vai me matar.

— Minha mãe também. Ela vai descobrir o boneco de travesseiros — completou Euclides.

— Onde foi parar o condomínio? — Grilo fez menção de sair, mas eu o puxei e bati a porta.

— Você tá doido? A gente nem sabe que lugar é esse.

— Mas vamos ficar nessa biblioteca pra sempre? Tô morto de fome. — Ele segurou a maçaneta.

— Não abra esta porta, Grilo! — ordenei. — Deve ter outro jeito de a gente se livrar dessa enrascada. Me ajudem a procurar no meio da bagunça.

Golpeamos o fundo das prateleiras, levantamos tapetes, reviramos a montanha de livros, móveis e objetos caídos no chão. Na esperança de reverter o feitiço, ou que nome tivesse aquilo, peguei o livro das quatro chamas e pressionei a imagem vermelha e os círculos envidraçados uma, duas, dez vezes. Pareciam ter perdido o poder.

— Pelo visto, só tem um jeito de a gente voltar pra casa. É saindo por aquela porta.

Grilo e Euclides se encararam.

— A ideia sempre tem que ser dela. — Euclides revirou os olhos.

Miramos o campo e inspiramos fundo. Demos as mãos e o primeiro passo foi dado juntos. Assim que saímos, a biblioteca desapareceu atrás de nós.

5

DOIS PAREDÕES NO ABISMO

— Pra que lado? — Grilo ergueu as sobrancelhas para mim.

— Na dúvida, é sempre na direção do sol.

— Quem disse?

— Acho que já li em algum livro.

Olhamos para o céu acinzentado, sem nenhuma nuvem e com um sol enorme de cor violeta bem ao centro.

— Já sei. — Levantei o indicador. — Se no Brasil é noite e aqui é dia, então a gente está... No Japão.

— Mas como isso é possível?

— Vamos descobrir agora mesmo. — Analisei a vista com as mãos na cintura, até apontar. — Pra lá.

Partimos tentando encontrar teorias para tamanha esquisitice, mas aos poucos fomos ficando em silêncio. De tempos em tempos, parávamos sob as sombras formadas pelos galhos retorcidos das poucas árvores. O descampado parecia não ter fim.

— Eu tô com fome, sede e calor. Tô cansado e irritado. Eu nem jantei. Quero meu chuveiro, minha cama, meu computador, meu celular — resmungava Grilo a cada parada.

— A gente precisa continuar. — Mesmo morta de cansaço e com todos os meus ossos gritando de dor, eu me levantava e seguia em frente.

Arrastamos os pés ainda por longo tempo, com os lábios ressecados, a pele e a cabeça ardendo em brasa. Ao longe, mais gente caminhava na mesma direção que a nossa, às vezes em pequenos grupos. Para o Leste, um tanto quanto distante da nossa rota, havia uma floresta e algumas poucas pessoas se dirigiam para lá. Até que adiante apareceram duas colinas, separadas pela fenda de um desfiladeiro que já começava a se abrir logo à frente. Isso obrigava todos ali a seguirem para uma das duas. Uns iam para a direita, a maioria para a esquerda.

— Colinas ou Floresta? — perguntou Euclides.

— A colina da esquerda — determinei, sem titubear, mas sem muita noção do porquê de ter feito aquela escolha.

Ao chegarmos ao pé da formação, Grilo desmontou.

— Não aguento mais.

Eu e Euclides o apoiamos pelos ombros e subimos ziguezagueando devagar. Lá no topo, caímos sem força até para falar. Mas consegui me arrastar alguns metros e então vi do outro lado algo que jamais poderia conceber, nem com a imaginação turbinada por tantas e tantas histórias fantásticas que eu já tinha lido.

— Vocês não vão acreditar no que tem ali.

Estatelado no chão seco, Grilo retrucou, com a voz esgotada:

— Nada mais pode me impressionar.

— Nem a mim — murmurou Euclides.

Engatinharam até o meu lado e só conseguiram arregalar os olhos. A colina mergulhava num abismo muito escuro. Duas gigantescas estruturas metálicas em formato de pregos espetados no fundo do abismo, uma em frente a cada colina, pareciam flutuar e eram acessadas por pontes envidraçadas. Sobre cada estrutura se erguia um paredão de pedra com uns cem metros de altura e duzentos de largura.

O paredão da esquerda tinha três portões altíssimos. Acima de cada um, destacavam-se entalhes das chamas nos mesmos formatos e cores daqueles na capa do livro. Atravessando o portão azul, uma ponte azul chegava na outra margem do abismo, finalizando em uma estrutura larga, envidraçada em tons azulados, de onde partiam para o Oeste vários trilhos de trem também azuis. O mesmo acontecia no cinza, com uma ponte cinza chegando a um cubo gigantesco em pedra acinzentada, com trilhos cinza para o Norte. Do amarelo, à direita, saía uma ponte amarela até um edifício revestido por toras de madeira amarelada e trilhos amarelos para o Leste. Uma multidão circulava em uma feira lotada de tendas.

Já o paredão para quem descia pela colina da direita tinha uma fila indiana e apenas um único portão enferrujado, que não acessava construção nenhuma na superfície das terras depois do abismo. Porém, mais para baixo da formação metálica partia um trilho de trem suspenso que desaparecia num túnel na encosta.

Descemos a colina até à beira da ponte envidraçada, a vertigem e a sensação de vazio pela escuridão sob o chão de vidro chegavam a ser assustadoras.

— Eu não vou conseguir atravessar. — Euclides fincou o pé.

— A gente só vai se você for — eu disse, decidida.

— Confia. — Grilo segurou a mão dele.

A travessia levou alguns minutos, para tensão não apenas do Euclides. Só relaxei quando pisei na grande estrutura em forma de prego. A multidão na feira tinha gente de tudo quanto era etnia, idade, cor, traço físico, cultura e gênero, vestindo roupas modernas ou antigas. Gregos e romanos de túnicas, hippies dos anos 60, punks dos 70, negros de batas coloridas, mulheres vestindo clássico e chapelão, peruanos de poncho, indígenas com cocares estilosos, japonesas em quimonos... Mesmo que parecesse impossível, todo mundo conversava e se entendia. Um grego de barbas brancas e túnica marrom nos serviu água fresca de um velho vaso de barro.

— Já decidiram por qual dos três portões vão entrar?

— Entrar?

— Sim, essa é uma decisão muito importante.

— Hum, não, a gente não... — Cocei a cabeça. — Quer dizer, nós vamos dar uma olhada ainda. Grilo, Euclides, tentem arranjar alguma coisa pra comer, enquanto vou pedir informações.

Caminhando por entre inúmeros corredores com gente comprando, vendendo, experimentando e negociando todo tipo de mercadoria, os dois se animaram.

— De tédio a gente não morre — comentou Euclides.

Três painéis de alta-definição transmitiam propagandas com vídeos, fotos e slogans. O azul alternava imagens de ilhas e praias paradisíacas, pirâmides egípcias, colunas e estátuas gregas, templos indianos e orientais, tudo sob a narração: *Você, amável e criativo, entre pelo portão azul e se encante com o inigualável Subterritório das Águas.* Já o cinza apresentava fotos de montanhas, serras, estações de esqui, cidadelas, castelos medievais e arenas de touros, dizendo que *A perseverança dos humanos amáveis é o maior charme do Subterritório das Pedras. O portão cinza te espera de braços abertos.* Por fim, o amarelo tinha *flashes* de florestas, árvores, cachoeiras, lagoas, choupanas de madeira e animais selvagens, convocando com *Se você é um humano amável sensível, já sabe: o Subterritório da Madeira é o lugar perfeito para realizar seus sonhos. Logo ali, no portão amarelo.*

— Euclides, meu velho, o Japão é muito loucoooo! — gritou Grilo.

Em muitas tendas tocavam-se músicas, uma babel de estilos que iam de valsa a rock, passando por canto gregoriano, afrobeat, funk, reggaeton, bebop, fado, samba e música aborígene. Vendiam-se roupas típicas modernas e antigas, de todas as culturas. A diversidade dos cheiros também não deixava dúvidas de aquilo ser uma verdadeira miscelânea gastronômica: pudim, chocolate quente, quibe, mousse, wonton, rolinho primavera, hambúrguer, buffalo wings, pastel de Belém, yakisoba, carneiro assado, feijoada, cuscuz marroquino, pizza e tudo mais inventado pela culinária terrestre ao longo dos milênios.

— Bendita a hora em que a Vida meteu a mãos nos lacres daquele livro velho! — Grilo gritou, erguendo as mãos para o céu.

Imediatamente, Luigi e Lorenzo Bonamassa, dois gêmeos italianos magros e altos, vestindo ternos de risca bem cortados, aproximaram-se por trás para ouvir a conversa.

— Você reparou nas chamas desenhadas no paredão, iguais às da capa do livro? — Euclides apontou.

— É verdade, tudo muito estranho. Mas se o livro trouxe a gente até aqui, enquanto não achamos um jeito de voltar pra casa vamos tentar descolar alguma dessas delícias pra comer.

Luigi e Lorenzo entreolharam-se, não acreditando que, depois de esperarem por 330 anos, finalmente a sorte havia chegado. Passaram a vigiar os garotos bem de perto, precisavam descobrir mais sobre a tal Vida.

6
O PORTÃO AZUL

Cheguei ao enorme portão azul, onde, assim como no cinza e no amarelo, porteiros controlavam o acesso. Fui até a um deles, um jovem de menos de um metro e quarenta de altura, que vestia camisa de seda bordada com mangas de babados, calça bufante e um chapéu de três pontas. Tinha um alforje sobre os ombros e segurava um calhamaço.

— Seja bem-vinda. — Ele fez um floreio com o corpo, num tom de voz levemente cantado. — Raoul Laviolette, ao seu dispor.

— Que lugar é esse? — Franzi a testa.

A voz dele se tornou bem empolgada:

— Ora, ora, não é muito óbvio? Você está diante do Paredão Amável, mais precisamente do inigualável, magnífico, imponente, espetacular e criativo — os olhos lacrimejavam de emoção, ele tentou simular uma reverberação — Portãããoooo azuuuuul. — Jogou o dedão por cima do ombro e apontou para o portão logo atrás. O semblante mudou para entediado, ele começou a folhear o calhamaço. — Qual é o seu nome?

— Vida.

— VidaVidaVidaVida... — Raoul Laviolette revirava a lista, checando uma sequência interminável de nomes. — Vida de quê?

— Becker.

— BeckerBeckerBeckerBecker... — As páginas eram passadas para a frente e para trás numa velocidade impressionante. — Tem certeza de que seu nome é esse?

— Que pergunta é essa? Aqui não é o Japão?

— Japão? Minha vez de perguntar: que pergunta é essa? Você está adentrando o Território Fraterno, que fica no universalmente, completamente, maravilhosamente e realmente tão espetacular que me dá até arrepios de prazer quando falo o nome — agora ele simulou um grito com eco: — Paaaraaamundooooooo... dooooo... dooo... do.

— Paramundo? — Entortei a boca. — É um planeta?

— É outra coisa, mas se você tentar entender, vai entender cada vez menos. A boa notícia é que você morreu. — Raoul Laviolette abriu um sorriso e congelou o rosto com os dentes à mostra.

Também me congelei de boca aberta, e ficamos nos encarando muitos segundos.

— Como alguém pode chamar isso de boa notícia? — Descongelei. — Não, não, eu tava na biblioteca da minha casa e, de repente... puf, apareci aqui. Eu não posso ter morrido, porque não aconteceu nada.

— Todos dizem isso. — Ele revirou os olhos. — Mas, veja bem, você morreu na Terra e agora re-vive no Paramundo. Poderíamos também dizer que você vive aqui e pré-vivia na Terra, ou vivia lá, morreu lá, chegou do lado de cá e tudo mais. Deu pra entender, né? É meramente uma questão de perspectiva.

— Olha, vamos ser práticos. Se meu nome não tá na lista, só pode ter um engano aí.

— Faz sentido, eu nunca vi alguém chegar sem nome na lista. Isso é deveras intrigante. — Raoul Laviolette segurou o queixo. — Mas, se você quiser saber mais, procure o Arquivo Central. Lá tem o registro de toda pessoa que um dia deu entrada no Paramundo, incluindo hoje. Somos mais de 100 bilhões de paramundistas.

— Onde é esse Arquivo Central?

— Ora bolas, não é muito óbvio? É no centro da região central da centralização dos pontos centrais.

— É longe daqui?

— Umas dez mil léguas gaulesas.

— Légua gaulesa? Isso não é um negócio meio antigo?

— Eu poderia dizer que são quinze milhões de passos, um bilhão e duzentos e trinta milhões de centímetros, cento e vinte e três milhões de metros ou, como costumam preferir os novatos, doze mil e trezentos quilômetros. Mas sou do tempo das léguas e honro as tradições.

— Quantos anos você tem? — Ergui uma sobrancelha.

— Nasci na França, em 1705 terrestre. Morri na França, em 1724 terrestre. Portanto, tenho dezenove anos terrestres e mais trezentos ciclos.

— Ciclos?

Raoul Laviolette sacou um folder do alforje e me entregou.

— Aí tem toda a explicação passo a passo, umas imagens coloridas e infográficos detalhados em várias línguas, mas, resumindo: seis anos aqui no Paramundo são o mesmo tempo que um ano na Terra. E esses seis anos nós chamamos de Ciclo. Não é muito óbvio?

Tentei absorver a lógica do tempo, eu já tinha visto algo parecido.

— Isso aqui é Nárnia, por acaso?

— Nárnia? — Ele entortou a boca. — É de comer?

— Hum, deixa pra lá. Mas se é verdade que você está aqui há 300 ciclos, isso dá... — Fiz a conta. — Mil e oitocentos anos!

— Tecnicamente, sim.

— Não, não, você não pode ser tão velho. Nem uma única ruga? Me dá o telefone da sua dermatologista aí, menino.

— Simples: aqui ninguém envelhece. Do jeito que entrou, fica. A pessoa pode até re-morrer, mas nunca de velhice.

— Isso é uma piada bem sem graça. Se fosse verdade, você estaria falando em francês.

— Mas eu estou, sim, falando no mais puro idioma francês do Século XVIII terrestre.

— Mentira, porque eu não falo o mais puro idioma francês do Século XVIII terrestre e estou entendendo tudo.

— E eu supostamente também não deveria entender sua língua. — Ele ergueu uma sobrancelha. — Que língua você fala?

— O mais puro idioma português do Século XXI terrestre.

— Tá vendo? Aqui, cada um fala sua própria língua e, mesmo assim, todo mundo se entende. É um sistema avançado de comunicação presente nas micropartículas do ar, uma invenção dos gênios criativos. De tempos em tempos eles sobem uns balões, borrifam o composto-tradutório na atmosfera e... *voilà*! Antes, era uma bagunça, ninguém se entendia. Ouvi dizer que estão trabalhando para resolver o problema da escrita.

Grilo e Euclides chegaram radiantes.

— Vida do céu, se nós soubéssemos que o Japão era essa maravilha, já teríamos vindo antes. Eles vendem todo tipo de bugiganga — Grilo atropelava as palavras.

Revirei os olhos, melhor deixar a "boa" notícia para outro momento.

— Conseguiram comida?

— Um indiano teve pena do Euclides e deu uma bolachinha pra ele, uma tal de nankhatai, que a gente dividiu.

— Ora, ora, ora, temos mais novatos aqui. — Interessou-se Raoul Laviolette. — Qual é o seu nome, cabeludo?

— Meu nome é...

— Ou, ou, ou — interrompi. — O nome do cabeludo é Grilo e ninguém vai consultar lista nenhuma, porque nós já estamos de saída. Ou melhor, de entrada.

— GriloGriloGriloGrilo... — O porteiro corria as páginas para lá e para cá. — Tem sobrenome?

— Não tem! E já chega dessa enrolação, vamos dar o fora daqui. Pra que lado fica o Arquivo Central, mesmo?

— Ora bolas, não é muito óbvio? — Raoul Laviolette deu um tapa na própria barriga e despejou uma gargalhada demorada. — Fica em Cairatenas. É só passar pelo portão azul, cruzar a ponte azul, entrar na estação envidraçada azul, pegar o trem azul-celeste e descer na estação Zeus-Rá. Sigam na direção da acrópole, onde ficam o Partenon e a Esfinge. — Ele entregou três bilhetes azuis com a indicação 14:28:79 e a figura de um faraó e um deus grego barbudo de mãos dadas.

— Ótimo, muito obrigada. Até a próxima. Ou não.

— Sejam bem-vindos ao Subterritóóóório das Áááguassssss... guassss... guass... guas. — O volume na voz foi diminuindo para simular o eco, em meio à coluna curvada e um floreio de mão.

Na sequência, Raoul Laviolette ainda teve de atender os dois gêmeos italianos, que atravessaram o portão azul e pediram bilhetes para o mesmo trem de Vida, Grilo e Euclides. Em seguida, ele deixou seu posto e correu até um guichê no meio da feira. Furou a fila e gritou, esbaforido:

— Desculpem-me, mas é um caso de re-vida ou re-morte. Preciso enviar um falcão-correio urgentemente!

Colocou o destinatário no livro de registros e escreveu na papeleta:

Alerta!
Registro ausente da lista
Vida Becker
Trem para Cairatenas, partindo às 14:28:79

7

UM TREM PARA CAIRATENAS

O saguão da estação ferroviária era a coisa mais linda e azul que eu já tinha visto, decorada por elementos modernos, antigos e antiquíssimos, piso em granito azul-claro, colunas cravejadas de micropedras azuis, paredes cobertas de painéis pintados com imagens azuladas e linhas de neon com figuras entrelaçadas de chamas azuis formando mosaicos. A quantidade de passarelas de acesso às plataformas de embarque, tanto no nível do solo, quanto de muitos níveis acima ou abaixo, era gigante. Trens de levitação magnética e velhas locomotivas a vapor chegavam e partiam, cada um em uma tonalidade azulada. Pela estação circulava a multidão de várias culturas. Cada uma das oito faces de um relógio preso ao teto marcava a hora com um tipo de numeral.

— Vamos ver, agora são 14:28:09. Nosso trem sai daqui a... — Consultei o bilhete e gritei: — Setenta segundos!

Painéis traziam informações dos trens para uma lista de cidades: Cairatenas, Rio de Roma, Budaporto, Johanespraga, Salvadortmund, Venezurique, Havancouver, Bogotaipé, Moscquito, Miamsterdã, Bombman...

— Cairatenas, Cairatenas — berrava Grilo, esticando o pescoço. — Faraó, Deus Grego. Cadê o nosso?

— Ali! — Apontou Euclides. — Plataforma 4, subsolo três, maglev azul-celeste.

Disparamos empurrando quem surgia à frente. *Opa, opa; sai da frente; licença, vovô; foi mal, vovó; vaza, titio.* Descemos os três andares e entregamos as passagens ao bilheteiro dez segundos antes de o trem de levitação magnética partir a mil quilômetros por hora. A música ambiente com piano e saxofone nos alto-falantes nos ajudou a relaxar.

— Vocês não estão achando tudo isso esquisito demais? — Euclides apertou os lábios. — Será que a gente morreu? Minha mãe vai me matar, eu saí sem avisar.

— Só sei que eu tô muito vivo e se eu não comer alguma coisa, aí, sim, vou morrer. De fome. — Grilo fechou os olhos e cruzou os braços. — Cansei de comer bolachas, vou dormir.

O trem seguiu pelo subterrâneo até subir à superfície. Maglevs e trens a vapor azuis cruzavam a planície que parecia não ter fim. Alguns passageiros choramingavam de cabeça baixa, outros colavam o rosto à janela. Eu e Euclides fazíamos parte do segundo grupo.

— Então é assim que tudo termina — disse ele, em meio a um suspiro.

— Ou tudo começa — completei, com um frio na barriga.

— Você imaginou algum dia que seria desse jeito?

— Nem nos meus sonhos mais loucos.

Ele me olhou de lado e sussurrou:

— Confesso que tô com medo.

Mantive algum tempo o olhar perdido na paisagem.

— Eu também.

— Será que um dia a gente vai voltar pra casa?

Não respondi, eu não sabia a resposta. Deitei minha cabeça no ombro dele, entrelaçamos os dedos. Em alguns minutos ele desabou no sono. Eu, ao contrário, mal conseguiria me desligar durante toda a viagem de mais de doze horas. Minha mente criaria e destruiria teorias sobre aquele lugar e o porquê de termos ido parar lá, mas sentia que, quanto mais pensava, mais eu me afastava de descobrir.

Após muito tempo de vista monótona da planície, o trem acessou uma ponte que parecia não ter fim, serpenteando por uma quantidade excepcional de ilhas em um mar azul tão lindo quanto talvez nenhum passageiro ali jamais tinha visto.

— Vocês estão perdendo. — Cutuquei os dois.

Grilo dormia de boca aberta e acordou gritando:

— Uuuhhhh, eu tive um sonho horrível! Eu tava num... — Olhou ao redor e murchou. — Hum, não era sonho.

— Nossa! — Euclides grudou o nariz no vidro.

Fiordes, penhascos, baías, enseadas e atóis desertos. Ilhas com linhas de coqueiros ou matas, de faixas de areia largas ou finas, todas muito brancas. Várias com pequenas cidades e pessoas aproveitando as praias, verdadeiros paraísos em sequência. Uma voz metálica então anunciou: "Megacidade Cairatenas a 15 minutos. Iniciar desaceleração". O trem baixou a velocidade e logo surgiu Cairatenas. A ilha montanhosa interligada a quatro ilhotas por pontes formava uma cidade quase branca, de pedra, mármore e prédios baixos espelhados, cheia de templos e monumentos aos deuses gregos e egípcios. Numa das ilhas à esquerda, elevavam-se três pirâmides gigantescas, rodeadas por outras pirâmides menores. Ao longe erguia-se a acrópole, um maciço sobre o qual ficavam o Partenon e a Esfinge.

— Cairo e Atenas misturados... que loucura! — sussurrei, maravilhada.

A estação Zeus-Rá se abria em um vão livre em metal trançado feito a boca de uma cobra engolindo muitos trilhos. No topo da estrutura havia um estátua de cada um dos deuses que nomeavam a estação. O trem encostou, milhares de pessoas circulavam. Assim como nós três, os que chegavam do paredão não traziam bagagem e desembarcavam sem fazer a menor ideia de para onde ir. Panfleteiros entregavam propagandas com ofertas de moradia e trabalho. Grilo pegou um panfleto em português com a foto de uma casa moderna no alto de uma colina e leu:

— Atravesse sua re-vida em alto estilo. Kolonaki-Zamalek, o melhor bairro de Cairatenas, com vista privilegiada para as pirâmides. Prestações mensais a partir de 200 chapas.

— Sou mais a minha casa e quero descobrir logo como voltar. — Mirei a porta da estação. — Meu pai vai chegar de viagem, vai dar problema se eu não estiver lá.

— E eu não consigo parar de pensar naquele boneco de travesseiros do Euclides — completou Grilo.

Luigi e Lorenzo Bonamassa tinham desembarcado logo após os três e espreitavam alguns passos atrás, para não darem na vista. Não queriam atacá-los antes de terem certeza de Vida ser quem procuravam. Também precisavam do nome completo da garota, uma informação que, se bem utilizada, poderia trazer vantagens indiscutíveis adiante.

8

O ARQUIVO CENTRAL

Caminhando na direção da acrópole, eu admirava boquiaberta o Partenon inteiramente construído e a Esfinge de Gizé, que, ao contrário da versão terrestre, tinha um belo nariz. Monumentos que eu conhecia dos livros de História, mas jamais imaginaria vê-los na versão original. Euclides me cutucou e riu.

— Vai me dizer que não queria um celular pra filmar e postar.

— Ah, ninguém ia acreditar, mesmo. — Dei de ombros.

Pelas ruas cruzavam pessoas em patins, bicicletas, patinetes elétricos, charretes simples puxadas por um cavalo ou charretes maiores puxadas por dois cavalos. Notei que os pedestres de todas as nacionalidades, idades e culturas caminhavam apressados e de cabeça baixa, pareciam tensos. O Arquivo Central surgiu na entrada de uma avenida larga, um prédio azul-claro com fachada descascada. Uma fila do lado de fora contornava a esquina e seguia a perder de vista. Fomos até o primeiro da fila, um velho beduíno de túnica preta e um lenço que deixava apenas os olhos descobertos.

— Com licença, senhor. — Forcei um sorriso. — Eu e meus amigos precisamos entrar urgentemente, porque...

O beduíno levantou o indicador me interrompendo. Apontou para um painel digital com o número 10 acima da portaria e tirou do bolso um papelote com o número 11. Esfregou no meu nariz e voltou a guardar no bolso. Em seguida, indicou um totem onde a gente deveria pegar a senha de ingresso. Por último, direcionou o olhar para o final da fila e fechou a cara.

— Ah, valeu. O senhor é uma simpatia, muito comunicativo.

— Eu não entendo esse povo. — Euclides entortou a boca. — Se tem senha, pra que fila?

— Também achei bem estranho. Mas vamos lá. — Grilo retirou a senha no totem e gritou: — 759? Não acredito!

— Vamos ver quanto tempo leva entre uma senha e outra — ponderei. — De repente, vai rápido.

Aguardamos diante do painel. Mais de um minuto e o número não mudou.

— Aaaaahhhh! — berrou Grilo. — Eu não vou gastar numa fila o resto da minha vida, ou minha morte, ou seja lá que diabos estejamos fazendo aqui. Vamos resolver isso logo e partir pra comer alguma coisa, qualquer coisa!

Tive uma ideia. Sinalizei com a cabeça e saímos de lado numa conferência. Sussurrei o plano e então ficamos próximos ao beduíno, que nos ignorava. Enfim a senha trocou para o número 11. No mesmo instante, Grilo tropeçou e empurrou Euclides, que caiu por cima do velho.

— Desculpa, vovô. Esses paralelepípedos são terríveis, não?

O beduíno se levantou irritado e bateu a mão na túnica para limpar, enquanto nós três já passávamos correndo pela portaria.

— Opa, opa, é nossa vez. — Mostrei o número 11 para o segurança. — Mas o serviço aqui é devagar, não? Credo!

O sujeito apenas apontou por cima do ombro uma sequência de guichês. Grilo e Euclides ficaram na recepção, enquanto fui pedir informações. A atendente, uma senhorinha albanesa de lenço na cabeça, rosto vincado por rugas profundas, ar simpático e óculos de tartaruga muito grossos, se aprumou na cadeira.

— Olá, minha pequena jovem — disse, com a voz rouca. As mãos tremiam, ela tossiu por intermináveis trinta segundos e cuspiu na lata de lixo. — Como posso ajudá-la?

— No paredão não tinha meu nome na lista. E eu preciso ir *para* o outro mundo, não ficar *no* Paramundo, se é que a senhora entendeu o trocadilho.

A velhinha mastigou a dentadura por algum tempo, produzindo um som de lábio seco. Havia um aparelho com uma tela e um teclado sobre a mesa. Ela pousou as mãos flácidas e de veias saltadas sobre as teclas.

— Tudo bem, vamos resolver seu problema, querida. Nome completo?

— Vida Coltelli Becker, com dois L, C e K.

A velhinha começou a digitar apenas com os indicadores. *Tec. Tec. Tec.* Revirei os olhos, finalmente compreendi o motivo daquela fila gigantesca.

— Quantos anos você tem, minha filha?

— Catorze anos terrestres e zero ciclos.

— Entendo. — A digitação voltou, agora um pouco mais rápida. — Você veio de onde?

— São Paulo, Brasil.

— Deixe-me localizar aqui. — A velhinha passou a atacar as teclas numa velocidade impressionante, quase em transe. A lista de nomes refletia-se nas lentes de seus óculos. — Ela então tirou as mãos do teclado. — Intrigante, não encontrei. Como você chegou ao Paramundo?

— Culpa de um livro esquisito que gerou um furacão e um buraco na biblioteca da minha casa.

— Nunca ouvi história tão impossível, incrível, inacreditável e improvável. — A velhinha voltou a mastigar a dentadura, retomando o som irritante e preguento.

— Não tem como me ajudar, pelo visto.

— E eu preciso chamar a próxima senha, o dia hoje promete ser longo. Você deve ter reparado no tamanho da fila.

Saí desolada, a situação só piorava.

— Vamos embora, isso aqui é perda de tempo. Melhor a gente descolar comida, agora a fome bateu.

— Milagre! — Grilo ergueu as mãos.

Luigi e Lorenzo Bonamassa também haviam cruzado a portaria logo após os três e atirado no peito do segurança um papelote com o número 12. Enquanto Lorenzo se prontificou a vigiar Grilo e Euclides, Luigi monitorou Vida, fingindo procurar alguma informação. Tão logo ela saiu, ele pegou pela gola o atendente magrelo no guichê ao lado da velhinha albanesa e o empurrou longe. Virou a tela e digitou "Coltelli Becker São Paulo Brasil". O resultado da pesquisa trouxe três mulheres. Imprimiu as fotos, nomes, idades, cidades e bairros. Em seguida, deu um comando que apagou os registros. Sem informações sobre Vida, impossível saber se alguma das mulheres teria relação com ela. A averiguação precisaria ser feita pessoalmente. Os dois irmãos trocaram um olhar rápido e silencioso, sabiam o papel de cada um naquela caçada. Luigi seguiu atrás dos três e Lorenzo voltou para a estação Zeus-Rá com a lista.

9
ATAQUE

Assim que pisei fora do Arquivo Central, parei, pedi para os meninos me esperarem só mais um pouco e retornei para a linha de guichês. Dei o nome de minha mãe para a velhinha, que pesquisou em todos os arquivos, mas não encontrou e não soube explicar o motivo. Saí de lá intrigada, sem saber como aquilo seria possível.

— Malditos! — Um grito agudo surgiu. O beduíno vinha correndo e cuspindo fogo. Balançava no ar o papelote com a senha 759.

— Vamos cair fora, pessoal! — gritei, saindo em disparada.

Cruzamos em velocidade por veículos e pessoas na direção contrária, mas o velho beduíno era bom das pernas e nos perseguia de perto. Algumas ruas depois, entramos em um beco e nos escondemos atrás de uma sequência de latas de lixo e contêineres. Em pouco tempo, o sujeito passou correndo na rua ao longe e finalmente relaxamos.

— Melhor a gente esperar mais um pouco antes de sair daqui — sussurrei.

Toc. Toc. Toc. O som da sola amadeirada de um sapato ecoou nas paredes do beco.

— Vida Becker, Vida Becker, você não faz ideia de quantos ciclos nós esperamos por este dia.

— O-oi? — Franzi a testa. — Como é o negócio aí?

Um homem de terno segurava uma longa faca, raios de sol refletiram-se em seu metal. Ele riscou a palma da mão, lambeu-a devagar e sorriu com dentes de sangue, como se bebesse uma poção da própria maldade.

— Muita gente tem assuntos importantíssimos a tratar com você.

— Que conversa mole é essa? — berrou Grilo, erguendo-se com o peito estufado e se colocando entre mim e o sujeito.

— Ora, ora, ora. Temos alguém corajoso na área. Mas quer saber? — A voz cheia de ironia se tornou um berro: — Eu não tenho paciência para gente corajosa! Já perdi tempo demais neste maldito Território Fraterno. — Deu uma rasteira em Grilo e apontou a faca para mantê-lo a distância. Agarrou meu braço.

— Você vem comigo.

— Me solta, seu animal! — Esperneei, tentando chutar a canela do maluco.

Uma tampa metálica e redonda acertou a nuca do homem, que largou meu braço e desmontou no chão. Euclides empurrou a lata cheia de lixo sobre ele.

— Vambora daqui! Esse cara é doido!

Corremos beco afora e entramos em velocidade na rua movimentada. Olhei para trás e o homem de terno tinha saído feito uma máquina veloz e imparável, empurrava quem vinha no sentido contrário e passava por cima do que aparecia no caminho.

— Ah, não, ele veio! Não parem, não parem! — berrei.

O sujeito se aproximava cada vez mais rápido, girando a faca no ar. Comecei a ficar para trás.

— Eu não tô aguentando, pessoal!

Grilo e Euclides chegaram a uma esquina que tinha uma linha de patinetes elétricos estacionados e um guichê para jogar as chapas do aluguel.

— Só mais um pouco, Vida, não desista! — Euclides pegou um patinete.

— A gente não vai pagar? — Grilo já subia em outro.

— É ruim, hein? E tem tempo pra isso?

Cheguei esbaforida, tropeçando nas próprias pernas, e me agarrei a um patinete. Demos partida e aceleramos. Olhei para trás e a faca lançada passou a centímetros do meu rosto. O maluco recolheu a arma, também pegou um patinete e acelerou pela rua de paralelepípedos. Nós quatro furávamos sinais e voávamos nas lombadas, desviando de veículos e tirando finas de quem atravessava pela frente. Entramos na ponte de acesso à ilha das pirâmides. O sujeito pilotava com muito mais habilidade do que nós e se aproximava rapidamente. Então vi uma bifurcação no prolongamento da ponte e gritei uma ideia:

— Vamos despistar o maluco. A gente se encontra na pirâmide maior.

Enquanto Euclides desaparecia numa perna da bifurcação e Grilo manobrava para a saída à direita, escondendo-se no meio de um grande grupo de ciclistas animados, todos vestindo roupas e capacetes coloridos, deixei a ponte num cavalo de pau à esquerda, passei por trás de duas charretes na pista contrária, quase atropelei um carrinho de bebê e sumi numa rua lateral.

Luigi Bonamassa perdeu os três de vista, não sabia para onde seguir. Então notou, ao longe, o cabelão de Grilo destacando-se dos capacetes. Acelerou, atropelou a retaguarda do grupo e os ciclistas começaram a cair como uma linha de dominós. Pouco antes de ser atingido, Grilo saiu para uma rua com charretes estacionadas nos dois meios-fios, serpenteando como se participasse de uma prova de slalom. Ele necessitaria, agora, ser o personagem real de um dos inúmeros *games* de corrida que já tinha zerado. Corria o risco de se espatifar num muro, atropelar alguém ou cair no mar, mas não se daria por vencido. Escolheu uma rua com trânsito intenso e, após contornar uma sequência de curvas, entrou em uma ruela e despistou Luigi.

Encostou sob a marquise de um edifício circundado por colunas gregas e respirou fundo para se acalmar. Espreitou para ver se o sujeito reapareceria e, após um tempo de calmaria, saiu devagar em direção ao ponto de encontro. Tomou a pista de concreto que cortava o gigantesco areal sobre o qual repousavam as pirâmides e mirou a maior delas. Foi quando escutou o som de outro patinete se aproximando por trás e, ao se virar, deu com a cara ensandecida de Luigi.

— Ah, você não desiste? — Enterrou o dedo no gatilho do acelerador.

Já próximo à pirâmide de Quéops, de altura quase o dobro da original, uma fila interminável de camelos atravessava a pista. À direita, areia; à esquerda, areia; atrás, o doido cada vez mais perto.

— Sai, sai, sai da frente, bicharada! — gritava Grilo, sinalizando com uma das mãos.

Apertou com força a alavanca do freio, desequilibrou-se e veio escorregando de lado pela pista salpicada de grãos de areia. Passou por baixo de um camelo, que tombou se debatendo com as pernas para cima. Capotou, rolou várias vezes no chão. Luigi largou o patinete e pulou por entre as corcovas de outro animal.

Da direção oposta, vindo da pirâmide, eu e Euclides freamos nossos patinetes. Grilo era um bicho estropiado e indefeso, e tentava sem sucesso se arrastar na pista quente.

— Quem é você, cara? — gritava. — O que a gente fez?

O homem de terno espumava, possuído, os olhos esbugalhados aparentavam estar quase mortos. Desferiu um murro no rosto de Grilo, que bateu a cabeça no chão e apagou. Uma poça de sangue e areia se fez. As mãos do maluco pareciam tremer de prazer com a faca no ar, mas, ao tempo em que ele descia o braço para cravá-la no peito de Grilo, um vulto veloz já voava por cima da fila de camelos. Um chute violento nas costas jogou o sujeito longe. O agressor, enorme, parecia um tipo de guerreiro, usava um elmo de metal com um penacho preto no alto e apenas os olhos e a barba negra e fechada à vista. Seu tronco se cobria por uma armadura e as costas por uma pequena capa vermelha. Ele segurava uma espada e um escudo redondo bronzeado.

— Você? — O homem de terno exalava fogo pelos olhos. Arrastou até a faca enterrada na areia e partiu para cima do guerreiro, girando a lâmina com habilidade e desferindo cortes no ar.

O guerreiro se protegia com o escudo e recuava. Uma das facadas, porém, acertou seu braço e abriu um talho fundo. Ele se abaixou, o homem de terno sentiu a oportunidade e avançou para cravar a faca em seu pescoço. Mas parecia um movimento defensivo calculado pelo guerreiro, o tempo necessário para ele girar e passar violentamente a espada afiada nas pernas do adversário, amputando-as num corte seco e rápido. O homem de terno caiu se contorcendo e gritando. De repente, ele começou a emudecer e a desaparecer. Franzi a testa.

— Mas o quê...? Como...?

O corpo se desintegrava na minha frente, sumindo como se uma mão invisível segurasse uma borracha invisível. Eu nunca tinha presenciado algo tão absurdamente louco.

— Ah, meu Deus, o que é isso? — Euclides berrava surtado. — Ele matou o... Ele matou um... Ele matou alguém que tava perseguindo a gente e eu não consigo lembrar quem era! Eu não tô preparado pra isso. Alguém chama a polícia! Polícia! Polícia!

Grilo seguia desacordado, sangrando na cabeça e com o corpo cheio de cortes e hematomas. Eu me arrastei até ele e o sacudi.

— Grilo, acorda! Você tá bem?

Ele mal se mexeu, mas respirava. O guerreiro se ergueu diante de mim e de Euclides, o braço pingava sangue. Nós dois nos encolhemos, imaginando que agora a espada encontraria nossos corpos.

— Não chega perto de mim! — Euclides recuou. — Eu quero ir pra minha casa, eu quero a minha cama, eu quero a minha mãe! Tô cansado disso aqui!

O gigante se ajoelhou, tirou o elmo e fez uma reverência com a cabeça.

— Rei Leônidas I, de Esparta, ao seu serviço e à sua proteção.

Ergui as sobrancelhas e o encarei, ele arregalou os olhos de volta. Mantivemos os semblantes congelados por alguns segundos.

— Leônidas de onde?

— Você ouviu bem.

— O Leônidas lá do...? Aquele que...? — gaguejei. Eu já tinha assistido a um filme de como o exército espartano derrotou o persa, muito mais numeroso. — Tu tá de brincadeira com a nossa cara.

— Nós só podemos estar no meio do *cosplay* do fim do mundo — gritou Euclides, caminhando em círculos com as mãos na cabeça.

— É melhor a gente partir, vocês correm perigo — aconselhou Leônidas. — Vamos ao hospital de uns amigos meus, o garoto ali precisa de cuidados.

O espartano prendeu Grilo nas costas, pegou um patinete e deixamos a estrada em direção ao centro da cidade.

Recostado numa poltrona do trem de retorno à estação ferroviária azul do abismo, Lorenzo Bonamassa estalava o pescoço de prazer. De repente, ele deixou de se lembrar de quem havia lhe entregado a lista com os nomes, endereços e fotos das três mulheres, mas isso não tinha a menor importância, pela magnitude da notícia que levava.

10

DOIS MÉDICOS DE RESPEITO

O hospital dos amigos de Leônidas ficava no mesmo bairro do Estádio Panatenaico e do templo de Luxor, um trajeto de alguns quarteirões. A bateria do patinete de Euclides descarregou e seguimos a pé. Como o Paramundo era aquela mistura louca de épocas e culturas, ninguém nas ruas parecia estranhar a cena de um gigante carregando uma espada, um escudo e um garoto nas costas. Mas ali estávamos nós três sendo escoltados por um rei, um dos maiores guerreiros da História.

— Ei, Leônidas, por que eu não consigo me lembrar de quem atacou a gente?

— Quando uma pessoa re-morre, o corpo se desintegra e ela desaparece da memória de todo mundo. As ações permanecem, mas ninguém se lembra especificamente de quem era.

Re-morrer, pensei. Eu tinha um milhão de perguntas a fazer, mas muito medo das respostas.

— Depois de re-morrer, a pessoa vai para outro tipo de Paramundo?

— Como ela some de nossas memórias, o que se imagina é que, enfim, tudo tenha acabado.

— Então, se eu me lembro de uma pessoa, ela está viva, né?

— Sim, mas você deve dizer "re-viva".

Fiquei mais tranquila, andei meio quarteirão em silêncio.

— Obrigada por nos salvar.

— Como seu nome não estava na lista do Paredão Amável, um alerta foi disparado. O número de pessoas atrás de você, para o bem ou para o mal, agora tem tudo para ficar enorme.

— O que eu fiz?

— Não fez ainda.

— Como assim? Eu não tenho nada pra...

— Chegamos — interrompeu Leônidas.

O hospital era uma casinha prensada entre uma loja de especiarias com grandes cestos de palha na calçada e outra de tecidos multicoloridos pendurados. Na velha parede esverdeada por mofo e infiltrações havia uma plaquinha de pedra gravada em alto-relevo: *Hip & Imot Médicos Associados.* Atravessamos uma portinhola e na recepção não tinha secretária, muito menos alguém esperando consulta.

— Tem certeza de que as pessoas vêm aqui se curar de doenças, e não *pegar* doenças? — Euclides entortou a boca.

— Os dois são os melhores, podem confiar.

Leônidas bateu a mão num sininho sobre o balcão. Em algum tempo, um velho careca e de barba castanho encaracolada entrou no ambiente, limpando as mãos em um pano. Lançou um sorriso.

— Leônidas, velho amigo!

— Quem é re-vivo, sempre aparece.

— E quem é re-morto, desaparece — completou o velho, no que parecia ser um trocadilho infame do Paramundo. — Um espartano em Cairatenas!

— Somos todos gregos.

— Somos todos amáveis.

Cada um deu dois tapinhas sobre o coração, como um tipo de código ou cumprimento.

— Vejo que temos visitas.

— Estes aqui são a Vida e o Euclides. — Leônidas apontou. — Nas minhas costas, o Grilo.

— O que houve?

— Um ataque — a resposta saiu num tom grave.

O velho estacou no mesmo instante, como se tivesse levado um choque. Ergueu uma sobrancelha e baixou o volume da voz:

— Um ataque dentro de um subterritório fraterno?

Leônidas concordou com a cabeça.

— É impossível um temível sair do Território Ermo — disse o velho.

— Eu também achava isso.

— Você sabe quem é o agressor?

— Não mais, está re-morto.

O velho encarou Leônidas e apontou para Grilo com sutileza, mas o suficiente para eu perceber que aquela seria uma pergunta importante.

— Ele é o...?

O rei espartano negou e apontou o queixo na minha direção. O velho me olhou de cima a baixo.

— Entrem, entrem depressa. — Virou a plaqueta *Fechado para Almoço* e trancou a porta.

Impossível imaginar que por trás daquela fachada podre se escondia um lugar tão claro e limpo, com macas, armários lotados de remédios e aparelhos antigos e moderníssimos. O piso brilhava como um espelho, eu conseguiria pentear meus cabelos olhando para baixo. Leônidas colocou Grilo ainda desacordado em uma das macas e se sentou em outra.

— Vida, Euclides, este aqui é o Hipócrates, o pai da medicina.

Meu queixo caiu, assim como o do Euclides.

— Aí, não! Não, não, mil vezes, não. Só piora, só pode ser uma pegadinha do professor Manollo. — Os olhos de Euclides iam de um lado a outro rapidamente.

Hipócrates, que já enfaixava a cabeça de Grilo, devolveu a reclamação recitando:

— Eu juro por Apolo médico, Esculápio, Hígia e Panaceia, e tomo por testemunhas todos os deuses e todas as deusas, que meu nome é Hipócrates.

— Ele sempre com essa ladainha de juramento... — Um egípcio baixo, magro e careca, o médico sócio de Hipócrates, entrava no ambiente pela porta dos fundos.

— Quem é o carequinha aí, agora? — Bufou Euclides.

— Sou Imotepe. Médico, mago, filósofo, escritor, engenheiro, astrólogo e arquiteto. Chanceler do Faraó e Sumo Sacerdote de Heliópolis. Aquele que vem em paz.

Durante o desfile do currículo egípcio, Hipócrates repetia as mesmas palavras sem som, com a boca torta e os olhos revirados.

— Se ele é o pai da medicina — continuou Imotepe, apontando para o grego. — Eu sou o Deus da medicina.

— Eu falei que eram os melhores — comentou Leônidas, em meio a um sorriso triunfal.

Grilo recobrou a consciência, ainda com cara de perturbado, e perguntou numa voz sofrida:

— Quem são os três aí?

— Hipócrates, Imotepe e Leônidas. É mole ou quer mais? — Euclides apertou os lábios.

— Ah, sim, acredito. Tá mais parecendo um teatro fajuto, com roteiro fajuto e atores fajutos. — Grilo se sentou. — Ai, minhas costas.

Dei um abraço forte nele.

— Obrigada, viu? Você foi muito valente. Fico te devendo uma.

Imotepe foi cuidar da ferida no braço de Leônidas.

— Foi bem feia a coisa — diagnosticou. — Como aconteceu?

— Uma facada.

Aparentemente, o egípcio não precisaria de maiores explicações para, assim como Hipócrates, considerar aquela informação algo muito sério. Apontou para Grilo.

— É ele o...?

Leônidas apontou para mim.

— Trouxe para vocês tirarem a prova.

— Vida, venha cá um instante — pediu Imotepe. — Você pode se sentar aqui na maca, por favor?

Os médicos passaram a me examinar. Hipócrates tirava minha pressão, Imotepe verificava meus olhos com uma lanterna.

— Respire fundo, diga trinta e três. — O grego ouvia minhas costas com o estetoscópio.

— Pisque várias vezes — seguiu o egípcio.

— Pressão normal, doze por oito.

Rasparam minhas mãos e solas dos pés com uma lixa, cortaram minhas unhas e fios de cabelo. Analisaram tudo num microscópio e num aparelho ultramoderno que dava um monte de gráficos e números. Depois de algum tempo, uma papeleta foi cuspida por uma impressora e chegaram à conclusão:

— Ela está envelhecendo.

— Não pertence ao Paramundo.

11

O TERRITÓRIO ERMO

O trem de Lorenzo Bonamassa chegou de volta à estação ferroviária azul no abismo. Com olhos fixos e passos rápidos, ele cruzou o Paredão Amável no sentido contrário. Dentro da ponte envidraçada, rangia os dentes para os amáveis que aportavam no Paramundo. Tal qual um trator, subiu e desceu correndo a colina, contornou a fenda e alcançou o Paredão Temível. Furou a fila, pouco importando se os que ali esperavam eram tão quanto ou mais temíveis do que ele próprio. Sobrevieram reclamações e ameaças. Começou o empurra-empurra, sobraram xingamentos. O porteiro, um barbudo musculoso, de bandana de caveira e jaqueta dos Hells Angels, embora sabendo que seria quase impossível, berrou para a fila se comportar minimamente, ameaçando com os punhos cerrados quem tentava se aproximar. Antes de ele terminar a frase, um skinhead com o rosto coberto de tatuagens e piercings já tinha lhe enfiado um murro no nariz. Os dois passaram a trocar socos e pontapés, um traficante deu uma voadora nas costas do skinhead e um quebra-quebra generalizado se instalou.

Enquanto isso, Lorenzo já saía da escada rolante na parte de baixo da formação rochosa e se dirigia à plataforma de acesso ao Túnel das Cem Barreiras. Bilhetes eram desnecessários, pois dali havia apenas um destino possível. Cinquenta e cinco ciclos antes, Lorenzo havia feito o trajeto inverso e agora retornava para casa. Não suportava mais aquele povo do Território Fraterno, todo cheio de criatividade, perseverança e sensibilidade. Entrou no trem, ocupou uma poltrona e relaxou.

O Deserto Infernal era um planalto circular três vezes maior do que o do Saara, na Terra. A formação erguia-se logo após a borda, para se transformar num platô árido descomunal, entrecortado por montanhas rochosas de milhares de metros de altura. De terra pesada, solo rachado e com ventos capazes de erguer pedregulhos, para onde se olhava a sensação era de um infinito sufocante. Quanto mais se caminhasse, mais longe se estaria de qualquer lugar. A temperatura na superfície beirava os 80ºC nos meiociclos de luz e -40ºC nos de escuridão, constituindo-se em uma barreira natural tão terrível que não havia a menor chance de alguém sobreviver ali por mais de uma hora.

Ao centro do platô, no entanto, afundava-se uma cratera do tamanho da Índia terrestre, que, protegida pelas encostas ao redor, capturava os altos ventos que desciam em espiral e perdiam temperatura, tornando-a uma região amena e habitável, feito um gigantesco oásis. Era o Território Ermo. Dividido em três distritos, ali re-vivia o que de pior habitou a Terra: no 1º, mafiosos, milicianos, estupradores, traficantes e hooligans; no 2º, banqueiros, estelionatários e mercenários; no 3º, supremacistas, carrascos, piratas e torturadores. Dispersos pelas cidades dos três distritos, reis e generais sanguinários, imperadores e faraós impiedosos, líderes tirânicos, ditadores e genocidas. Todos com seus séquitos de assassinos. Uma sociedade doente formada por duas classes: uma pequena elite com acesso a bens e serviços de qualidade, ocupando bairros chiques e seguros; e uma imensa massa de miseráveis.

Ao fim da 1ª Guerra Paramundial – 2.200 ciclos antes –, a Lei de Exclusão determinou a construção dos paredões e de um corredor seguro entre o Paredão Temível e o Território Ermo. Vitrúvio, um dos principais arquitetos da antiguidade, projetou o Túnel das Cem Barreiras, aberto por 10.000 mil egípcios que haviam participado da construção das pirâmides e outros 20.000 chineses dos que ergueram a Grande Muralha. O nome foi escolhido em razão do número de postos de controle ao longo de sua extensão, um a cada 300 km.

Com a implantação do sistema ferroviário, as barreiras foram desativadas, sobrando apenas a última, chamada de Portal do Deserto Infernal. Com dois monumentais portões em sequência, em tese ele era inviolável, pois um mecanismo de roldanas, correntes de aço e contrapesos garantia a abertura do último portão apenas depois do trancamento do penúltimo, e vice-versa, mantendo os vagões confinados durante a inspeção a cargo de uma centúria de legionários. A conferência mais importante se fazia após o descarregamento dos temíveis no Território Ermo, garantindo que o trem retornaria vazio.

No entanto, os legionários jamais souberam da única falha na segurança, 55 ciclos antes. Numa ação diversionista rápida e muito bem orquestrada, em meio ao desembarque no Território Ermo, a locomotiva havia sido violada e os dois maquinistas trocados por Luigi e Lorenzo Bonamassa...

12

O CONFEITEIRO PITORESCO

Quando saímos do hospital, Leônidas cedeu aos nossos pedidos por comida e fez sinal para uma charrete que passava.

— Ei, Léo, não é melhor um táxi? — Grilo sugeriu.

Franzi a testa para Euclides e fiz com a boca, sem som: *Léo?*

— Táxi? — Leônidas entortou a boca.

— Isso, um carro. Quase igual a uma charrete, mas tem ar-condicionado, vai mais rápido, toca música e, melhor, não fede a cavalo.

— A dinâmica por aqui é outra, tudo é mais lento mesmo. A exceção são os maglevs, já que o Paramundo tem vinte vezes o tamanho da Terra e levaria uma Era para ir de uma ponta à outra. Há uma série de leis que impedem inventos que possam provocar re-morte ou cair em mãos erradas. Quanto menores as chances de problemas, melhor.

— Eu ouvi você comentando com o Hipócrates sobre uns tais temíveis. — Tentei conseguir informações sobre o que estava acontecendo. — É deles que você tá falando?

O rei espartano manteve o olhar nos cabos de aço da ponte em direção à ilha oposta à das pirâmides, tomada de bairros residenciais tranquilos e ruas ladeadas por árvores e arbustos.

— Sim, os temíveis vivem num lugar chamado Território Ermo. — Ele apertou os lábios. — Tem muito que você precisa saber, Vida, mas tudo ao seu tempo.

O charreteiro pegou uma ladeira comprida e mal iluminada, e nos deixou na frente de uma casa com uma portinhola de madeira e a plaqueta "O Confeiteiro Pitoresco".

— Aguardem, vou lá falar com o *chef.* O restaurante só tem uma mesa, o tempo de espera costuma ser de um ciclo. — Leônidas ultrapassou a portinhola.

— Não acredito, ele trouxe a gente numa espelunca que só tem uma mesa. — A indignação de Grilo atingiu nível máximo. — Também, um restaurante com um nome desse, boa coisa não pode ser.

— Melhor a gente procurar uma pizzaria — Euclides concordou.

— Uma feijoada seria o céu.

— Nossa, como vocês falam bobagem! — Dei um tapa na testa. — Um rei jamais traria a gente num lugar fuleiro. Se a lista de espera tem um ciclo, isso dá seis anos.

— Que maluco esperaria tanto pra comer num muquifo?

Um estrondo de cascos de cavalos subindo a rua interrompeu a conversa. Vinte guardas *coldstream*, de casacos vermelhos, calças pretas, chapéus de pele de urso com uma pluma vermelha no lado direito e cavalgando enormes cavalos de patas peludas escoltava uma carruagem. A comitiva parou em frente ao restaurante e um arauto berrou:

— Abram espaço para Sua Alteza Real, Duque de Cornualha, Duque de Rothesay, Conde de Chester, Príncipe de Gales, Príncipe Regente, pela graça de Deus, do Reino Unido da Grã-Bretanha e Irlanda. O Rei, Defensor da Fé, Duque de Brunsvique e Primeiro Cavalheiro da Inglaterra: o inigualável George IV!

— Se esse rei aí e esse monte de soldadinhos de chumbo vieram num restaurante de uma mesa, podemos começar logo a ir atrás da pizzaria — sussurrou Euclides.

Um súdito abriu a porta da carruagem e o rei George IV desembarcou. De coroa, camisa escura colada ao peito, colarinho alto com um lenço no pescoço e calça pantalona, ele se espreguiçou e coçou a enorme barriga.

— Nem vem, titio, nós chegamos primeiro. — Grilo balançava o indicador. — Eu tô morrendo de fome e ninguém fantasiado de rei momo vai passar na nossa frente. Nós não somos de furar filas, elas devem ser respeitadas sempre.

— Quanta insolência para cima de um membro da realeza! Guardas! — berrou George IV.

Um guarda alto e de bigode fino se aproximou, desembainhou a espada e a tocou na ponta no nariz de Grilo.

— Plebeu, peça perdão ao rei! Ele reservou a mesa há um ciclo.

— Nem tente! — gritou Leônidas, ultrapassando a portinhola do restaurante.

George IV arregalou os olhos e sinalizou para o guarda recolher a espada. O espartano se aproximou do inglês e desferiu um olhar seco e um conselho:

— De rei para rei, é melhor vocês saírem daqui, estão chamando muita atenção. A reserva, agora, está nos nomes deles.

— Fica frio, titio. A reserva caiu, mas nós vamos remanejar seu nome para o fim da lista — provocou Grilo, protegendo-se atrás de Leônidas. — Tá cheio de pizzarias no bairro. Pode ir vazando.

George IV retornou à carruagem com semblante resignado e a caravana desceu a rua, contornando a esquina e desaparecendo da vista.

Entramos no restaurante, o cheiro que vinha da cozinha não tinha explicação. Após uma recepção pequena e decorada por vasos de flores coloridas, havia um deck amadeirado, suspenso sobre Cairatenas e com vista para as pirâmides. Ao centro, a tal única mesa.

— A fachada de todo lugar nesse Paramundo é uma lástima, mas eles capricham no *design* de interiores — comentou Euclides.

— Se a comida prometer tanto quanto o cheiro e o visual, nós estamos feitos. — Grilo esfregou as mãos.

— Vocês provarão a melhor comida de todos os tempos — garantiu Leônidas, salivando. — Eu contei para o *chef* quem são vocês e ele está lá na cozinha em pânico. Esperou toda a re-vida por este momento.

— Quem é o *chef*? — Eu me sentei, admirada pela quantidade de pratos e copos finos sobre a mesa, além de talheres de prata e guardanapos de pano bordados com o nome do restaurante.

— É Marie-Antoine Carême, o *chef* dos reis, o rei dos *chefs*. O maior cozinheiro da História.

— Nunca ouvi falar, mas tô encarando até sopa de pedra egípcia com sal grego. — Grilo prendeu o guardanapo na gola da camisa.

O vento corria suave e aquela era a primeira vez, desde quando eu tinha colocado a mão sobre os lacres do livro, que nós três relaxávamos. Um sujeito de cabelos encaracolados entrou dedilhando um violão, seguido por uma menina de tranças negras e pele bem branca soprando melodias numa flauta de madeira.

— Ei, Leônidas, já é bom a gente deixar claro que não temos grana pra comida e muito menos pro couvert artístico — comentou Euclides.

— Pois é, eu ia justamente informar esse mero detalhe — reforcei, travando os dentes.

— Fiquem tranquilos quanto a isso, meus jovens, vocês são meus convidados — interveio Carême, num tom de voz cantado, entrando no recinto. Ele usava o chapéu branco e alto de cozinheiro. — Nunca recebi pessoas tão importantes, e vejam que na Terra servi as cortes de Paris, Viena, Londres e São Petesburgo, e preparei mesas, dentre outros, para o czar Alexandre I, o imperador Francisco I, o Barão de Rothschild e até o rei George IV.

— Esse último a gente conheceu. Chaaaato — Grilo disse com a voz afinada.

— Muito obrigada por nos receber, seu Carême. — Apertei os lábios.

— É uma honra tê-los no O Confeiteiro Pitoresco. — O *chef* bateu duas palmas para os cozinheiros.

A partir dali começou uma sequência maravilhosa. Conforme o prato, o *chef* informava o nome e contava um pouco das técnicas de criação. De entrada, sopa de beterraba; na sequência, *vol-au-vents* recheados com frango, creme, champignons e trufas; depois, cascatas de camarão ao molho bechamel e tournedos Rossini; e o prato de queijos com camembert, roquefort e reblochon. Nós quatro, esfomeados, não trocávamos nenhuma palavra. Eu comia como se fosse a última refeição de todos os tempos, abandonando a categoria exigida para um evento daquele. Quando a sobremesa foi servida, mousse de café mocha, Grilo não se conteve:

— Tu é o cara!

O orgulho estampado no rosto do *chef* não deixava dúvidas de que aquele havia sido o auge de sua carreira de cozinheiro. Grilo e Euclides mal conseguiam andar e foram se deitar nas redes. Fui fazer um *tour* pela cozinha.

— Confesso que fiquei curiosa, seu Carême. Nós comemos camarão, carne, frango e tudo mais. Quando os bichos morrem lá na Terra, como eles chegam aqui?

— Aparecem em fazendas, florestas e rios com ecossistemas semelhantes aos seus habitats terrestres. A única peculiaridade está nos mosquitos, pernilongos, carrapatos e baratas, que surgem apenas no Território Ermo.

Fiquei um tempo pensando sobre aquilo e devolvi:

— Faz todo o sentido.

— Diferentemente dos humanos, os animais não desaparecem quando re-morrem. Mas, assim como nós, eles não envelhecem e isso é ótimo, porque estão sempre suculentos. Hoje, por exemplo, vocês comeram o filé de um boi de 300 ciclos.

Meu estômago embrulhou na hora, mas preferi não desagradar ao *chef*, que continuou:

— Bactérias e fungos, de forma peculiar, têm o mesmo comportamento da Terra e conseguimos produzir os queijos *superbe* que vocês provaram. De toda forma, como animais não nascem no Paramundo, e como os que chegam seriam insuficientes para alimentar todos os habitantes, a clonagem apenas para alimentação foi autorizada por lei. O CLAC – Centro de Clonagem de Animais Comestíveis, em Vladivostóquio, garante que jamais existirá fome no Território Fraterno.

— Aí eu vi vantagem. — Aplaudi.

Na saída, enquanto nos despedíamos, Carême propôs:

— Finalizemos com chá gelado de parafolium.

— Parafolium? — franzi a testa.

— É a planta-símbolo do Paramundo.

Grilo e Euclides dispensaram. Dei um demorado gole na bebida doce que finalizava num tom amargo, enquanto admirava Cairatenas lá embaixo. Agradeci a Leônidas o convite.

— Tempos muito difíceis se aproximam, Vida, e foi minha a honra de jantar ao seu lado. — Ele apertou os lábios. — Agora, precisamos partir. A jornada de vocês será longa.

13
A BRIGADA TEMÍVEL

O trem de Lorenzo Bonamassa passou pela inspeção no Portal do Deserto Infernal e acessou o Território Ermo. O italiano desembarcou e esquadrinhou no painel a plataforma dos trens que saíam para Bajulance, capital do 1º Distrito e onde se localizava a sede da Brigada Temível. Em pouco tempo, o italiano já se sentava à janela de um vagão para o novo trajeto de algumas horas. Conforme o velho trem chacoalhava Território Ermo adentro, Lorenzo matava a saudade dos cheiros e sons de sua terra, trazidos pela mesma paisagem árida de 55 ciclos antes. Perseguir o bem-estar da população nunca fora objetivo de nenhum dos tantos que decidiam os rumos por ali, nada haveria mesmo de ter mudado.

Bajulance não se diferenciava de nenhuma das inúmeras localidades do Território Ermo. Edificações malcuidadas, pintadas em tons sombrios, de fachadas descascadas e vidraças arrebentadas. Ruas imundas, paisagem turva e carregada. Nenhum tipo de parque, a não ser os descampados onde jaziam zumbis drogados no aguardo da re-morte. Grupos de pessoas rotas reuniam-se nas esquinas, em meio a montes de sujeira e restos de charretes abandonadas ou carcaças de animais deixadas ao relento. Ao cheiro podre os antigos estavam acostumados; para os novatos, era questão de tempo.

No caminho para a sede da Brigada Temível, Lorenzo desviou para o ShitHead Irish Pub, um dos muitos da franquia mais famosa do Território Ermo, em busca de uma cerveja para celebrar a vitória, antes de entregá-la aos Brigadistas. No bar lotado, homens e mulheres embriagados jogavam sinuca ao som de uma banda que tocava um rock da pior qualidade. O italiano escolheu a mesa mais ao fundo, longe de olhares atravessados. As duas canecas da ShitWeissBeer escorregaram macias por sua garganta. Mesmo após tantos ciclos, o sabor amargo permanecia inalterado. Quando uma confusão se fez no balcão, dois cangaceiros bêbados, não falando coisa com coisa e gritando impropérios sobre o péssimo serviço do lugar, Lorenzo furtou um maço de cigarros e uma caixa de fósforos largados sobre uma mesa e saiu sem pagar. Não tinha no bolso nem sequer uma calota, a moeda temível.

A sede da Brigada Temível se situava num galpão ao final de um beco sem saída, na região central da cidade. Lorenzo bateu à porta de ferro, uma portinhola se abriu na altura dos olhos e um segurança mal-encarado franziu a testa, mantendo-se em silêncio.

— Trago uma mensagem urgente.

— Quem solicita?

— Lorenzo Bonamassa.

O italiano acendeu um cigarro, tragou fundo e aguardou o momento de saborear a vitória. Em poucos minutos as trancas ecoaram um ranger enferrujado. O segurança o encarou, resmungou qualquer coisa e apontou para um corredor que terminava em um galpão redondo com um ringue de boxe ao centro e múltiplos níveis de arquibancadas lotadas de mafiosos de todas as famílias e denominações. Ali reunia-se o que houve de pior nas máfias, das italianas, americanas, quenianas, russas e sérvias à Yakuza, passando pela Irmandade Ariana, a Tríade chinesa, o Comando Vermelho, a Scuderie Detetive Le Cocq e os cartéis de drogas colombianos e mexicanos. Apesar da rivalidade terrestre, no Paramundo todas se uniram por uma causa maior: a de um dia ocuparem o Território Fraterno, quando então dividiriam o controle das inúmeras atividades ilícitas. Num lugar com uma população quinze vezes maior do que a da Terra, as oportunidades de negócios prometiam ser infinitas. Dado o estabelecimento do acordo de rodízio entre os Brigadistas, a gestão naquele ciclo estava a cargo da máfia italiana.

Lorenzo subiu no ringue, passou pelas cordas e se postou sozinho ao centro. Num balcão acima sentavam-se os cinco Brigadistas. O silêncio caiu sobre o lugar.

— Lorenzo, Lorenzo — iniciou Al Capone, acentuando um sotaque italiano carregado e lento. Mastigava o charuto, sob o olhar atento dos gângsters Lucky Luciano, Carlo Gambino, Frank Costello e Totò Riina. — Para você estar de volta, só pode ser por um motivo.

Lorenzo balançou a cabeça devagar, concordando. Tirou o papel do bolso e o ergueu. Al Capone sinalizou e um soldado foi ao ringue e trouxe a encomenda a Carlo Gambino, que conferiu e passou adiante, um a um, até chegar às mãos de Al Capone.

— Há quatro nomes neste papel, Lorenzo. Todos de mulheres.

— Três delas podem ou não ter a ver com nosso alvo prioritário.

— Intrigante. Qual delas é quem procuramos?

— Vida Becker, a que não tem foto. É uma menina de catorze anos.

A informação explodiu como um carro-bomba, a incredulidade atingiu um a um das centenas de mafiosos. O capo italiano deu um trago fundo no charuto, apagou-o no tampo do balcão e desceu pela escada lateral em passos vagarosos. Ouvia-se o solado de madeira golpeando o chão. Uma tensão ocupou a atmosfera já densa do lugar, como se todos ali tivessem prendido a respiração. O coração de Lorenzo disparou. Al Capone subiu no ringue e se manteve inerte por vários segundos.

— Você está tentando me convencer de que, depois de procurar por 55 ciclos, voltou com o nome de uma menina?

Lorenzo olhava para baixo segurando o choro, não conseguia erguer a cabeça.

— Ca-tor-ze-a-nos... — Al Capone rangeu os dentes, reforçando cada sílaba. Respirou muito fundo, puxou Lorenzo pelos cabelos até seus olhos se encontrarem. Deu-lhe um beijo no rosto, virou-se para as arquibancadas e gargalhou. — UMA MENINA DE CATORZE ANOS!

A adrenalina do local explodiu. Os mafiosos berravam, cada um na sua própria língua, uma palavra entendida por todos: *Perdedora!* Al Capone retornou ao balcão com semblante sereno. Sinalizou e soldados passaram a rodar com cervejas, canapés e charutos. Enquanto isso, os Brigadistas conduziram Lorenzo a uma sala reservada e se sentaram ao redor de uma velha mesa circular em madeira.

— Conte-nos mais sobre esta Vida Becker — determinou Lucky Luciano.

— É pequena, cheinha, tem cabelos roxo e rosa. Duvido que tenha alguma habilidade.

— E onde ela está?

— Em Cairatenas.

— Alguém foi atrás dela? — perguntou Carlo Gambino.

— Sim, mas eu não me lembro quem é.

— Se não se lembra, é porque já está re-morto e nós não vamos ver a menina tão cedo. Ela está tendo ajuda.

— Ajuda não faltará. — Al Capone deu um demorado gole no uísque. — Do lado de lá haverá muita gente disposta a se sacrificar por ela. Precisamos descobrir o quanto antes se alguma das outras três mulheres tem relação com essa menina. Proponho submetermos a lista ao Comando Temível.

— Concordo, mas... — Totò Riina se levantou — tem gente nesta sala que sabe de mais. — Puxou uma faca das costas e degolou Lorenzo Bonamassa, que desapareceu sob o olhar impassível dos outros quatro.

14
UM BARCO PARA CAPRI DE PÁSCOA

Caminhávamos pelas ruas desertas de Cairatenas em direção ao porto da megacidade, um vento frio soprava.

— Onde está todo mundo, Leônidas?

— É alta madrugada, devem estar em casa. Daqui a pouco amanhece.

— Madrugada? Com este sol aí em cima?

— Estamos no início do meiociclo de luz, que dura três anos. Já no meiociclo de escuridão, como o próprio nome diz, é sempre escuro. Agora são... — O espartano conferiu o relógio em seu pulso. — 03:19:82. O dia completo tem 32 horas paramundistas.

Comecei a me sentir estranha, minha cabeça rodava e a visão embaralhava a cada passo, mas preferi esconder o mal-estar. Em algum tempo, chegamos ao porto de Cairatenas. Diversas ilhas erguiam-se no rumo do horizonte, muito além de um quebra-mar. O silêncio dominava a marina, o oceano era um espelho refletindo o solar violeta. Imagens dos barcos boiavam tortas, como se meu cérebro tivesse sido transformado em um pote de gelatina. Na beira do píer, Leônidas ergueu a espada em direção ao Oeste, refletida ao sol da madrugada como uma sinalização. No mar distante, a luz de uma lanterna piscou e uma embarcação fina e comprida se aproximou em velocidade.

— Pelo tamanho do barco, você não vem com a gente — balbuciei com a voz amolecida.

— Eu preciso retornar ao meu posto. Meus homens me esperam, é bom ficar de prontidão. Ter encontrado um temível no Território Fraterno é um alerta impossível de ignorar.

— Tô cansada de só ouvir que a gente vai entender quando chegar a hora e essa hora nunca chega.

— Na ilha de Capri de Páscoa vocês saberão de tudo. É preciso partir. Quanto mais rápido e menos atenção vocês chamarem, melhor. Charles Wordsworth, remador do time de Oxford, e Charles Merivale, de Cambridge, remam muito.

— Ainda vamos nos ver? — Eu já quase não me aguentava de pé.

O espartano tirou do pescoço um cordão de couro trespassando uma pedra talhada com uma efígie e o prendeu ao redor do meu pescoço.

— Nice, a deusa da vitória. Envergando este amuleto travei algumas das minhas maiores batalhas na Terra, inclusive a última delas, em Termópilas. Use-o com sabedoria, você saberá quando e como. Nem tudo o que parecer impossível será, assim como você deve redobrar a atenção ao que aparentar ser fácil demais.

Embarcamos e Leônidas orientou os dois Charles:

— Discrição e rapidez.

Conforme o barco avançava em direção ao Oeste, o mal-estar se tornava ainda mais insuportável. Os Charles remavam em sincronia, o barco zunia mar adentro. Grilo e Euclides em pouco tempo já dormiam sentados. Fui derrotada pela vertigem e desmaiei no assoalho.

O espelho d'água se ergueu. Marolas tornaram-se ondas, depois redemoinhos assustadores. A proa do barquinho subia feito uma flecha e descia espraiando água com violência. Eu me agarrava à borda, tentava gritar, mas a voz não saía. Os dois ingleses, transformados em deuses do oceano, fortes, tatuados e de longos cabelos, remavam com fúria. Em meio à fumaça, uma enorme mão de pedra brotou do mar, arrebentando o assoalho do barco e me jogando longe. Mergulhei e retornei desesperada à superfície. Eu me debatia, engolia litros d'água, minha barriga crescia como um balão de ar e os braços e as pernas endureciam. Uma tempestade caiu, rajadas de raios e rugidos de trovões se elevaram, as ondas se transformaram em gigantes. A mão de pedra então se encolheu e agarrou meu pescoço, me enforcando em direção às profundezas...

Acordei num susto, erguendo as costas e buscando ar desesperadamente. Ter o mesmo pesadelo de quando encostei o dedo no lacre azul do livro das quatro chamas parecia bem estranho, não me lembrava de ter repetido um sonho alguma vez. Os remadores incansáveis continuavam quase sem piscar. Demorei a me acalmar.

— O que é Capri de Páscoa? — perguntei com o olhar fixo no horizonte.

— É a localidade mais importante do Subterritório das Águas. — Charles Wordsworth mantinha o foco na sincronia dos remos. — Onde fica a sede da Grande Ordem Suprema Criativa.

Grande Ordem Suprema Criativa, repeti na mente e tive até medo de perguntar o significado. Logo Charles Merivale apontou o queixo para um maciço cilíndrico altíssimo. Diversas passarelas suspensas de metal a conectavam a ilhas menores ao redor.

— O que são? — Indiquei um círculo feito com gigantescas cabeças de pedra no topo da ilha.

— Sentinelas cheios de instrumentos de observação. Cada monólito moai monitora um ângulo de 22 graus e 30 minutos ao redor da ilha e até onde a vista alcança, vasculhando movimentações estranhas e aproximações indesejadas.

— Alguém indesejado já se aproximou?

— Até hoje, ninguém.

Conduziram o barco por um labirinto de rochas erguidas do mar, uma barreira natural que certamente impediria embarcações maiores de se aproximarem da ilha. Deslizaram até o píer encravado ao pé de Capri de Páscoa, a formação rochosa que lembrava a face de um assustador chefe indígena. Havia outros barcos ancorados e cobertos com lonas. Grilo e Euclides enfim acordaram e nós três desembarcamos. O píer seguia em frente e terminava na rocha. Em alguns segundos, surgiu um som craqueado emitido por pedras se movimentando sozinhas até abrirem uma passagem escura. Os dois Charles sinalizaram para avançarmos. À medida que caminhávamos, o túnel se tornava mais escuro, até a entrada se fechar e ficarmos num breu silencioso.

— Agora deu medo. — Euclides agarrou meu braço.

Uma nova abertura surgiu adiante, com pedras outra vez se deslocando e permitindo incidir no túnel a luz clara que vinha do interior da montanha. Caminhamos mais um pouco e atravessamos a segunda passagem. E o que vi ali era tão impressionante quanto as melhores histórias de ficção científica que eu já tinha lido...

15

NO MONTE DO SANGUE DE DRAGÃO

Al Capone tomou a charrete da Brigada, conduzida por um soldado de sua estrita confiança, e rumou para o Monte do Sangue de Dragão, nos arredores de Bajulance. A importância das informações era tamanha que deveriam ser entregues pessoalmente. Conforme a charrete passava, a população temível demonstrava respeito, embora ninguém sentisse medo algum da máfia. Ao entrarem em uma rua comprida, o soldado puxou as rédeas e desacelerou os cavalos.

— Por que parou? — gritou Al Capone, batendo no vidro.

— Uma briga de rua, senhor.

O capo colocou a cabeça para fora da charrete. Armados de socos-ingleses, paus, pedras, garrafas e tijolos, baderneiros bêbados com os rostos ensanguentados brigavam pelo simples prazer de descarregar a adrenalina. Re-mortes eram comuns e os contingentes sempre terminavam reduzidos ao fim dos confrontos.

— Hooligans... — bufou o italiano.

O soldado desviou a condução por uma saída lateral e tomou um caminho mais longo até alcançarem o Monte do Sangue de Dragão – batizado assim em razão de haver em seu topo uma imponente árvore sangue de dragão em forma de cogumelo. Subiram por uma rua ladeada por sebes de faia, onde, adiante, estabelecia-se a sede do Comando Temível, num castelo medieval rodeado por um fosso de água barrenta e acessado por uma ponte levadiça. Ao verem o brasão da Brigada na lateral da charrete, os seguranças usando a libré do Comando subiram a cancela. Al Capone foi conduzido ao salão principal, onde almoçavam Tomás de Torquemada e Ivan, o Terrível. Dado o caráter inesperado da visita, nem todos os comandantes estavam presentes no local.

— Ora, ora, ora — disse Torquemada, mastigando uma coxa de frango com as mãos e limpando-as na roupa. — Uma visita ilustre.

— Senta para almoçar. — Ivan apontou para uma cadeira vazia, com a cabeça baixa e sem desviar os olhos da própria comida.

— Temos assuntos capitais a tratar. — Al Capone pegou um prato e se serviu de um naco da barriga do porco assado deitado na bandeja, ainda intacto e com uma maçã na boca.

— Vinho? — resmungou Ivan, com a boca cheia de farofa, dando um gole no tinto.

— Irish Whiskey.

O russo coçou a longa barba e levantou o braço. O mordomo, um velhinho brasileiro corcunda, saiu para providenciar o pedido, andando de ré com as costas arqueadas.

— Onde estão os outros dois? — continuou Al Capone. — Trago notícias importantíssimas e precisaremos pensar em uma nova estratégia de guerra.

— Nova estratégia? A Operação Triunfo dos Titãs vem sendo articulada há muitos ciclos. A primeira investida já está programada para o próximo meiociclo de escuridão — pontuou Ivan.

— A informação que trago é capaz de nos dar uma vantagem descomunal na guerra, mas só vou revelar quando todos estiverem reunidos nesta mesa.

— Fala logo, que tortura! — Torquemada bateu a taça na mesa. — Me passa o sal, por favor.

— Os quatro ou nada. — Al Capone passou o saleiro e manteve o suspense, enquanto o mordomo lhe servia o whiskey.

Ivan o encarou, atirou com força o guardanapo de pano sobre a mesa e berrou para o mordomo:

— Vá acordar os outros dois!

Em algum tempo, Herodes e Nero, que tinham almoçado mais cedo e tiravam um cochilo em seus aposentos, tomaram assento.

— Agora que todo mundo veio do jeito que o mafioso aí exigiu, vamos ao que interessa. Desembucha! — ordenou Ivan, com voz de trovão.

Al Capone deu um lento gole no whiskey, elevando o suspense.

— Nossa busca finalmente acabou.

Talheres foram soltos sobre os pratos. Torquemada se engasgou com o frango e Herodes correu para bater em suas costas. Serviu com agilidade uma taça de vinho e deu para o espanhol beber.

— Como é que é? — espantou-se Nero.

— Nosso infiltrado no Território Fraterno retornou com a informação.

— E qual o nome?

— Vida Becker.

— Uma guerreira?

— Chame como quiser, mas é uma menina deste tamanhinho, redonda e de cabelo roxo e rosa. — Al Capone inventou uma altura e uma largura com as mãos. — Um inseto inofensivo, dá até pena. E olhem que não costumo ter pena de nada.

Herodes começou a rir.

— A mesma reação de todos lá na Brigada — comentou Al Capone.

— Esta bruxa não merece indulgência. Já tenho a sentença: Fogueira! — decretou Torquemada.

— Tem meu apoio. — Nero deu um gole no vinho e finalizou num arroto. — Quanto mais quente, melhor.

— Não sejamos precipitados, meus caros — ponderou Al Capone. — Se agirmos com sabedoria, poderemos tirar vantagem da presença desta menina. Ela pode ser uma arma a nosso favor.

— Concordo, precisamos encontrar uma forma de abalar esta Vida Becker — sugeriu Ivan. — É uma menina, mas não podemos subestimá-la.

— Pois, eu sei muito bem por onde podemos começar. — Al Capone tirou a lista do bolso e a jogou sobre a mesa.

O papel ficou parado um tempo ali. O capo apontou com o queixo e um olhar superior.

— Esses mafiosos são cheios de sortilégios — Torquemada murmurou a Herodes. — Nunca entregam tudo de uma vez.

— Por isso são quem são.

Virgínia Germano Coltelli Becker
Nairoberlim / Kilimani-Charlottenburg

Anamaria Coltelli Becker
Madmex / Coyoacán-Carabanchel,

Viviana Ruas Coltelli Becker
Lissebergen

Ivan viu as fotos e leu os nomes, além das cidades e bairros. Repassou o papel aos outros.

— Quem são essas mulheres?

— Não sabemos ainda, mas, se pelo menos uma delas tiver relação direta com a tal Vida Becker, isso nos trará uma vantagem enorme.

— Estas estratégias suaves não fazem meu estilo. Por mim, já mandava re-matar logo a menina. — Herodes socou a mesa. — Aliás, por via das dúvidas, re-matem todas as crianças!

— Proponho que uma força-tarefa sequestre as três mulheres o quanto antes — disse Al Capone. — Os amáveis protegerão a menina com todos os recursos possíveis e impossíveis, e logo irão atrás de quem tiver alguma relação direta com ela.

Ivan se levantou e passou a andar em círculos, refletindo sobre o significado daquilo para o teatro da guerra. Os outros aguardavam a deliberação.

— Tem razão, capo — pontuou o russo, com a voz gutural que pretendia exercer autoridade sobre os demais. — Vamos entrar no Território Fraterno!

Uma excitação tomou conta do lugar, a notícia pela qual todos ali ansiavam. Ivan prosseguiu:

— Encarregue-se disso com a máxima discrição. Não deixe pistas de nossa presença nos domínios deles, porque isso pode bagunçar o plano de ataque. Descubra os paradeiros das mulheres da lista, quero as três re-vivas.

— Não é melhor avisarmos ao QG Temível sobre a menina? — Nero se levantou de volta aos aposentos.

— Sim, é imperativo que saibam o quanto antes. Comunicarei pessoalmente — disse Ivan. Berrou para o mordomo: — Prepare minhas malas e a condução.

— Posso te acompanhar, se você quiser. — Herodes esfregou as mãos.

— Ótimo. Partiremos amanhã mesmo.

Al Capone deixou o Monte do Sangue de Dragão e, ainda na charrete, definiu os nome dos três mafiosos que seriam enviados naquele mesmo dia para Nairoberlim, Madmex e Lissebergen.

16

A GRANDE ORDEM SUPREMA CRIATIVA

O lugar tinha o tamanho de um estádio de futebol, com chão de mármore branco, trinta andares envidraçados e vários elevadores panorâmicos subindo e descendo em velocidade. Jovens e velhos vestindo jalecos brancos ou roupas de época faziam anotações em pranchetas, analisavam sons em aparelhos com fones de ouvido, discutiam dados e teorias. A maioria andava de forma apressada, muitos falavam sozinhos. Telas digitais, painéis com números e gráficos, todo tipo de aparelho, medidor e máquina, líquidos fervendo em recipientes de várias formas. Uma mistura de laboratório, centro de pesquisa e usina de testes.

— Nossa! — murmurei, sem conseguir definir o que estava diante de nós.

— Impressionante, não? — Uma voz surgiu por trás.

Um jovem magro, alto e pele cor de chocolate, cabelos repartidos de lado e óculos grossos mantinha as mãos enfiadas nos bolsos do jaleco.

— Fui encarregado das boas-vindas até a chegada dos mestres. — Ele juntou as mãos à frente e abaixou a coluna. — Sou Ravi Kumar, aprendiz matemático indiano.

— Mestres? — Meus olhos iam de um lado a outro sem parar. — Quem são todos estes aqui?

— Cientistas, inventores e inventoras, matemáticos e matemáticas, os maiores da História. Quem calculou, inventou e desenvolveu tudo o que se tem notícia. Tem quem ganhou o Nobel de física ou de Química, e quem faturou os dois. Tem ganhadores da medalha Fields, que é o Nobel da matemática. Aliás, os próprios Alfred Nobel e John Fields trabalham por aqui. — Ravi indicou uma rampa de acesso a um ambiente ao fundo. — Bom, podemos aguardar no Café, se preferirem. Aceitam um lanche?

— Maravilha! — Comemorou Grilo.

— Mas, gente! Nós jantamos não tem nem duas horas — constatou Euclides.

— Pois é, um tempão.

O Café amplo e superiluminado tinha mesas, pufes e esteiras coloridos. A decoração feita com quadros de fórmulas matemáticas e moléculas estilizadas, além de reproduções de cartazes do Matrix, Donnie Darko, De Volta para o Futuro, Dragon Ball, Akira e A Vingança dos Nerds, dava um tom descolado ao lugar. Nos cantos, alvos de dardos, mesas de sinuca e pingue-pongue, mas o local mais disputado era uma linha de fliperamas com máquinas de pinball e arcade. Conforme a gente caminhava, Ravi apontava.

— No Pac-Man, o Graham Bell. Péssimo, jamais passa da terceira fase, mas não é do tipo que desiste fácil. O de rabinho de cavalo pilotando o Mário Kart Arcade GP DX é o Fibonacci, que vem enfileirando uma sequência de recordes. E aquele moleque de short e camiseta no pinball do Cavaleiro Negro é o Arquimedes. Difícil alguém ganhar dele.

— Moleque...? — Franzi a testa para Grilo, que também me devolveu um olhar de espanto.

No balcão, pegamos o cardápio em português e Grilo indicou ao atendente:

— Vou querer um Teoria da Relatividade sem picles, com o dobro de queijo e molho chipotle. E um suco de manjerona com duas folhinhas de manjericão.

— Pra mim, pode ser um Conjectura de Poincaré — pediu Euclides.

— Como prefere o ponto do Conjectura? — O atendente fazia anotações.

— Ao ponto pra bem.

— Deixa eu ver... — Corri o dedo pelo cardápio. — Me veja uma cestinha de sete pontes de Königsberg sabor canela e uma água sem gás.

O atendente dirigiu o olhar para Ravi, que só balançou a mão sem pedir nada. Enquanto esperávamos o lanche, ouvimos uma gritaria. Um grupo rodeava uma mesa de pingue-pongue.

— O que tá acontecendo ali? — Estiquei o pescoço.

— Newton contra Leibniz. São bem amigos, mas se a disputa parte para o pingue-pongue, pode sair até faísca.

— Newton? — Arregalei os olhos. — O da maçã?

— Bem, é um pouco além disso. Mas é ele, sim. É proibido apostar por aqui, mas quando são os dois o pessoal faz vista grossa. — Ravi sussurrou: — Apostei 20 chapas no Leibniz.

Passamos pelo meio dos torcedores e ficamos na primeira fileira.

— O diferencial de Leibniz, o saque em parábola com descaimento em hipérbole, anda afiadíssimo — Ravi me explicou sussurrando. — O alemão vem sacando muito nos últimos ciclos. Já a estratégia do Newton é sempre reagir ao saque em igual medida e no sentido contrário.

O jogo seguia ponto a ponto e no quinto e último set Leibniz vencia por dez a nove. Quando ele foi sacar para fechar a partida, caiu o silêncio. Dava para ouvir a respiração ofegante de Newton. O olhar do alemão estava fixo na própria raquete, ele bateu a bolinha várias vezes na mesa, jogou-a para o alto. No momento em que ele ia bater com efeito, Grilo se empolgou e berrou:

— Força, Newton!

O inglês se distraiu, olhou para o lado e tomou um *ace*. A torcida de Leibniz explodiu de alegria, incluindo Ravi, e invadiu para cumprimentar o alemão, enquanto Newton batia os pés em nossa direção. Mas o inglês foi desacelerando o passo até parar na nossa frente.

— Vocês — resmungou — não têm cara de matemáticos, inventores ou cientistas.

— Pode apostar, não temos mesmo. — Eu me adiantei. — Pra ser sincera, nós nem sabemos o que estamos fazendo aqui. A gente só veio porque eu encontrei lá na Terra um livro estranho com uns lacres e botei o dedo e...

— Uma menina? — Newton entortou a boca. — Todo aquele esforço para a máquina falhar?

— Máquina? — Ergui uma sobrancelha.

— Estarmos diante de uma garota é prova cabal do sucesso da máquina, caro Isaac — uma voz interrompeu a conversa, vinha de uma cientista que entrava no café. — Sejam muito bem-vindos, Vida Becker e seus fiéis escudeiros, Grilo e Euclides.

— Fiéis escudeiros? — Euclides sussurrou para Grilo.

A cientista estendeu a mão.

— Muito prazer! Marie Curie.

— Saindo um Teoria da Relatividade sem picles, trabalhado no chipotle e com o dobro de queeeeijo! — gritou o atendente lá do balcão, num tom de voz monocórdio. — Também um Conjectura de Poincaré ao ponto pra bem, uma cesta de sete pontes de Königsberg sabor caneeeela, uma água sem gás e um suco de manjerona com duas folhas de manjericão. No capriiiicho!

— Vamos dispersando! Ninguém tem trabalho a fazer, em vez de assistir a partidas de pingue-pongue? — Marie Curie bateu palmas e todo mundo voltou aos seus afazeres. Em seguida, ela fuzilou Newton e Leibniz com o olhar. — Vocês dois, hein? A propósito, quem ganhou?

Newton apontou para Leibniz, que apontou para si mesmo. Marie Curie me disse em voz baixa, escondendo a boca com a mão:

— Me dei bem. As 300 chapas que apostei no Leibniz vão me render uma fortuna. — Deu uma piscadinha e um sorriso. E orientou: — O Conselho vai se reunir e vocês três vêm comigo.

17

O CONSELHO CRIATIVO

Entramos em uma sala envidraçada no trigésimo e último andar, onde havia apenas duas grandes poltronas de couro, uma em frente à outra. Ravi chegou em seguida com os lanches.

— Vamos aguardar a chegada do resto do Conselho Criativo — informou Marie Curie.

— Mas só tem duas poltronas. — Grilo mordeu o sanduíche.

— Vocês não fazem ideia de como é difícil tomar decisões quando tem muita gente genial querendo opinar.

— Este lugar é lindo — murmurei, mirando o enorme vão abaixo.

— Os projetos de tudo o que é desenvolvido no Paramundo saem destes laboratórios. Cada andar abriga uma especialidade, seja física, química, biologia, astronomia, nanotecnologia e o que mais vocês imaginarem. No sétimo, por exemplo, estão os laboratórios de eletricidade e eletromagnetismo, com as equipes do Benjamin Franklin, Volta, Faraday, Ampère, Watt, Ohm e Thomas Edison. Há, ainda, um andar no subsolo para os temperamentais, que preferem trabalhar isolados.

— Tudo o que tem na Terra tem no Paramundo?

— Nem tudo, Vida, porque nem todos os elementos químicos de lá existem aqui, além de outras características como o tamanho do Paramundo, a curvatura do espaço ao redor, a distância do sol, o movimento das duas luas e outras questões técnicas. Como o interior do Paramundo não tem pressão e temperatura suficientes para transformar fósseis em combustíveis, nosso desafio é encontrar formas de construir, com materiais alternativos, o que na Terra é feito a partir do petróleo. Ou seja, quase tudo. E há proibições por lei, como, por exemplo, o desenvolvimento de pólvora e bombas. O subsolo do Território Ermo não tem elementos químicos para isso, então essa lei não se aplica aos temíveis.

— Não dá pra imaginar o que esses gênios juntos e com tempo de sobra não poderiam conseguir.

— Pois é, mas até agora dominamos apenas a terra e o mar, não o ar, mesmo a gravidade e a pressão atmosférica sendo quase iguais às da Terra. A composição da nossa atmosfera é 99,5% semelhante à terrestre, mas essa diferença de 0,5% nos impossibilita de subir materiais pesados. Como não há chance de aviões, isso foi deveras frustrante para Santos Dumont e os irmãos Wright, então eles foram alocados em outros projetos. Desenvolvemos apenas balões de ar quente e os usamos para borrifar o composto-tradutório na atmosfera. Não temos GPS, drones, nem foguetes.

— Mas me diga que tem internet, pelo amor de Deus... — Grilo olhou de soslaio.

— Como não existem satélites, a comunicação a distância é pelo sistema postal comum e pelos falcões-correios, que são como pombos-correios, só que bem mais velozes e com maior autonomia, claro. Não temos cobre para fios telefônicos, mas há previsão de instalação de fibra ótica por todo o paramundo. Em breve teremos comunicação moderna, mas sem previsão de internet. Foi unânime a decisão por não adaptarmos esta tecnologia. Uma opção por um tipo de liberdade que não há mais na Terra.

— Que tédio! Sobra nada de bom pra fazer aqui — Euclides comentou com Grilo, que devolveu um olhar desanimado.

— Tem magia no Paramundo? — Ergui uma sobrancelha.

— Tem ciência, que é quase a mesma coisa.

— Dragão, orc, ciclope, demogorgon, gremlin, trasgo, boitatá, centauro, goblin, kraken, leprechaun, zumbi? — Grilo ergueu uma sobrancelha.

— Sei nem do que se tratam. — Marie Curie entortou a boca.

— A gente também não precisa se preocupar com... — Euclides abaixou o volume da voz e fez sinal de aspas. — "Você-Sabe-Quem", confere?

— Oi? Você-Sabe-Quem, quem?

— Como assim, Você-Sabe-Quem, quem? Todo mundo sabe quem é o... — Ele repetiu as aspas. — "Você-Sabe-Quem".

— Juro que não sei quem é o — Marie Curie também imitou as aspas. — "Você-Sabe-Quem". E se não sei quem Você-Sabe-Quem é, como vou saber se vocês precisam ou não se preocupar com o Eu-Não-Sei-Quem?

— É aquele que não deve ser nomeado — tentei ajudar.

Para nós três, era muito claro que encontrar o "Todo-Mundo-Sabe-Quem" seria realmente péssimo, mas, a cada instante, a cientista parecia entender menos aquela conversa. Ainda assim, preferiu colocar um ponto final na confusão:

— Aaaah, sim, agora lembrei quem é... — Pigarreou e abanou a mão. — Mas podem ficar sossegados quanto ao Todos-Nós-Sabemos-Quem. Foquem nos amáveis, há muitos para conhecer aqui no Paramundo.

— Sabe que nada me impressiona? — desdenhou Grilo. — Se cada gênio que aparecesse eu ficasse emocionado, vocês iam começar a me achar bobo. E eu sou um fiel escudeiro, uma fortaleza de emoções.

Uma voz macia se elevou por trás de nós:

— Não tenho dúvidas disso. — Um homem lindo, alto, ombros largos, de cabelos cacheados escuros, queixo quadrado e barba por fazer entrava na esfera. — A emoção é toda minha por conhecê-los.

— Quem é o feioso aí? — Grilo deu um gole no suco de manjerona.

O homem estendeu a mão a ele.

— Leonardo da Vinci, muito prazer.

Grilo estacou, tirou uma folhinha de manjericão presa ao dente e limpou o dedo na roupa. E quando tocou a mão do italiano, desmaiou de emoção. Marie Curie bocejou, parecia já acostumada àquela reação. Despejou um copo d'água no rosto de Grilo, que acordou perturbado:

— Ah, eu tive um sonho muito estranho. Um homem que parece um ator de cinema falando que é...

Leonardo balançou a cabeça, confirmando.

— Você é... — Grilo ergueu uma sobrancelha. — Aquele?

— Imagino que sim.

— Rá, no meu livro de matemática você era um velho cabeludo e barbudo.

— E com um chapéu estranho — adicionou Euclides.

— Tudo tem uma explicação, meus amigos... — Da Vinci sorriu.

— Léo, eu sou *muito* seu fã. Me dá um autógrafo? — Estendeu para o italiano o guardanapo manchado de chipotle.

— *Léo?* — Entortei a boca em direção a Euclides.

Enquanto da Vinci autografava, Grilo disparava a metralhadora:

— Cara, e aquela Mona Lisa, hein? Tu não é fraco, não! Ninguém sabe se a moça tá alegre ou cansada. Foi de propósito ou na sorte? E aí, tá pintando ainda? Ou aposentou os pincéis? — Deu um cutucão com o cotovelo em da Vinci e se virou para mim e para Euclides. — Ai, ai, ele é uma peça rara, mesmo, né? Eu até vi um livro que ele escreveu, sobre um código e o cálice sagrado e...

— Grilo, chega — interrompi, com os dentes travados e um sorriso sem graça.

— Acho que a manjerona não fez bem a ele. Ravi, traga um copo de água com açúcar, por favor — pediu Marie Curie.

Grilo recebeu o autógrafo e ficou estatelado, admirando-o.

— Bom, eu queria oficialmente dar-lhes as boas-vindas — disse Leonardo. — E imagino que tenham muitas perguntas. Estamos prontos para respondê-las, se tivermos as respostas.

— Seu da Vinci — iniciei o interrogatório.

— Me chame de Leonardo, ou de — ele piscou para mim — Léo, se preferir.

— Hum, Léo. Nós três... — Engoli em seco. — Morremos?

— Não se preocupem quanto a isso. Hipócrates e Imotepe nos informaram que você envelhece, o que imaginamos também aconteça com Grilo e Euclides, e essa é mesmo uma prova definitiva.

A situação ainda parecia meio fora de controle, mas ouvir aquilo me deixou um pouco mais calma. Aparentemente, nem tudo estava perdido.

— Quando cai um avião — Euclides fez com a boca um barulho de explosão —, todo mundo chega junto e estropiado?

— Ui, que cena horrível! — Grilo arregalou os olhos. Balancei a cabeça, concordando.

— Não, não. — Leonardo sorriu. — Os amáveis entram no Paramundo com a aparência de sua melhor idade terrestre, digo, de bondade, da plenitude, do desejar e fazer bem aos outros. Já os temíveis, com a pior. Assim como eu, a pessoa pode entrar com a aparência bem mais nova do que no momento da morte, mas ela traz toda a bagagem do aprendizado terrestre. São critérios sobre os quais ninguém tem controle.

Eu caminhava devagar pela sala, tentando absorver aquelas informações. E continuei:

— Nós entramos pelo Paredão Amável. Mas e se a gente tivesse escolhido o outro?

— Não é questão de escolha. Na chegada ao Paramundo, as pessoas simplesmente se encaminham para onde está a representação de sua evolução terrestre.

— Mas ninguém pode ter sido só bom ou só mau.

— Sim, claro, mas o Paramundo é maniqueísta. Os seres humanos amáveis assumem integralmente sua melhor porção amável e os seres humanos temíveis a sua mais cruel porção temível. E assim ficarão para sempre.

Grilo me cutucou e sussurrou:

— Se um dia a gente voltar pra Terra, é bom ficar de olho nisso...

— Num tempo remoto, o Paramundo não era dividido. Em frente a cada colina havia uma formação geológica natural, duas pontes sobre o abismo, que levavam todos para o que hoje é o Território Fraterno — seguiu Leonardo. — Após a 1ª Guerra Paramundial, no entanto, a separação na chegada se impôs. As formações geológicas foram derrubadas e construíram-se as estruturas metálicas, além dos paredões, pontes e o Túnel das Cem Barreiras. A partir de então, amáveis vão para o Território Fraterno e temíveis diretamente para o Território Ermo.

— Acabei de ter uma ideia. — Euclides levantou o indicador. — Que tal deixar uma turma de tocaia lá na base da colina pra empurrar no abismo os temíveis que chegarem? Aquele esquema tipo as pranchas dos navios pirata, sabe?

— Depois daquela ideia horrível do boneco de travesseiros, finalmente você brilhou. — Grilo aplaudiu. Os dois tocaram os punhos.

— Não podemos fazer isso, meus pequenos e astutos jovens. — Marie Curie sorriu. — Isso vai de encontro à nossa re-existência amável.

— Bem antes das duas colinas, algumas pessoas seguiam para uma floresta...

— Ah, sim, é a Floresta da Neutralidade, o caminho por onde entram os neutrais.

— Neutrais? — Nós três fizemos a pergunta quase ao mesmo tempo.

— Aqueles que foram amáveis e temíveis num nível tão absurdamente igual, que ocorre uma confusão no critério de separação. — Marie Curie desenhava no ar a explicação. — Ao fim daquela floresta, chega-se a uma terra à beira do Mar da Intranquilidade. De uma pequena vila de pescadores há barqueiros que levam os recém-chegados até à Ilha da Indecisão.

— E o que esses neutrais fazem lá? — Euclides ergueu uma sobrancelha.

— Imagino que tenham uma re-existência de eterno conflito interno entre bem e mal. Dizem que têm o olhar fixado e perdido. Eles não conseguem sair de lá, pois há um portal de mão única que só se abre para aqueles que carregam a exata medida de bondade e maldade.

— Pra onde vão as crianças pequenas que chegam? E os bebês que não sabem andar?

— Fique tranquila, Vida. Nenhuma criança entra pelo Paredão Temível. Elas são todas acolhidas na Creche Amável — em Londyork — a estrutura mais protegida do Território Fraterno, administrada por Madre Teresa de Calcutá, Lady Di, Irmã Dulce e Beatrix Potter. E ficam lá até os pais serem encontrados ou, se não vieram ainda, até chegarem. Se for filho de um temível, quem recebe é um parente amável. Já os bebês são resgatados antes das colinas por uma equipe especial da creche, formada pelas mães e avós da Praça de Maio.

Ao final da sabatina, sobrou para mim a pergunta mais importante desde o furacão na biblioteca lá de casa:

— Bom, tudo ótimo, tudo bonito. Mas o que nós viemos fazer no Paramundo?

18 REVELAÇÃO

Leonardo se levantou da poltrona e esfregou as mãos.

— Vamos dar uma volta.

A comitiva atravessou vários departamentos até chegar a uma porta de aço. O italiano colocou a mão no trinco e, antes de abrir, alertou:

— O Universo corre perigo.

— Isso tá me cheirando a problema — Grilo me sussurrou.

— E dos grandes.

Penetramos em um ambiente altíssimo e redondo preenchido por uma tela de 360º. Ficamos ao centro, a luz se apagou e entrou a projeção de um filme com o título REVELAÇÃO, apresentando o time de realizadores: Roteiro: Júlio Verne; Direção: Irmãos Lumière; Efeitos especiais: Técnicos da Industrial Light & Magic; Trilha Sonora: Ennio Morricone; Narração: Orson Welles.

— Que time! — Cutuquei Euclides.

— Não conheço quase nenhum. — Ele deu de ombros.

Balancei a cabeça, suspirei. E fomos então envolvidos por um filme que retratava a guerra original entre as forças Amável e Temível. Em meio a explosões e rajadas num som absurdamente realista, entrou a voz emocional e grave:

"Desde o princípio dos tempos, quando o vazio era tudo e tudo era nada, as duas Forças primordiais – Amável e Temível – batalhavam pela primazia de criar o Universo. Num duelo épico de energias antagônicas incrivelmente violentas, elas se chocavam em um confronto que duraria para sempre. Mas o imponderável aconteceu e há 13,8 bilhões de ciclos a Amável superou a Temível numa fração de tempo infinitesimal. A vencedora então se comprimiu num ponto do tamanho da cabeça de um alfinete para, em seguida, expandir-se numa explosão de proporções catastróficas, criando o espaço-tempo e tudo o que se conhece."

A tela foi preenchida pela simulação do Big Bang, num volume e claridade quase insuportáveis. O cinema tremeu como se estivesse no meio de um terremoto.

"Derrotada, a Temível foi confinada na escuridão além do Universo, para lá perecer até o fim da eternidade. Enquanto adormecia, porém, ela aplicou um ardil para tentar retornar e destruir a Força Amável: gerou um pulso com a força de um bilhão de buracos negros, perturbando o ato de criação e produzindo três monumentais estruturas geladas, cada uma constituída por um dos elementos de sua própria essência: a chama azul do medo; a chama cinza da tristeza; e a chama amarela do ódio. As três dispararam em uma velocidade inconcebível em direção à borda do Universo que se criava, com a missão de atravessá-la e despertar a

Temível. A Amável, sentindo forte perturbação na execução de sua obra, imediatamente contra-atacou, transformando-se em uma única chama fervente: a chama vermelha da criatividade, perseverança e sensibilidade, os três elementos de sua própria essência."

Na tela surgiram quatro imensas bolas de fogo, que se chocavam e diminuíam de tamanho em uma animação absurdamente realista.

"Uma nova batalha caótica se configurou. A criatividade combateu o medo; a perseverança, a tristeza; e a sensibilidade, o ódio. As três chamas temíveis foram transformadas em fagulhas infinitesimais e caíram no Paramundo. Também reduzida a fagulha, a Amável vagou por bilhões de anos-luz até se chocar com a Terra, em um quadrante longínquo do Universo. Mas, ciente de que as três temíveis um dia poderiam se reacender para completarem a missão, a Amável reuniu o que restava de seu poder e gerou uma ponte de energia intangível e de mão única, conectando a Terra ao Paramundo."

Uma simulação do Universo colocou os dois mundos em cantos opostos, unidos por uma ponte de energia brilhante.

"Sem forças para ela própria atravessar a ponte, e antes de se esconder em um lugar indefinido da Terra, num ato de pleno amor a fagulha amável concebeu sua última e mais perfeita obra: o Ser Humano, uma espécie de hominídeo que evoluiria até dominar a Terra. Cada indivíduo teria liberdade para aprender, vivenciar e compartilhar os três elementos da essência amável. Após a morte terrena, cada um cruzaria a ponte até o Paramundo e toda aquela energia do bem somada teria potência para impedir que as fagulhas temíveis se reacendessem em chamas."

A tela então foi tomada por imagens frenéticas de recriações de guerras terrestres da antiguidade, medievais e modernas, de pessoas sendo fuziladas ou decapitadas, brigas de torcidas em estádios de futebol, os cogumelos atômicos das bombas de Hiroshima e Nagazaki, povos escravizados carregando pedras sob chicotes, marchas da Ku Klux Klan, homens-bomba explodindo quarteirões, crianças em pele e osso morrendo desnutridas, jovens drogados nas sarjetas, florestas em chamas, genocídios em países africanos, o apartheid, a bala entrando na cabeça de Kennedy, a menina vietnamita atingida pela bomba química, os aviões furando as Torres Gêmeas, os trens da morte e as câmaras de gás de Auschwitz.

"O que a Amável não previu, no entanto, foi que tal liberdade distorceria o objetivo primordial da evolução e parte dos próprios seres humanos embarcaria em uma jornada de escravização, racismo, humilhações, subjugações, torturas e disputas por terras, dinheiro e poder. Pouco a pouco se foi estabelecendo uma clara distinção entre humanos amáveis e humanos temíveis. Todos eles continuavam atravessando a ponte até o Paramundo."

Com uma trilha sonora triunfante, entraram imagens de uma batalha sangrenta, no nível dos melhores filmes a que eu já tinha assistido.

"E foi que há 2.200 ciclos eclodiu a 1ª Guerra Paramundial. Boa parte da população de ambos os lados foi dizimada, mas os amáveis sagraram-se vencedores. No pós-guerra, as fagulhas foram escondidas e baixou-se a Lei de Exclusão, determinando o confinamento dos temíveis no Território Ermo. Em seguida, cada subterritório foi coberto por uma das três cores, para nenhum amável jamais se esquecer de qual sentimento deve combater. Mas a paz foi enfim alcançada? Infelizmente, não, porque as fagulhas se reacenderam em chamas e vêm emanando sua energia de maldade. E, assim como prega a Revelação exposta a inúmeros profetas da nossa História, os temíveis um dia partirão para tentar ocupar o Território Fraterno e libertar as chamas."

A tela escureceu. Orson Welles finalizou num tom emocional:

"Contudo, nós, amáveis, jamais permitiremos isso sem luta, enquanto aguardamos a chegada do ser humano de coração puro, sonhador persistente e de poder indescritível, conhecido como 'Único', que virá ao Paramundo nos liderar nesta nova guerra de gigantes".

Após um tempo de silêncio, a luz foi se abrindo e revelando o verdadeiro meteoro caído no chão do cinema. Era informação demais para nós três absorvermos. Leonardo, então, deu a notícia:

— Vida, você é a Única.

19
ÚNICA

Eu jamais imaginaria que uma palavra pudesse pesar uma tonelada, provocar falta de ar e atrapalhar a visão.

— Eu... É que... — Engoli em seco e entortei a cara. — Como é o negócio aí?

— Você nasceu para ser o Único. — Leonardo me encarou.

Fui me sentando devagar, passei a mão no rosto. Não conseguia compreender se aquilo era algum tipo de boa notícia.

— Não, não, eu nasci para ser... só eu mesma.

— Exatamente! — Leonardo da Vinci sorriu.

Euclides começou a gargalhar.

— Se eu entendi bem, o filme ali disse que a Vida veio liderar uma guerra. UMA GUERRA? Com exércitos, mortes e aquele sangue todo? Ah, contem outra. Vocês são dois gaiatos, mesmo!

— Agora forçaram a amizade e não foi pouco não — Grilo concordou, apoiado no ombro de Euclides e enxugando lágrimas de risada.

— Eles têm razão, vocês já olharam pra mim? Eu não sou única de coisa nenhuma. Só se for a única vergonha da escola. Eu tô sendo ridicularizada lá na Terra, sabiam?

— E viralizou pesado — contribuiu Euclides.

— Não há nada mais sofisticado que a simplicidade, Vida. A força de uma pessoa não está na idade, na experiência ou na aparência, muito menos na opinião dos outros. — Leonardo parecia escolher as palavras com moderação. — Nós acreditamos fortemente em haver algo dentro de você que, assim como diz a Revelação, torna-a única.

— Vejam bem. — Grilo ergueu o indicador. — O Paramundo é lindo, todo arrumadinho, o pessoal é hospitaleiro, a comida é excelente e o serviço é de qualidade superior. Quem poderia duvidar da inteligência de vocês, mas a palavra Único não significa apenas uma pessoa? Se não,

não seria único, percebem? Acho que era só pra Vida vir. — Ele se virou para mim. — Sem ofensas, claro.

— Esse fato nos tem intrigado. — Marie Curie revirou os olhos, tentando encontrar sentido. — Uma curiosidade: você e o Euclides encostaram nos vidros?

— Sim, mas não aconteceu nada.

— Isso comprova nenhum dos dois ser o Único. Quando o livro trouxe a Vida, vocês estavam onde?

— Nós três estávamos abraçados.

— Bingo! — A cientista socou a palma da mão. — A verdade é que vocês dois vieram de carona, um comportamento inesperado para a máquina. Mas saibam que nada acontece ao acaso e vocês estão no lugar onde deveriam estar.

Leonardo da Vinci interveio:

— Vida, nós apostávamos em que apenas uma pessoa reagiria à ciência que inserimos nos três vidros e lacres. Se foi você, nós vamos descobrir o motivo.

Eu o encarei por longo tempo.

— Não tinha nenhuma ciência na imagem da chama vermelha?

— Não, por quê?

— Por nada. — Pigarreei e coloquei a mão logo abaixo da garganta, acima da queimadura vermelha sob o vestido. — Por que vocês usaram um livro pra encontrar o tal Único?

— Precisávamos de um objeto que passasse de mãos em mãos. Quanto mais pessoas o manuseassem, maiores as chances de sucesso. Testamos protótipos de todas as categorias e formatos, o mais efetivo foi um livro a ser escrito colaborativamente. Por isso, nós demos a ele o nome de — Leonardo imprimiu um tom orgulhoso na voz: — A Máquina de Contar Histórias.

20
A MÁQUINA DE CONTAR HISTÓRIAS

PARIS - *TERRA, 1968.*

"Sejam realistas, exijam o impossível!" A juventude nas ruas ansiava por liberdade e reformas. Naquele início de maio, os arredores das universidades da capital francesa fervilhavam. Palavras de ordem, cantos de protesto, insatisfação, cartazes e panfletos davam o tom das reivindicações nos confrontos com a polícia. Dentre os milhares de jovens que se manifestavam, a estudante de moda e *design* Jacqueline Durant fazia parte do grupo responsável por grafitar muros com os slogans e as imagens do movimento. Junto a outros estudantes, ela ora avançava contra a polícia, ora retrocedia diante dos contra-ataques. Até que, em meio a um corre-corre provocado por um blindado com jatos d'água, afastou-se do grupo e chegou ao pé da Torre Eiffel, onde se protegeu. Enquanto aguardava uma brecha para voltar à linha das barricadas, Jacqueline viu um livro cair do céu e se espatifar na praça à frente. Estranhou, pois o acesso à torre estava fechado. Cruzando em sentido contrário à correria dos manifestantes, ela se abaixou, pegou o livro e penetrou na multidão.

À noite, após a dispersão do protesto, Jacqueline parou em um bar para comer um *croque madame* e finalmente prestou atenção ao livro. A grossa capa de couro marrom destacava a imagem de uma chama e três círculos de vidro protegendo lacres em cera. Jacqueline franziu a testa, tentou identificar a qual movimento artístico aquilo pertencia. A primeira página trazia um poema em francês numa fonte rebuscada e dourada:

Uma página em branco traz todas as histórias
É um universo que não se pode ver
Mas quando o traço se faz e a letra se contorna,
Tão somente o que lá já estava se faz conhecer

Criatividade, perseverança, sensibilidade, tudo é fluir
E no desapego se constrói o amor profundo
Que irá um dia finalmente abrir
A porta a separar Terra e Paramundo

Por muitas mãos o texto será traçado
A incontáveis corações será revelado
Por inúmeros olhos será registrado
Mas apenas ao Único seu poder será dado

Todas as outras páginas estavam em branco. Não deixava de ser uma peça de arte intrigante, embora uma das palavras fosse deveras estranha: Paramundo. Jacqueline pensou em ficar com o livro, mas o texto falava em desapego e parecia trazer um recado claro: *Por muitas mãos o texto será traçado*. Os ventos da rebeldia estudantil fizeram-na decidir libertá-lo. Escreveu um poema sobre liberdade e assinou: *Jacqueline Durant, Lyon – 1968*. À noite, no metrô de volta para casa, na periferia de Paris, deixou o livro sobre um banco e desembarcou.

Após cantar uma dos Beatles recém-lançada, Jawari Mbaye, um violonista senegalês que se apresentava nos trens por alguns trocados, correu o chapéu entre os passageiros e encontrou o livro e o levou para casa. Gostou dos dois poemas e, inspirado pela saudade dos seus, compôs uma música sobre a terra natal, registrando a letra na página seguinte e assinando *Jawari Mbaye, Dacar – 1968*. No início da semana, já perto da meia-noite, "esqueceu" o livro no metrô de uma linha até a estação Gare du Nord.

Michael Higgins, um hippie americano que fugira do alistamento para a guerra do Vietnã e mochilava sem destino pela Europa, tinha virado a noite em uma festa onde levou fora de todas as francesas de quem tentou se aproximar. Ainda de madrugada, abalado pelo insucesso romântico, resolveu partir para a estação onde tomaria o primeiro trem para qualquer lugar. Sentou-se sobre o livro e, de tão alcoolizado, mal entendeu do que se tratava. Guardou-o no fundo da grande mochila, pegou o trem para o sul da Espanha. Lá, arranjou trabalho de faxineiro em um navio de turistas que fazia o trajeto entre Málaga e Casablanca. Durante a travessia do Estreito de Gibraltar, fumando um cigarro atrás do outro, preencheu três páginas como um diário de bordo, uma prosa sobre defesa dos animais e proteção do meio ambiente, misturada a um manifesto de repúdio às garotas francesas que o esnobaram. Assinou *Michael Higgins, San Diego – 1968* e, como o livro era um peso a mais na mochila, ao desembarcar no Marrocos ele entregou para a primeira pessoa que encontrou, um guia turístico que descansava no porto.

Hamid Amallah não compreendeu nada dos gestos e palavras daquele americano de bandana florida sobre a cabeleira e não se interessou pelo livro. Ao chegar ao três estrelas para buscar um grupo de turistas da terceira idade para um *tour* pelas mesquitas mais importantes da cidade, ele deixou o livro com Zakaria Boufal, seu primo e barman no restaurante do hotel.

Zakaria Boufal preparava drinques especiais no Rick's Casablanca, o restaurante temático na cobertura do hotel, com vista para o mar e paredes com pôsteres de Humphrey Bogart e Ingrid Bergman, além de um pianista que, de hora em hora, tocava o tema do filme. Entre um drinque e outro ele folheou o livro e gostou. Escreveu frases aleatórias sobre solidão no meio da multidão, o sentimento por ver as belas e inatingíveis mulheres que frequentavam o lugar. Assinou *Zakaria Boufal, Casablanca – 1968* e o deixou sob o balcão, para dar de presente à primeira cliente que pedisse uma bebida.

Louise Cartier, aeromoça francesa da Alitalia, hospedava-se no hotel à espera do voo que partiria para Roma. O *dry* martini com azeitona veio acompanhado de um livro. Ela achou gentil da parte do *barman* e os dois conversaram brevemente. Chegaram à conclusão de que a magia daquele livro estava em ele ao mesmo tempo ser de todo mundo e não ser de ninguém. Zakaria Boufal se encantou perdidamente pela aeromoça, então pediu ao pianista o tema do filme, enquanto ela ia embora. Durante o voo de pouco mais de três horas, Louise deixou um acróstico usando o nome de Oliver, – o piloto por quem era apaixonada –, assinou *Louise Cartier, Paris – 1968* e, ao desembarcar em Roma, largou o livro sobre uma grande bolsa de couro vermelho, na esteira rolante que entregava as bagagens.

A jornalista Martina Fontana, que estivera em Paris para cobrir os protestos e fazia conexão em Roma antes de seguir para Pisa, estranhou encontrar um livro em cima de sua bolsa. Como todo mundo já tinha retirado as bagagens e saído no desembarque, ela deu de ombros e o levou. Durante o curto voo até Pisa, deu sua contribuição, registrando três parágrafos sobre o poder da informação na construção de um mundo melhor. Assinou *Martina Fontana, Nápoles – 1968* e, no dia seguinte, no caminho para a sede do jornal ela deixou o livro num banco em frente à torre inclinada.

Após ter passado todo o curso de História da Arte sentando-se próximo à italiana Donatella, e na iminência da formatura e da perspectiva de suas vidas tomarem rumos distintos, o jovem português Antonio havia enfim tomado coragem e a convidado para um café na manhã ensolarada de Pisa. Sentado no *Caffè dela Torre Pendente* e diante de um *espresso*, ele aguardava o momento de vê-la em um de seus vestidos floridos. Enquanto isso, olhava uma garotinha brincar com um maltês branco no gramado da *Piazza dei Miracoli*, onde se ergue o monumento inclinado. O horário combinado já havia passado e muito, Antonio não se perdoava pelas oportunidades perdidas para a timidez. A garotinha jogou a bolinha novamente, o maltês saiu em disparada. Antonio viu a bolinha rolar sobre um banco e cair na grama. O cachorro pulou, atingiu um livro que lá estava e continuou a perseguição. O português resgatou-o e leu os poemas. Resignado pela certeza de não mais encontrar Donatella naquela manhã, e talvez em mais nenhuma outra, escreveu um lamento de separação intitulado "Praça dos Milagres" e assinou *Antonio Souza, Lisboa – 1968*. Pelo *espresso*, jogou no pratinho de metal quatro notas de 500 liras. Partiu, deixando o livro sobre a mesa.

Georgina fazia bico de garçonete no Café para complementar o aluguel do pequeno apartamento. Quando recolheu as notas, encontrou o livro e procurou pelo cliente, mas ele já tinha sumido. Ao fim do expediente, tomou o ônibus para San Giuliano Terme, a comuna onde nasceu e morava. Não era calejada em poesias, mas registrou alguns versos pouco rimados sobre as dificuldades da vida e o desejo de tempos melhores. No canto inferior direito, assinou *Georgina Versiani, San Giuliano Terme – 1968*. Chegou ao destino e desembarcou.

No ponto final, em Luca, o motorista veneziano Francesco preencheu a guia com o horário de chegada, e ao descer para esticar as pernas encontrou o livro. Como havia muitas páginas em branco, guardou-o para dar à neta Francesca, que adorava desenhar. Fim de semana seguinte, antes do tradicional almoço familiar, ele registrou a receita da macarronada ao molho bolonhesa, uma homenagem à esposa recém-falecida. Assinou *Francesco e Carmela Vacchiano, Veneza – 1968*. A pequena Francesca levou o presente para casa junto com a mãe, em Florença, mas jamais fez desenho algum. Até o início do ano letivo seguinte, esqueceu-o numa caixa, em meio a brinquedos velhos. Mas num dia em que a professora pediu às crianças folhas para desenharem na sala, ela o levou e no recreio acabou perdendo-o no pátio, caído atrás de um arbusto.

Mario Nicolo, o jardineiro da escola, encontrou o livro três dias depois. Entregou-o para dona Cesira, que ajudava na limpeza. Ela mal sabia ler e não se interessou por abri-lo. Apenas o levou para a biblioteca e o enfiou entre dois velhos tomos de uma enciclopédia sobre a história da Itália, na estante ao fundo.

As crianças não tinham hábito de frequentar a biblioteca. Nas raras vezes em que isso acontecia, acessavam apenas a prateleira de histórias em quadrinhos. Até que, vinte e seis anos depois, a escola comprou computadores e trocou todas as enciclopédias de papel pelas mesmas versões digitais. Os tomos foram doados a um sebo nas cercanias da Galleria degli Ufizzi. Matteo Pagano, o senhor milanês dono do sebo, encantado pela riqueza dos detalhes na capa daquele livro de poucas poesias e textos, e sem saber como categorizá-lo, não o colocou à venda. Aproveitou para externar um talento literário reprimido e escrever um soneto de amor para a primeira namorada. Assinou *Matteo Pagano, Milão – 1995* e fez algo diferente: deixou sobre o balcão uma caneta e o livro, para os clientes o preencherem. Por pouco mais de vinte e oito anos, milhares de pessoas do mundo inteiro o manusearam e muitos registraram nele parte de sua própria história.

A última passagem de Vinícius Becker por Florença, logo após a morte da esposa, havia sido uma chance de reconexão com as filhas. Agora, ainda na condição de *best-seller* mundial, ele cumpria a turnê europeia de lançamento de seu mais recente romance e a cidade era a última parada antes do retorno ao Brasil. Ao fim do evento, seis horas de autógrafos, ele pediu para seu agente liberá-lo do jantar com um produtor de Bollywood que pretendia filmar uma de suas histórias. Caminhou sozinho pelas ruas apinhadas de turistas, comprou a fantasia de legionário encomendada por Vida e a caixa de chocolates finos Giuinott. No retorno ao hotel, entrou no sebo para conferir se havia edições antigas de títulos seus. Enquanto ele passeava pelos corredores, o velhinho proprietário do sebo se aproximou, apoiado numa bengala. Tinha nas mãos uma caneta e a primeira edição do primeiro livro de Vinícius.

— Vinícius Becker, não? — Matteo Pagano estendeu a caneta e o livro.

— Esta edição, aí, nem eu tenho — a resposta foi em italiano fluente.

Vinícius autografou a cópia, tiraram uma foto, ele escolheu uma antiga edição de “Em Busca do Tempo Perdido”, de Proust, e foi ao balcão pagar. Enquanto esperava o velho embrulhar a compra com as mãos trêmulas da idade avançada, Vinícius encontrou o grosso livro marrom. Passou a mão sobre a capa, folheou-o um pouco.

— Quem é o autor?

— Todo mundo.

— Interessante. Está à venda?

Matteo fitou Vinícius por longo tempo.

— É seu, pode levar.

O brasileiro se assustou com a oferta.

— Faço questão de pagar.

— Não precisa, ele veio para mim de graça. Estou para fechar o sebo, a idade vem me cobrando alto pelo trabalho diário. O ponto é muito bom, sabe, toda hora alguém oferece preço para transformá-lo em mais uma destas lojas de bugigangas para turistas. — Matteo suspirou, resignado. — Os livros aqui vão acabar doados, incinerados ou esquecidos. Este aí é parte da história do sebo. As mãos de um grande escritor são seu melhor destino.

Tocado pelo breve relato, Vinícius aceitou o presente.

— Só não deixe de escrever algo também. Quem sabe, você até pede a escritores amigos seus que o completem — sugeriu Matteo Pagano.

No avião de retorno a São Paulo, Vinícius escreveu um conto de amor para as filhas e assinou *Vinícius Becker, Brasília – 2023*. Em casa, entregou a fantasia de legionário para Vida e após o jantar deu mais uma folheada no livro, deixando-o sobre a poltrona da biblioteca.

21

NOITE EM CLARO

Eu caminhava em círculos dentro do cinema. Diante de informações que mais pareciam saídas da mente de um roteirista maluco, tive muito medo da resposta à pergunta seguinte:

— A gente vai voltar pra Terra algum dia?

Leonardo da Vinci e Marie Curie se entreolharam, percebi que aquela era uma questão bem delicada.

— Dedicamos nossos melhores esforços para trazer o Único, mas não tínhamos certeza de que daria certo — começou Marie Curie.

— De Maria, a Profetisa, a Tesla, passando por Copérnico, Galileu, Arquimedes, Newton, Gauss, Hubble, Turing e tantos outros, durante mais de 2.200 ciclos milhares de cientistas deram sua contribuição. Mas só conseguimos fechar as lacunas com a chegada de Einstein. Albert trouxe ideias brilhantes, a relatividade geral, conceitos de gravitação, atalhos temporários, matérias exóticas e buracos de minhoca.

— Mudamos as abordagens, construímos novos equipamentos, transformamos a Torre Eiffel de Paristambul numa poderosa antena emissora, com a ajuda do próprio Gustave Eiffel, que também programou as coordenadas para a torre em Paris — seguiu Leonardo. — E foi que, há 55 ciclos, ocorreu um evento raríssimo: uma tempestade geomagnética durante um alinhamento entre nosso sol, o Paramundo e a Terra. Conseguimos abrir a tempo uma pista invertida na ponte entre os dois mundos e enviar o livro.

— A Máquina de Contar Histórias é a maior invenção da humanidade — disse Marie Curie, em tom orgulhoso. — Imediatamente, os cientistas se envolveram na tarefa seguinte: descobrir como enviar o Único de volta. Ou, agora, a Única e seus fiéis escudeiros.

— Ué, mas é muito fácil de resolver. — Euclides bateu na própria testa e ergueu o indicador para dar uma aula grátis aos gênios. — Vocês não trouxeram a gente até aqui? É só inverter os botões dos equipamentos e... tcha! A gente volta pra Terra.

— Ah, claro. — Grilo revirou os olhos. — Nenhum dos cinco mil gênios por aqui, tudo com doutorado, pensou nisso. Essa ideia foi no nível do boneco de travesseiros.

— Pois é, infelizmente nem sempre é simples assim. — Leonardo apertou os lábios. — Criar a pista invertida para enviar a máquina e então trazê-los pela ponte entre a Terra e o Paramundo já foi dificílimo, mas, como a ponte existe desde sempre, o transporte de vocês até aqui foi algo mais natural. Porém, uma coisa foi mandar um livro para a Terra, outra é desintegrar uma pessoa aqui e reintegrá-la em outra dimensão, para que chegue lá ainda viva e não se espatife no solo. Já são 55 ciclos, 330 anos de trabalho conjunto das maiores mentes da humanidade. Temos feito testes com camundongos de laboratório, mas eles re-morrem durante a fase da desintegração. Não chegamos a uma conclusão satisfatória de como se daria com um ser humano.

— Nossa, que animador ouvir isso... — Grilo semicerrou os olhos.

— Não entendi foi nada, mas uma explicação para leigos seria: sentem e chorem — completou Euclides.

— A chegada recente de Stephen Hawking trouxe novo salto de qualidade e estamos confiantes — completou Marie Curie. — Seguimos trabalhando na máquina e tentando encontrar uma equação capaz de prever se e quando acontecerá uma nova tempestade geomagnética e um alinhamento entre nosso sol, o Paramundo e a Terra, tudo ao mesmo tempo.

Fiz questão de não disfarçar a lágrima que desceu. Só nos restava confiar naqueles milhares de gênios trabalhando para encontrar a forma de nos mandar embora quando a maldita guerra acabasse. Isso, claro, se a gente sobrevivesse a ela.

— Querida, a viagem até aqui foi longa, vocês estão cansados e precisam digerir as informações. — Marie Curie secou minha lágrima com o dedão.

— Reservamos as três melhores suítes do hotel da ilha, na face Leste de Capri de Páscoa. — Leonardo apontou para uma porta. — Descansem, amanhã vocês terão o dia livre. Voltaremos a conversar. O Ravi irá acompanhá-los.

No mar azul espelhado, numa praia comprida de areia banca cheia de coqueiros, um píer abrigava a recepção do hotel, no estilo daqueles *resorts* da Tailândia. Dali saíam braços sobre o mar, com bangalôs da madeira e vidro. Fiquei de cara com o luxo das instalações.

— Todos os cientistas da ilha ficam hospedados nesse hotel?

— Quem me dera, Vida! — Ravi sorriu. — Os menos experientes, assim como eu, vão e voltam todos os dias de Cairatenas na balsa que chega no fim da madrugada e retorna no início da noite. Alguns poucos moram aqui. Sabe como é, né? Os privilégios da fama.

— Muito lindo, nossa!

— Talvez o único hotel dez estrelas do Universo. — Ravi abriu um sorriso. — E vocês ficarão nas suítes presidenciais.

— Não tenho nem roupa pra isso. — Grilo esfregava as mãos. — Eu daria meu reino por um celular, só pra tirar uma foto e postar.

— Sete bilhões de curtidas. — Euclides fez o número com os dedos. — No mínimo.

— De que adianta ficar nesse hotel e não postar? Quanto desperdício!

— Né, não?

— Minha primeira marcação na foto seria do Heitor Magalhães, aquele bostinha que se acha.

— A minha, da Lavínia Mota. Esfregar na cara dela com gosto.

Eu apenas escutava a conversa, balançando negativamente a cabeça.

— Sobre o que eles estão falando? — Ravi franziu a testa.

— Nem vale a pena saber, pode acreditar.

Chegamos às três suítes, uma ao lado da outra.

— As acomodações são completas, não se preocupem — orientou o indiano. — Podem descansar hoje e amanhã, relaxem, circulem por onde quiserem. E me despeço agora, preciso retornar aos meus cálculos na equipe dos irmãos Bernoulli.

De verdade, minha suíte não tinha nada fora do lugar. Com o controle remoto, regulei a temperatura e a luminosidade, subi as cortinas e coloquei uma música ambiente. Mesmo que eu precisasse muito descansar, passei a tarde me revirando na cama sem conseguir pregar os olhos. Leonardo da Vinci, Marie Curie, Isaac Newton, Leônidas...? Que loucura aquilo! Ao tempo em que desejava que fosse a grande aventura da minha vida, pedia para dormir e então acordar e descobrir que tudo não tinha passado de um pesadelo. Um misto de curiosidade, anseio de mergulhar de cabeça e, com a mesma força, medo de não corresponder às expectativas de tantas pessoas que depositariam em mim a esperança de... de... nossa, tudo parecia tão incerto quanto absurdo: jamais reencontrar meu pai e minha irmã; poder abraçar e beijar minha mãe; não precisar nunca mais encarar as pessoas da escola que tanto mal me faziam. O fato mais absurdo de todos? Eu liderar a humanidade amável numa guerra. Não, aquilo era uma tremenda confusão, o resultado errado de um cálculo feito pelos maiores gênios da humanidade! *Eu vou dormir agora, acordar amanhã no meu quarto e me levantar para tomar o café preparado por dona Lourdes. Sim, eu vou acordar no meu quarto. Vou acordar,*

acordar, acordar, eu repetia na mente como carneirinhos pulando cercas. Mas o medo deixava as alturas daquelas cercas cada vez maiores, e todos os carneiros se chocavam nelas e caíam apavorados.

22
NOITE DE FUGA

Durante a madrugada silenciosa, Grilo ouviu batidas na porta de seu quarto. Euclides entrou e se sentou na cama em silêncio e com o semblante desolado.

— Que cara é essa, Euclides?

— Não quero saber dessa loucura toda, meu velho. Essa não é uma missão nossa, mas da Vida. Uma guerra? Caraca, eu tô me cagando de medo, já fui ao banheiro cinco vezes.

— Confesso que também não consegui pregar o olho. Mas nós somos os fiéis escudeiros, você ouviu bem. E fiel escudeiro parece uma coisa importante.

— Eu não quero ser escudeiro, quero voltar pra casa, tô com saudade da minha família.

— Mas como vamos sair do Paramundo? Você não ouviu que ainda não descobriram como mandar a gente embora?

— Sei lá, a gente pode pegar um daqueles barcos no píer e remar pra Cairatenas, depois um trem até o paredão, atravessar a colina amável e voltar andando pra onde tava a biblioteca. De repente ela tá lá de novo e a gente consegue. Vale a tentativa.

Grilo refletiu alguns instantes. De fato, aquilo tudo parecia perigoso demais. Entreabriram a porta e conferiram que não havia ninguém por ali. Pé ante pé, atravessaram quase toda a extensão do tentáculo e quando passaram pelo penúltimo bangalô uma voz mole surgiu por trás:

— Não façam isso, ela vai precisar de vocês.

No alpendre de um bangalô, um jovem de longas madeixas, bigode chevron, usando bermudão, chinelos e camisa florida aberta com os pelos do peito para fora, balançava-se em uma cadeira de palha ao lado de um pranchão de surfe. Fumava um cigarro de Zanzibali, tinha os olhos vermelhos e baixos.

— Oi? — Euclides travou os dentes.

— Compartilhem da minha insônia. — O jovem indicou duas cadeiras ao lado.

— Mas, mas, é que, veja bem... — Grilo tentava encontrar uma saída para o flagrante.

— Eu compreendo o medo de vocês.

Euclides murmurou, envergonhado:

— Desculpa, Seu... — Ele ergueu uma sobrancelha.

— Pitágoras.

Os dois amigos se entreolharam.

— No meu livro de matemática você não parecia um surfista havaiano. — Grilo segurou a gargalhada.

— Morri velho, tem razão, mas re-vivi jovem e essa roupa aqui é bem confortável.

— Bom, já que você é você, eu vou aproveitar e registrar uma reclamação. — Euclides franziu a testa. — Eu tirei 2 em uma prova outro dia e a culpa foi sua, que inventou um negócio de quadrado da hipotenusa e não sei mais o quê. Aliás, não podia ter dado um nome mais bonito?

— Verdade — contribuiu Grilo. — Hipotenusa é um nome muito ruim. Não vende.

— E o que seria um nome bom? — Pitágoras franziu a testa.

— Ah, sei lá. — Grilo entortou a boca, olhou para cima. — Pudim?

— Pudim venderia bem. — Euclides estalou os dedos e apontou o indicador para Pitágoras.

— Bom, agora já foi. — O grego deu um trago fundo no cigarro e ofereceu a guimba aos dois, que recusaram. — Me disseram que na Terra só se lembram de mim pelo teorema e, pior, bicho, que muita gente duvida de minha existência. Mas, bom, cá estou para provar que não sou uma fraude. Eu e meus discípulos descobrimos muitas outras coisas. Querem ouvir?

— Muito obrigado pela oferta, mas esse programão aí nós vamos passar. — Euclides se sentou. — A gente só quer saber se tem chance de dar algum tipo de merda nessa história toda aí de guerra.

— Sendo bem direto, tem e não é pouca.

— Ah, que ótimo! Aqui é assim, só notícia excelente e na lata, ninguém doura a pílula. — Grilo se esparramou na outra cadeira.

— Sou um dos profetas que receberam a Revelação — disse o grego. — Se a Vida é a Única, mas vocês vieram juntos, podem acreditar: é o que tem de acontecer. Ajudem-na com a carga, que é dela, mas não a carreguem por ela. O Universo é matemático e, para ficar no âmbito do meu teorema, se a Vida for a hipotenusa, vocês são os catetos. Os três formam um poderoso triângulo, morou?

— Morei, mas não concordo. Somos um triângulo prestes a se ferrar numa guerra que não foi provocada nem pela hipotenusa, nem pelos dois humildes catetos aqui.

— Vocês não têm relação com esta guerra. Ainda. Mas saibam que, caso os temíveis a vençam, as consequências para o Universo serão devastadoras.

— Ah, que maravilha! Agora nós três vamos ser responsáveis pela felicidade do Universo? Tá puxada essa missão, hein, Pita?

— *Pita*? — murmurou Euclides.

— Só de curiosidade — seguiu Grilo. — Contra quem é essa bendita guerra?

— Contra os piores da humanidade.

— Os piores, você diz...

— Sim, os piores.

— Piores tipo piores mesmo?

— Os piores muito mais piores do que os mais piores que vocês possam imaginar.

— Quanto piores?

— Ruindade bruta, selvageria da grossa, estupidez sem filtros. — O grego fez uma pausa, tragou o cigarro e seguiu: — Barbaridade ilimitada, ignorância desmedida e...

— Tá bom, já chega! Muito animador, você. Quer saber? Vou voltar pro meu quarto, esvaziar aquele frigobar, cair de cara na cama e torcer pra acordar deste pesadelo o quanto antes. Vamos, Euclides.

Arrastaram os pés de volta aos quartos.

23

DIA DE FOLGA

Logo após o café da manhã, os dois deixaram seus quartos, sem camisa, carregando toalhas e cremes, vestindo bermudões floridos, chinelos e óculos escuros. Grilo havia enfim retirado o curativo da cabeça. Decidiram aproveitar o tempo que lhes restava antes da tragédia se consumar. Bateram à porta do quarto de Vida, ela abriu ainda sonolenta.

— Bora pegar uma prainha? — Euclides deu um sorriso.

— Ah, eu mal dormi. Mas já tenho outra programação, vou ver os cientistas.

— Só você, Vida, trocaria uma praia paradisíaca por um monte de velhos com cheiro de naftalina misturando líquidos e explodindo laboratórios.

— Não são velhos explodindo nada. São os maiores inventores da História.

Os dois se entreolharam, entortaram a boca.

— Somos mais a praia.

— Tem nem comparação.

— Vamo nessa, Euclides.

Desceram para a areia, onde havia uma extensa fila de espreguiçadeiras e guarda-sóis, além de uma barraca de praia que servia bebidas e comidinhas. Poucos frequentadores aproveitavam o clima e o visual.

— Hoje deve ser meio de semana, todo mundo trabalhando. — Euclides estendeu a toalha e ocupou uma barraca.

— Imaginar que uma hora dessa a gente poderia estar numa aula de química...

— Deus o livre! Química serve pra nada!

— Nada mesmo. Trouxe o protetor solar? Importante a gente passar.

Euclides entregou o tubo e Grilo leu o rótulo:

— "Fator de proteção 250, protege de raios UV-A, UV-B e UV-C". O jogo aqui é bruto.

Eles se besuntaram do creme e pediram cardápios em português para a garçonete, uma jovem croata de tranças e sardas. Abriram na página de drinques sem álcool.

— Vou começar com um Benzeno de Kekulé com sal na borda e lima da pérsia espremida, por favor — pediu Grilo, decidido.

— Pra mim, deixa ver... — Euclides examinou a lista e apontou. — Pode ser um Gay-Lussac sem gás.

— Só existe Gay-Lussac gasoso. A pedida é o Paracelso de Goiaba.

— Tem boa saída?

— É o carro-chefe da casa.

— Vou na sua dica. — Ele deu uma piscadinha para a garçonete.

— E pra comer? — Grilo conferia as opções, indeciso.

— O petisco do dia é o Incerteza de Heisenberg. — A menina apontou a foto no cardápio.

— Hum, não tenho certeza. — Ele apertou os lábios. — É bom?

— Alguns dias está bom, outros nem tanto assim.

— Tá muito incerto, melhor não arriscar. Traga, por favor, uma porção de Croquetes de Schrödinger.

— E uma tábua de Fulerenos de Provolone à Milanesa — finalizou Euclides.

A jovem recolheu os cardápios, passou o pano na mesinha e os dois se esparramaram nas espreguiçadeiras. Euclides bocejou.

— Dava pra morrer aqui.

— Né?

24
DESCOBERTAS

Praia era o que não faltava no Brasil, eu já tinha cansado de passar férias com minha família em várias delas. Claro, eu jamais trocaria uma visita aos laboratórios dos maiores cientistas da humanidade por outro dia na praia. Como o número de salas, gabinetes e oficinas parecia infinito, decidi andar sem rumo, na certeza de que, para o lado que olhasse, encontraria algo surpreendente. E assim foi: através das grandes janelas de vidro pude ver Thomas Edison, Pascal, Galileu Galilei, Rosalind Franklin, Mary Jackson, Dorothy Vaughn, Bartolomeu de Gusmão, Ramanujan, Aaron Swartz, Marconi, Lavoisier, Arquimedes e uma série de gênios trabalhando. Uns me cumprimentaram de longe, outros detalharam os estudos mais novos e tentaram me explicar equações que não entendi patavina. A maioria quis saber como andavam as coisas na Terra e alguns mais empolgados chegaram a pedir autógrafo. Autografar o jaleco de Einstein entrou para minha lista de experiências inesquecíveis, e confesso que senti um calorzinho no coração quando vi o jovem Stephen Hawking caminhando freneticamente diante de um quadro branco e explicando uma nova teoria a um grupo de cientistas.

Segui a visita pelo subsolo, onde Marie Curie disse que trabalhavam os gênios solitários. Uma das portas entreabertas tinha o nome "Maria, a Profetisa" e os desenhos das chamas azul, cinza e amarela. De todas as portas em Capri de Páscoa, a única com referência aos símbolos mais importantes do Paramundo. Aquele foi o laboratório mais bonito que vi por ali, como se eu tivesse penetrado nos velhos aposentos de uma bruxa da Idade Média.

— Faz tempo que não recebo visitas. Me ajude com isso aqui — uma voz veio por trás.

A senhora de avental, luvas e um par de óculos redondos e lentes grossas manipulava uma solução amarela. Entregou para mim um vidro redondo cheio de um líquido fumegante azul, misturou com a amarela e provocou uma pequena explosão de faíscas verdes. Ela colocou o vidro em banho-maria, fez algumas anotações num velho caderninho.

— Ótimo. — Tirou a luva, secou as mãos no avental e me deu um abraço demorado.

— Desculpa, eu vi as figuras das chamas e fui entrando.

— Não precisa se desculpar de nada, querida. Para saber sobre fagulhas e chamas, veio ao lugar certo.

Sentei-me num banco alto e apenas escutei.

— Eu me lembro como se fosse hoje. — Maria, a Profetisa, levou os óculos para a testa e fez uma voz sombria: — Ninguém tinha noção da existência das fagulhas temíveis, até há pouco mais de 2.200 ciclos um chinês amável chamado Xu Fu – um dos mais proeminentes exploradores da Terra e do Paramundo - descobrir ao acaso as três fagulhas dentro de uma rocha, no fundo de uma caverna dos Domínios Altíssimos, no Subterritório das Pedras.

Eu acompanhava tudo com atenção, a velha caminhava pelo ambiente fazendo gestos como numa apresentação de teatro.

— Atraído pela beleza das fagulhas, Xu Fu apossou-se delas, encerrou-as em três caixinhas de ouro e as entregou a nós, os gênios criativos da época. Não sabíamos do que se tratava, mas elas pareciam amaldiçoadas. O medo, tristeza e ódio que emanavam eram insuportáveis, ninguém conseguia ficar perto por algumas horas sem começar a sentir os efeitos. Por isso, as três caixinhas foram enterradas fundo na praia de Capri de Páscoa até decidirmos o que fazer. Logo depois, Moisés, Samuel, Isaías, Zoroastro, Pitágoras e outros começaram a receber a Revelação, e finalmente compreendemos que as fagulhas eram a essência da Força Temível.

— Foi quando vocês começaram a fazer o projeto da Máquina de Contar Histórias?

— Sim, naquela época não tinha esse nome e não fazíamos a menor ideia de como seria. Foi um trabalho lento e muito cuidadoso. Começou com o próprio Xu Fu. Por ter encostado nas fagulhas, ele foi enlouquecendo. Precisamos interná-lo em um hospital, ele estava completamente tomado de medo, tristeza e ódio. Para estudarmos aqueles efeitos, coletamos o sangue dele.

— E onde ele está hoje?

— Numa noite, Xu Fu simplesmente desapareceu do hospital e nunca mais foi visto. Mas ainda teve outro problema nesse meio tempo: os seres humanos temíveis souberam de tudo e, em busca das fagulhas, iniciaram a 1ª Guerra Paramundial.

— Ufa, ainda bem que os amáveis venceram!

— E não é? Mas, bom, encurtando a história, para jamais caírem em mãos indevidas, ao fim da guerra nós decidimos separar as caixinhas e escondê-las em segurança. Por isso, determinei a antigos mineiros egípcios a extração de quatro quilos de paramídio e...

— Paramídio?

— Um metal que não é metal, de um dourado mais brilhante que a mais brilhante das cores, tão raro que praticamente não se identifica e no Paramundo existe em apenas uma minúscula mina no Subterritório das Pedras. É quase impossível de ser extraído, os mineiros trabalharam por um ciclo inteiro, 24 horas por dia. Fundimos um quilo do paramídio no Krakatoa-Kilauea, o maior vulcão do Paramundo. As caixinhas foram então mergulhadas e revestidas. Quando em contato com o ouro, minha tese foi confirmada: o paramídio se tornou mil vezes mais resistente do que o aço e dez vezes mais leve do que o ar.

— E onde estão as três caixinhas agora?

— Ah, isso ninguém sabe. Foram confiadas a quinze generais chineses, divididos em três grupos iguais. A primeira caixinha foi escondida no Subterritório das Águas, a segunda no das Pedras, e a terceira no da Madeira. Em lealdade à Força Amável, aqueles generais promoveram suicídios coletivos e, dessa forma, sumiram da memória de todos os habitantes do Paramundo, levando para sempre o segredo das três localizações.

Fiquei um longo tempo em silêncio para absorver o que ela dizia.

— É possível destruir essa mistura de paramídio e ouro? — Ergui uma sobrancelha.

— Aí seria necessário uma ferramenta feita da mesma liga e forjada naquelas mesmas condições. Ou algo impossível de ser encontrado no

Paramundo: uma temperatura tão alta quanto a do centro de uma estrela como nosso sol violeta.

Saí de lá pensativa, as notícias não pareciam muito animadoras. Perambulei até encontrar, ao final de um corredor, uma enorme porta de ferro trancada por inúmeros cadeados grossos e apenas uma indicação: "Subsolo 2". Achei bem estranho, já que Marie Curie tinha mencionado apenas um subsolo.

No fim da tarde, minha atenção foi capturada por uma plaqueta em uma porta: "Estudos Linguísticos". O grande ambiente cilíndrico era todo revestido em chapas de aço perfuradas por milhares de orifícios minúsculos.

— Seja bem-vinda ao Laboratório Avançado de Tradução Integrada.

Um jovem magrelo e alto usando cavanhaque e franja mordeu o resto de uma maçã, jogou o bagaço na lixeira e limpou as mãos no jaleco. Sinalizou para eu observar com atenção. Trancou a porta, apertou um botão na parede e o ar do laboratório começou a ser trocado através daqueles milhares de buraquinhos, produzindo uma leve brisa e um som agudo tipo um apito.

— *I guess you can't understand what I'm saying right now* — comentou o rapaz.

— Como?

Ele girou o botão no sentido anti-horário e outra vez o ar dentro da câmara foi trocado.

— Pronto, acho que agora você voltou a compreender meu inglês. — Estendeu a mão. — Steve Jobs, muito prazer.

Arregalei os olhos, apertei firme a mão dele.

— Vida Becker.

— Quando estava na Terra, eu afirmava que trocaria toda minha tecnologia por uma tarde com Sócrates. Bem, como já foram várias tardes tomando chá com ele, passei a dizer que trocaria todas as minhas novas tecnologias por conhecer o Único. E cá estamos!

— Ah, bobagem! Eu sou só... Eu. — Baixei os olhos, envergonhada. — Mas qual é seu trabalho aqui?

— Meu *job* atual é aprimorar o composto-tradutório. Recentemente, conseguimos inserir na fórmula os últimos idiomas que faltavam, até os extintos na Terra, passando de 7.000. A não ser os seres humanos pré-históricos, que vivem em áreas restritas e isoladas da cadeia de montanhas e cavernas das Terras Mortas, e que se comunicam apenas entre si, todo mundo agora se entende no Paramundo.

— Pré-históricos?

— Sim, os primeiros a chegarem ao Paramundo, há 50.000 ciclos. E, acredite, tem quem ainda esteja re-vivo.

— Bum! — Fiz com as mãos o gesto de minha cabeça explodindo.

— Também demorei a me acostumar.

— De todas as invenções por aqui, o composto-tradutório é a mais legal.

— Isso porque você não viu o composto-tradutório-escrito, nosso novo queridinho e que está em fase de testes internos. Todo mundo em Capri de Páscoa está participando da experiência. Quer tentar também?

Ele me entregou uma folha com uma frase: *Życie jest naprawdę proste, ale uparcie je komplikujemy.*

— Imagino que você não entenda nada de polonês... — Ele tirou um pequeno frasco do bolso e pingou duas gotas em cada um dos meus olhos. Apontou. — Agora leia.

— "A re-vida é realmente simples. Nós é que insistimos em torná-la complicada".

— Confúcio. — Jobs me deu um calhamaço. — Leia em outros idiomas.

Assim fiz e consegui ler a mesma frase em mandarim, inglês, hindi, bengali e russo. Parecia magia, mas era só ciência, mesmo. Passei várias páginas aleatórias e encontrei:

— "Batatas bebem água. Cenouras e beterrabas viajam a pé".

— Batatas? — Steve Jobs travou os dentes num sorriso sem graça. — Bom, nem todos os idiomas estão perfeitos. Deixe-me analisar para calibrarmos na próxima fase de testes. — Ele conferiu e anotou: — Chinês arcaico.

— Quanto tempo dura o efeito do colírio?

— Diferentemente do composto-tradutório, que é mais volátil e precisamos borrifar na atmosfera uma vez a cada ciclo, o colírio do composto-tradutório-escrito tem efeito duradouro.

No trajeto de volta ao hotel, avistei Grilo e Euclides ainda estirados nas espreguiçadeiras da praia como duas lagartixas. Fui até lá.

— Vocês dois não cansam de não fazer nada?

— Dava pra morrer aqui — sussurrou Euclides, inerte e de olhos fechados.

— Né? — balbuciou Grilo.

25

UMA DECISÃO IRREVOGÁVEL

Na manhã seguinte, o camareiro nos entregou cartas com a convocação para uma reunião, sem detalhes do que se tratava, mas que, pela grossura da folha e floreio das letras douradas, indicavam uma solenidade importante. Ravi chegou para nos levar.

— Passaram bem?

— Melhor impossível! — Grilo tocou seu punho ao de Euclides.

Já eu preferi não revelar a tormenta de minhas duas últimas noites de insônia. Após retornarmos ao interior da rocha, atravessamos corredores e laboratórios vazios até pararmos diante de uma porta em bronze envelhecido com uns cinco metros de altura. Ravi golpeou três vezes uma aldrava de leão prateada. A porta se abriu para um ginásio com arquibancadas lotadas de cientistas em total silêncio. No centro da quadra, Leonardo da Vinci e Marie Curie nos aguardavam em frente a um pedestal com microfone.

— Só caminhem até lá — orientou Ravi.

Fui na frente, Grilo e Euclides ficaram alguns metros atrás. Todos os milhares de gênios se levantaram, a voz de Leonardo ecoou nas paredes do ginásio:

— Vida Becker, a Máquina de Contar Histórias escolheu-a, mas é nosso dever perguntar: você aceita sua missão como Única?

Numa fração de segundo, muitas imagens de momentos ao lado da minha família se reproduziram freneticamente na minha mente: meu pai lendo uma história de princesa e cantando desafinado para eu dormir; minha mãe me beijando no braço para curar um machucado; Valentina fazendo carinho nos meus cabelos. Também vieram os cheiros do verniz nas colunas de madeira da varanda, do couro do sofá da sala, do amaciante de roupas, dos bolos de dona Lourdes, dos livros na biblioteca. O que mais doía era a lembrança do último café-da-manhã com meu pai e Valentina. Eu mal tinha me despedido deles... Se soubesse que a gente nunca mais se veria, talvez eu tivesse dado abraços mais fortes ou falado alguma coisa tipo "Nunca se esqueçam de mim, eu amo vocês demais!". Eu descobria, da pior forma, que jamais vamos capturar o momento a partir do qual nada mais será como antes. Aceitar a missão para tentar sentir tudo outra vez? Ou não aceitar e fugir gritando que nem uma doida que aquela guerra não era minha? Leonardo da Vinci me encarava, acho que me daria o tempo que eu quisesse para responder. Sei que ele tinha consciência de que jogar uma responsabilidade daquele tamanho para uma criança era bem cruel.

Eu não era única de coisa alguma, não tinha condições de liderar nada, nem ninguém, mal conhecia o bairro onde eu morava. Muito mais do que subir num flamboyant, olhar por cima de um muro e imaginar o mundo de verdade, o Paramundo era uma realidade feia e perigosa, e eu não fazia a menor ideia de como me livrar. Tive a vontade quase incontrolável de chorar e uma saudade gigantesca do meu quarto, as paredes que me protegiam das humilhações e garantiam que, lá dentro, eu sempre estaria segura. Meu corpo inteiro tremia, meus olhos iam de um lado a outro com rapidez. Eu me virei para Grilo e Euclides, e eles pareciam tão perdidos quanto eu. Tomei a decisão: não aceitaria embarcar numa loucura daquela.

Mas, imediatamente, um sussurro bateu nos meus ouvidos: *Você nunca fez e nunca vai fazer nada de útil, fric*. Naquele momento, ergui o queixo e balancei a cabeça, concordando. O ginásio explodiu em aplausos.

Marie Curie se virou para Grilo e Euclides:

— Por terem-na acompanhado da Terra até aqui, aceitam ser os fiéis escudeiros da Única?

Grilo trocou um olhar grave com Euclides:

— Tô sentindo que não vai ter como recusar.

— Ah, já tamo aqui, mesmo...

Os dois fizeram sinal de positivo. Nova comemoração dos gênios. O ginásio foi evacuado, sobrando apenas nós três e Leonardo. Euclides pediu a palavra e disse algo que estava na ponta da minha língua:

— Muito lindo, uma solenidade cheia de categoria. Só que tem uma coisa bem preocupante aí na cena toda. A gente já entendeu que a Vida veio liderar a turma na guerra, resolver o problema do Universo e coisa e tal, mas, sinceramente, esse negócio de sangue, fogo, espada, cabeça voando e gente morrendo, não sei não. Isso me dá calafrios.

— No caso, inexiste a opção de contermos o inimigo com diplomacia.

— Qual é o final da bendita Revelação? — A cara do Grilo estava bem tensa. — Ela não fala se o nosso lado vai ganhar a guerra? Isso já seria de grande ajuda, pelo menos pra deixar a gente mais calmo.

— Infelizmente, nobre guerreiro, ela não tratou disso.

— Pois, eu acho que vocês estão com um problemão: nós três nunca demos um soco em ninguém e somos incapazes de matar uma mosca.

— Isso é verdade, Léo — completei, apertando os lábios. — Eu estava justamente pra dar essa notícia.

— Não se preocupem, nós já pensamos em tudo...

26
O QG TEMÍVEL

As Geleiras do Além, ao Norte do Paramundo, tinham dimensão suficiente para cobrir a superfície de um planeta do tamanho da Terra. Um lugar desabitado, longínquo, hostil e menosprezado pelos amáveis, que agora estavam a um passo de pagar um preço altíssimo pelo desinteresse. Com tempo de sobra e de forma muito bem orquestrada, ciclo a ciclo os temíveis vieram abrindo um túnel sob o Deserto Infernal. A distância acabara de ser vencida e um novo tempo se aproximava, com o empreendimento de uma operação logística monumental: o deslocamento, via túnel, de vários exércitos para ocuparem postos na tundra às margens das Geleiras do Além. A previsão era de que todo o efetivo estaria posicionado no início do próximo meiociclo de escuridão.

As diretrizes estavam a cargo dos três Senhores da Guerra, notabilizados pelo nível de pavor promovido em suas passagens pela Terra. Assim como acontecia com os mafiosos, todas as rivalidades terrestres haviam sido abandonadas, na certeza de que a tomada de poder no Paramundo traria benefícios imensos, com muita gente para ser subjugada e terras em abundância a serem pilhadas e divididas. Pois, quis o destino que, dada a iminência do maior conflito de uma Era, os Senhores da Guerra a ocuparem as cadeiras do QG Temível naquele momento histórico fossem Napoleão Bonaparte, Gengis Khan e Benito Mussolini.

O Hexágono, a sede do QG Temível, era uma fortificação inspirada no Pentágono, a sede do departamento de defesa norte-americano na Terra. Cada um dos três Senhores da Guerra ocupava duas faces da estrutura, junto ao respectivo *entourage* administrativo. Para se aproximar dos seis paredões espessos e altíssimos, daquela que era a megaconstrução mais protegida do Território Ermo, era necessário antes atravessar três barreiras quase intransponíveis: a primeira, uma grande floresta de pinheiros secos, com acesso apenas por uma estradinha cortando-a e um posto de controle com soldados armados até os dentes; a segunda, um largo fosso circular de água tão escura e barrenta, que ninguém se atrevia a descobrir que tipo de ser nadava dentro; a terceira, um quadrilátero em pedra com lados de 500 metros de comprimento, 30 de altura e 20 de espessura, dotado de torres de vigilância nos quatro cantos, rolos de arame farpado no topo e apenas um portão frontal, acessado por uma ponte levadiça.

Após quatro dias da viagem, Ivan e Herodes chegaram aos arredores do QG Temível e a charrete com o brasão do Comando Temível foi a senha para a transposição das barreiras até a entrada principal do Hexágono, um saguão frio, vazio, enorme, coberto de cima a baixo com mármore preto reluzente e um pequeno balcão ao centro.

— Viemos ver os Senhores da Guerra — bradou o russo. O som gutural ecoou nas altas paredes do ambiente.

— Têm hora marcada? — resmungou a atendente, uma jovem da Liga das Moças Alemãs, que tinha um fino bigode e vestia camisa social branca e gravata preta com um boton de suástica.

— Apenas anuncie: Ivan e Herodes.

— Sem hora marcada, ninguém passa daqui.

Ivan aproximou seu rosto ao da menina e sussurrou com os dentes travados:

— Garota, deixa eu te contar uma novidade: eu sou conhecido como Ivan, o Terrível. E este aqui ao meu lado é Herodes, o Grande. Você consegue imaginar, nem que por um mísero segundo, o motivo por trás destes "Terrível" e "Grande"?

Acostumada a lidar com um público ignorante, a atendente apenas revirou os olhos.

— Identidades, por favor. Para o cadastro.

— Você só pode estar de brincadeira — gritou Ivan, desembainhando a espada cravejada de pedras na empunhadura e jogando-a sobre o balcão. — Está aqui minha identidade.

Sem se deixar impressionar, ela suspirou e pegou o fone do comunicador.

— Dois visitantes querem ver os Senhores da Guerra... Ivan Terrível e Herodes. — Virou-se para o Rei e tapou o bocal do fone. — Herodes o quê, mesmo?

— O Grande.

— Grande — disse ela no fone.

— *O* Grande — reforçou Herodes, cutucando o ombro da menina. — O "O" é importante.

— O Grande — corrigiu. — Não... Grande, contrário de Pequeno.

Ivan agarrou o fone com força, berrando para o interlocutor:

— Libera logo esta entrada, porque, se eu chegar próximo ao ponto máximo do meu nervosismo, vocês e a folgadinha, aqui, vão se arrepender de terem re-vivido!

O rapaz do outro lado da linha ainda titubeou, mas cedeu.

— Autorizado. — O russo devolveu o fone para a menina. — Onde estão os Senhores?

— Na sauna, em conferência. Podem se dirigir ao pátio central, basta seguirem a linha amarela no chão. Na recepção da área molhada tem toalhas e roupões. — O tom monocórdio indicava que ela já estava doida para encerrar o expediente.

Os dois trocaram de roupa e entraram na sauna onde ocorria a conferência, local amplo, com forte cheio de eucalipto. O vapor impedia enxergarem a um palmo além do nariz. Alguém berrou:

— Quem ousa interromper esta importante conferência?

— Ivan e Herodes. — O russo tossiu.

— É um prazer revê-los! Ou melhor, ninguém está se vendo, mas é um prazer, de toda forma.

— Quem está falando? — Ivan abanava a fumaça para tentar enxergar alguma coisa.

— Gengis Khan.

— Os três estão aqui?

— Presente! — berrou Benito Mussolini.

— Napoleão, aqui no fundo.

A conversa seguiu sob a fumaça espessa e em meio a um suador infernal de 50ºC. Napoleão tomou as rédeas da conversa:

— Ao que devemos a visita? Estamos tendo problemas no 1º Distrito?

— Tudo sob controle, seguimos comandando com mão de ferro. — Ivan passou o relatório: — Uma ou outra baderna pontual, confusão nos bares aqui e acolá, a taxa de homicídios e latrocínios se mantendo alta. Dentro do esperado.

— E Nero? Da última vez achei ele um tanto quanto taciturno — comentou Gengis Khan.

— Anda deprimido. Dorme a tarde toda, precisa ver.

— Uma alternativa seria interná-lo num SPA e substituí-lo temporariamente no comando — sugeriu Napoleão. — Só de cabeça, aqui, vejo vários nomes do nosso time capazes de fazer um trabalho de excelência: Pinochet, Franco, Bagosora, Suharto, Milosevic, Pizarro, Cortés, Médici, Castelo Branco, Schonerer, Pablo Escobar, Videla, Robespierre, Idi Amin Dada, Jack - O estripador, Calígula, Bush, Hideki Tojo, Kim II-sung, Vasco da Gama, Charles Manson, Ceausescu, Sindikubwabo, Papa e Baby Doc, Gadaffi, Harry Truman, Jim Jones, Saddam Hussein, Pilatos, Judas, Salazar, Mengele, Ferdinand Marcos, Stalin, Bin Laden, Nicolau II, Mugabe, Stroessner, Pol Pot, Robert E. Lee...

— Muita gente boa — Herodes apertou os lábios.

— Ruim — corrigiu Napoleão.

— Oi?

— Não é gente boa, é gente ruim.

— Sim, sim, eu quis dizer pessoas muito boas na ruindade, é isso.

— Mas, bom, voltando ao nosso parceiro Nero, vamos dar mais tempo a ele.

— Acho que é falta de emoção — diagnosticou Mussolini. — Na minha opinião, podíamos abrir logo a guerra. Muita gente anda entediada e uma descarga de adrenalina seria um santo remédio.

Gengis Khan corroborou:

— Pois é, os clãs vikings já chegaram às Geleiras do Além e, pelos relatos aqui e acolá, está todo mundo uma pilha de nervos na tundra. A turma do Átila já está posicionada ao norte da Península do Cavalo Marinho e, em breve, meu pessoal começará o deslocamento.

— Não nos precipitemos, ainda há muito a ser preparado — ponderou Napoleão. — Meu exército e os de Benito, Leopoldo II e Júlio César ainda nem partiram. A Operação Triunfo dos Titãs terá início no dia D e na hora H.

Mussolini emendou, num tom de voz cansado e respirando com dificuldade:

— Bom, se está tudo tranquilo no 1º Distrito, não me digam que vieram de tão longe só para pegar uma sauna.

— Trazemos uma informação muito, muito séria. — Ivan fez uma pausa dramática. — O Único... Chegou!

Um demorado silêncio se fez, entrecortado pelo tremor intermitente do aparelho fervendo o ambiente. Apenas uma frase seria capaz de representar o sentimento de todos ali, e ela foi rosnada por Napoleão:

— Alguém desligue a sauna.

Gengis Khan prontificou-se a pressionar o botão. O silêncio ainda acompanhou a dispersão da fumaça pela tubulação e a revelação paulatina dos participantes daquela que acabara de se tornar a conferência temível mais importante de todos os tempos. Quando a fumaça baixou, cinco dos homens mais cruéis da História encaravam-se suados e com toalhinhas ao redor do pescoço.

— Como você descobriu isso, Ivan? — retomou Napoleão, começando a cortar as unhas do pé com um trim.

— Os dois mafiosos infiltrados no Paredão Amável. A notícia nos foi trazida em primeira mão por Al Capone.

— E onde está este Único?

— Em Cairatenas. Já deve estar muito bem protegido. Um dos dois mafiosos foi assassinado e isso indica que o Único teve ajuda.

— Ou ele é um guerreiro habilidoso em artes de combate, a hipótese mais provável.

Ivan arregalou os olhos para Herodes, antecipando a reação à informação seguinte. Herodes indicou para o russo ir em frente.

— Gengis, Napoleão, Benito. — Os olhos do Terrível iam de um lado a outro. — O Único é, na verdade... Única.

Coube a Gengis Khan dizer, agora, a frase presa na ponta da língua de todos ali:

— Já posso religar a sauna?

— Calma, a coisa é muito pior. Ou muito melhor, a depender do ponto de vista. — Herodes inspirou fundo e disse de uma vez, inventando, com a mão, uma altura baixa qualquer: — A Única é só uma menina deste tamanhinho, redonda e com cabelos roxo e rosa.

Nova pausa, até Mussolini se esparramar nos azulejos, cruzar os braços sobre a barriga e começar a gargalhar, acompanhado por Khan. Napoleão enfureceu-se, pingando de suor, berrando e apontando o trim para os dois:

— Parem de pilhéria, o problema é grave! Isso é uma afronta ao nosso legado! Quem esses amáveis pensam que são, como ousam nos desafiar assim? É uma piada, um escárnio, estão de brincadeira? Eles apresentarem uma fedelha para nos humilhar é uma mensagem clara: invadam o Território Fraterno, venham para cima! — O francês dava tapas no próprio peito. — Só pode ser um ardil, um estratagema! Não admitirei este tipo de expediente, daremos a eles exatamente o que pedem. Vamos trucidar cada amável, os que já estão no Paramundo e os que ainda virão! Enquanto vocês riem feito menininhos, eles debocham de nós!

O italiano e o mongol, que suspenderam as gargalhadas na primeira frase de Bonaparte, não tinham avaliado a situação pela ótica do francês.

— Você está coberto de razão. — Herodes apontou para Napoleão. — Eu não pensei por este ângulo.

— Muito bem colocado — adicionou Mussolini. — Enfrentamos exércitos, conquistamos quase tudo, matamos crianças, incendiamos vilas e cidades, explodimos embaixadas, criamos campos de concentração e câmaras de gás.

— Pois é, tantos de nós mataram até a própria família, tudo em nome de um legado — contribuiu Gengis Khan.

— É muita humilhação para quem tanta dedicação empreendeu para transformar aquilo em terra arrasada.

— Percebo formarmos um consenso — concluiu Bonaparte. — Mandaremos uma mensagem clara de que não aceitaremos insultos ao nosso legado: vamos atrás da menina.

— Proponho assassiná-la e pendurá-la de ponta-cabeça em praça pública — sugeriu Mussolini.

— Podemos apresentar a cabeça cortada como um estandarte. Isso baixará o moral amável. Assim se começa a ganhar uma guerra: pelo psicológico — proferiu Gengis Khan, num tom aconselhador.

— Deixem de ser burros! — berrou Napoleão. — Ao re-morrer, ela vai desaparecer e não haverá cabeça para apresentarmos como troféu.

— Bem lembrado, mas como vamos encontrá-la? — Gengis Khan espalmou as mãos. — Não fazemos a menor ideia de onde ela está.

— É verdade — concordou Herodes. — Vai ser impossível saber disso até o início da guerra.

A paciência de Napoleão ultrapassou o limite e ele atirou o trim com força na parede. O cortador de unha ricocheteou, passou a centímetros do rosto de Ivan.

— Eu não posso acreditar no que estou escutando! — A cada instante a ira do francês mais se acentuava. — Como ganharam batalhas pensando tão pequeno, como arrasaram os inimigos, com que tipo de estratégia partiram para as guerras? Pensem com o cérebro, não com o fígado, nem que seja só por um minuto! Se uma fedelha veio para — ele entortou a boca e desdenhou: — liderar os malditos amáveis na guerra, qual seria a primeira e óbvia medida que tomariam? Para onde levam gente que não sabe combater?

Os outros custaram a alcançar a genialidade estratégica de Napoleão. Entreolharam-se admirados.

— Vamos trazer esta menina re-viva para cá! Uma campanha demolidora, um ataque cirúrgico. Uma operação, como é tradição temível, com um nome sonoro e significativo... — Bonaparte revirou os olhos.

— Operação Átila — sugeriu Mussolini.

Todos aplaudiram, mas uma consideração importante foi trazida por Napoleão:

— Aguardaremos o melhor momento para colocarmos a Operação Átila em ação. Não é hora ainda. Quando ela ocorrer, todos os alertas amáveis serão disparados e já precisaremos estar com força máxima a postos. Saberemos a melhor hora, não se planejam ataques sem informações consistentes. Enviemos um espião para mapear a área daquele centro de treinamento de guerreiros.

A proposta de utilização do espião foi aprovada por unanimidade. A reunião se encaminhou para o final, quando Ivan levantou um ponto crucial:

— Não é melhor também comunicarmos nossas deliberações a... — Encarou um a um pausadamente. — Ele?

O silêncio tomou conta da sauna, aquela pergunta delicada seria feita, mais hora, menos hora.

— Acho desnecessário. — Mussolini passou a toalha no rosto. — Ele deixou bem claro que só se envolveria caso o declarássemos guia, comandante supremo, único líder e chefe de todos nós.

— Mas é mesmo muita petulância! — bufou Bonaparte. — Vamos deixá-lo quieto até o fim dos tempos lá no castelo dele, naquela montanha sem graça, pintando aqueles quadros de qualidade duvidosa. Vamos ver se aprende a pintar direito. Na Terra, vivia dizendo que era meu fã. Aqui, essa soberba! Se não quer ajudar, pelo menos não atrapalhe. E quando nós dominarmos o Paramundo, que não venha querer se aproveitar.

Gengis Khan pressionou o botão e a fumaça voltou a encobrir todo mundo.

27

UMA BREVE DESPEDIDA

Da Vinci e Marie Curie nos levaram de volta à estação ferroviária Zeus-Rá, bem lotada àquela hora da tarde. Por entre passageiros e panfleteiros, fomos até à plataforma 42, azul-bebê, arrastando as malas com roupas, materiais de higiene e lanches preparados pelo pessoal da Grande Ordem Suprema Criativa.

— Nosso contato deve chegar em breve. — Leonardo procurava entre a multidão. — Vocês não poderiam ficar em mãos mais hábeis e competentes.

Marie Curie conferiu os bilhetes com o painel. — O trem de vocês parte às 15:16:17, ainda temos algum tempo.

Confesso que eu não tinha ainda muita certeza do que viria a seguir e estava bem apreensiva. Já Grilo e Euclides, como sempre, pareciam não estar nem aí e admiravam a velha locomotiva a vapor de lenha que tinha acabado de encostar na plataforma.

— Ah, finalmente! — Leonardo apontou para a jovem que assumiria a missão de nos proteger.

Ela chegou abraçada a quatro cafés em copos com tampa. Tinha cabelos curtos, olhos verdes, corpo magro e forte. Exalava um perfume doce e tinha um sorriso lindo.

— Leonardo, Marie — disse ela, com a voz cantada. — Enquanto vocês não chegavam, aproveitei para comprar um mimo de boas-vindas aos nossos ilustres visitantes. Tem para todos os gostos: macchiato, mocha branco, café latte e meu preferido: puro e sem açúcar. — Ela se virou para nós. — Vida, Grilo e Euclides, é uma honra servi-los.

— Como você adivinhou que meu preferido é o capuccino com canela? — Grilo fez uma voz adocicada, encarando a moça e pegando o macchiato na bandeja. Eu nunca tinha visto ele com uma cara de besta daquela.

— Canela?

O horário bateu 15:10:00, o maquinista apitou abrindo o embarque. Grilo pegou a mala da jovem.

— Deixa comigo, garota, não precisa se esforçar. Aliás, que tal ficarmos na mesma cabine? Sou um fiel escudeiro condecorado por Leonardo da Vinci, sabe como é, né? — Piscou para ela. — Como a viagem é longa, vamos nos conhecer melhor e você pode me contar sua história, mesmo que sua passagem pela Terra tenha sido comum e...

— Nada disso. Garotas numa cabine, garotos na outra — decretei, franzindo a testa para Grilo.

O maquinista apitou outra vez e Marie Curie abraçou a jovem.

— Agora eles estão oficialmente sob seus cuidados.

— São meus três novos melhores amigos.

Atrasei o passo e, antes de embarcar, chamei Leonardo num canto.

— Ei, Léo, eu... eu queria te pedir um... sabe, é algo muito...

— O que quiser, querida — a voz dele soou paternal, como se já previsse o que eu pediria.

Tirei do bolso do vestido um papelote e entreguei. Leonardo leu o nome e algumas descrições das quais eu me lembrava pelas histórias contadas por meu pai, também por assistir a velhos vídeos e ver as fotos nas paredes e aparadores da minha casa.

— No Arquivo Central não tinha o nome dela.

— Não? — Leonardo franziu a testa. — Pois deveria.

— Será que vocês conseguem encontrá-la?

— Claro que sim, deve ter havido algum equívoco. Mas saiba que, quando todo mundo souber quem você é, ela vai correr muito perigo.

— Só quero saber se ela tá bem, se é feliz. E ver uma fotografia, sei lá. — Meus olhos se encheram. — Você promete cuidar dela até eu voltar?

— Tenha certeza de que vocês duas se reencontrarão na melhor hora e no melhor lugar. Vamos destacar alguém para tirar uma foto, tem minha promessa.

— Valeu. E só uma última coisa. — Apertei os lábios. — Fiquei com uma dúvida: quando li os textos que apareceram na Máquina de Contar Histórias, eu senti muito medo, tristeza e ódio.

— Justamente as reações esperadas para o Único. Mas a ponte entre a Terra e o Paramundo só seria aberta para aquele que reagisse aos três lacres ao mesmo tempo, porque, de repente, haveria quem pudesse reagir a apenas um ou dois deles. Não podíamos correr o risco de trazer alguém que não fosse, de fato, o Único. A Única.

— Pois é, mas você disse lá em Capri de Páscoa que não tinha nenhuma ciência na imagem da chama vermelha.

— De fato, era só uma figura. Por quê?

— É que, quando encostei o dedo na imagem vermelha, além de surgir um texto maravilhoso na máquina, apareceu uma coisa em mim que pode ser importante você ver. — Abaixei a gola do vestido e mostrei o chamuscado vermelho que já começava a se transformar em uma cicatriz no formato de chama.

Ele deu um sorriso quase imperceptível. Fez um carinho no meu rosto.

— Obrigado por me contar, querida.

Embarquei e o trem partiu.

Leonardo lançou um olhar grave para Marie Curie:

— A perspectiva acaba de mudar completamente. É chegada a hora de a Junta Amável ser reconvocada.

28

O CENTRO DE FORJA DE GUERREIROS AMÁVEIS

Grilo e Euclides acomodaram-se na cabine.

— Grilo, Grilo. — Euclides suspirou. — O que eu faço com você? Não, mil vezes não! Quem, na história humanidade, chamaria de comum a vida dela? Me responda, meu Deus!

— Quem é a garota?

— Joana d'Arc, seu tonto!

— Joana quem? — Grilo se esparramou na poltrona, o rosto congelado num sorriso.

O longo trajeto até a Planície da Cara Feia e a baixa velocidade da locomotiva a vapor prenunciavam uma viagem interminável. Grilo e Euclides não reclamaram da lentidão, aproveitaram para intercalar longas horas dormindo com visitas regulares ao vagão-restaurante. Vida, ao contrário, não desperdiçou nem um segundo ao lado de uma de suas maiores inspirações. Tal qual uma metralhadora, disparava perguntas a respeito da breve passagem terrestre de sua companheira de cabine. Com ar nostálgico, deitada em seu beliche, Joana d'Arc voltava no tempo e, como se estivesse num teatro, interpretava as aventuras, desventuras, diálogos, medos e paixões secretas. Vida preferiu interromper o relato no capítulo da morte da francesa, achou melhor não ouvir detalhes daqueles momentos finais. Ao mesmo tempo, contou sobre as novidades da inteligência artificial, explicou o metaverso, os melhores *games*, detalhou as partidas memoráveis que disputara nas finais dos torneios de *CONQ*. Duas amigas trocando confidências, como se já se conhecessem havia milhares de ciclos.

Após seis dias de viagem, o trem chegou a uma estação vazia, no meio do nada e à beira de uma floresta. Os quatro desembarcaram na pequena estrutura de quatro pilares de madeira sob uma cobertura de piaçava e extensas armadilhas de teias de aranha. Os cantos de pássaros assemelhados a gritos desesperados e o silvo do vento conferiam um tom sinistro de isolamento.

— Esse fim de mundo aqui é a estação certa? — Euclides tinha se enroscado em uma teia e tentava se desvencilhar para fugir da aranha.

— Deveremos ser resgatados em breve. — Joana d'Arc lançava o olhar na direção da floresta. — Vamos torcer para terem recebido o falcão-correio que enviei.

Em algum tempo, ao som de cascos sobre as folhagens, surgiram cinco mulheres em cavalos brancos, vestindo armaduras de metal claro, com escudos nas costas e lanças nas mãos. Traziam pelas rédeas um cavalo negro bem maior do que os outros. A que parecia ser a líder tirou o elmo, fez uma reverência à Joana d'Arc e deu dois tapinhas sobre o coração.

— Seja bem-vinda de volta, chefe. Como foi a viagem?

— Tranquila, Dandara. O trem não é confortável, mas a conversa foi ótima e nem vi o tempo passar.

Joana d'Arc fez a apresentação:

— Esta é Dandara dos Palmares, meu braço direito e 1ª Comandante do Batalhão de Cavaleiras do Centro de Forja de Guerreiros Amáveis.

Dandara nos cumprimentou com a cabeça e apontou.

— As guerreiras que me acompanham estão entre as mais fortes já formadas pelo CFGA: a francesa Jeanne Hachette, a espanhola Maria Pita, a brasileira Marielle Franco e a heroína dos dois mundos Anita Garibaldi.

Troquei olhares impressionados com Grilo. Euclides seguia tentando tirar as teias de aranha da roupa. Joana d'Arc comandou:

— Vamos, o caminho é longo e estou louca para tomar um banho e tirar um cochilo em uma cama de verdade.

As bagagens foram amarradas aos lombos dos animais de Dandara e Maria Pita. Fui na garupa de Marielle; Euclides, de Jeanne Hachette; Grilo, de Anita Garibaldi. Cavalgando seu cavalo negro, Joana d'Arc liderava o grupo floresta adentro. Raios de sol do início da manhã atravessavam troncos, galhos e folhas. A trilha por entre as árvores margeava um riacho de água clara e pedras arredondadas, com trechos rápidos e lentos. Montamos acampamento e, ao redor de uma fogueira com coelhos assados caçados pelas guerreiras, Joana d'Arc detalhou o que nos esperava:

— Devido à sanha ilimitada dos temíveis por vingança e à recorrente chegada deles ao Paramundo, nós criamos o Centro de Forja de Guerreiros Amáveis, uma estrutura de excelência na preparação de soldados de elite. A cada programa, entram mil alunos de um milhão que se inscrevem. É o maior processo seletivo do Paramundo, por meio de pré-torneios de lutas realizados nas diversas megacidades dos três subterritórios. Vocês serão treinados juntos da turma recém-admitida no CFGA.

— Vamos ser treinados em quê, exatamente?

— Em tudo e mais um pouco, Grilo. Um guerreiro precisa dominar o máximo de artes capazes de colocá-lo em vantagem e salvá-lo de uma enrascada.

— Olha, assim, longe de querer desfazer desta chance de ouro, mas eu e o Grilo não podíamos ficar na retaguarda? — sugeriu Euclides. — O pessoal sai na frente e a gente vai bem depois. Numa guerra, também é importante ter quem não se envolve muito, sabia?

— Ou podemos ficar no comando, ao redor de um mesão com um mapa. Mexer os peões, dar as ordens de ataque, essas coisas. — Grilo foi mais ambicioso.

— Não devemos facilitar, meninos. Do lado de lá, como vocês já devem saber, tem gente ruim, ruim, ruim mesmo.

Grilo deu uma chupada num ossinho de coelho e se aproximou de Euclides, sussurrando:

— Ainda tem tempo de a gente desistir de ser fiel escudeiro?

— Acho que perdemos a oportunidade lá atrás.

— E quem vai treinar a gente? — franzi a testa.

— Os melhores.

Ainda na madrugada, chegamos ao fim da trilha. Marielle me contou que adiante o riacho desembocaria numa cachoeira e era hora de cruzarmos no último ponto ainda com grandes pedras acima da linha d'água. Mais um tempo de cavalgada e finalmente surgiu, num campo aberto, uma estrutura em aço negro que tinha a forma de um gigantesco anel. Dandara explicou o funcionamento:

— No anel estão alojamentos, refeitórios, centro administrativo, auditório, enfermaria, oficina de armas, depósitos, cocheiras e biblioteca. O pátio interno é um estande para treinamento. Na Área 1, armamentos; na 2, preparação física; já a 3 está reservada para as lutas.

As guerreiras foram guardar os animais na cocheira, Joana d'Arc nos deu as instruções finais:

— A gente se encontra no Auditório Principal, para a cerimônia de abertura do programa. Aproveitem para descansar até lá. — Ela nos olhou com ternura. — Obrigada por terem vindo, de verdade.

— Eu que agradeço por cada conselho que você me deu na viagem.

— Segredos só nossos. — Joana d'Arc piscou para mim.

Na seção dos alojamentos encontramos nossos quartos individuais um ao lado do outro. Grilo segurou a maçaneta e suspirou, olhando fixamente para a porta.

— Preciso confessar, meus amigos: foi paixão à primeira vista. Ulalá!

— Ulalá...? — Euclides riu alto.

— Ih, qual é? — Grilo disse com a voz afinada. — Quem pode dizer que vocês também não vão se apaixonar por uma celebridade paramundista?

— Não tem a menor chance de acontecer isso comigo. — Sorri e abri minha porta.

— Também não corro esse risco. — Euclides entrou em seu quarto. — Vou é cair de cara na cama, a cavalgada me deu dor nas costas.

Antes de desfazer minha mala, ouvi o grito abafado de Grilo:

— Meu Deus, não tem água quente nesta espelunca! Num dia te colocam num hotel dez estrelas. Noutro, num pulgueiro!

Abri a cortina e a luz tocou os móveis e as paredes. Sobre a cama havia mochila, cantil, uniformes de treino, casacos e calçados, todos gravados com a insígnia do CFGA. Corri os dedos pelas peças com o olhar perdido e então murchei. A incerteza sobre o que exatamente eu fazia ali, o medo, a saudade... Fiz uma conta de cabeça: se nós estávamos no Paramundo há uns dez dias, então para quem vivia na Terra nós tínhamos saído da biblioteca mais ou menos um dia e meio antes. Tempo mais do que suficiente para dona Lourdes ter disparado todos os alertas; para meu pai e minha irmã terem surtado, abortado os lançamentos dos livros e voltado a São Paulo; para os pais do Grilo e do Euclides estarem nas ruas procurando-os. Decidi não enlouquecer, pelo menos por enquanto, e em pouco tempo apaguei no sono mais profundo desde quando atravessamos a ponte até o Paramundo.

29

CERIMÔNIA DE ABERTURA

O Auditório Principal tinha um palco alto à frente de uma grande bandeira branca com a insígnia do CFGA – o contorno de uma chama envolvendo as letras "C", em vermelho; "F", em azul; "G", em cinza; e "A", em amarelo. Eu, Grilo e Euclides entramos vestindo os uniformes de treinamento, que, segundo as etiquetas, eram modelos desenhados pessoalmente por Christian Dior e Coco Chanel. Jovens de várias etnias e épocas usavam o mesmo uniforme, conversavam e faziam poses de luta. Conforme nós três caminhávamos, o silêncio caía. Um garoto musculoso com o rosto coberto de cicatrizes foi o primeiro a se manifestar:

— Estão admitindo bebês? Pelo que me consta, a Creche Amável é em Londyork.

— Com este tipo de soldado-mirim, melhor entregarmos logo as armas — ironizou outro, um negro alto e de tranças no cavanhaque.

A gargalhada foi geral. Encolhi os ombros e suspirei, não podia acreditar que tinha sido levada até o outro lado do Universo para passar pelas mesmas humilhações. Uma menina forte, de olhos puxados e brinco de argola no nariz, escolheu a fileira imediatamente atrás de nós e colocou os pés sobre o encosto da minha cadeira, dando empurrões para me irritar.

— O CFGA não é mais o mesmo — o comentário veio próximo ao meu ouvido. — Agora nós vamos ter de nos desdobrar para lutar por três pirralhos no campo de batalha? Era só o que faltava!

Fomos salvos pela entrada de Joana d'Arc, ladeada por várias cavaleiras. Uma delas tinha mechas tingidas em um tom de rosa muito próximo à cor de metade dos meus cabelos. A explosão no auditório foi imediata, aplausos, gritos e assobios.

— Aposto que os bebês não fazem a menor ideia de quem é aquela ali — insistiu a menina de olhos puxados, apontando para Joana d'Arc.

Grilo se virou e disparou com uma voz muito aguda:

— É a senhora sua mãe?

— Hmmmm, olha sóóó, que surpresa, a mamãe dela veio trazer a mamadeira e trocar a fralda — completou Euclides, com voz de bebê. Os dois bateram as mãos.

A menina rangeu os dentes. Joana d'Arc subiu no palco e iniciou o discurso:

— Sejam muito bem-vindos ao CFGA. Parabéns por terem conseguido vaga para o 200º programa de forja. Temos, aqui, 1.000 potenciais guerreiros. O treinamento vai durar até o fim do meiociclo de luz, ou quase três anos, e será dividido em Armamentos, Lutas, Sobrevivência,

Formações em Combate e os Jogos Amáveis. Ao final, o grupo será composto por quem não tiver pedido arrego e voltado para casa.

— Opa, acabei de ouvir que existe a opção de ir embora, juro que ouvi. Onde preenche o formulário? — Grilo arregalou os olhos na minha direção.

— Tenho a sensação de que essa não é uma opção pra gente.

— As alunas forjadas sempre vão para o Exército Único, que já conta com quase 100.000 guerreiras. Quanto aos alunos, ao fim de cada programa ocorre a alocação em um dos inúmeros exércitos amáveis. Eu sei, todos aqui estão ansiosos para saber qual será o exército desta vez, então finalmente revelarei essa informação guardada a sete chaves. — A francesa tomou um copo d'água para elevar o suspense. — Vocês, rapazes, irão para as fileiras de... Alexandre, o Grande.

Ao ouvirem o nome do maior general de todos os tempos, a explosão de alegria foi imediata, para um sorriso aberto de Joana d'Arc.

— Não tínhamos dúvidas dessa reação, até porque Alexandre se tornou quem se tornou quando era quase tão jovem quanto os senhores. Desnecessário detalhar o nível de exigência do General para recebê-los em sua Falange Macedônica. Esperamos que isso seja motivo para o empenho redobrado nos treinamentos.

Ao centro da plateia, uma garota de grandes olhos castanhos e tranças negras ergueu a mão.

— Sim? — Joana d'Arc concedeu a palavra.

— Há possibilidade real de um conflito iminente? — Ela tinha o tom de voz grave.

Dentre os 1.000 alunos ali, talvez apenas eu, Grilo e Euclides soubéssemos a verdadeira resposta àquela pergunta.

— Sempre haverá, jovem guerreira, sempre haverá. Precisaremos estar muito bem-preparados. Mas, bom, chega de falatório por hoje. — Joana d'Arc se levantou, deu dois tapinhas no peito. — Está encerrada a cerimônia. Vamos almoçar e descansar, porque amanhã começaremos cedo.

O auditório passou a ser evacuado em direção ao refeitório. Grilo e Euclides aceleraram para pegar uma mesa estratégica no caminho dos garçons. Perto da porta de saída do auditório, a garota de olhos puxados se aproximou de mim pela lateral, fingiu tropeçar e me empurrou. Voei e derrubei uma menina careca, de rosto alongado e braços cobertos de tatuagens. Nós duas nos embolamos no chão. Antes de eu tentar pedir desculpas, ela meteu o dedo na minha cara, aos berros:

— Tá maluca, pirralha? Toma cuidado se não quiser se encrencar!

Já a agressora passou por cima de mim, ainda estatelada no chão.

— Nossa, me desculpa! Tão minúscula que nem vi. — E saiu rindo.

A garota de tranças negras e voz grossa que fez a pergunta para Joana d'Arc tocou meu ombro.

— Deixa pra lá, o treinamento nem começou e é melhor não aceitar provocações. — Ela ajudou a me levantar. — Você vai ter de ficar atenta, se quiser durar aqui dentro.

— Já estou acostumada a ser humilhada.

— O tempo me ensinou que isso nos torna ainda mais fortes.

Reparei os traços da garota e compreendi ao que ela se referia.

— Rosa Morales, muito prazer. — Estendeu a mão para mim.

— Vida Becker. — Apertei com força.

Saímos em direção ao refeitório.

— Você é de onde, Vida Becker?

— Da Terra.

— De lá somos todos.

— Sim, claro. Do Brasil.

— Eu, da Argentina. Morreu quando?

Confesso que era bem difícil me acostumar àquela pergunta.

— Cheguei outro dia. E você?

— Em 2013 terrestre. Você deu sorte de conseguir vaga no CFGA em pouco tempo. Pelo que andei escutando, desistir antes do fim é mais comum do que se imagina.

— Essa não é opção pra mim. — Dei de ombros.

A argentina me encarou por um tempo.

— Bom, a gente se vê por aí, Vida Becker. E, a propósito, o nome da encrenqueira que te empurrou é Huiling Hu, é chinesa e chegou ao Paramundo em 1790 terrestre. Já a careca dos braços tatuados se chama Ivy Jones, neozelandesa de 1935. São amáveis, mas não dispensam uma oportunidade para elevar a adrenalina. Melhor ficar atenta.

Suspirei, fui de cabeça abaixada e com o coração disparado até a mesa onde estavam Grilo e Euclides.

30

A MÁFIA AVANÇA PELO TERRITÓRIO FRATERNO

Virgínia Germano Coltelli Becker
Nairoberlim / Kilimani-Charlottenburg

Anamaria Coltelli Becker
Madmex / Coyoacán-Carabanchel,

Viviana Ruas Coltelli Becker
Lissebergen

Tão logo Al Capone retornou da reunião no Monte do Sangue de Dragão, os três mafiosos destacados por ele partiram para o Território Fraterno. Um soldado da máfia colombiana, outro da japonesa e o terceiro da russa. Na etapa ferroviária da viagem, eles cruzaram o 1º Distrito até a estação mais ao Norte do Território Ermo. Em seguida, a cavalo, suplantaram o túnel sob o Deserto Infernal, contornaram a tundra à beira das Geleiras do Além e avançaram até Nairoberlim, a megacidade onde o colombiano empreenderia sua busca e de onde os outros dois tomariam trens para cumprirem suas próprias missões. Localizar, capturar e retornar, quanto menos rastros, melhor. Independentemente do método de extração escolhido por cada mafioso, a determinação era trazer as três mulheres re-vivas.

As características da natureza favoreceram a demarcação de parques ao redor de Nairoberlim, onde girafas, zebras, leões, rinocerontes e outras espécies da savana africana viviam em liberdade, tornando-a uma das megacidades mais peculiares do Paramundo. Os bairros onde viviam quase 25 milhões de pessoas entrecortavam-se por ruas com edifícios de linhas retas e fachadas cheias de janelas, além de construções em pedra-coral com telhados de troncos de árvores de mangue.

A primeira providência dos mafiosos seria conseguir algumas chapas. Para soldados com uma vida e uma re-vida dedicadas à contravenção, a tarefa soava como tirar o doce de uma criança. Atravessaram o Portão de Brandemburgo e tomaram a larga avenida até um movimentado mercado de pulgas, lugar ideal para uma ação rápida. Em poucos minutos, cada um roubou o necessário para prosseguir.

Enquanto o colombiano e o russo se dirigiam para a estação de trens de Nairoberlim, o soldado da Yakuza destacado para a missão na própria cidade já chegava a Kilimani-Charlottenburg, o bairro onde morava Virgínia Germano Coltelli Becker. A Brauhaus Brecht, cervejaria temática preenchida por quadros com fotos e trechos da obra do dramaturgo, e onde o próprio Bertold aparecia vez ou outra para degustar uma schwarzbier, parecia bom lugar para iniciar a busca. A camisa de manga comprida e gola alta camuflava as tatuagens no corpo do japonês, e as mãos permaneciam o máximo possível dentro dos bolsos, a fim de não chamarem atenção para os dedinhos amputados. Ele ocupou uma mesa ao fundo e sinalizou para um garçom.

— Seja bem-vindo à Brecht. — O rapaz loiro e de bochechas rosadas acabara de enfiar no bolso do avental a boa gorjeta recebida do último cliente e passava um pano úmido na mesa. — Primeira vez na casa?

— Sim, vim visitar uma amiga. Ela mora no bairro, perdi o endereço. — O mafioso lançou a isca.

— Conheço todo mundo da redondeza — disse o garçom, orgulhoso por ajudar o forasteiro. — Qual o nome dela?

O japonês mostrou o papelote. O rapaz ficou um tempo analisando, a mulher da foto não lhe parecia estranha.

— Sei quem é. Cliente ocasional, há tempos não aparece. Ela é veterinária, não?

— Hum... Sim, veterinária.

— Olha, eu não sei onde ela mora, mas, se você for em horário comercial ao zoológico da saída sul, terá grande chance de encontrá-la, talvez até passando hidratante nas costas de um rinoceronte.

O soldado da Yakuza se levantou e partiu cervejaria afora.

— Ei, não vai beber nada? — gritou o garçom, sem notar que a gorjeta já não estava mais em seu avental.

Da charrete, o japonês observava a limpeza e organização da cidade.

— Quando vier a guerra, não vai sobrar amável para contar a história — murmurou a si mesmo.

No zoológico ao sul da cidade, dirigiu-se ao berçário de rinocerontes. À beira de um tanque redondo de águas rasas, um velhinho japonês de galocha, avental de borracha e chapéu cáqui de aba redonda escovava o chifre de um rinoceronte-negro.

— Ei, vovô! Procuro por Virgínia Germano Coltelli Becker.

O velho parou a escovação e se apoiou na vassoura, feliz por ver um conterrâneo. O rinoceronte bufou.

— Ela está no berçário, mas peço que o senhor aguarde, pois o Johnny está sendo amamentado.

— Johnny?

— Um rinoceronte-bebê, coisa mais linda, a eterna estrela do nosso parque. É muito raro morrer um rinoceronte-bebê lá na Terra, sabia?

O mafioso pulou a cerca baixa e saiu em passos rápidos.

— Ei, espere aí. O bebê não pode ser incomodado durante o almoço e... — O velho estacou ao notar os dedinhos amputados e as tatuagens no pescoço do rapaz. Um gelado subiu por seu corpo, ele sabia muito bem o significado daqueles sinais.

Dentro do berçário, uma funcionária segurava uma enorme mamadeira na boca do filhote.

— Virgínia Germano Coltelli Becker?

— Pois não?

O mafioso deu um tapa na mamadeira, que voou longe.

Lissebergen – Subterritório das Pedras

Os Domínios Altos abrigavam uma série de vilas encravadas em suas montanhas. Uma delas, a encantadora Lissebergen – parte a holandesa Lisse, parte a norueguesa Bergen – ficava próxima ao maior campo de tulipas do Paramundo. Pontilhada de casas coloridas em madeira e telhado de grama, a cidadezinha pousava-se à beira de um lago redondo cercado por fiordes e que, adiante, desembocava em uma cachoeira de duzentos metros de altura. Quase nada acontecia por ali, a não ser nos feriados, quando turistas subiam a serra em busca de refúgio.

Embora jovem, Viviana Ruas Coltelli Becker administrava seu hotel-boutique. Aproveitava os fins de noite, quando encerrava o serviço de quarto e os hóspedes se recolhiam, para trabalhar no projeto arquitetônico do novo *deck*. Naquela noite, enquanto ela guardava a louça do jantar e separava os restos de comida no saco da compostagem, a campainha soou. Conferiu pela janela. Um sujeito musculoso, careca e mal-encarado, vestindo óculos escuros, calça e camiseta pretas, esperava no alpendre.

— Sim? — Viviana desvelou uma fresta.

— Tem hospedagem disponível?

Ela enfim abriu a porta, o ex-membro da KGB entrou.

— Seja bem-vindo. Chegou de onde?

— Nairoberlim.

— Vai ficar quantos dias?

— Até amanhã.

Naquela noite, Viviana não conseguiu trabalhar no projeto. Trancou a porta de seu quarto e, pela primeira vez desde quando inaugurou o hotel, colocou uma cadeira forçando o trinco.

Na manhã seguinte, assim que os hóspedes saíram para caminhar nas trilhas da redondeza ou aproveitar o lago nos caiaques e pedalinhos da pousada, ela foi conferir o material recém-entregue para a reforma no *deck*: toras e ripas de madeira frisada tiradas nas medidas, cordas de marinheiro, pregos e verniz. Cobriu tudo com a lona, ao tempo de ver o estranho já circulando pela área do café-da-manhã. Retornou rapidamente e, enquanto fazia anotações por detrás do balcão, serviu-se de uma xícara do chá na garrafa térmica. Tão logo ela deu o primeiro gole, o mafioso se aproximou.

— Você vem comigo.

Viviana já mal compreendia o que acontecia, estava zonza, com a visão turva, pernas trêmulas e garganta travada. Tentou correr até a porta, aos tropeços, mas o russo fez um bloqueio, encarando-a.

— Nem tente!

Madmex – Subterritório das Pedras

O membro do cartel de Medellín deixou a estação ferroviária diretamente para Coyoacán-Carabanchel. Logo na entrada do bairro, notou uma série de outdoors com divulgação do tradicional festival Tapas y Tacos, que atraía todos os anos muitos turistas à megacidade com 35 milhões de habitantes, parte Madrid, parte Cidade do México. Nada garantia que Anamaria Coltelli Becker estaria na festa, mas parecia o lugar ideal para começar a caçada.

Famílias inteiras circulavam pelo parque El Capricho de Xochimilco – repleto de abetos, jacarandás e touceiras de caliandras, calêndulas e cravos –, saboreando tacos, burritos, guacamoles, churros, croquetes de jamón e gambas al ajillo. Também passeavam nas traineiras coloridas pelos canais que serpenteavam parque adentro, alimentavam patos na lagoa, divertiam-se nas barracas de jogos ou, de papo para o ar nos gramados, escutavam os mariachis e assistiam às apresentações-relâmpago de zarzuela.

Durante todo o dia, o traficante caminhou pelos gramados, atravessou ruelas e circundou pracetas, comparando a foto no papelote com os rostos das turistas. Uma agulha a ser encontrada num palheiro de dimensões espetaculares. No fim da tarde, comprou uma michelada e se escorou na balaustrada de uma fonte, atento à movimentação para o início de uma apresentação-relâmpago de zarzuela. O corpo de baile diminuto, com homens de calça justa e boinas, e mulheres de vestido rendado batendo castanholas, rodopiava ao som de uma miniorquestra interpretando canções da ópera espanhola. Longos cabelos ruivos e cacheados então chamaram a atenção do colombiano, que tirou o papelote do bolso e conferiu a foto com atenção. Atirou na água o resto da michelada e se misturou aos turistas que assistiam à apresentação.

Anamaria bailava com firmeza, hipnotizava a plateia com movimentos graciosos de seu corpo esguio. Ao fim do segundo e último ato, em meio aos aplausos, os alto-falantes do parque anunciaram o encerramento da festa. A multidão passou a dispersar e o mafioso seguiu à espreita, aguardando o momento do bote. Anamaria entrou no pavilhão reservado aos artistas e em algum tempo voltou de banho tomado, vestindo jeans e camiseta, com os cabelos presos num rabo de cavalo e uma bolsa de couro a tiracolo. Já havia poucas pessoas na área, ela se dirigiu ao bicicletário, onde só restava uma bicicleta cor de rosa com uma cestinha na frente. Assim que ela colocou a bolsa na cestinha, o colombiano se aproximou.

— Anamaria Becker?

— Sim?

Um puxão no guidão fez a mulher se desequilibrar, ao tempo de ela sentir uma pancada seca na nuca e desfalecer.

31

ARMAMENTOS

Passei minha primeira noite no CFGA agarrada ao amuleto presenteado por Leônidas, encarando a parede do quarto como se fosse uma tela de cinema. Imagens de minha mãe nunca me apareceram tão nítidas. Na Terra, ela era nada além de uma vaga lembrança que aos poucos sumia como poeira no vento. Já no Paramundo, parecia que éramos o par de flores vermelhas no meu bracelete e jamais tínhamos nos separado. Eu daria tudo para a gente se conhecer novamente. *Prazer, sou a Vida. Vou te contar quem sou, me conta quem você é.* Mas Leonardo da Vinci tinha razão, quanto menos soubessem de nossa relação, melhor.

Fui bombardeada por um calafrio de medo, eu me encolhi como se voltasse para dentro do útero da minha mãe e ela pudesse me proteger dos monstros que me atormentavam. O som de um arrastar no chão então me trouxe à realidade. Um envelope com a insígnia do CFGA foi enfiado por debaixo da porta.

Programação do Dia
Manhã: Armamentos - Área 1
Tarde: Lutas - Área 3

Ao entrar no refeitório para o café-da-manhã, procurei entre as dezenas de mesas compridas já ocupadas pelos alunos até avistar meus dois amigos dormindo de bocas abertas e cabeças inertes sobre a mesa. Grilo estava careca.

— Ei, acordem — sussurrei, batendo na mesa.

Grilo nem se mexeu. Euclides se espreguiçou e resmungou, em meio a um bocejo demorado:

— Se formos obrigados a acordar todo dia nesse horário, não vamos durar nada aqui dentro.

— Você achou que um treinamento pra guerreiro seria moleza? Isso aqui não é um resort e... — Franzi a testa, apontando. — Onde foi parar o cabelo do Grilo?

— Nem me fale, foram ao quarto dele e passaram máquina zero. Ele tá revoltado. Mas é verdade que, da altura que tava, não ia ter capacete ou elmo que entrasse.

Cutuquei Grilo, que acordou já soltando a metralhadora:

— Estou nu, completamente nu, totalmente indefeso e nu! Vou fazer uma reclamação oficial, isso não tem condições! Roubaram minha identidade, acabaram com minha dignidade! Tô me sentindo um rato pelado, um camundongo de laboratório!

— Ah, deixa de ser exagerado. Adorei o estilo. — Esfreguei a mão na careca dele.

Fomos a um dos balcões de comida. No trajeto, vi Huiling Hu na fila.

— Vamos para aquele outro. — Apontei o balcão ao fundo.

Pegamos as bandejas e voltamos para nossa mesa.

— Pessoal, não importa o tamanho da encrenca em que a gente se meteu, mas... — Encarei um a um. — Juntos até o fim, não importa o que aconteça? — Coloquei a mão sobre a mesa.

Os dois empilharam as deles sobre a minha.

"Atenção todos os alunos", uma voz feminina ressoou nos alto--falantes do refeitório. "Dirijam-se à Área 1. Atrasos não são tolerados. Bom treino a todos."

Quase todo mundo engoliu a comida e partiu.

— Relaxa, Euclides. — Grilo passava manteiga no pão tranquilamente. — De repente, conseguimos pedir dispensa dessa roubada de armas e lutas. Quanto pior nosso desempenho, menores as chances de a gente ficar na fileira da frente na guerra.

— Não se enganem. — Tunguei o resto do café com leite e limpei a boca. — Os mais fracos de um exército são sempre mandados primeiro.

— Onde você viu isso?

— No cinema. Melhor a gente se mexer.

Saímos em disparada.

Quando chegamos, os alunos já estavam perfilados. Entramos na ponta da última fileira, ao lado de Rosa Morales. Vi que Huiling Hu ocupava o centro da primeira fileira, ao lado de Ivy Jones. Por mim, quanto mais longe das duas, melhor. Na posição de instrutor, imóvel, estava um legionário romano alto, musculoso e de barba cheia, vestindo elmo e armadura com a heráldica de uma cotovia em alto-relevo no peitoral. Ali percebi que minha fantasia de legionário não tinha quase nada a ver com a realidade. Ele conferiu o relógio digital no pulso, haviam se passado dez segundos do horário. Começou a caminhar de um lado a outro sobre a terra batida, mantendo os braços cruzados atrás e berrando num tom grave:

— Meu nome é Publius Cornelius Lepidus, Centurião da III Legião Itálica em Ratisbona - Germânia, sob o Imperador Marco Aurélio, no ano de 165 terrestre! Adivinhe só quem é o maior especialista em armamentos no CFGA, senhor...? — Ele colou seu nariz ao de um rapaz loiro de queixo quadrado na primeira fileira.

— Petrus Schneider, senhor!

— Senhor Petrus Schneider, me responda! — Publius Cornelius Lepidus o encarou por vários segundos.

— Bom, eu acho que...

— Isso mesmo, sou eu! — Voltou a caminhar com os braços cruzados nas costas. — Dessa forma, vocês já devem imaginar que não estou aqui para brincadeira e não mais tolerarei atrasos! — Desferiu um olhar seco para nós três. — E exijo ser chamado de Mr. Centurião! Não é Centurião, Seu Centurião, Tio Centurião ou nenhuma outra palavra antes de Centurião, muito menos Publius, Cornelius, Lepidus ou quaisquer combinações entre os três nomes. Quem falha neste ponto paga cem flexões. Estamos entendidos?

— Sim, Mr. Centurião! — todo mundo berrou junto.

Em frente ao grupo, um enorme cavalete de madeira com vários níveis tinha uma sequência interminável de armas de todo tipo. Publius Cornelius Lepidus fez um semblante apavorado e afinou a voz, como uma garotinha:

— Mr. Centurião, vou precisar aprender a manusear tantas armas? — A voz voltou a um berro: — Não, carniça, elas estão aí só de enfeite! Nós enfrentaremos todo tipo de gente do lado de lá, mas não aprenderemos porque somos um bando de preguiçosos. — O tom da voz ficou próximo ao de um passarinho: — Mas, Mr. Centurião, o que o senhor quer dizer com "todo tipo de gente"? — Outro berro grave: — Quando eu digo todo tipo de gente é TODO TIPO DE GENTE, sem exceções. Os senhores vão deparar no campo de batalha com assassinos de aluguel, mafiosos, mercenários, hunos, pretorianos, vikings, nazistas e muitas outras categorias de gente capaz de dar dor de barriga até em guerreiros cuja maior diversão foi enfiar espada nas tripas dos outros. — Ele entrelaçou os dedos, dobrou os joelhos de lado, ficou piscando os olhos e murmurou no tom de menininha: — Mas, mas, Mr. Centurião, eu posso re-morrer? — Fez um giro lento de 180º com a cabeça, olhando feio para o grupo, e gritou: — Aqui não é parquinho de diversões, é re-vida real! Você pode re-morrer em meio minuto de batalha e não se iluda: ninguém vai se lembrar de sua re-existência, você será apagado até da memória da sua pobre mãezinha, que não terá chance nem de chorar na beira do caixão. Fui claro? Alguma pergunta?

Vários alunos levantaram as mãos, Publius Cornelius Lepidus prosseguiu:

— Ótimo, como ninguém tem pergunta, vamos partir para a ação.

— Casca grossa esse daí — sussurrei para Rosa Morales.

— Alguém falou alguma coisa? — berrou o Centurião.

Engoli em seco.

— Vamos lá, avancem sobre o mostruário. Familiarizem-se com suas, a partir de agora, melhores amigas. Sintam o peso, o cheiro, as curvaturas, as texturas das empunhaduras, os fios dos gumes. Façam-me o favor, não é para deixar cair no pé, muito menos enfiar na barriga do coleguinha!

A turma partiu para cima das armas. Grilo escolheu um porrete; Euclides, um nunchaku; já eu me embrenhei no grupo e caminhei de forma diversionista. Eu nunca tinha encostado numa arma, não queria sentir peso, cheiro ou textura de nada. Huiling Hu pegou uma faca larga e curva e ficou girando no ar em minha direção. Desviei o olhar, aquela garota me dava calafrios. Publius Cornelius Lepidus berrava a lista num fôlego só:

— Alabarda, pique, maça, cópis, macaira, bardiche, gládio, cassetete, pilo, falcata, kukri, acínace, katana, wakizashi, foice, guan dao, tonfa, spetum, adaga, zweihaender, porrete, shuriken, morning star, knifr, machado e espada viking, nunchaku, arco e flecha, besta, punhal, cimitarra, naikama, canivete butterfly, clava, hunga munga, haladie, soco inglês, katar, espada de bordo, iklwa, alfange, sabre e... Você! — Apontou para mim, ao perceber que eu não tinha pegado arma nenhuma.

Todos os alunos congelaram, o silêncio caiu. Fizeram uma roda em torno de mim.

— E-Eu?

— E-Eu? — Ele imitou com a voz fininha. — Sim, a senhora! Pegue uma hunga munga e venha cá.

Hunga munga, pensei. Eu estava literalmente ferrada. Caminhei até o cavalete e parei em frente a uma arma prateada que parecia uma tesoura estranha. Quando fui pegar, olhei de lado para Publius Cornelius Lepidus, que devolveu um olhar de peixe-morto.

— Ca-ni-ve-te bu-tter-fly — resmungou ele, pausando as sílabas com os dentes travados.

Fui até outra arma, que parecia um machado comprido todo estiloso. O centurião suspirou e fechou os olhos com impaciência, massageando as têmporas. Percebi que eu tinha errado de novo.

— Desconhece a hunga munga! Sabem o motivo? Isso mesmo, ela não estava prestando atenção enquanto eu explicava claramente.

Huiling Hu deu um risinho abafado.

— E a senhora, tá rindo de quê? — Publius Cornelius Lepidus apontou o indicador em ameaça.

— Desculpa, Mr. Centurião.

— Como se acha tão esperta, mostre para a menininha, ali, onde está a hunga munga. E pegue uma tonfa para você.

Huiling Hu foi até a mesa, pegou as armas e me entregou a tal hunga munga. A arma tinha uma haste de madeira e três lâminas pontiagudas apontadas para várias direções. Segurei sem qualquer habilidade. Já a chinesa ajustou a tonfa sob o antebraço, tipo uma *expert* na arte do combate de rua.

— Uma em frente à outra — ordenou Publius Cornelius Lepidus.

Meu coração disparou.

— Quais os nomes das senhoras?

— Vida Becker.

— Huiling Hu.

— Vida Becker, pra cima da Huiling Hu!

— E-Eu?

— Toda vez que eu der uma ordem a senhora vai me responder com — a voz afinou — E-Eu? — O timbre voltou a engrossar. — Minha vó é que não é. Ataque!

Titubeei, todos os quase mil alunos me encaravam. Publius Cornelius Lepidus pigarreou, eu então ergui a hunga munga e disparei berrando. A chinesa deu um passo lateral, se abaixou e girou a tonfa, enganchando na minha perna e me dando uma rasteira. Eu me esborrachei de costas no chão. Caiu um silêncio tremendo no lugar.

— Patética! — gritou Huiling Hu no meu ouvido. Virou-se para a turma e ergueu os braços, mostrando os músculos.

— Agilidade, perfeito jogo de pernas, total compreensão do funcionamento da ferramenta. Muito bom. — Publius Cornelius Lepidus aplaudiu e então me olhou com desprezo. — Já a senhora...

Eu me levantei, bati a mão no uniforme para tirar a terra. As costas raladas doíam horrores.

— Centurião, eu...

— Cem flexões!

Todo mundo caiu na gargalhada. Apenas Rosa Morales, Grilo e Euclides não riram. Eu me agachei e comecei as flexões. E engoli o choro.

32

A ARTE DA LUTA

No início daquela mesma tarde iniciava-se o programa de lutas. Eu, Grilo e Euclides pisamos no tatame abalados pela diferença absurda entre nossos tamanhos e os dos outros alunos. Dentre os critérios de seleção para o CFGA estavam altura, peso e força, por isso as risadinhas de deboche começaram rapidamente. Dragomir Funeral, um romeno de 1902 e rosto ensebado, abriu a humilhação:

— Tem mais de quarenta ciclos que tento entrar no CFGA. Quando vi vocês três lá no refeitório, fiquei me perguntando como puderam ser admitidos. Onde estava a cabeça dos diretores para selecionarem... — ele desferiu um olhar desprezível — isso?

— Sabe que me pergunto a mesma coisa? — retrucou Euclides, impressionado com a grossura do bíceps do sujeito. — Eu também não confiaria num exército que tem nós três de soldados.

— Nosso negócio é paz e amor, sabe? — adicionou Grilo.

— Somos amáveis raiz — finalizei.

Batemos os punhos. O romeno olhava para os lados com as mãos espalmadas, como que tentando entender.

— Que estilo de luta vocês praticam?

— Nós? — Grilo gargalhou. — Não, não, nós não lutamos nada. Aliás, morremos de medo desse negócio de violência. Nós só lutamos nos *games*.

— Ali somos imbatíveis — completei com um suspiro de saudade.

— *Games*? — Dragomir Funeral entortou a boca. — Não é possível! É muita desmoralização! Como vieram parar aqui, se têm esse medo todo?

— Fomos matriculados sem pedir — disse Euclides. — Quando percebemos, já era tarde.

— Ah, sim, agora compreendi. Filhinhos de papai pensam que o CFGA é um acampamento de férias. Não se iludam, nenhuma influência de cima vai salvar vocês.

— Ih, se meu pai souber que eu tô aqui, ele me mata — disse Grilo.

— E minha mãe? Menino, acredita que precisei simular um boneco de travesseiros pra ela não perceber que eu saí de casa? — confessou Euclides.

Sem saber como dar sequência a uma conversa surreal daquela, Dragomir Funeral voltou para junto do grupo. Foi quando chegou um professor baixo, magro e de olhos puxados. Em respeito, todos se calaram. O sujeito encarou os alunos por quase um minuto.

— Muita gente forte, material de qualidade. Fácil forjar bons lutadores aqui. — Seu olhar bateu em nós três. — Bem, vou dar meu melhor para ensinar tudo o que sei, adoro desafios.

— Tamo ferrado — Euclides sussurrou para mim. — Como contratam um fracote desse como professor luta? Eu esperava um viking barbudo, um gaulês de tranças, no mínimo um gladiador cheio de cicatrizes na cara.

— Também achei bem ridículo.

Grilo ergueu a mão, o professor concedeu a palavra.

— Fiquei sabendo que do outro lado tem gente ruim até dizer chega. Coisa de quem não tem a menor piedade, não tem a mínima compaixão pelo próximo e nenhum carinho pela espécie humana, né?

— Não, é pior.

— Bom, já que, pelo visto, o buraco é mais fundo, tira uma dúvida: a gente vai precisar encarar os monstros no corpo a corpo, tipo, na pancadaria, mesmo?

— Positivo.

— Veja bem. Nós três, aqui, não somos muito adeptos dessa coisa de porrada, compreende? Só como sugestão, se me permite, não é mais fácil jogar umas bombas e resolver o problema sem precisar sair no braço?

— Não existe bomba no Paramundo. E todos vocês estão aqui por um motivo muito nobre, que é defender o legado amável.

— Não tem como a gente ser liberado desta matéria, pelo visto.

— Lutar é parte fundamental do programa.

Baixamos os ombros, nossa estratégia de tentar cair fora daquela enrascada parecia a cada momento mais longe de dar certo. O professor retomou:

— A direção do CFGA me informou que quase todos os alunos já são especialistas em algum tipo de luta. Isso é ótimo, já adianta em muito o processo. Pelos currículos, vi que temos mestres em capoeira, krav maga, wrestling, boxe, jiu-jitsu, muay thai, taekwondo e outros estilos. Mas fui contratado para ensiná-los a enfrentar um oponente com uma doutrina marcial criada por mim, o Jeet Kune Do, que...

— Caraaacaaaaa, é o Bruce Lee, é o Bruce Lee! — Grilo surtou, gritando para mim e apontando. — Eu sabia, a cara dele não me era estranha. Ah, não acredito, é o Bruce Lee! Bruce, eu sou muito seu fã! Vi uns filmes seus, meu preferido é aquele com o Chuck Norris, que, sem ofensas, é melhor do que você. Mas, bom, Chuck Norris é Chuck Norris, né, vamos combinar. Desde quando você entrou eu pensei: esse chinesinho aí não me engana.

— Chinês, não. Americano — corrigiu o mestre.

— Rá, Bruce Lee, o grande Dragão Branco! E aquele filme em que você ensina o garoto a pintar cerca, polir chão e encerar carro? Hein? Hein? Clássico!

— Dá pra calar a boca? — interrompeu Dragomir Funeral. — Desse jeito, o meiociclo de escuridão vai chegar e não teremos começado a treinar.

Grilo congelou o rosto num sorriso besta.

— Obrigado pela ajuda. — Bruce Lee fez um sinal de positivo para Dragomir e se virou para Grilo. — Qual seu nome, pequeno gafanhoto?

— Não é gafanhoto, é Grilo.

O mestre ergueu as sobrancelhas.

— Pequeno grilo, vamos controlar a ansiedade. Respire com calma, porque nosso treinamento é corpo e mente. Se você acreditar em que uma coisa é impossível, ela vai se tornar impossível.

— Vai ser impossível treinar estes três aí, mestre — gritou alguém lá do meio.

A gargalhada tomou conta do grupo, Bruce Lee ergueu a mão solicitando atenção.

— Não existe quem não possa ser treinado. Entrem neste programa com a mente vazia, meus queridos, sejam como a água. Se colocamos água em um copo, ela se torna o copo. Se colocamos em uma garrafa, torna-se a garrafa. Se num bule, adivinhem? Bule! Adaptem o estilo ao seu corpo, e não o contrário. Treinem à exaustão, porque ninguém vai temer quem praticou milhares de chutes diferentes, mas sim quem praticou o mesmo chute milhares de vezes.

— O cara é o rei das frases de efeito, isso é inegável. — Grilo balançou a cabeça devagar para mim.

— Deixe seu rival esfregar sua pele e você esmagará a carne dele; deixe-o esmagar sua carne e você quebrará seus ossos; deixe-o quebrar seus ossos e você tirará a re-vida dele.

— Uau! Isso é estimulante! — Grilo fazia poses de karatê aleatórias e emendava: — Kiaaaaai!

Bruce Lee revirava os olhos, na árdua tarefa de manter a serenidade.

— O JKD eu chamo de estilo sem estilo e reúne as principais técnicas de várias artes marciais. Daremos ênfase à praticidade, flexibilidade, rapidez e eficiência. Para isso, todo início de aula praticaremos muito alongamento e exercícios físicos de fortalecimento de braços, pernas e abdômen.

Bruce Lee demonstrava na prática, conforme explicava o passo a passo:

— Quatro séries de vinte repetições de abdominais; noventa séries de torção de cintura; vinte de elevações de perna; cinquenta de torções inclinadas; e sessenta de pontapés em posição de rã. Por fim, o *dragon flag*.

— Tô cansado só de olhar — resmungou Euclides.

— Agora é com vocês. Terão meia hora para concluírem os exercícios. Preparados? — Conferiu o relógio. — Já!

Morri no terceiro abdominal. Euclides, no quinto. Grilo chegou a sete e desmontou. Bruce Lee balançou a cabeça negativamente, sabia que ali teria trabalho. Ao fim do prazo, todos se sentaram em uma grande roda.

— Vocês aprenderão o *finger jab*, o *eye jab*, o *hook*, vários tipos de *kicks* e outros golpes importantes. Mas vou começar pelo soco de uma polegada. Algum voluntário?

— Eu, eu, eu! Essa é moleza. — Grilo levantou a mão.

A turma parecia aguardar com satisfação o que prometia acontecer. Bruce Lee e Grilo foram para o centro do tatame e ficaram frente a frente.

— Contraia o abdômen, pequeno grilo.

— Vida do céu, imagina só um celular aqui. Um bilhão de curtidas. — Grilo fez uma dancinha de tiktok.

— Concentre-se — pediu Bruce Lee, tentando resgatar a serenidade.

O mestre cerrou o punho a uma polegada de distância do peito de Grilo, que sorria pela certeza de que daquela distância era impossível doer. O soco veio e ele voou quase dez metros, rolando pela areia.

— Eeeeeiiiii, que agressividade é essa? — Grilo gemia e rolava pelo chão.

Os aplausos foram demorados, em parte pela demonstração, em parte porque acho que muitos ali adorariam ter dado aquele soco.

33

DUAS CONVOCAÇÕES IMPORTANTES

Na volta a Capri de Páscoa, Leonardo da Vinci se trancou em seu gabinete, após virar a plaqueta com o texto-padrão de todos os laboratórios por ali: *Não perturbe, gênio trabalhando*. Abriu o cofre na parede por detrás de uma versão melhorada da Mona Lisa, que ele tinha pintado pouco mais de duzentos ciclos antes. Tomou nas mãos a caixa em carvalho e esmalte vermelho ornada por filigranas douradas, uma das seis réplicas existentes no Paramundo e confiadas ao chamado G6, o grupo formado pelos dois titulares de cada um dos conselhos Criativo, Perseverante e Sensível. Abriu-a, revelando seu conteúdo singular: pergaminhos de pele de búfalo branco, a caneta bico de pena em ouro e a latinha com o nanquim de fuligem de madeira de pinho, produzida há mais de 2.700 ciclos pelo filósofo chinês Tien-Lcheu.

A única reunião da Junta Amável acontecera ao fim da 1ª Guerra Paramundial, e sua convocação, prerrogativa apenas dos seis integrantes, só deveria ocorrer por ocasião de uma situação muito crítica. Dado o longo período de paz que se seguiu, nunca mais havia surgido motivo. Leonardo escreveu em dois pergaminhos a mesma mensagem criptografada, cuja chave para quebrá-la era também propriedade exclusiva dos atuais integrantes do G6. Foi ao serviço postal da Grande Ordem Suprema Criativa e despachou pessoalmente os falcões-correios: o primeiro, para os dois conselheiros da Grande Ordem Suprema Perseverante; o segundo, para os dois conselheiros da Grande Ordem Suprema Sensível.

De lá, voltou ao seu gabinete e convocou Ravi.

— Pois não, senhor.

— Tenho uma missão para você.

Deu ao aprendiz uma câmera fotográfica e o papelote entregue por Vida na estação ferroviária.

— Comece pelo Arquivo Central, parece que há algum problema no registro. Descubra onde ela mora. Tire algumas fotos de longe, não faça contato. Prometi à Vida trazer notícias para tranquilizá-la. Máxima discrição, por favor.

Ravi assentiu, conferindo o nome da mãe de Vida no papel.

34
O CAMINHO DO CAVALEIRO MILITAR

Não consegui escapar da confraternização no salão comunitário depois do jantar. *Entrosamento, Comunhão, Respeito, Irmandade*, disseram. Quanto mais próximos uns dos outros, mais forte a percepção de pertencermos a um exército que precisaria lutar com braços, pernas e, mais do que tudo, corações coordenados. Preferi me isolar num canto, apenas na companhia de um copo de suco, e observar de longe os grupos comentando sobre os treinamentos. Grilo e Euclides não estavam nem aí para o entrosamento, ficaram colados à mesa de doces, provando tudo que os garçons serviam.

— Sozinha aí no canto, sem se enturmar com ninguém, cara desanimada... — A argentina Rosa Morales se aproximou.

— Estou cansada, só isso. — Dei de ombros.

— Se no início do programa você está assim, nem imagino o que vá sobrar ao final.

— Vou sobreviver.

— Sabe o que está todo mundo falando por aí? Que o Único chegou ao Paramundo. Um dos alunos trouxe a informação.

— Oi? — Comecei a tossir, engasgada com a bebida. — Qual aluno?

— Petrus Schneider. — Rosa Morales apontou o queixo na direção do alemão. — Disse que só se fala nisso em Paristambul e muita gente viu o Único embaixo do Arco do Triunfo. Dizem que o sujeito tem mais de dois metros de altura e é forte como um touro.

— É?

— Parece que o Único é *expert* em vários tipos de luta, um monstro. Fico aliviada de sermos liderados por alguém assim, você não? Já foi levado para o Conselho de Segurança Amável, em Londyork, e está coordenando as primeiras estratégias de guerra.

— De repente, ele nem é isso tudo que estão dizendo.

— Você não tem curiosidade de conhecer o Único?

— Talvez esse papo de Revelação seja conversa fiada.

— Não, não. A Revelação é o texto mais importante da nossa História, foi transmitido a muita gente. E veja que, no discurso de abertura, a Joana d'Arc afirmou com todas as letras que há chance de um conflito. É só ligar os pontos.

— Na verdade, não estou me sentindo muito bem. Acho que vou me deitar.

Passei na mesa de doces, enchi os bolsos e fui para o alojamento.

O cheiro podre empesteava o corredor, cada vez mais azedo conforme eu me aproximava do meu quarto. Abri a porta e encontrei sobre a cama um saco aberto com fezes de cavalo e um cartão colorido com a mensagem: *Seja bem-vinda, pirralha!* Não tinha assinatura, mas nem precisava. Atirei o "presente" na privada e me sentei na cama com os ombros caídos. A imagem devolvida pelo espelho do quarto parecia ainda menor, depois do surgimento da sombra do gigante de dois metros de altura que morava na imaginação dos habitantes do Paramundo. Um ser minúsculo, uma mosquinha, uma coisica de nada, era como eu me sentia. Dali a algumas horas um novo dia começaria e eu sinceramente não pretendia recomeçar nada, não queria pegar em armas para aprender a re-matar ninguém. Deixei o corpo cair para trás no colchão, comi todos os doces de uma só vez, enquanto chorava baixinho. Coloquei o travesseiro sobre o rosto para ninguém ouvir meu choro, e, se tivesse coragem, pressionaria com força suficiente para nunca mais acordar. Nunca imaginei que sentiria tanta falta do meu próprio travesseiro, do colchão e do cheiro do meu lençol. Dos poucos bichinhos de pelúcia que eu ainda não tinha doado, e que, se estivessem ali, eu abraçaria até se fundirem ao meu corpo.

Decidida a acabar com aquela dor, coloquei um vestido, calcei minhas botas de cano alto e me esgueirei pelos corredores do alojamento.

Fugi na direção do riacho, para voltar à pequena estação e embarcar num trem para qualquer lugar onde ninguém esperasse de mim o cumprimento de porcaria de revelação nenhuma. Com a estrutura do CFGA ao longe, eu já andava rapidamente, sem olhar para trás para não testemunhar mais um de meus tantos fracassos. Cheguei à beira do riacho e, ao me preparar para atravessar, avistei, sobre uma rocha embaixo de uma árvore retorcida, um homem sentado em uma banqueta, de costas para mim, concentrado em um papel num cavalete. Ele reproduzia o cenário com pinceladas lentas. O sujeito tinha cabelos negros presos em um coque no alto e vestia uma roupa larga com um tipo de saia. Estranhei ter alguém ali àquela hora da madrugada, ainda mais pintando. Procurei fazer o máximo de silêncio.

— Vai ficar só olhando? — A voz dele saiu serena, enquanto conferia o resultado de uma pincelada.

Franzi a testa, olhei para os lados.

— Tá falando comigo?

— Tem mais alguém além de nós dois?

— Não, é que eu...

— Você tem três caminhos a seguir: continuar fugindo, voltar ao alojamento ou se juntar a mim. — Ele deu outra pincelada.

Dei de ombros, decidi retomar a fuga e me preparei novamente para mergulhar. Mas titubeei, cocei a cabeça.

— Como você sabe que eu tava fugindo?

O homem seguia concentrado na obra, demorou a responder.

— Escutar a natureza não é dom, é treinamento. Foi pelo som e velocidade dos seus passos, além da respiração ofegante. E o horário, claro.

Encolhi meus ombros.

— Se você quisesse mesmo mergulhar, já teria.

Eu não conhecia aquele homem, mas não tive medo. Afinal de contas, todo mundo por ali supostamente era amável. Caminhei devagar, subi na pedra e me sentei. Bigode, cavanhaque e olhos puxados, o rosto do estranho transmitia muita calma. Ele deu um último retoque nos traços de uma folha de árvore, guardou o pincel e se sentou ao meu lado.

— Costas eretas, olhos cerrados, queixo erguido, respiração lenta — sussurrou.

Ficamos um longo tempo apenas ao som das águas e ao toque do vento na pele.

— Estou cansada de ser humilhada — murmurei. — Saí da Terra sendo chamada de perdedora, e aqui... adivinha só a novidade.

— Você se acha perdedora?

— Tá difícil não acreditar nisso. Tenho medo de decepcionar as pessoas.

— Elas esperam algo de você?

— Esperam muito de alguém, mas não sabem que esse alguém sou eu. Quando souberem, vão ver o tanto que isso é ridículo.

— Ridículo? — O homem inspirou fundo. — Transforme essa autopercepção em uma arma a seu favor.

Achei aquilo ambicioso e difícil. Pelo visto, os conselhos daquele homem eram de um nível quase impossível de seguir.

— Você sabe por que vim até o Paramundo?

— A mim, basta saber que é amável.

— Vou conseguir cumprir minha missão?

— A pergunta deve ser outra: você aceitou sua missão com determinação?

— Sinceramente? — Meu olhar se perdeu no riacho. — Nem um pouco.

— Se você assume qualquer propósito sem entusiasmo, alegria e gratidão, o fracasso já aconteceu.

— Mas e se você for meio que obrigado a aceitar e a chance de falhar for muito maior do que a de sucesso?

— Quem se direciona para a estratégia e permanece firme no caminho é capaz de fazer coisas inimagináveis — o tom de voz se confundia com o vento.

— Não acredito em mágica, não é só eu fingir que tá tudo bem e pronto. Não dá pra lutar contra a natureza, e a natureza diz que eu sou só uma menina — tentei argumentar, desanimada.

— Ninguém aqui pensou em mágica, mas em trabalho duro. O respeito das pessoas virá se você treinar o suficiente para merecê-lo. Hoje, sua vitória deve ser sobre o seu eu de ontem.

— Não quero aprender a re-matar ninguém.

— Você vai aprender a se defender, o resto é consequência. Com o treino correto, poderá derrotar dez oponentes com seu espírito. E, então, vai se tornar invencível.

— Eu não sei como fazer isso.

— O mestre é uma agulha; o discípulo, a linha. Posso ajudá-la a costurar seus caminhos, se você assim desejar e permitir.

Eu o encarei por algum tempo, no fundo sabia que não podia recusar a oferta.

— Vou esperá-la todas as madrugadas aqui, antes dos treinos da manhã. Você saberá a hora.

Finalmente me levantei devagar e voltei caminhando para o alojamento. Quando já estava longe, gritei:

— Ei, meu nome é Vida Becker. E o seu?

Ele tinha voltado a se concentrar na pintura. Dei de ombros e segui em frente. Então, ouvi um berro:

— Musashi. Miyamoto Musashi.

35

PRIMEIRAS LIÇÕES

Mesmo depois de um dia pesado e cansativo com aqueles exercícios sem fim do Bruce Lee, eu não conseguia pregar os olhos. Não queria me atrasar para a primeira aula. *Você saberá a hora*, foram as palavras do Musashi.

Quando cheguei à beira do riacho, vi o mestre sentado à mesma pedra, com as pernas cruzadas e olhos abertos fixados no cenário à frente. Preferi não falar nada, mas aquilo parecia um tanto quanto esquisito. Tirei meus sapatos e me sentei ao lado dele. Uma hora depois, nada tinha acontecido. Nenhum ruído, conselho ou orientação. Perto do horário do café-da-manhã, já com a barriga roncando, resolvi falar:

— A gente não vai treinar? Já deu minha hora.

Ele inspirou lentamente.

— Retorne amanhã.

Voltei na madrugada seguinte e, novamente, nada aconteceu. Na terceira e quarta madrugadas, de novo. O samurai seguia inerte feito uma estátua de sal com os olhos esbugalhados. Tinha horas em que eu até simulava umas tosses, para ver se ele reagia e se tocava de que aquilo estava constrangedor. Na quinta, uma tempestade caiu sobre a região e, mesmo assim, ficamos lá, sentados e encharcados. Na sexta, já cheguei reclamando:

— Se voltei aqui pra de novo não acontecer coisa nenhuma, pode saber que eu ganho mais ficando na minha cama quentinha e dispensando sua ajuda que não tá servindo de nada.

— Shhhhh — ele murmurou, dando tapas suaves na pedra.

Por mais que eu estivesse exausta de tanto marasmo, obedeci e me sentei, emburrada. Algum tempo depois, ele se espreguiçou.

— Pode parecer difícil no início, mas tudo é difícil no início.

— Vou confessar que tô achando muito fácil ficar aqui fazendo nada.

— Você não está fazendo nada, está aprendendo a se conectar com seu interior e com a natureza.

— Mas eu não vou conseguir derrotar ninguém só me conectando com a natureza, criatura abençoada! — Ergui os braços, olhando cansada para o céu. — O tempo tá passando e eu preciso aprender alguma coisa que me torne uma guerreira e me faça parar de apanhar de graça.

— Feche os olhos, Vida.

Fechei. Ele continuou:

— Me diga: qual a largura do riacho? Ele está agora correndo lento ou rápido? Quantas pedras acima da linha d'água? Conte-me quais as cores das folhas das árvores. Quais animais costumam passar por aqui? E as cores dos pássaros? Dos peixes? Há nuvens no céu neste momento?

Fiquei em silêncio, baixei os olhos.

— E o que você faz toda madrugada, que não observa ao seu redor? — Ele sorriu e tocou o indicador na minha testa. — Esteja sempre com a mente e a alma no exato lugar onde estiver seu corpo, pois ali é o lugar mais importante de sua re-vida naquele momento. Um vacilo num confronto e você re-morre.

— Desculpa — murmurei, envergonhada.

— Veja, você não descobrirá o caminho verdadeiro apenas por meio da espada, há muito mais em jogo. E não abra jamais mão do estudo da literatura. Quanto mais você aprender, mais compreenderá a diferença entre o bem e o mal. Pode parecer simples, porém isso é uma das tarefas mais complexas de se aprender.

— Mas cada um tem sua religião, e as ideias de bem e mal não são diferentes?

— Não falei em religião. Assim como no Território Fraterno as cidades e as culturas se misturam, e não existem países ou fronteiras, pobreza ou riqueza, nem opressores, oprimidos e diferentes classes sociais, todos os deuses e entidades reverenciados se conectam à singularidade chamada "Bem", representada pela Força Amável.

Pensei por algum tempo. Eram muitas ideias diferentes, muita coisa para minha cabeça, mas aquilo tudo até parecia algo bom. Musashi deu um tapinha na minha perna.

— Por hoje é só. A partir de amanhã, você começará a treinar com o suburito, a espada de madeira. Ele vai ajudar no condicionamento físico e na evolução do seu espírito. Não imagine que uma espada de madeira não sirva para nada, pois certa vez esculpi uma de um remo de barco e com ela derrotei meu adversário mais poderoso. — Ele mandava um olhar de saudade enquanto dizia aquilo.

36

NOVOS APRENDIZES

O conselho de Musashi sobre nunca abrir mão da literatura caiu como uma luva. Eu já estava bem cansada de ter que ficar ouvindo gracinhas e encheções de saco de Huiling Hu e Ivy Jones durante as refeições. Passei a engolir o jantar e correr para a biblioteca, onde, obviamente, as duas nunca iriam. Um refúgio perfeito! Eu ficava por uma hora e meia, depois voltava para o alojamento e dormia até os treinos da madrugada.

A maioria dos livros era sobre guerras ou biografias de grandes generais em adaptações das edições terrestres, todos com comentários e pensamentos adaptados à realidade do Paramundo. Confesso que não compreendia muito do que estava por trás de cada texto, mas eu lia como se fossem histórias de fantasia. E gostava. E aprendia como dava. Comecei pelos manuais básicos de táticas de batalha, com linguagem mais simples. Depois, parti para coisas mais complexas, com descrições dos maiores confrontos da antiguidade terrestre, os conflitos medievais, as lutas entre conquistadores e povos nativos das américas e África. E, claro, as duas grandes guerras mundiais. Na minha mente, as lutas me lembravam aquelas dos *games* que eu já tinha jogado. Estudei os mapas do Território Fraterno, os nomes das cidades misturadas e suas localizações. Aprendi sobre armaduras, roupas e proteções, além de armamentos, embarcações e estratégias de batalhas navais. Tinha também uma prateleira enorme só com livros sobre a 1ª Guerra Paramundial, desde os técnicos, explicando como foi a vitória amável, até dramas e romances de amor no clima do conflito. Encontrei O Livro dos Cinco Anéis, do Musashi, mas, nesse caso, tinha a própria fonte à disposição. E nós dois passávamos parte das madrugadas sentados à pedra, com ele me explicando o que eu não entendia sobre o sentido da re-existência e a natureza dos seres humanos amáveis e temíveis. Meu vocabulário melhorou e aumentou demais, aprendi termos que nunca tinha ouvido. Assim como no Paramundo o tempo era seis vezes mais rápido que na Terra, a sensação foi a de eu ter crescido também na mesma velocidade. De repente, aquilo tudo até ajudaria a me transformar em algo mais do que uma garota com uma responsabilidade quase infinita.

Demorei a pegar o jeito no suburito, mas em algum tempo já estava desferindo golpes laterais, verticais e diagonais com firmeza, uma ou duas mãos empunhando a espada de madeira. Musashi fazia junto, corrigia minha postura, eu e ele bailando como se houvesse um espelho entre nossos corpos. Repetíamos tudo à exaustão, com giros, avanços, saltos e agachamentos, as espadas estocando o ar em velocidade.

Muitas madrugadas depois, bati à porta de Grilo. Ele demorou a abrir. Ainda de olhos fechados, escorou no batente para não desmontar de sono.

— Hoje, sua vitória deve ser sobre o seu eu de ontem — falei num tom inspirador.

Ele abriu apenas um olho e me encarou por uns cinco segundos. Conferiu o horário no relógio do corredor.

— A água deste Paramundo não tá te fazendo nada bem.

— Bota o uniforme, vamos treinar lá na beira do riacho.

— Se isso for um sonho meu — Grilo fechou os olhos — eu ordeno ao meu cérebro que altere o cenário para uma praia do Nordeste do Brasil, onde eu esteja deitado sozinho numa espreguiçadeira, tomando água de coco e comendo patinhas de caranguejo à milanesa. — Reabriu os olhos e fez uma cara enfezada na minha direção. — E se for um sonho seu, exijo ser imediatamente expulso dele.

— Ninguém tá sonhando nada! Quero levar você e o Euclides para conhecerem alguém que vai nos ajudar a diminuir a distância para este bando de brutamontes daqui.

— De jeito nenhum, me deixa dormir. — Grilo empurrou a porta, mas prendi o tênis, impedindo-a de fechar.

— Você precisa ir.

— Eu mal tô conseguindo ficar de pé, Vida.

— Vamos lá, confie em mim. Afinal de contas, você é meu fiel escudeiro ou não?

— Eu não posso acreditar que você apelou desse jeito. — Ele finalmente sorriu. — Acordo o Euclides e a gente se encontra lá fora.

Em algum tempo, os dois arrastavam os pés na saída do CFGA.

— Antes de a gente seguir, preciso confessar uma coisa. — O volume de minha voz desceu quase a um sussurro. — Há muito tempo, numa noite em que me bateu o desespero, eu resolvi fugir. Eu abandonaria vocês, queria esquecer essa loucura toda. Mas, quando cheguei no riacho, encontrei este mestre samurai que tem um poder de convencimento inexplicável. Desde então, eu venho treinando em segredo com ele.

Euclides me encarou e disse com semblante envergonhado:

— Naquela noite no hotel em Capri de Páscoa, eu e o Grilo também tentamos fugir. Quem nos convenceu a ficar foi o Pitágoras.

— Que agora é um surfista havaiano — informou Grilo.

Encolhi os ombros.

— Juntos até o fim, não importa o que aconteça?

— Até — responderam.

Avançamos pelo mato e ao longe vimos Musashi meditando. Coloquei o indicador à frente dos lábios, fiz sinal para os dois me acompanharem. Seguimos pé ante pé e paramos vinte metros atrás do samurai.

— Vocês vão ver, ele consegue sentir nossa presença. Não é dom, é treino.

Cinco minutos se passaram e nada de Musashi se mexer.

— Demora isso tudo pra ele saber que a gente chegou? — sussurrou Grilo.

Simulei um pigarro. Musashi finalmente se virou.

— Ah, trouxe companhia. Muito bom.

— Você não sentiu nossa presença?

— Eu estava tirando um cochilo.

Grilo e Euclides se entreolharam. Sinalizei e fomos até à grande pedra. O mestre deu as orientações com voz firme e paternal:

— Sentados, costas eretas, olhos cerrados, queixo erguido, respiração lenta.

— Posso aproveitar e dar uma dormidinha? — Euclides se espreguiçou.

Musashi o encarou com os olhos semicerrados, atitude que dispensou comentários. Euclides travou os dentes. O mestre voltou a se concentrar, integrado à natureza e ao deslize da água cristalina lambendo as margens e as pedras.

— Caraca, um peixão pulou — gritou Grilo.

— Eu vi. Gordão! Será um salmão? Uma truta?

— Vocês dois são impossíveis! — irritou-se Musashi, graduado na arte da serenidade. — Vou repetir: costas eretas, olhos cerrados, queixo erguido, respiração lenta e, acima de tudo, silêncio.

— Só um último comentário: gostei da sua saia. — Grilo apontou.

— Estilosa — concordou Euclides. — É *by* Coco Chanel também?

Musashi olhou para o céu e contou até dez.

— Não é saia, é um hakama andon. Tão vendo estas pregas aqui? Cada uma significa uma virtude do guerreiro: benevolência, honra, cortesia, sabedoria, sinceridade, lealdade e piedade. Mas para alcançar tudo isso é preciso muito treino e uma dose cavalar de... — O samurai lançou um olhar firme para os dois, a voz saiu grave: — Paciência. — Espreguiçou-se. — Já vi que hoje a meditação não vai funcionar.

Em fila indiana, nós quatro adentramos o mato. Num tom de voz hipnotizante, o mestre introduzia conceitos sobre retidão, bravura e coragem. Ele sabia que não havia quem não pudesse aprender a arte da espada e, ao que tudo indicava, tinha gostado de Grilo e Euclides logo de cara. Aquele espírito leve e bagunçado era matéria-prima de qualidade para se tornarem grandes guerreiros.

37

A JUNTA AMÁVEL

A sede da Junta Amável tinha lugar em Venezurique, a Sudoeste do Subterritório das Águas. A bucólica província, parte Veneza, parte Zurique, entrecortava-se por ilhas montanhosas cobertas de neve que conformavam canais pelos quais navegavam gôndolas, barcos turísticos e de pesca. A escolha para sede se deu por ser uma área de pouca atenção, em oposição às megacidades. Quanto mais privacidade, melhor. Para o subsolo da microcervejaria Musk, do proprietário Nikola Tesla, havia sido transportada, muitos ciclos antes, a távola ao redor da qual acontecera a primeira reunião da Junta. Chegava o momento de ela ser usada pela segunda vez na História.

A convocação encaminhada por Leonardo da Vinci fora respondida pelos integrantes do G6, que cumpriram protocolos de segurança e discrição, a fim de não suscitarem nenhum alarme capaz de comprometer o sigilo do encontro. Na madrugada combinada, as ruas do bairro de Niederdorf-Dorsoduro, na periferia de Venezurique, estavam quase vazias. Por precaução, Tesla havia fechado as portas da Musk mais cedo, expulsado os últimos clientes bêbados e dado um turno de folga aos funcionários. Ele próprio cuidaria dos serviços da reunião.

Próximo ao horário combinado, as charretes começaram a chegar da estação ferroviária pela ruela aos fundos da microcervejaria. Os gênios dirigiam-se ao subsolo do estabelecimento, um ambiente circular de teto baixo, cheiro de mofo e paredes de calcário, nas quais se penduravam linhas de candeeiros pontiagudos com velas acesas. Ao centro, a mítica távola redonda de seis lugares.

— Nikola, velho amigo! — Marie Curie o abraçou. — O que ainda posso fazer para convencê-lo a se reintegrar à Grande Ordem Suprema Criativa?

— Ah, minha contribuição já está lá muito bem guardada. — Os dois trocaram um sorriso cúmplice. — E largar o bar? Não, não, estou feliz como cervejeiro.

— É verdade, isso aqui deve ser bem mais divertido.

— Cerveja também é ciência. — Ele piscou.

Shakespeare surgiu descendo devagar pela escadinha estreita de ferro.

— Ai, meus joelhos. Estou velho para isso.

— Não tanto quanto eu, pode acreditar. — Aristóteles vinha logo atrás, suspendendo a barra da túnica e descendo com mais destreza.

— Minha viagem foi longa demais, estou podre. Já passou da hora de aumentarem a malha ferroviária. De Londyork até aqui foram três baldeações, ninguém aguenta.

Da Vinci apareceu na sequência. Espreguiçou-se ao tirar o pé do último degrau.

— Maravilha, meus amigos! Por mim, já podemos iniciar os trabalhos.

Os quatro sentaram-se à távola, relembrando histórias pitorescas de suas passagens pela Terra, enquanto aguardavam a chegada dos dois últimos. Tesla serviu ostras no vapor e uma tábua de Kulen com mostarda escura. Em algum tempo, os retardatários chegaram, em meio a falatório e gargalhadas.

— Não acredito! Sério, menina? Conta outra!

— Tô te falando, é a mais pura verdade. Mas depois te dou mais detalhes.

O jovem Wolfgang Amadeus Mozart e a velhinha Agatha Christie cumprimentaram todos e se sentaram à távola.

— Bom, como todo mundo já chegou, proponho um brinde. — Tesla serviu copos em cima do balcão. — Cervejas de qualidade austro-húngara, com aroma e textura muito semelhantes aos da Terra. Temos a Corrente Alternada Porter, a Bobina Witbier e a Turbina Stout.

Cada um fez sua escolha, Tesla dispôs mais algumas garrafas sobre a mesa.

— A casa é de vocês. Qualquer coisa, toquem a sineta ali e eu desço.

Leonardo tirou um papelote do bolso e leu o parágrafo protocolar:

— Abro oficialmente a 2ª Reunião da Junta Amável. Conselheiros Perseverantes, representando filósofos, músicos, artistas visuais e atores, juram manterem-se fiéis à essência da Força Amável e fazerem de tudo para a condução condigna da re-vida no Paramundo?

— Sim — Aristóteles e Mozart responderam em uníssono, com dois tapinhas sobre o coração.

— Conselheiros Sensíveis, representando escritores e poetas, juram a mesma coisa?

— Sim. — Shakespeare e Agatha Christie repetiram o gesto sobre o coração.

— Eu e Marie Curie, blá blá blá, também juramos como Conselheiros Criativos. — A polonesa assentiu com a cabeça, Leonardo prosseguiu: — Bom, como informei na mensagem de convocação, a Máquina de Contar Histórias funcionou.

— Estou muito curioso para conhecer o Único. Achei até que ele estaria na reunião — comentou Shakespeare.

— Pois é, a razão de estarmos aqui tem a ver com a forma como lidaremos com tudo isso. Mas, sem rodeios, há uma questão importante, meus amigos: o Único é uma menina de catorze anos. Vida Becker, o nome dela.

— Uma criança? — Aristóteles arregalou os olhos.

— Praticamente. — Leonardo se ajeitou na cadeira, mordeu uma rodela de kulen. — Mas, antes de me perguntarem, a máquina não errou.

Um breve silêncio se fez, Marie Curie e Leonardo já esperavam tal reação.

— Taí, gostei — interveio Agatha Christie.

— Eu também. — Mozart apertou os lábios. — Comecei cedo minha carreira e acredito no potencial das crianças.

— Bem lembrado, Wolfgang. — A inglesa apontou para ele. — E não subestimemos o poder das mulheres.

— Desculpem-me, mas o fardo que esta menina vai carregar é absurdamente pesado. — Shakespeare deu um gole na cerveja. — Quem garante que ela suportará?

— Compreendo sua angústia, caro William. — Leonardo tocou o ombro do amigo. — Preciso admitir que isso também me roubou noites de sono. Mas ela está neste momento sendo preparada pela Joana d'Arc e os instrutores do CFGA. Nós sabemos, no entanto, que o treinamento físico não será suficiente. O motivo de estarmos aqui é justamente para pensarmos formas de trabalhar a mente e o emocional dela ao longo da caminhada. Precisaremos contar com todo o apoio das Grandes Ordens Perseverante e Sensível.

— Colocaremos à disposição nossos melhores nomes — disse Aristóteles, sob concordância de Mozart.

— Conte conosco também. — Agatha Christie trocou um olhar com Shakespeare, que levantou o dedão em sinal de positivo.

— Depois de conhecer a Vida, passei a considerar que, com a ajuda correta, ela será capaz de fazer coisas incríveis — confidenciou da Vinci.

— Não é uma avaliação prematura? — Shakespeare abriu uma ostra.

— Acreditem em mim, a menina carrega dentro de si um poder muito maior do que a gente jamais poderia sonhar.

— O que te faz acreditar nisso?

Leonardo afastou as garrafas e copos, esticou uma folha sobre a távola. A transcrição da Revelação se repetia em alemão, inglês e grego.

— Vejam, nós sempre nos apegamos a certas partes da Revelação: nós, os Criativos, traríamos o Único, aquele que liderará nossos exércitos; os temíveis se erguerão quando as duas luas estiverem visíveis; haverá uma guerra.

— E não é justamente o que vai acontecer? — Mozart ergueu as sobrancelhas.

— Sim, mas há trechos da Revelação para os quais nunca demos muita importância. — Leonardo apontou para a folha.

Os outros cinco esticaram o pescoço para ler, o italiano começou a reinterpretar os versos.

E os queixos de todos caíram...

38
MÁS NOTÍCIAS

Ao fim da reunião em Venezurique, Marie Curie e da Vinci retornaram a Capri de Páscoa. Sobre a mesa da sala do Conselho encontraram um tubinho lacrado com uma mensagem entregue por um falcão-correio remetido desde Paristambul.

Registro ausente no Arquivo Central.

Estive nas duas outras Grandes Ordens.
Relatos do desaparecimento de três mulheres.

Anamaria Coltelli Becker, em Mudmex
Viviana Ruas Coltelli Becker, em Lissebergen
Virgínia Germano Coltelli Becker, em Nairoberlim

Ravi Kumar

Os dois se entreolharam.

— O que vamos fazer, Leonardo?

— Não sei.

— Devemos contar a ela.

O italiano caminhou em círculos com o olhar perdido no chão. Pela primeira vez desde sua chegada ao Paramundo, ele precisaria trair a essência amável. Pelo bem do Universo, fundamental que nada atrapalhasse o treinamento da Única.

— Não é hora ainda.

Um falcão-correio foi remetido com urgência ao Conselho de Segurança Amável, em Londyork.

Reforcem os controles no Portal do Deserto Infernal.
Leonardo da Vinci

39
PORCO-ESPINHO

Com o domínio dos fundamentos do suburito, Musashi nos passou para a katana, a espada samurai. Aprendemos postura, esquiva, jogo de pés, o golpe cortante da água corrente, o dos fogos e das pedras, o das folhas vermelhas e uma série de outras manhas de combate. O mestre fixou, entre forquilhas de duas árvores, uma comprida tábua com apenas 15cm de largura. A quatro metros de altura do gramado, treinamos a arte de manusear a espada em condições adversas de equilíbrio. No início, despencamos não poucas vezes. Em algum tempo, avançávamos e recuávamos como se lutássemos no chão. Grilo seguia à risca o conselho de Bruce Lee sobre treinar o mesmo chute mil vezes e gastava um tempo a mais à beira do riacho.

Aprendemos rápido, crescemos, fomos ficando menos fracos e medrosos. Na mesma medida, sentíamos dor, muita dor. Batidas, quedas, torções, cortes, exaustão, cansaço mental, noites em claro em que choramos de saudade sozinhos em nossos quartos. Tudo parecia muito mais difícil do que jamais eu pudesse ter imaginado. Huiling, Ivy, Petrus e

Dragomir seguiam importunando. Não raras vezes eu apanhava nas aulas, encontrava meu quarto revirado ou descobria merda de cavalo entre minhas roupas. Tentava obter informações sobre a guerra com Joana d'Arc, mas as respostas evasivas nunca iam além de *o importante é vocês se prepararem*. Em meio aos intermináveis treinos em armas e lutas, em que todos os alunos evoluíam rapidamente, boatos sobre o Único seguiam dando conta de suas ações à frente dos exércitos amáveis. Os garotos diziam que ele era gigante; as meninas, que era lindo. O mito crescia a cada dia, assim como meu pavor pelo momento em que a verdade seria revelada ao Paramundo.

Após um quartodeciclo que passou voando, chegou o momento do programa de formações em combate e simulações de batalha. Naquela manhã, o sol castigava o pátio central do CFGA. Uns seguravam arcos. Outros, machados. A grande maioria empunhava o pique, uma longa lança com ponta afiada em bronze.

— Independentemente do que vá acontecer aqui, vamos ficar juntos, assim serão menores as chances de alguém se machucar — aconselhei aos meus amigos.

— Tá com medinho, é? — ironizou Huiling Hu, na linha logo atrás.

— Não é possível! Toda hora você aparece que nem um fantasma pra encher a paciência!

A chinesa soltou uma gargalhada sinistra, franzindo a testa e me ameaçando com o pique.

— Tem gente chegando lá na frente. — Euclides esticou o pescoço por entre as linhas.

Dois novos professores postaram-se diante do batalhão. Ambos fortes, o primeiro usava barba cerrada. O segundo, cabelos longos. Vestiam roupas de couro e pele, traziam escudos e machados nas costas. Como num jogral, um emendava a fala do outro.

— Boa tarde, senhores — iniciou o barbudo. — Sejam bem-vindos ao treinamento de combate em formação. — Meu nome é Roberto de Bruce.

— E o meu, William Wallace.

— Aaaahhh, Coração Valente! Não acreditoooo! — berrou Grilo. Em sincronia, todos os alunos se viraram para assistir ao show. — Vamos pintar o rosto de azul e botar saia! *Freeeeedooom*! Meu reino por uma *selfie* com o *highlander*. Só não cortem a cabeça dele de jeito nenhum, não façam isso!

Os dois guerreiros escoceses do fim do Século XIII terrestre entreolharam-se e suspiraram.

— Cala a boca — sussurrou Petrus Schneider, com os dentes travados.

— Agradecemos a efusiva manifestação do aluno ali no meio, senhor...? — William Wallace esticou o pescoço.

— Grilo, ao seu serviço! Eu tenho um poster do filme no meu quarto, sabia? Sem ofensas, devo admitir que o ator era mais bonito que você.

— Ah, de novo o maldito filme — interrompeu William Wallace, baixando os ombros. — Já ouvi falar, mas por ora esqueça aquilo e foque no que realmente a gente fez e em nossas instruções. Nada de rosto azul e saia, de acordo?

Grilo lançou um olhar decepcionado.

— No programa atual, eu e Roberto fomos escalados para trabalhar a formação Schiltron, popularmente conhecida como porco-espinho.

Escoceses barbudos de tranças, usando kilts em padrão de tartã vermelho, entraram no campo de treinamento empurrando um reboque com uma enorme tela digital. Roberto de Bruce iniciou a explicação, enquanto William Wallace sacou um controle remoto num compartimento sob a roupa de pele, apresentando na tela as estratégias de ataque e defesa. Alternavam-se mapas com os mais variados tipos de campos de batalha do Paramundo.

— Uau, estes mapas não são familiares, *Cyclides* e *GriloVéio*? — Apontei. Os dois arregalaram os olhos, concordando.

O painel apresentou vídeos com a montagem dos porcos-espinhos, um amontoado de guerreiros com as lanças firmes, juntas e apontadas em todas as direções. Imagens de cavaleiros inimigos investindo contra a formação e sendo rechaçados demonstravam a eficiência da formação. Ao fim da apresentação, foi projetada a advertência: "Nenhum cavalo foi ferido nesta simulação". Aplausos demorados.

E foram dias conformando e desenformando as estruturas. O painel digital apresentava um cronômetro e a meta era os porcos-espinhos de 300 guerreiros se formarem em menos de 30 segundos, a partir do comando de William Wallace. Um batalhão de guerreiros escoceses foi trazido para participar das simulações e logo conseguíamos bater tempos abaixo da meta. Confesso que eu estava começando a gostar da brincadeira.

40

SOBREVIVÊNCIA

Um novo comunicado foi enviado muitos dias depois: *Pátio interno – 01:35:00. Mochila, uniformes, botas e casacos. Cantis cheios.* Os 1.000 alunos se perfilaram e Potira – indígena guarani de 1590 terrestre, coordenadora do programa de sobrevivência –, orientou com voz firme:

— Precisamos estar preparados para o pior de uma guerra: fome, sede, frio, isolamento, desorientações de todo tipo. Pode ser o detalhe entre continuar re-vivo ou dar adeus à sua participação no Paramundo. Por isso, iniciaremos agora uma importante fase do treinamento: sobrevivência em condições inóspitas. Faremos uma viagem de trinta dias até os arredores de Moscquito. Partiremos imediatamente.

Uma serpente de alunos, instrutores e cavaleiras deixou o pátio. Caminhamos por 10 horas, com pequenas pausas para descanso e alimentação. Na estação que servia ao CFGA, um trem já aguardava o grupo. Pouco a pouco os vagões foram sendo ocupados. Atrasei o passo, sinalizei a Grilo, Euclides e Rosa para evitarmos o vagão de Huiling Hu e Ivy Jones.

— Poltronas confortáveis, finalmente! — gritou Euclides, esfregando as mãos ainda na fila. — O vagão-restaurante que me aguarde.

— Não é pra desanimar, mas acho que uma coisa chamada "sobrevivência em condições inóspitas" não vai ter nada disso. — Torci a boca.

A suspeita se confirmou, os vagões não tinham poltronas, muito menos ar-condicionado ou serviço de bordo. Aberturas laterais permitiam a circulação de ar e só. O velho trem de carga nos levaria exatamente assim, como cargas.

— Num dia te transportam num maglev. Noutro, num pulgueiro — resmungou Grilo, deitando-se no canto duro metálico. Em dois minutos, ele e Euclides estavam apagados.

O trem partiu, eu me encolhi ao lado de Rosa Morales. Ficamos em silêncio por muito tempo, só observando o relevo e a vegetação correndo velozes.

— Como seus pais encararam sua mudança pra Rosa?

Talvez a argentina jamais esperasse aquela pergunta, demorou a responder.

— Para minha mãe, bastava me ver feliz. Já meu pai... Foi demais para ele.

Pensei em comentar alguma coisa, mas tive medo de sair algo clichê.

— O sonho do meu pai era que eu fosse jogador de futebol — continuou Rosa. — Me batizou Diego, em homenagem ao ídolo dele, mas fui crescendo e brigando comigo mesma para aceitar quem de fato eu era. Foi doloroso, mas libertador.

— Como você morreu?

Os olhos da minha amiga marejaram, ela manteve o olhar perdido na velocidade da paisagem.

— Meu pai. Foi demais para ele...

Tomei um susto.

— Sinto muito.

— É duro dizer isto, mas eu sei que ele irá direto para o Território Ermo. Ninguém faz o que meu pai fez e entra pela colina amável.

Segurei a mão dela e a acariciei por alguns quilômetros silenciosos.

— E você, Vida, morreu como?

Rosa era minha melhor amiga, a única pessoa com quem eu me sentia confortável para revelar a verdade, e por alguns instantes quase abri o jogo.

— Ah, um tipo de doença incurável.

— Que pena. — A argentina meneou a cabeça. — Mas você tem sorte, vai reencontrar seus pais no Território Fraterno um dia.

Preferi manter o silêncio, no fundo eu já não tinha mais certeza de nada.

Ao fim de oito horas cruzando quase toda a extensão do Planalto da Cara Feia, o trem chegou à estação ao pé de uma cadeia de montanhas nevadas.

— Caminharemos até o posto avançado — ordenou Potira. — É perto? Não! É fácil de chegar? Não! Subiremos devagar? Não! Portanto, preparem-se!

A subida pela trilha dava o tom de como seriam os trinta dias seguintes e já fazia parte do treinamento. Nossos uniformes e casacos do CFGA eram insuficientes para diminuir o frio, que endurecia os músculos e queimava os ossos. Náusea, dor de cabeça e tontura, os efeitos do ar rarefeito sobre nossos corpos pareciam ter aumentado em muitos quilos o peso das mochilas. Ali me recordei de quando encostei no lacre cinza da Máquina de Contar Histórias, exatamente as mesmas sensações. Mas ninguém podia parar, os instrutores na frente e as cavaleiras na retaguarda impunham à serpente de alunos um ritmo constante. Muitos vomitaram, alguns desmaiaram, ninguém saiu ileso das condições a que fomos submetidos. Nós quatro caminhávamos juntos, muitas vezes um empurrando ou puxando o outro.

O posto avançado era um mini-CFGA, praticamente um estande no alto de uma montanha próxima a Moscquito, uma megacidade que diziam ter o frio de Moscou e a altitude de Quito. Pouco a pouco fomos chegando e ocupando os alojamentos compartilhados.

Na manhã seguinte, todos se reuniram no pequeno pátio e Potira apresentou os instrutores.

— Além de mim, que sou a professora de identificação de frutos e raízes comestíveis ou venenosos, vocês contarão com verdadeiras autoridades em sobrevivência: Kike Nfumu, pigmeu Bakola-Bagyeli de Guiné Equatorial e 1790 terrestre, expert em caça e culinária de animais silvestres e selvagens; Yagan, aborígene australiano de 1818 terrestre, perito em fogueiras e construção de abrigos; por fim, Taktuq, inuíte da Groenlândia e 333 terrestre, especialista em subsistência no gelo.

— Finalmente algo de útil nesse programa — Grilo comentou com Euclides, assoprando bafo quente nas mãos e as esfregando.

— Já tava passando da hora.

— Deem as boas-vindas ao nosso primeiro instrutor: Kike Nfumu.

O pigmeu de 1,30m agradeceu, sob aplausos dos alunos. Ele carregava uma lança e uma rede.

— Quem são os animais? O que são animais? De onde vêm, para onde vão, quais seus sentimentos? Pensam, refletem, choram? Como nos enxergam? Qual nossa relação com essas criaturas que nos complementam e nos alimentam? Serão nossos inimigos? Deuses disfarçados? Perguntas e mais perguntas e mais perguntas. Só sei que nada sei — ponderou Kike Nfumu, jogando o olhar para o horizonte.

— Um pigmeu filósofo — falei, impressionada com a categoria do professor.

— Socrático — explicou Rosa Morales. — Conforme o currículo do programa, foi aluno e professor do próprio Sócrates aqui no Paramundo.

— Mas deixando de lado tais dúvidas que careceriam de ciclos e ciclos de estudos, e ainda assim não chegaríamos a uma conclusão satisfatória, a realidade é que precisaremos nos concentrar em caçar os animais, afinal de contas é para isso que estou aqui. Acompanhem-me.

Todos os 1.000 alunos o seguiram pela mata nos arredores do mini--CFGA. O guinéu-equatoriano sinalizava posições onde estavam escondidos os bichos, fosse no mato ou no alto das árvores. Chegamos a um rio onde havia um dique feito de galhos. Kike Nfumu ergueu o braço, pediu silêncio.

— Sinto muito, meu amigo.

Preparou a lança e atirou-a para cima, ela fez uma parábola numa velocidade e precisão inacreditáveis. Acertou o peito de um castor marrom, peludinho, de nariz bolinha e olhar penetrante, que voou longe e caiu re-morto com a língua de fora.

— Ah, não acredito, não é possível isso! Que horror! — Grilo surtou. — Não se mata um castor, não se come um castor, não se encosta num castor a não ser para fazer cafuné! Castores são modelos para desenho animado e bichos de pelúcia fofos, mais nada. E ele tava trabalhando no dique! Não, mil vezes não!

— Também achei bem cruel. — Balancei a cabeça.

— Ô Nfumu, e aquela filosofia toda sobre animais serem deuses disfarçados? — protestou Euclides.

— Compreendo vossas angústias, mas o tema desta matéria é Sobrevivência. Entre você e a fofura, escolha você. — Kike Nfumu desencravou a lança do peito do castor, colocou-o no ombro e saiu de volta. — Agora, vocês aprenderão a destrinchá-lo, temperá-lo e cozinhá-lo.

— Ah, que desagradável! Retiro minhas palavras sobre a utilidade disso. — Grilo saiu arrastando os pés.

As atividades foram tantas e tão variadas que mal nos demos conta de que os trinta dias passaram voando. Yagan aguçou nossos olhares para encontrarmos pedras de sílex e ensinou acendimento primitivo de fogueira com faca e palha seca. Praticamos também técnicas de montagem de abrigos com troncos, cipós e folhas. Taktuk nos ensinou a encontrar trilhas na neve e a montar abrigos no gelo. Potira, a identificar frutos comestíveis ou venenosos e a confeccionar lanças feitas de galhos.

— Hoje vou mostrar a vocês como reconhecer um sapo venenoso e a extrair o veneno para transformar pontas de flechas, lanças e zarabatanas em armas ainda mais letais — informou a indígena, em uma de nossas últimas incursões à mata.

— Eu ouvi "sapo"? — Entortei a boca para meus amigos e fui me esconder na retaguarda do grupo.

— Prestem bastante atenção, pois isso será útil — berrou Potira. — Muito útil!

Ela abriu uma caixa onde havia um sapo cururu capturado mais cedo. Destacou duas folhas largas de uma árvore e improvisou uma proteção nas mãos.

— A maioria dos sapos venenosos tem glândulas ressaltadas atrás da cabeça. O procedimento é muito simples: primeiro, basta cutucar a região acima dos olhos por cinco segundos e o bicho ficará hipnotizado por algum tempo; em seguida, é só esgarçar as pernas dele para expor as glândulas atrás da cabeça e então pressioná-las para extrair o veneno.

— Eu não boto a mão num bicho nojento desse nem que me paguem um milhão de chapas. — Deixei bem clara minha convicção a respeito do assunto.

Potira fez o procedimento rapidamente e besuntou a folha.

— Pronto! Agora é só passar a folha envenenada no artefato de batalha e atirar. O veneno vai causar paralisia do sistema nervoso e em pouco tempo a vítima sofrerá insuficiência cardíaca.

— Agora sou eu que não vi utilidade nenhuma nisso, credo! — Olhei de lado para Grilo.

Ao fim do programa de sobrevivência, Potira comandou:

— Chegou a hora da verdade. Formem times de quatro pessoas, partiremos imediatamente para a última atividade.

— Eu, *GriloVéio*, *Cyclides* e... — Coloquei a mão no queixo. — *Flor*.

Rosa sorriu, aceitou integrar o time. Como era de se esperar, Huiling, Ivy, Petrus e Dragomir também se uniram.

No meio da noite, chegamos todos ao acampamento-base, onde havia cinco grandes barracas de campanha armadas numa clareira de gelo e cascalho, à meia altura de uma montanha com o cume coberto de neve e uma densa floresta de pinheiros ao redor. A proximidade do tempo de escuridão derrubava a temperatura, os dias e noites já não eram mais tão claros. Raios de sol batiam na cordilheira e criavam uma sombra sobre o acampamento. Em pouco tempo, dormimos amontoados para nos protegermos do frio.

Despertei com o barulho sinistro da lona chicoteando o ar, pelas rajadas de vento que golpeavam a barraca. Não sabia se já era manhã, jamais me acostumava com a permanente claridade do Paramundo. Estranhei não haver mais sinal das cavaleiras e instrutores no acampamento. Diante de cada uma das barracas havia um grande caixote com facas de caça e uma mensagem numa folha com o timbre do CFGA.

Aguardaremos os times na estação de trem,
ao pé da face Norte, do outro lado da montanha.
Em, no máximo, 2 dias, quando partiremos
de volta ao CFGA.
Boa sorte.

— Ei, acordem. — Cutuquei o resto do time. — Precisamos partir.

— E o café-da-manhã? — Euclides se espreguiçou.

— Esqueça, não vamos ter esse tipo de luxo nos próximos dois dias.

Pouco a pouco os alunos foram saindo das barracas e entendendo o desafio.

— A mensagem parece clara: temos que nos virar só com uma faca — atestou Rosa Morales. — E, se não quisermos perder o trem de volta ao CFGA, é melhor a gente sair logo.

Assim como os outros times, pegamos nossa faca e enchemos os cantis com gelo. Mesmo que já soubéssemos um pouco sobre identificar caminhos na neve, a jornada parecia um tiro no escuro.

— Foi um desprazer conhecer vocês — desdenhou Ivy Jones, enquanto seu time saía para uma das trilhas ao Oeste. — Pena que daqui a dois dias ninguém mais vai se lembrar de suas re-existências.

— Ah, vá ser chata assim lá no inferno! — Euclides desferiu um olhar de repulsa.

Petrus Schneider ameaçou dar uns tapas nele, enquanto Huiling Hu apontava a faca para mim. Rosa Morales estufou o peito e preparou a guarda, mas a turma do deixa disso separou a briga antes de acontecer.

Todas as inúmeras trilhas possíveis, de uma forma ou de outra, teriam de cruzar a floresta e parte da massa de gelo no alto da montanha. Como uns times imprimiam marchas mais rápidas, e outros apostavam na cautela, pouco a pouco os grupos foram se distanciando. Nosso quarteto escolheu contornar pelo caminho extremo-Leste, que parecia mais difícil, mas, quanto mais longe dos encrenqueiros, melhor. Poucos escolheram a mesma trilha que a nossa.

— Sem relógio, como a gente vai saber se é dia ou noite?

— Fique frio, Grilo — disse Rosa Morales. — Meu relógio biológico já está adaptado ao Paramundo. Quando começar a me dar muito sono, é noite alta.

— Confesso que nesse momento eu daria todo o meu ouro por uma bolachinha de água e sal.

— Quanto antes chegarmos à floresta, melhor. Lá a gente procura alguma coisa pra comer. — Eu tentava imprimir um ritmo mais forte à frente do grupo.

Subimos margeando o leito sinuoso de um riacho. Uma chuva fina encharcava nossas roupas e as tornava o peso necessário a suportar. Calos e bolhas formavam-se nos pés enfiados nas botas úmidas. Ninguém falava, os três apenas seguiam minha intuição. Muitas horas de trilha se passaram e finalmente penetramos a floresta.

— Nós já jogamos partidas em mapas parecidos com esse lugar e vencemos quase todas. Vamos ganhar essa aqui, também. — Eu já procurava possíveis rotas.

Eu e Rosa montamos uma cabana triangular embaixo de uma árvore, diante de uma clareira, enquanto Euclides e Grilo foram coletar frutos e raízes.

— Encontramos uma família de esquilos, mas é contra nossos princípios assassinar bichos fofos — esclareceu Euclides.

Acendemos a fogueira. Como se estivéssemos em um restaurante chique, saboreamos o jantar e relembramos histórias de nossas passagens pela Terra. Descansamos, rimos, celebramos como se inúmeros perigos não batessem todo instante às nossas portas. Reforçamos a lenha e dormimos abraçados.

Um barulho de passos sobre galhos e folhas então se fez, eu despertei. Cutuquei Rosa Morales, que levantou e mirou por entre a folhagem ao redor da cabana. O vulto rondava a penumbra por entre as árvores adiante, mostrava-se e sumia, ficava um tempo em silêncio e então voltava a ir de um lado a outro. Rosa pegou a faca, apertou os olhos para tentar ver do que se tratava. Acordei os meninos e sinalizei para sairmos da cabana em silêncio e ficarmos próximos à fogueira. O par de olhos brilhantes então se fixou em nós. No instinto, peguei um tronco e coloquei a ponta no fogo. Foi o tempo de o lobo da neve arreganhar os dentes e vir rastejando, parecendo também tentar compreender de quem se tratavam suas presas.

— A gente vai morrer, pronto, acabou tudo — disse Euclides, ofegando.

— Correr é pior — sussurrou Rosa. — Vamos ficar juntos e imóveis.

A besta uivava e se esgueirava com o corpo rente ao chão. Dos caninos proeminentes escorria uma baba grossa, os pelos endurecidos de seu dorso se arrepiavam. Ele contornou a fogueira, preparou o bote. Rosa se projetou à nossa frente.

— Esperem... — Ela apertou o punho da faca. — Esperem.

O lobo atacou num salto, em meio a um grunhido horrendo. Rosa deu um passo para o lado, abaixou-se e enfiou a faca de baixo para cima no pescoço do animal, que caiu sobre ela se contorcendo e uivando, tentando ainda cravar os dentes. Mas mandei uma bordoada no focinho do bicho com a tora fumegante, o monstro deu um ganido e despencou re-morto ao lado da argentina.

— *Flor*, você tá bem? — gritei, arrastando-me até o lado dela.

A voz de Rosa saiu alquebrada, em meio a um sorriso:

— Agora, sim, nós vamos jantar de verdade.

Grilo e Euclides não quiseram presenciar o retalhamento do lobo, foram catar mais lenha. Rosa manuseava a faca com habilidade, tirava a pele e expunha a carne. Cortou um pedaço, lavou com água gelada, improvisou dois espetos com galhos e montou fogo de chão.

— Assado argentino — disse, orgulhosa.

Comemos como se aquilo fosse um banquete. O círculo de proteção em brasas e cinzas já não servia como defesa, mas a quietude apontava que aquele havia sido um lobo solitário. Partimos tomados de dores pela noite maldormida, mas com mais um dia de caminhada completaríamos a jornada. Saímos da floresta e alcançamos o trecho nevado que subia até o topo da montanha. Bastava contornar a face Leste para, em seguida, descer até a base. Era possível ver alguns times circundando a montanha por trilhas distantes mais ou menos sinuosas. Talvez alguns já estivessem na estação de trem, mas, aparentemente, estávamos no mesmo passo da maioria.

Um rugido então se fez.

— Vocês ouviram isso? — Franzi a testa.

O rugido se repetiu, agora mais grave. Paramos de andar e nos juntamos.

— Um trovão? — disse Rosa.

O chão passou então a tremer, a cada segundo mais fortemente. Em câmera lenta, Grilo apontou para o alto, sem conseguir pronunciar nada. Como se o próprio céu tivesse caído sobre o Paramundo, um imenso bloco de gelo descia em velocidade, produzindo uma nuvem colossal a impedir a visão do topo da montanha.

— AVALANCHE! — Meu berro saiu feito um guincho.

Tudo balançava, o rolo compressor da natureza acelerava e demolia o que havia no rumo. No instinto, voamos de volta à floresta para tentar evitar o massacre. Pulamos, tropeçamos, cambaleamos em meio a gritos desesperados, o chão parecia se desfazer. Penetramos a floresta com a massa de neve se agigantando feito outra besta salivando de boca aberta e dentes arreganhados. No meio do caos, vi uma rocha redonda abaixo de um platô.

— ALI!

Saltamos lá do alto, caímos no cascalho duro, nossos corpos se chocaram em pedras e galhos, rolamos até o pé da muralha que fazia uma encosta e parecia a salvação. No instinto, caímos encolhidos e com os olhos apertados, apenas aguardando a pancada. E ela veio segundos depois, na força descomunal de toneladas de gelo, árvores, pedras, animais e destroços passando por cima. A fúria da natureza, ao ocupar seu espaço, produzia um estrondo infernal. Como um escudo, a rocha se manteve firme e nos protegeu de sermos carregados montanha abaixo. Como uma lápide, parecia nos velar soterrados ao seu pé.

Então veio a calmaria, um silêncio com cheiro ácido de re-morte. Após algum tempo, recobrei a consciência, afundada no gelo e sem compreender o que tinha acontecido. Não conseguia abrir os olhos ou me movimentar, a massa gelada comprimia meu corpo. Tentei balbuciar os nomes dos meus amigos. Também estariam soterrados, talvez mortos? *Eu me lembro deles*, pensei, e aquilo trouxe um alívio momentâneo. Minha temperatura corporal descia vertiginosamente, eu precisava encontrar um jeito de escapar o quanto antes, mas parecia impossível com o peso da neve me esmagando. Ouvi então um grito repetido e abafado, um pedido desesperado por socorro: "Vida, me salva! Por favor! Vida!". A voz sumia e voltava, sumia e voltava cada vez mais fraca. *Grilo*, pensei.

E junto veio o medo numa intensidade que eu jamais tinha sentido. Ali, soterrada, pela primeira vez escutei a Força Temível vociferando, em minha mente, que eu não me atrevesse a desafiá-la, pois a resposta sempre seria dor, muita dor. *Desista, garota, caia na real, já deu dessa brincadeira de guerreira. Entregue os pontos, re-morra!* Conselhos macabros que pareciam muito sedutores. Deixar congelar meu corpo significaria congelar todas as obrigações assumidas. Que se danasse o que esperavam de mim. Nunca mais sentir medo e nenhuma pessoa no Paramundo se lembrar de minha existência? Proposta tentadora! Sentia-me cansada de tudo. "Vida, me salva! Por favor! Vida!". Neve entrou na minha boca, veio um engasgo. *Você tem razão, me venceu, perdi. É assim que vai ser, está tudo acabado.* Relaxei os músculos.

No entanto, algo pareceu discordar de minha entrega, aquele momento estava muito longe de ser o fim. Minhas mãos começaram a ferver e a ferver cada vez mais. O gelo passou a derreter numa velocidade impressionante até desintegrar tudo ao redor e eu conseguir me libertar. Galhos, troncos, pedras e carcaças de animais viravam cinzas ao toque de meus dedos. Como se fizesse parte de minha constituição celular, a temperatura de milhões de graus era incapaz de queimar um milímetro de meus próprios órgãos. Incrível, inacreditável, impossível... não sei quantas palavras existiriam para aquilo. Eu mirava as palmas das mãos sem acreditar na coloração avermelhada que assumiram, muito menos entendia se era algum tipo de poder, magia ou maldição. Mas eu não podia gastar meu precioso tempo tentando entender, segui abrindo espaços no amontoado de detritos até encontrar Grilo e Rosa desfalecidos. Não encostei nos dois, não imaginava as consequências. Dissolvi tudo ao redor e meus amigos então abriram os olhos devagar, com semblantes de quem não compreendia o que havia acontecido naqueles instantes de horror e a razão de estarem deitados numa clareira em meio ao caos. Grilo me encarou apavorado, como se visse um fantasma. Apontou devagar para meu rosto.

— Vida, a cor dos seus olhos... Eles estão muito, mas muito vermelhos. O que acont...

— Não é nada, não é nada — interrompi e me afastei. — A gente tem que achar o Euclides.

Rosa e Grilo passaram a cavar a neve, enfiando os braços até os ombros, à espera do milagre de tocarem o corpo de Euclides.

— Procurem do outro lado — eu disse isso com o rosto virado, escondendo as mãos.

E segui limpando o terreno ao simples toque dos dedos, até finalmente encontrá-lo preso entre galhos e pedras, coberto de hematomas e cortes. Com o corpo endurecido, a pele pálida e os lábios roxos, ele não se mexia, parecia hibernar. Desintegrei o que o prendia e me deitei em cima dele, mantendo as mãos ferventes afastadas. O calor do meu corpo foi pouco a pouco sendo transferido.

— Fica comigo. — Não consegui segurar o choro. — Por favor.

O medo foi se aquietando, as mãos retornaram à cor e à temperatura normais. Certamente, meus olhos voltaram a ser castanhos. Euclides acordou. Grilo e Rosa se aproximaram, nós quatro nos abraçamos e choramos juntos. Pedi um tempo sozinha. Enquanto eles se acalmavam e se recompunham, eu me sentei sobre a rocha que tinha nos protegido. Meditei algum tempo, eu havia aprendido com Musashi a ler os sinais do vento e das águas. Até me erguer decidida.

— Vamos, eu sei o caminho.

Saímos por uma trilha lateral menos atingida pela avalanche, cruzamos um desfiladeiro, contornamos a montanha e descemos pela face Norte. Durante todo o trajeto, imperou o silêncio. Os três apenas me seguiam, parecendo confiar cegamente em que eu os conduziria a salvo a todo e qualquer canto do Paramundo onde eles precisassem chegar. Grilo não tocou mais no assunto da cor dos meus olhos.

O trem estava na estação e nosso quarteto *Vidinha*, *GriloVéio*, *Cyclides* e *Flor* ocupou em silêncio o canto de um vagão. Queríamos apenas retornar à segurança do CFGA, talvez tentar esquecer a avalanche de emoções que nos atingiu. A maioria dos times já tinha chegado, incluindo o de nossos desafetos. Dos 1.000 alunos, no entanto, apenas 940 voltaram. Quinze times desapareceram, muito provavelmente dentre os que também optaram pela trilha Leste e foram soterrados pela avalanche.

Ainda que eu também não fizesse ideia de quem eram os re-mortos, aquela total ausência de compaixão, eu não tinha dúvidas, doía em mim bem mais do que em todos por ali.

41

NA FOGUEIRA

Como se enfim tivessem descoberto o tamanho e a dificuldade dos desafios que os aguardavam, no retorno ao CFGA trinta alunos pediram dispensa do programa. A evasão servia como uma limpeza na tropa, um filtro pelo qual passavam apenas os mais resilientes. A direção concedeu sete dias de folga aos remanescentes. Alguns foram nadar no riacho e caçar pequenos animais na mata próxima; outros disputaram partidas de arremesso de machado e tiro com arco e flecha; a maioria passou o tempo dormindo. Ninguém notou um solitário espião vietnamita que armou tocaia no alto de um carvalho de copa fechada e, de lá, observou toda a movimentação. Camuflado numa farda nos tons da folhagem e armado de binóculo, câmera fotográfica e instrumentos de medição, ele mapeou a área para a Operação Átila.

Eu me tranquei no quarto. Isolada, tentava compreender o que tinha acontecido na montanha. Ao contrário do pregado por Marie Curie, aquilo não era ciência. Qual a potência daquela força nas minhas mãos ferventes? Seria possível invocar tal poder quando eu quisesse? Fui para a frente do espelho e fiz um movimento espalmando as mãos e gritando *Rá!* Nada mudou. Contraí os punhos, fechei os olhos e berrei *Hey*! Fiz poses de luta e dei vários tipos de socos e tapas no ar. *Iah! Uh! Kiai!* Meus olhos continuavam castanhos, nada lembrava o vermelho na pele ou a temperatura de milhões de graus poucos dias antes. Aquilo tudo estava além do meu controle. Suspeitei de que o medo quase infinito de perder meus amigos havia sido o gatilho, mas se necessário sentir outra vez aquele nível de terror para ter tamanho poder, eu preferia que nunca mais acontecesse.

Na última noite do breve recesso, uma grande fogueira foi acesa pelas guerreiras. O pessoal responsável pela alimentação matou porcos e os preparou cozidos com batatas. Um conjunto irlandês do Século XIII terrestre fazia um set de canções celtas medievais. Eu, Grilo e Euclides conversávamos ao lado da fogueira e bebíamos drinques preparados por um grupo de bartenders *free style* jamaicanos, que montava as bebidas em meio a performances de malabarismo e pirofagia.

— Noite passada eu fiquei acordado pensando uma coisa: no Paramundo nós somos mais velhos do que na Terra — disse Euclides. — Aqui já temos 17 e lá ainda 14. Isso não é mesmo uma loucura?

— Parabéns pra nós. — Suspirei, com o olhar perdido nas labaredas.

— Será que estão procurando a gente?

— Nenhum pai e nenhuma mãe jamais desistem de seus filhos.

— Só espero que os gênios criativos ainda estejam tentando inventar a Máquina de Contar Histórias invertida.

— Foi a promessa.

Joana d'Arc entrou na festa, daquela vez dispensando pompa, e circulou sem se deter em nenhuma roda, apenas sorrindo e cumprimentando os alunos de longe. Pegou um drinque alaranjado com pedras de gelo seco soltando fumaça e parou ao nosso lado. Grilo aprumou as costas e forçou o tórax com cara de galã. Troquei um risinho com Euclides.

— Posso ficar aqui com vocês? — ela perguntou, erguendo seu copo.

— Isso vai provocar inveja em alguém. — Apontei o queixo na direção de Huiling Hu.

— Não estou preocupada com isso. Você está?

— Eu sei que não sou bem-vista por aqui.

— Você já não é mais a mesma de quando chegou. E o Musashi tem me reportado que os três são alunos dedicados. Essa, sim, uma opinião relevante.

— Pensei que ninguém soubesse de nossos treinos nas madrugadas.

— Sei de tudo o que acontece por aqui.

— O Musashi não vai treinar os outros?

— Aceitem como cortesia exclusiva da Direção-Geral. — Joana d'Arc deu uma piscadinha e encarou Grilo. — E você, me conta: como está o treinamento?

— O meu? — Ele pigarreou. — O que os instrutores têm falado?

— Que você tem potencial, assim como o Euclides.

— Se estão dizendo... — Grilo respirou fundo. — Olha só, eu queria aproveitar e pedir desculpas por ter falado lá no trem que sua passagem pela Terra foi comum. Na verdade, eu não sabia que você é... hum... você.

— Eu até achei fofo. — Joana d'Arc sorriu e apontou para a careca dele. — Também queria pedir desculpas. Admito, eu adorava o estilo.

Grilo bebeu toda sua batida azul em um só gole.

Joana d'Arc pediu licença e foi sugerir ao grupo musical canções mais modernas e animadas. Huiling Hu e Ivy Jones então se aproximaram com jeito folgado.

— Vida, Grilo, Euclides... — ironizou a chinesa com olhar superior e voz debochada.

— Os três patetas do CFGA — adicionou a neozelandesa.

— Nossa, de repente subiu um cheiro de enxofre aqui, tão sentindo? — Grilo abanou a mão à frente do nariz.

— Peidaram? — Olhando para Grilo, Euclides apontou para as duas encrenqueiras.

— Ah, meu velho! Imagina só o estrago de um churrasco de boi de setecentos anos fermentando nesses estômagos de 300 anos. Deus nos livre!

— São muito idiotas, mesmo. — Huiling colou seu nariz ao de Grilo.

— Podemos parar com isso? — Coloquei a mão entre os dois para separá-los.

Foi quando a chinesa me deu um empurrão violento no peito e eu caí de costas na areia.

— Ei, qual é o seu problema? — berrou Euclides.

— O meu é nenhum, mas eu queria saber qual é o esquema dela com a Joana d'Arc. Uma pirralha insignificante, junto com dois tontos como vocês, não pode receber tanta atenção. Vocês nem deveriam ter sido admitidos aqui!

Imediatamente, um ódio subiu por meu pescoço. O tempo de tolerância com aquelas duas acabava de ficar pra trás. Vim me arrastando pela areia feito uma naja pegando fogo, dei um salto em meio a um grito agudo e apliquei uma gravata em Huiling Hu.

— Desgraçada! Quem você pensa que é pra me desafiar? — eu berrava.

Ela era muito ágil, conseguiu se desvencilhar e começamos a trocar socos. A diferença de força entre nós tinha diminuído muito, e eu tanto apanhava quanto batia, usando manhas de luta de forma desordenada, mas firme, enquanto a multidão de alunos fazia um círculo ao redor e berrava de prazer. Ninguém se dispunha a separar, parecia que muitos ansiavam por uma diversão daquela.

Euclides correu para avisar Dandara que a temperatura havia subido; Grilo tentou se meter na briga, mas tomou por trás um safanão de Dragomir Funeral e caiu longe. Após eu levar uma rasteira e rolar na areia, minha cabeça ficou a poucos metros dos pés de Ivy Jones, que veio correndo com o chute armado para demolir meu cérebro, no tempo de Rosa Morales voar e desferir um murro violento em sua nuca. A argentina e a neozelandesa passaram também a trocar socos e pontapés, numa sequência de golpes digna dos instrutores de luta do CFGA. Petrus Schneider e Dragomir Funeral partiram para dar a sonhada lição em Grilo e Euclides, que armaram poses de defesa. Mas a confusão foi abortada por um grupo de guerreiras que penetrou a roda, derrubando como pinos de boliche quem estava no caminho. Dandara me enforcou numa gravata; Anita Garibaldi neutralizou Huiling com uma torção de punho; Marielle trancou uma alavanca no braço de Ivy pelas costas e a ergueu do chão; Maria Pita derrubou Rosa com um puxão violento e a imobilizou no chão; Jeanne Hachette fez o mesmo com Dragomir e pressionou o joelho contra o pescoço do romeno; Matilda desmontou Petrus com uma rasteira.

O silêncio caiu sobre a festa, enquanto eu esperneava e tentava me desvencilhar de Dandara, que apertava os braços com ainda mais força para me conter e gritava para tentar me acalmar. Chegaram mais guerreiras e a dispersão para os alojamentos se impôs, a fogueira foi apagada, o serviço de bebidas e comidas encerrado e a música suspensa. Pela primeira vez na história do CFGA acontecia uma briga entre amáveis, um claro sinal do nível de tensão pelos tempos sombrios que se aproximavam.

42

LINHA E AGULHA

Tão logo entrei no meu quarto, bateram à porta.

— Posso entrar? — Dandara dos Palmares fez um tom de voz maternal, oferecendo um saco de gelo.

— Ah, você... — Bufei, com os olhos semicerrados.

— Venha cá, deixa eu ver estes hematomas aí. — Ela analisou com calma e diagnosticou: — Você vai sobreviver.

— Pra alguém que nunca tinha brigado, estou no lucro.

— Vim pedir desculpas pela imobilização.

— A pessoa ser capturada para outra dimensão para tomar uma gravata daquela que você me deu, realmente é sinal que sua vida anda mesmo uma porcaria.

— Não exagere! Foi necessário, vocês estavam fora de si.

— Eu só revidei, cansei de ser humilhada.

— Talvez a Huiling Hu tenha despertado algo importante dentro de você.

— Eu sei aonde isso vai chegar: eu não posso ser uma garota inocente que apanha e não se vinga e blá blá blá e toda essa obrigação que já está enchendo o meu saco.

Balancei a cabeça, olhando para a janela e segurando o choro. Dandara suspirou, me deu um tapinha na perna.

— Venha comigo, a Joana quer te ver.

Aguardei alguns minutos na antessala do gabinete da diretora, pressionando o saco gelado sobre o rosto. A porta foi aberta e Huiling Hu saiu, também marcada por hematomas ao redor dos olhos e no pescoço. Passou desferindo o habitual sorrisinho provocador. A francesa surgiu logo atrás.

— Sua vez.

Entrei e me esparramei na cadeira de couro, diante da grande mesa de madeira. Antes de Joana d'Arc começar o sermão, caí no choro e disparei a metralhadora num fôlego:

— Eu não pedi pra vir pro Paramundo e fui arrancada do meu sossego sem me perguntarem se eu tava a fim de vir e sem ter tempo de me despedir de ninguém e sem eu ter a mínima condição de participar de nada e muito menos de uma guerra e sendo a tonta da escola e aqui eu continuo sendo uma piada e... e...

— Você se lembra de nossa conversa no trem? Sobre destino? Vai jogar fora a maior chance da História? — Ela me entregou uma caixinha de lenços.

Assoei o nariz e demorei a responder.

— Às vezes eu só queria ser... ninguém.

— Pois quem eu vi brigando lá no pátio jamais será ninguém.

Perdi meu olhar nas pétalas de uma flor em um vasinho sobre a mesa.

— Já ouviu os boatos sobre o Único ser um cara de mais de dois metros de altura?

— É o que andam dizendo por aí. Isso te preocupa?

— Ah, imagina! — revirei os olhos.

Joana d'Arc afastou meus cabelos e os colocou atrás de minhas orelhas com delicadeza.

— Eu aposto em você.

— Não basta você e todas as celebridades e influenciadores apostarem, se eu mesma não aposto e sei que vou ser motivo de chacota de cem bilhões de amáveis que esperam, sim, um Único de mais de dois metros de altura.

— A grandeza de uma pessoa está em suas atitudes, não em sua altura.

Dei de ombros, definitivamente eu não andava me empolgando com nenhuma das frases de efeito proferidas pelos gênios que cruzavam meu caminho. Funcionavam em livros de autoajuda, mas no mundo real pareciam palavras ao vento.

— Eu só preciso voltar pro alojamento. Por favor — devolvi, resignada.

Já no quarto, parei diante do espelho. O rosto coberto de hematomas e os cabelos crescidos com as tonalidades roxo e rosa desbotadas indicavam, definitivamente, que eu já não era mais a mesma Vida. Foi quando dei pela falta do cordão de couro com a efígie de Nice no meu pescoço. Desci correndo até o pátio vazio e procurei ao redor das cinzas da fogueira. Engatinhei na areia e gastei bom tempo vasculhando. Já deviam ter varrido e jogado fora na limpeza do lugar, eu jamais me perdoaria por perder o amuleto.

Peguei minha katana e fui para a beira do riacho. Musashi tinha dispensado o treino naquela noite de festa, mas estava lá meditando sobre a pedra. Sem dizer nada, apenas me sentei ao lado dele e fechei os olhos.

— Fúria, controle sua fúria — preceituou o mestre. — Se guardar rancor, o inimigo te dominará facilmente.

Ele se ergueu, saiu pulando com destreza por uma linha de pedras. Parou sobre uma grande rocha plana acima das águas turbulentas pelas chuvas recentes, desembainhou a espada e armou a base para o combate. Compreendi o chamado, acessei a mesma pedra, empunhei a espada e preparei a guarda. Caso alguém caísse, seria levado com força em direção à cachoeira. Por alguns instantes nos encaramos, até ele me atacar.

A espada samurai mais poderosa da História desceu sem pena de rachar minha cabeça ao meio, mas bloqueei-a numa velocidade que eu nem sabia que tinha. As armas colidiram, subiram faíscas, ambos rodopiamos. Musashi avançou, defendi e contra-ataquei na diagonal, ele deu um salto atrás. Eu logo transferia para minha katana toda a raiva pelo que tinha acontecido na fogueira, contragolpeava com firmeza e concentração para não cair na água. O mestre fazia o mesmo, sabia que, muito além de uma discípula dedicada, estava diante de uma adversária que não entregaria os pontos. Quanto mais ele variava os golpes, mais rapidamente eu me adaptava, saltava, bloqueava e devolvia também no repertório de estratégias ensinadas por meu próprio oponente. E fui acelerando, investidas cada vez mais ágeis, a katana transformada na extensão de meus braços. Tomei a iniciativa do combate, atacando sem receio de atingi-lo. Como se hipnotizada por uma fúria além do meu controle, a figura de Musashi se materializava ora em Huiling Hu, ora em Ivy Jones. Trespassá-lo teria o sabor da vingança que eu amaria experimentar. Meus olhos pareciam arder em chamas, a espada girava em parábolas perfeitas e numa firmeza que provavelmente Musashi havia milhares de anos não enfrentava. Eu estava muito, mas muito veloz, e mal sentia meus pés tocando a pedra. Faíscas em diversas cores, sons em muitas tonalidades, as armas chocavam-se no alto, embaixo, ao centro, ninguém parecia disposto a ceder. *Se guardar rancor, o inimigo te dominará. Se guardar rancor, o inimigo te dominará facilmente.* Passei a me concentrar na espada adversária, não em quem estava empunhando-a. Lutamos por não sei quanto tempo, eu só queria derrotar alguém pela primeira vez na vida, custasse o tempo que fosse para custar. Mas foi então que, num movimento de velocidade e beleza incompreensíveis a um ser humano comum, Musashi fez uma alavanca com sua katana, atirando longe minha espada e freando a lâmina a centímetros do meu pescoço. Recobrei a consciência e me desequilibrei. Quando ia tombar na água, ele me segurou pela gola e me encarou.

— Não há mais nada que eu possa te ensinar, sem que você mesma não possa descobrir e desenvolver sozinha, Vida. Não sou mais sua agulha, você não é mais minha linha. — Fez uma reverência com as costas curvadas.

43
INTERROGATÓRIO

Os três mafiosos enfim voltaram ao Território Ermo. O retorno longo e demorado se justificara pelo cuidado redobrado após o sumiço das três mulheres. Evitaram as megacidades, tomaram estradas vicinais e trilhas paralelas, cruzaram matas, rios e optaram por acessar vilarejos e contornar periferias de cidades menores, sempre a pé, em charretes ou cavalos roubados nas madrugadas. Al Capone determinara que as mulheres deveriam ser entregues na sede da Brigada Temível. Assim fez o japonês, em seguida o colombiano, e quando, por fim, chegou o russo, o capo voltou ao Monte do Sangue de Dragão para entregar a encomenda.

Ivan, o Terrível, aguardava no pátio interno. As charretes passaram sob a torre barbican, estacionaram e as prisioneiras foram despejadas no chão de paralelepípedos irregulares, ainda amordaçadas e acorrentadas aos pés e às mãos. Sujas e dopadas, seguiam sem saber onde estavam e o porquê de terem sido capturadas.

— Serviço concluído — bradou Al Capone.

Ivan passou a caminhar ao redor daqueles farrapos humanos. Parou diante da veterinária Virgínia, encarou-a por um tempo. Completou a vistoria pela dançarina Anamaria e pela arquiteta Viviana.

— Já sabemos se alguma delas é quem procuramos?

— Essa é uma tarefa de vocês. Meu serviço só ia até aqui.

— Compreendo. Está dispensado, parabéns pela eficiência. Fique tranquilo, seu trabalho será recompensado quando dividirmos o butim da guerra. Manteremos contato.

Al Capone agradeceu e se despediu.

— Guardas, levem as prisioneiras ao salão principal da Torre do Tributo! — Ivan esfregou as mãos. — Vou interrogá-las em conjunto.

O mordomo brasileiro corcunda alinhou três cadeiras de encosto alto, ao centro do salão principal de paredes em mármore escuro e sob um grande lustre de cristal. Ivan fez um sinal, os guardas amarraram as mulheres e retiraram as mordaças. As três imediatamente regurgitaram lamentos e perguntas atropeladas, em meio a soluços e choros: *Quem são vocPor que estamos aqQue lugar é estPeloamordedeuO que fizemMe deixa ir embEu não quero re-morrer, por favor!*

— Que inferno! — berrou Ivan, travando os dentes. — Assim não dá, uma pergunta de cada vez! Vamos por partes, tudo será devidamente esclarecido. Basta colaborarem e nenhuma sairá machucada.

— Machucada? — O grito de Virgínia saiu histérico.

— SILÊNCIO! Ou vou mandar recolocarem as mordaças! Aproveitem que eu estou calmo. — Suspirou, coçou a barba. — Eu sou Ivan IV Vasilyevich, Grão-Príncipe de Moscou e Czar da Rússia, famosamente conhecido como Ivan, o Terrível. — Ele fez uma pausa, mirando o lustre. — Vou direto ao ponto, enrolar não faz meu estilo. Falo um nome, vocês me dizem se conhecem e pronto, estão liberadas para seguirem suas re-vidas medíocres aqui mesmo no Território Ermo, porque ninguém vai se dar ao trabalho de levá-las de volta para casa. — Ele suspendeu a fala por alguns segundos, andando em círculos, e então berrou, para pegá-las de surpresa: — Vida Becker!

Nenhuma das três se mexeu.

— Vida! Becker! Alguém conhece?

Negaram com a cabeça. Ivan passou a encará-las com olhar intimidador, travando os dentes e respirando de forma ofegante.

— Uma figura insignificante, medrosa, pálida, de cabelos roxo e rosa.

O silêncio se fez pela terceira vez, mas o russo não se convenceu.

— Quer saber? Já dei chance demais! Guardas, amordacem e tranquem as mulheres nas masmorras! Temos tempo, receio ser este um trabalho para o Torquemada.

A simples menção ao nome do torturador espanhol elevou o medo por suas próprias re-vidas a níveis insuportáveis.

44
PROFESSORAS

Ao voltar do riacho, fui diretamente ao alojamento das guerreiras à procura de Matilda, a cavaleira de cabelos cor-de-rosa. Na sala comunitária, a italiana sentava-se à mesa com o quarteto Marielle, Maria Pita, Jeanne Hachette e Anita Garibaldi. Em meio à calmaria da madrugada, promoviam uma continuação particular da celebração abortada pela briga na fogueira. Tomavam chá de parafolium e dividiam uma bandeja de canapés.

— Preciso da sua ajuda. — Apontei para os cabelos de Matilda.

Todas silenciaram, talvez surpresas por me verem após o acontecido poucas horas antes. A italiana foi buscar o necessário para atender ao meu pedido.

— Junte-se a nós. — Marielle puxou uma cadeira. — Vamos baixar essa adrenalina.

Eu mantinha o olhar baixo e os ombros caídos. Maria Pita gentilmente tocou o dedo em meu queixo e o ergueu. Nossos olhos se encontraram.

— Você foi muito valente lá na fogueira.

As outras assentiram com a cabeça.

— Relaxem, não precisam me consolar. Toda pessoa no Paramundo parece que tem essa obrigação.

— Todas nós, aqui, fomos guerreiras também em nosso tempo terrestre. Falamos com conhecimento de causa e jamais jogaríamos confete sobre você, se não achássemos que está no caminho certo — disse Jeanne Hachette, me servindo uma caneca do chá.

— Você já é uma de nós — pontuou Maria Pita.

— Ah, que nada! Vocês fizeram coisas relevantes, foram fortes, lutaram contra gente poderosa. Já eu mal saí de um condomínio, não conheço porcaria nenhuma, fiz nada que preste, só sirvo pra ser humilhada.

— De uma forma ou de outra, também fomos humilhadas. Tínhamos duas opções: baixarmos nossas cabeças ou erguê-las, e você sabe qual delas escolhemos — argumentou Marielle. — Faz parte do processo de reconhecimento da força que toda pessoa tem escondida no peito.

— Mas eu olho pra vocês, daí olho pra mim e... ah, sei lá.

— Algo que aprendi, querida, foi que não devemos ter medo de correr atrás de nossas missões, mas, sim, de ficarmos parados — disse Anita Garibaldi.

— O segredo é nunca deixar que escravizem seu corpo e sua mente. Você nasceu livre e sempre será, principalmente em relação às suas ideias. — Marielle provou um canapé.

Dei um demorado gole no chá de parafolium, esparramei-me na cadeira e tentei capturar o que elas diziam.

— Bonito seu bracelete. — Apontou Maria Pita. — Que flor é?

— Hum... — Eu nunca tinha parado para pensar a respeito. — Acho que... flamboyant.

— Flores da resistência nascem onde menos se imagina. E aí estão duas delas. — Marielle segurou minhas mãos com força. — Mantenha sempre o punho cerrado, falando de sua existência contra os desmandos que afetam sua re-vida.

Apertei os lábios e ajeitei o bracelete. Matilda voltou com as tinturas, pincéis, toalha e água.

— Vamos cuidar desse visual.

Enquanto Matilda tornava a deixar meus cabelos em tons brilhantes de roxo e rosa, o quarteto recordava histórias pitorescas de suas lutas na Terra. Minha cabeça começou a rodar, uma leve tontura, mas aos poucos fui sorrindo e relaxando. Com as mechas finalmente recoloridas, a italiana deu por encerrado o serviço. O quarteto começou a entoar cânticos e hinos alegres, ao ritmo de palmas marcadas, e Matilda me puxou para dançar. Eu bailava entorpecida e já nem pensava mais em Huiling Hu, envolta pela atmosfera daquelas guerreiras que haviam passado pelas piores provações e se mantinham ali, resilientes e prontas a enfrentar as batalhas do Paramundo.

Retornei ao alojamento tropeçando nas pernas e, ao chegar no quarto já absolutamente tonta, cambaleei e caí de cara na cama.

Em meio a uma densa fumaça, uma gigantesca mão de pedra brotou do chão, quebrando piso e teto, para, em seguida, encolher-se, voar até meu pescoço e começar a me sufocar, enquanto uma torrente de água azul-turquesa penetrava por debaixo da porta e transformava o alojamento num mar revolto. As paredes caíram, a cama de campanha já boiava como um bote prestes a naufragar ao chicote de ondas cada vez maiores, em meio à chuva, a rajadas de raios e ao rugido de trovões. A mão de pedra me jogou na água e me empurrou para o fundo escuro. O ar começou a faltar, o peito a apertar, o corpo a desfalecer...

Acordei num sobressalto, erguendo as costas subitamente da cama e arfando para retomar o ar que o pesadelo tinha me roubado. Conferi o relógio, poucos minutos haviam se passado. Mas o cansaço me derrubou e eu apaguei outra vez.

45

O CHIFRE DE BÚFALO E A CAVALARIA MAMELUCA

Ao contrário de todas as outras vezes em que me escondi no meio dos alunos, a partir de agora eu ocuparia sempre a posição central da linha de frente, pouco importando quem estaria por ali e nem que necessário fosse renunciar aos cafés-da-manhã para ser a primeira a chegar. Postei-me com o armamento selecionado para a nova fase de treinamentos em combate: a iklwa – uma lança curta –, e o isihlangu – um escudo pontiagudo e oval em couro. Rosa Morales chegou logo em seguida e se colocou ao meu lado, também já com o armamento.

— Não tive tempo de te agradecer, Rosa. Se a Ivy acerta aquele chute na minha cabeça, a coisa ia ficar muito feia pro meu lado.

— Tenho crédito contigo.

— Nunca vou me esquecer.

— Confesso que tive medo de você ontem à noite — sussurrou Euclides.

— Sua cara tá podre, mas a Huiling aprendeu que não vai conseguir crescer pra cima de uma brasileira sem tomar uns tapas muito bem dados — interveio Grilo.

— Só espero que ela fique bem longe de mim.

— Eu não contaria muito com isso, Vida. — Euclides apontou com o queixo.

Nossas duas desafetas, também com os rostos cheios de hematomas, chegavam à extremidade da mesma fileira e se posicionavam ao lado de Petrus Schneider e Dragomir Funeral. Os quatro gargalharam de algum comentário feito pelo alemão.

— Mantenha a calma, Vida — aconselhou Rosa Morales. — Depois de ontem, ou a Huiling se comporta ou a Joana d'Arc a expulsa daqui. E tudo o que ela não vai querer é sair humilhada.

Um sujeito negro, enorme e musculoso entrou no pátio, vestindo uma roupa colorida de fibra de palha e o amabheshu, um tipo de avental feito com pele de leoa.

— Shaka Zulu, pai-fundador da nação Zulu. — Apontou Rosa, num tom orgulhoso. — Um gênio militar. Dizem que, mesmo sentado, fazia a terra tremer.

— Bom dia, meus amados. — Shaka Zulu tinha a voz suave. — É um prazer estar aqui com tanta gente boa. Agradeço à direção do CFGA o convite para ensinar o pouco que aprendi.

— Um *gentleman*. — Euclides apertou os lábios.

De fato, tanta *finesse* contradizia a fama de sanguinário do líder africano, chamado de Napoleão Negro pelos europeus. Sobre isso, Shaka Zulu repetia, em meio a gargalhadas, que "Nós só estávamos defendendo nossas terras das invasões imperialistas. Quanto mais alto o berro, melhor o resultado".

— Vamos trabalhar a formação Chifre de Búfalo, altamente eficiente contra qualquer oponente, bastando coordenação e a escolha dos elementos corretos em cada posição. — Desenhou um grande chifre na terra. — Na parte central da formação, o peito do búfalo, estarão os soldados mais fortes, que pegarão o exército inimigo de frente. Já nas laterais, os prolongamentos em meia-lua, atuarão os soldados mais leves e ágeis, que contornarão o exército adversário em velocidade, fecharão os flancos como uma pinça e o prenderão numa ratoeira circular, finalizando com a iklwa.

Nos trinta dias seguintes, a estratégia foi treinada à exaustão. Guerreiros zulus foram trazidos para demonstrações e simulações, e logo os alunos destacados para os chifres já contornavam o exército inimigo, realizavam o sufocamento e a finalização. Ao contrário de Rosa, Ivy e Huiling, que atuavam no peito, eu, Grilo e Euclides ocupávamos os chifres junto a outros alunos mais leves. Eu não sabia até que ponto Joana d'Arc tinha enquadrado as duas encrenqueiras após a confusão na fogueira, mas a trégua nas provocações não deixava de ser um alívio.

Por fim, chegava a vez da última carga de treinamentos: a Cavalaria Mameluca. Como de praxe pela Diretoria do CFGA, não houve economia na contratação de instrutores e, daquela vez, foi trazido outro dos maiores estrategistas de guerra da História: Baibars, o sultão mameluco do Egito e da Síria, no final do Século XIII terrestre, mais conhecido como *A Besta*.

— Antes dele, ninguém tinha derrotado a máquina de guerra do império mongol no corpo a corpo. O camarada é um monstro na arte da estratégia — informou Rosa Morales.

— Como você sempre sabe desses detalhes? — Ergui uma sobrancelha.

— Colecionei o álbum dos generais clássicos da antiguidade e o Baibars era uma das figurinhas douradas mais difíceis.

Ao adentrar a arena galopando um cavalo árabe negro, o sultão nem precisou pedir ordem. O silêncio apenas se quebrava pelo golpear dos cascos do animal no chão de terra batida. Alto, pele clara, cabelos castanhos, olhos azuis-escuros, barba cerrada e comprida, ele vestia uma cota de malha presa ao capacete, cobrindo parte do rosto, além de peças de armadura lamelar sobre tórax, ombros e pernas. Desmontou do cavalo e deu tapinhas no pescoço do animal, que relinchou agudo. Encarou a tropa por um tempo.

— Quem aqui não sabe montar a cavalo?

Ninguém se manifestou.

— Isso é óti...

Eu, Grilo e Euclides timidamente erguemos as mãos, sob risinhos de Huiling, Ivy, Petrus e Dragomir.

— Perdedores — disse Dragomir.

— Alguém que saiba montar venha fazer uma demonstração — ordenou Baibars.

Ivy Jones caminhou à frente, deu um encontrão com o ombro nas costas de Rosa Morales e se virou para ela.

— Mil desculpas — ironizou.

Fez uma reverência com a coluna, deu uma leve corrida, segurou a rédea, pisou no estribo e subiu com velocidade. A perna descreveu um arco simétrico no ar e o pé caiu certinho no estribo do outro lado. O animal prontamente começou a dar pinotes e em poucos segundos derrubou a neozelandesa na terra. Caímos na gargalhada.

— Tooomaaa, distraída, tooooomaaaaa! — berrava Grilo.

O sultão suspirou.

— Pelo visto, vai ser melhor começarmos pelo básico.

E a temporada foi de cavalaria de choque pesado e arqueria, lança, corda e espada montadas. No início, simulamos em cavalos de madeira. Em seguida, 700 guerreiros mamelucos e 700 corcéis árabes chegaram para completar o treinamento, somando-se aos animais do plantel do próprio CFGA. Montar e desmontar, com e sem sela, parado ou em marcha. Como fazer tudo aquilo com o arco nas mãos e a aljava – o coldre de flechas – nas costas. Aprendemos a dominar o tiro em alvos a várias distâncias, cavalgando à máxima velocidade, e a acertar o *qabaq*, uma cabaça fixada ao tronco de uma árvore. Dominamos as técnicas de atacar, defender, aparar e lutar empunhando a espada sobre o cavalo. Treinamos o lançamento de corda para laçar o inimigo pelo pescoço e derrubá-lo. Por fim, fizemos uma série de exercícios em grupo, cavalgando em formação e avançando e recuando juntos.

Para desgosto dos nossos detratores, ao dar por encerrada sua participação, Baibars fez questão de mencionar a evolução do trio brasileiro. Fui o destaque no laço com a corda; Grilo, no arco e flecha; e dentre os mais velozes cavaleiros estava Euclides.

Era chegada a hora do evento final, aquele que colocaria à prova nossas habilidades: os Jogos Amáveis.

46

UMA NOTÍCIA BOA E OUTRA MELHOR

Como não havia comunicação a distância com as Geleiras do Além, tão logo os Senhores da Guerra decidiram colocar em prática a Operação Átila, Mussolini foi destacado para articular pessoalmente o ataque com o próprio rei huno.

— Quero partir na hora exata! — bradou o italiano. — De agora em diante, tudo deve funcionar perfeitamente!

No dia e na hora exatos, *Il duce* deixou o Hexágono em um trem, junto a vinte Camisas Negras — os soldados fascistas. Na estação mais perto do túnel, ao norte do Deserto Infernal, tomaram charretes com mantimentos em direção às Geleiras do Além, acessaram a rota Oeste pela tundra e, ao tempo em que Baibars iniciava os fundamentos da cavalaria mameluca, chegaram ao acampamento onde Átila manobrava um exército de 800.000 hunos, gépidas, esciros e ostrogodos. O descampado de vegetação rasteira abrigava 40.000 tendas de alojamentos e estruturas de manutenção, além de uma área cercada, onde pastavam 80.000 cavalos de batalha.

— Sua Excelência, Chefe de Governo, Duce do Fascismo e Fundador do Império! — berrou Átila, como gentileza de anfitrião, a alcunha pela qual Mussolini gostava de ser chamado. Abriu um largo sorriso e os braços. — Não posso acreditar nesta visita!

— Nem eu — resmungou o italiano.

— Me diga do que você precisa.

— Cama, banho e além.

Átila comandou a Onegésio, seu ajudante de ordens, que providenciasse uma tenda e a provesse com o melhor para agradar a um hóspede daquela importância: cama forrada em pele de urso, travesseiro de pena de lagópode, lareira acesa e lenha de reposição, *chaise longue* de couro de foca-anelada e uma ânfora da melhor vodca de batata produzida no acampamento.

O rei dos hunos era baixo, tinha o peito largo, a cabeça enorme, semblante intimidador, andar soberbo e olhos que se moviam de um lado a outro, exalando potência por meio do movimento corporal. Embora fosse um líder talhado para chacoalhar as tribos do Paramundo, ele não deixava de ser um anfitrião de primeira linha, fanfarrão e banqueteador. Para celebrar a visita, determinou aos cozinheiros que matassem dois caribus e convidou o hóspede para um jantar com a presença da elite do exército.

Os hunos sabiam organizar uma festa. Mesas dispostas ao redor de uma fogueira, tonéis de vodca de batata, assado de caribu com beterraba, cenoura e nabo, e música a cargo de uma dupla do Quirguistão. De banho tomado e recomposto da longa viagem, Mussolini chegou ao banquete determinado a resolver a tarefa.

— Minha visita é rápida, pretendo partir amanhã cedo.

— Mas já? — O semblante de Átila caiu. — Tome um chá de parafolium, fique mais uns dias, aproveite a estadia.

— De jeito nenhum! Tem nada de bom pra fazer aqui neste fim de Paramundo — resmungou Benito, assoprando bafo quente nas mãos e esfregando uma na outra. — Frio dos infernos!

— É verdade. Aqui só não é mais gelado que o acampamento viking, a Noroeste. Meu exército anda louco para a guerra começar e poder ocupar terras mais quentes.

— Vai acontecer, meu caro, vai acontecer. Precisamos conter a ansiedade, mas minha visita tem justamente a ver com isso. Trago duas notícias, uma boa e outra melhor. Qual você quer ouvir primeiro?

Mussolini deu um prolongado gole na vodca, limpou a boca na roupa e aguardou.

— Primeiro a boa.

— O Único chegou ao Paramundo, mas o Único é uma Única. Uma menininha fraca, medrosa, não sabe nada de nada, foi uma decepção horrível, ninguém se conformou com o fiasco e o constrangimento foi geral. — Mussolini carregava nas tintas da dramaticidade. — Bom, para diminuir o vexame, temos certeza de que os amáveis vêm correndo contra o tempo e tentando ensinar alguma coisa para ela naquele centro de preparação de guerreiros amáveis.

Átila mordeu um nabo e um naco de pescoço de caribu, sorriu com a boca cheia e comemorou:

— Hum, se essa foi a notícia boa, mal posso esperar pela melhor. Porque a primeira não foi boa, foi mais do que boa, foi mais do que melhor e ótima, foi excelente!

Mussolini custou a compreender o raciocínio huno. Deu de ombros e prosseguiu:

— Bom, a notícia melhor é justamente o motivo da minha visita. O QG Temível determina que você invada o Território Fraterno para capturar a menina. Já batizamos a investida como Operação Átila.

Mesmo versado e calejado, Átila não coube em si. De fato, a notícia parecia ótima para ser verdade e demonstrava prestígio.

— Preciso de privacidade para detalhar a operação — pediu Mussolini.

— Vamos aos meus aposentos. — O rei huno jogou o guardanapo na mesa.

A tenda de Átila era o palácio do acampamento. A quantidade de objetos decorativos impressionou até Mussolini, acostumado ao luxo do Hexágono. Sobre uma grande mesa, *Il duce* desenrolou um mapa do Paramundo em cores vivas.

— Esta não será ainda uma ação da Operação Triunfo dos Titãs propriamente dita, mas uma iniciativa pontual de efeito moral. — O italiano apontava no mapa, enquanto explicava. — Segundo o relatório de nosso espião vietnamita, a fortaleza é bem guardada, mas pode ser violada sem grandes esforços. A determinação é você chegar, capturar a menina e entregá-la no Hexágono antes do início do tempo de escuridão. — Mussolini repassou o grosso relatório vietnamita a Átila.

— Posso re-matar os professores e o resto dos alunos? — O huno folheou o relatório com desinteresse e o atirou na lixeira.

— Desde que traga a menina re-viva.

— Ótimo, não pretendo fazer concessões.

— Quanto tempo para resolver a demanda?

— Hum... — Átila fez algumas anotações numa folha. — Cinco dias para os preparativos de mantimentos e cavalaria; três para a travessia até à Península do Cavalo Marinho; vinte dias de marcha; dez minutos para destruir tudo e capturar a coitada. Bom, pode levar a notícia de que consigo entregar a prisioneira no Hexágono, conforme o cronograma de vocês.

— Perfeito! Está pensando em levar qual efetivo?

— Uns 10 mil homens.

— Dez mil? Acho desnecessário desgastar um plantel deste tamanho.

— O nome da missão é Operação Átila ou Operação Mussolini? — O huno desferiu um olhar seco para o italiano.

— Bom, você é quem sabe.

Átila se ergueu, passou a caminhar em círculos, socando a própria mão.

— Eu re-vivi para chacoalhar as tribos do Paramundo, sou o terror de todas as terras! Não à toa fiquei conhecido como O Flagelo de Deus e não posso manchar minha reputação com uma ação que não seja no mínimo avassaladora. Só sairei daqui se for para arrasar, ou nem me darei o trabalho.

— Fique tranquilo, seu empenho será comunicado aos membros do QG. Determinarei prontamente aos escribas, desenhistas e trovadores o registro de algumas histórias contando seus feitos no campo de batalha. De repente, podemos contratar ceramistas para produzirem vasos e cunhadores para forjarem moedas.

Selaram o compromisso batendo os copos de vodca.

— Como vou saber quem é a Única?

— Deve ser a menor, a que estiver mais protegida. Tem cabelos roxo e rosa. O nome é Vida Becker.

Átila colocou as mãos na cintura e bradou:

— Vocês escolheram o melhor exército para a ação, não vão se arrepender! Vamos barbarizar para cima desta menina! — Abriu o pano da tenda e berrou para os comandantes do exército: — Octar, Ruas, Balamiro, Hormídaco, Dengizico, Valamiro e Cunimundo, preparem divisões para a diversão! Elaco, Hernaco, Bleda, Ardarico e Donato, assumam o comando que a gente volta já!

47
MASMORRAS

Anamaria, Virgínia e Viviana foram esquecidas propositalmente, separadas umas das outras por muitos dias nas câmaras no subterrâneo gelado, úmido e sombrio do castelo do Monte do Sangue de Dragão. A área das masmorras, tomada de pedras de calcário cobertas por limo, tinha escuridão quebrada apenas pela luz tremeluzente de archotes queimando em suportes de aço ao longo de corredores estreitos. Com apenas uma refeição por dia – uma tigela com arroz empapado e um copo de água –, a estratégia de Tomás de Torquemada foi tornar suas re-vidas tão insuportáveis que a confissão sairia sem grandes esforços.

No dia em que o inquisidor finalmente sinalizou a execução do serviço, as três já mal tinham ideia de quem eram e o que faziam ali. Ivan, Nero e Herodes desceram às masmorras. O mordomo corcunda organizou as três mesas que continham os instrumentos necessários para a obtenção da confissão, além de baldes cheios d'água, panos, cordas, ganchos e fios elétricos. Em algum tempo, apareceu Torquemada.

— Não sujo minhas mãos, gosto de assistir.

— Quem fará o procedimento de extração? — Ivan passou a mão no arsenal de facas, tesouras e objetos de variadas formas.

— Demorei a selecionar, pois não gosto de serviço malfeito. Trouxe uma equipe experiente, ninguém foi mais efetivo para arrancar informações do que os sul-americanos.

Da penumbra surgiram, em fila indiana, três torturadores. O primeiro, uma mulher. Corpanzil, mãos grandes, vestia saia florida, suéter cor-de-rosa e botas curtas. Segurava um pastor alemão pela coleira.

— A mulher dos cachorros. — Torquemada analisou e apontou para a câmara onde estava Viviana. — Ali.

O segundo, um homem de meia-idade, com uniforme militar, cabelos rentes curtos e cara de buldogue. O espanhol bateu as mãos firmes nos ombros do sujeito corado.

— Brilhante. — Apontou para a câmara onde estava Anamaria. — Pode preparar as ferramentas e executar o serviço.

O último, também de uniforme militar, sujeito miúdo e esquelético, tinha a maçã dos olhos proeminentes e o queixo mínimo e pontiagudo.

— Caveirinha. — Torquemada indicou a câmara de Virgínia. — É toda sua.

As três portas foram trancadas e o som das grades ecoou pelas paredes das masmorras...

48

QUE COMECEM OS JOGOS!

O tempo pareceu avançar mais rápido que o normal, meiociclo que passou voando. Todos os infindáveis treinamentos em armas e lutas, cada estratégia de batalha ou sobrevivência, tudo havia se entranhado na carne e na alma dos alunos que completavam o programa. Eu, Grilo e Euclides envelhecemos, ficamos ainda mais altos, musculosos e ágeis, tornando vaga a lembrança das crianças de condomínio que um dia fomos. Meu bíceps aumentou tanto que precisei pedir no setor de forja de armas que alargassem o bracelete. As práticas com Musashi tinham encurtado as noites de sono, mas o que diminuiu mesmo foi nossa distância para os outros guerreiros. Porém, como a potência e experiência de todos também aumentou consideravelmente, nosso envelhecimento não pareceu chamar atenção.

Na madrugada anterior, sobre a grande pedra à beira do riacho, eu me sentava abraçada às pernas. Tentava não pensar no que estava por vir, tarefa impossível. Mais cedo, eu tinha enfiado bilhetes sob as portas de

Grilo e Euclides, convocando-os para um encontro. A cada dia o tempo das simulações de guerra ficava mais distante e morrer passava a ser uma possibilidade real. Meus pensamentos se confundiam com as águas turbulentas, o coração batia em velocidade acima do normal, minhas mãos suavam e a cabeça parecia prestes a explodir por uma chave inglesa esmagando as têmporas. Medo, o mais puro medo, era o nome daquilo que não me abandonava. A chama azul continuava atuando o tempo todo para me dissuadir de seguir adiante, para me convencer de que minhas obras sempre seriam costuradas em fracasso, fosse em que mundo ou paramundo eu estivesse.

Um barulho de passos se elevou, eu me aprumei e indiquei para os dois se sentarem na pedra.

— Merecemos uma noite só nossa.

— Credo, pela sua voz parece que fomos chamados pra um enterro. — Euclides se esparramou na pedra.

— Amanhã, nossa vitória deve ser sobre quem somos hoje.

— Tá falando dos jogos?

— Também.

— Quem ganhar os jogos, ganha o quê?

— Prestígio. E um troféu, sei lá.

— Só isso? — Grilo cruzou os braços atrás da cabeça, mirando estrelas que já começavam timidamente a se fixar no céu.

— Muita gente vai dar todo o sangue pra vencer.

— E você, Vida, também?

— A cada dia vou sendo levada a acreditar em que vencer não só é importante, como uma necessidade.

Permanecemos em silêncio, observando o balançar dos galhos das árvores.

— Entendi — retomou Grilo. — Como pode você liderar uma guerra, se não é capaz de ganhar uns míseros jogos?

— Já pensaram quando vazar a notícia de que sou um caso de fiasco único na História?

— Ei! Eu e o Euclides, seus nobres e fiéis escudeiros, não te achamos um fiasco.

— Valeu a consideração. — Sorri. — Mas chamei vocês pra reforçarmos aquele compromisso de quando chegamos ao CFGA. Juntos até o fim, não importa o que aconteça?

Pousei a mão sobre a pedra e eles a seguraram com força.

Pela manhã, a chuva fina sobre o pátio central vinha insuficiente para apagar o brilho da solenidade. Muitos mastros com bandeiras nas cores vermelho, azul, cinza e amarelo enfileiravam-se nas laterais. Uma banda marcial universitária norte-americana mandava um som, enquanto o time de *cheerleaders* do Green Bay Packers, campeão da NFL em 1962 terrestre, fazia evoluções e acrobacias. As 600 cavaleiras faziam um círculo ao redor dos alunos, num sinal de proteção e respeito. Da tribuna de honra, os instrutores e a direção do CFGA assistiriam às provas, aproveitando o *buffet* volante de bebidas e canapés. A banda finalizou o número e a Diretora-Geral assumiu o microfone.

— Sejam bem-vindos aos 200º Jogos Amáveis. É chegada a hora de separar os fortes dos mais fortes. Nossos instrutores estão satisfeitos com o trabalho realizado, mas há uma importante consideração a ser feita — Joana d'Arc suspendeu alguns segundos a fala. — Até agora, perdemos 60 em Moscquito e 30 desertaram, efeitos colaterais de um programa tão duro. Mas temos consciência de que não podemos mandar para a guerra quem não se sente 100% preparado psicologicamente para ela. Dessa forma, antes do início dos jogos sempre oferecemos a última oportunidade para os que ainda pensam em desistir. Quem não se achar em condições de enfrentar uma guerra, peço que saia da formação e venha para a frente. Desertar jamais significará covardia, todos somos vencedores.

O silêncio caiu sobre o CFGA, eu só ouvia a algazarra dos pássaros na floresta distante, o silvo do vento e as bandeiras tremulando. Grilo e Euclides me encararam, pedindo aprovação para agarrarem a oferta. Devolvi um olhar firme, dizendo apenas com o movimento dos lábios: *Não, por favor.* Um arrastar de pés então se fez e todos se viraram para ver o aluno que se dirigia cabisbaixo para a frente da formação. O garoto musculoso cheio de cicatrizes no rosto, o primeiro a nos humilhar na chegada ao CFGA, era agora o primeiro a admitir que não estava pronto para seguir em frente. Como se estivessem esperando alguém dar aquele passo, outros nove alunos o seguiram. Pela sensação de que a guerra de fato se aproximava, aquelas nuvens carregadas traziam muito além da promessa de tempestade. Joana d'Arc deu dois tapinhas sobre o coração e começou a aplaudi-los. Em pouco tempo, a ovação se tornou ensurdecedora. A francesa retomou a palavra:

— Somos, agora, 900 guerreiros.

O painel apresentou os nomes em ordem alfabética e, ao lado de cada um, surgiu o *score* zero.

— Serão cinco provas eliminatórias: Pontaria – os 150 piores serão excluídos; Cavalaria com Arco – outros 150; Sobrevivência – disputada em equipes, cairão os 100 piores trios; Luta – confronto direto um a um; e Ação em Combate, quando então os 150 remanescentes disputarão o troféu dos jogos.

— Anotou direitinho as regras aí, Euclides? — Esfreguei as mãos.

— Tá mole pra nós, *Vidinha*. Por mim, nem precisava de torneio.

Tocamos os punhos. Joana d'Arc prosseguiu:

— Considerando que os rapazes irão para a Falange Macedônica, tenho a honra de apresentar um enviado especial do próprio Alexandre Magno, seu braço direito, general de guerra e o mais querido dos amigos do rei, com quem ele compartilha todos os seus segredos. — Joana d'Arc apontou para um jovem lindo, alto, forte e de cabelos ondulados ao seu lado. — Heféstio Amíntoro.

Aplausos efusivos. Ele deu um abraço demorado na francesa.

— Horroroso. Bem mais ou menos, nossa! — Grilo fez uma cara de nojo e eu segurei a gargalhada.

— É uma honra vir acompanhar os jogos — iniciou Hefístio, no microfone. — Alexandre Magno espera com muito interesse a chegada deste batalhão e enviou algumas palavras. — Puxou um papelote do bolso, colocou um par de óculos. — "Na fé e na esperança o Paramundo poderá discordar, mas todo o interesse dos amáveis estará na caridade. Combateremos onde e quando for, serão duras batalhas. Nada é impossível para aqueles que persistem. Deem o máximo de si, vençam o medo e vencerão a re-morte. Eu os aguardo honrada e ansiosamente."

A francesa agradeceu as palavras e bradou:

— Que comecem os jogos!

49
OS JOGOS AMÁVEIS

Para a primeira prova, Pontaria, foi escolhido o lançamento de machado. Alvos em madeira pintados com círculos concêntricos estavam dispostos na extensão do pátio. William Wallace, anfitrião da disputa, passou as instruções:

— Os alvos estão a quarenta pés de distância, cada competidor terá dez arremessos para contabilizar a pontuação. — Ele caminhou até a zona de lançamento, onde machados estavam enfiados em tocos de árvore. Atirava, conforme explicava: — Círculo de fora, 1 ponto; segundo círculo, 2 pontos; terceiro, 3 pontos; e o menor, 4 pontos. A bola vermelha ao centro vale 6 pontos. — Os machados voavam e acertavam exatamente os alvos indicados. — Na décima e última rodada, o competidor poderá optar pelo *killshot*, o tiro matador, e tentar acertar um dos dois pequenos círculos azuis nas bordas superiores. Se acertar, ganha 10 pontos; se errar, não ganha nada, não importando onde acerte. — Atirou sem mirar e cravou o machado no minúsculo círculo azul à esquerda.

— Impressionante! — Aplaudi devagar.

— Arrasou, Coração Valente! *Freeedooom*! — berrava Grilo.

A disputa começou e o placar se alterava conforme os competidores pontuavam. Grilo e Euclides transitaram pelo meio da tabela. Já eu, que tinha no arremesso de machado uma de minhas especialidades, ocupei sempre as cinquenta primeiras posições. Rosa Morales me fazia companhia no topo, assim como Ivy Jones e Huiling Hu.

No fim da tarde, chegamos à última rodada de arremessos. Para figurar em uma posição confortável no placar, Grilo precisaria de dois pontos. Atirou o machado, que voou os quarenta pés e cravou no terceiro círculo. Fez uma reverência com as costas e um floreio de mãos em direção à Joana d'Arc, que aplaudiu. Na sequência, encarou Heféstio Amíntoro com desprezo e saiu forçando o tórax. Para escapar das últimas posições, Euclides tinha uma tarefa árdua: necessário ao menos um quatro. Ele fez a preparação de pés e lançou. O artefato girou no ar e acertou o círculo vermelho, seis pontos que o levaram ao meio do placar. Grilo, Rosa e eu explodimos na arena, enquanto Euclides sambava desengonçado. Mesmo já classificada, eu queria a primeira colocação. Para isso, decidi pelo *killshot,* o primeiro competidor a tentar. Fui até à zona de lançamento em passos firmes e lentos. Joana d'Arc se dirigiu à beira da tribuna. Eu me concentrei, respirei fundo e atirei o machado, que rodopiou e fincou no pequeno círculo azul à direita.

— Iaaaaahhh! — Comemorei com os punhos cerrados. Joana d'Arc aplaudiu com um olhar orgulhoso.

Apenas Huiling Hu poderia superar minha pontuação, caso também conseguisse o *killshot,* e sinalizou a Roberto de Bruce a opção pelo tiro matador. O sol batia forte, ela passou a mão no rosto, secou o suor na roupa e lançou. O machado descreveu uma leve parábola até acertar o círculo azul à esquerda. Ela acabara de garantir o topo do placar e saiu com os braços levantados e dentes travados, dando pulos e chocando no ar seu ombro aos de Ivy, Petrus e Dragomir. Bufei e precisei admitir que a chinesa era uma adversária ainda mais poderosa do que eu imaginava.

No dia seguinte, já estávamos cedo no pátio. Cento e cinquenta alunos tinham sido eliminados, nós quatro seguíamos no páreo. Uma grande estrutura estava montada, com 750 cavalos, uma pilha de arcos e aljavas cheias de flechas, um grande totem em madeira em formato de chama, cem metros adiante, e 10 *qabaqs* pendurados em postes nas laterais dos trajetos de ida e volta entre a linha dos cavalos e o totem. O anfitrião Baibars ditou as regras:

— Controle! Velocidade! Precisão! O guerreiro deverá escolher um cavalo. Ao sinal do cronômetro, correr até a área dos equipamentos, pegar uma aljava com flechas e um arco. Montar em seu cavalo, galopar, contornar o totem, voltar e ultrapassar a linha de chegada. No trajeto de ida e volta, vocês atirarão nos *qabaqs.*

— Essa vai ser moleza pro negão aqui. — Grilo bateu no próprio peito.

— Cada *qabaq* alvejado vale 1 ponto.

— Sopinha no mel!

— Se o competidor cair ou desmontar do cavalo, zero ponto.

— Hora de disparar no placar e fazer os retardatários comerem poeira.

— Mas tudo isso deve ser feito em até 1 minuto. Quem ultrapassar o tempo, está fora.

— Caraca! — Grilo arregalou os olhos.

Cavalgar segurando o arco, puxar a flecha das costas, mirar e atirar com precisão, tudo em velocidade e tão pouco tempo? Os primeiros competidores já sofriam com a prova, boa parte não acertava nada e zerava. Chamei Grilo, Euclides e Rosa no canto.

— Muita gente não está pontuando, e isso significa que só precisaremos fazer o mínimo pra continuar no páreo. Acertem pelo menos uma cabaça e fiquem atentos ao relógio. Vai dar tudo certo.

Rosa Morales foi a primeira do grupo a passar pela prova. Ela escolheu o cavalo e levou o animal até a linha de partida.

— Força, *Flor*! — Grilo fez um sinal de positivo.

A sirene tocou, o cronômetro abriu a contagem regressiva, Rosa saiu em velocidade, pegou o arco e as flechas, pulou sobre o animal e os dois voaram. No trajeto de ida, não acertou nenhuma cabaça. Fez um contorno aberto pelo totem e retornou, puxando flechas e atirando, sem sucesso. Na última cabaça, ergueu-se quase de pé sobre o cavalo, puxou o arco, mirou e atirou. Acertou o alvo, mas perdeu o equilíbrio, caiu na areia e o cavalo cruzou sozinho a linha de chegada.

— Aaaaaahhhhh! — Eu, Grilo e Euclides gritamos, dando tapas no chão. A argentina acabava de dar adeus ao torneio.

Huiling, Ivy, Petrus e Dragomir esboçaram alguma satisfação, sem maiores comemorações. Suas horas também chegariam, eles sabiam da dificuldade daquela prova. Em algumas rodadas foi a vez do romeno Dragomir, que não economizou na eficiência. Cavalgando de forma precisa, acertou duas cabaças e cruzou a linha dez segundos antes do fim, o melhor desempenho até aquele momento.

Euclides foi chamado e se dirigiu à área, andando de costas e me mostrando as mãos trêmulas. Fiz um sinal de que tudo daria certo. Ele escolheu um cavalo castanho de crina negra, ajustou os óculos sobre o nariz e deu tapinhas no pescoço do animal.

— Vou precisar de você, meu velho. Seremos um só monstro de duas cabeças, seis pernas e dois braços.

Ao toque da sirene, saiu desembestado, pegou o arco e as flechas e disparou num galope errático. Ainda assim, parecia que o cavalo tinha entendido a súplica e voava sobre a arena. Na ida, Euclides derrubou quase todas as flechas no chão. Contornou o totem, firmou os pés no estribo e finalmente armou o arco, puxou uma flecha e atirou. Ela passou longe da cabaça.

— Calma, *Cyclides*! — Eu pulava nervosa no mesmo lugar. — Acredito em você.

Ele puxou a flecha restante, engatou e disparou. Acertou a última cabaça, desequilibrou-se, quase caiu, mas se agarrou ao pescoço do animal, dobrando as pernas para não tocar o solo. Tão logo o cavalo cruzou a linha, Euclides desabou e lá ficou estatelado.

Ao ouvir seu nome, Grilo saiu marchando até o plantel e gastou um tempo analisando os animais. Pegou um tordilho de pelagem clara, mais alto do que os outros. Entregou-o ao mameluco.

— Aí, camarada Baibars. — Apontou para o sultão na tribuna, enquanto caminhava até a área de largada. — Essa é pra você, presta atenção como faz. Se quiser, depois te passo umas dicas.

Baibars semicerrou os olhos e cruzou os braços, com os lábios crispados. Eu conhecia o Grilo e sabia do que ele era capaz, mas confesso que me surpreendi, já que a soberba dele se justificou e não foi pouco. Ao som da sirene, ele disparou, pegou o material e voou para cima do cavalo. Duas cabaças derrubadas na ida. Contorno do totem numa parábola perfeita. Na volta, outra cabaça voou. Quando ele cruzou a linha faltando oito segundos, só restou ao sultão aplaudir. Grilo cavalgou até a frente da tribuna de honra, fez uma reverência à Joana d'Arc, fuzilou Heféstio Amíntoro com um olhar arrogante e saiu com o tordilho saltitando lateralmente e os dois parecendo bailar juntos.

— Se depender da paixão do Grilo pela Joana d'Arc, ele ganha esses jogos com o pé nas costas — comentei com Euclides.

Eu seria uma das últimas e acompanhei atentamente as performances dos outros competidores, tentando imaginar qual coelho poderia tirar da cartola para não ser eliminada. Petrus Schneider não conseguiu completar a prova no tempo e foi excluído, mas Huiling Hu e Ivy Jones avançaram sem grandes problemas. Isso botou pressão sobre meus ombros. Quando chegou minha vez, eu já tinha a estratégia traçada e arriscaria algo óbvio e ainda não tentado por ninguém. Ao som da sirene, corri, peguei o arco e uma flecha.

— Só uma flecha? — Ouvi o grito de Euclides. — Tá doida, *Vidinha*?

— Deixa comigo! — Devolvi, subindo no cavalo e saindo em disparada.

Cavalguei até à frente da primeira cabaça e freei. O cavalo empinou, me segurei na sela, o bicho se aquietou. Puxei a flecha com calma, engatei no arco e atirei. Derrubei a cabaça, joguei o arco longe e parti loucamente apenas na cavalgada. Com o corpo inclinado e leve como um jóquei, eu apeava com força o lombo do animal. Nós dois voávamos pelo pátio levantando poeira. Contornamos o totem, o cavalo derrapou, segurei as rédeas com os braços retesados. O cronômetro bateu dez segundos. Nove. Oito... Grilo, Euclides e Rosa correram até a linha de chegada. Seis. Cinco. Quatro...

— Acelera, *Vidinha*! — berrou Grilo.

Cruzamos a linha quando o cronômetro mostrava 0:01 e a explosão foi imediata.

No terceiro dia, para a prova de Sobrevivência o placar apresentava acesos os nomes dos 600 guerreiros ainda na disputa. Diante de uma enorme estrutura em formato de cubo coberta por um pano preto, a anfitriã Potira comandou:

— A prova será disputada em trios e, conforme informado, os 100 piores estarão fora dos jogos. Vocês têm um minuto para formarem os times.

Mais uma vez, apenas sinalizei com o olhar para *Grilo Véio* e *Cyclides*. Os dois assentiram com a cabeça. Tão logo os 200 trios se constituíram, Potira prosseguiu:

— Lá em Moscquito, pedi para prestarem atenção a um dos procedimentos, pois seria útil algum dia.

— Não é o que eu tô pensando, é? — Arregalei os olhos para Grilo.

— Não tenho ainda o dom de ler pensamentos, mas se o que você estiver pensando é o que eu imagino que todo mundo aqui também esteja, inclusive eu, pode se preparar.

Cavaleiras puxaram o pano e se revelou um cubo de vidro com uma porta de acesso. Dentro havia centenas, milhares, milhões de sapos nojentos no chão, paredes e teto. Congelei o semblante com a boca aberta, meu coração disparou.

— Eu falei que podia dar merda — disse Euclides, também apavorado.

Potira seguiu com as instruções:

— Nem todos os sapos são venenosos. O primeiro elemento do trio deverá entrar no cubo, identificar um sapo venenoso e trazê-lo para fora. O segundo elemento fará a hipnose e vai esgarçar as penas do animal para que o terceiro elemento extraia o veneno.

— Ah, não, pra mim já deu de Paramundo. — Comecei a sair rapidamente em direção aos alojamentos, mas fui puxada por Grilo.

— Agora a senhorita vai ficar. A gente podia ter desistido quando a Joana d'Arc deu a chance, mas a bonitona não quis me ouvir...

— Cada trio tem até 5 minutos. Trios que passarem do tempo estarão eliminados, assim como os que pegarem um sapo não venenoso. O ranqueamento vai se dar conforme os menores tempos de extração — finalizou Potira.

Um a um, os trios foram jogando. Alguns traziam bichos errados ou não conseguiam extrair o veneno antes do tempo máximo. Outros cumpriam a prova rapidamente, um deles o formado por Huiling, Ivy e Dragomir. Grilo assumiu as rédeas da competição pelo nosso time, tentando controlar meus nervos e os de Euclides. Ainda que Grilo também fosse criado em condomínio, ele tinha passado muitas férias na fazenda dos avós e não tinha problemas com animais nojentos.

— Eu pego o sapo, o Euclides hipnotiza e você extrai o veneno. Não tem erro.

— Tem sim, tem muito erro! Estarmos aqui é a coisa mais errada que já fizemos. — Eu andava em círculos, repetindo a fala histérica e com os olhos fixados no chão.

Quando chegou nossa vez, minhas pernas tremeram de um jeito que eu achei que desmontaria no chão. Vestimos as luvas de borracha.

O cronômetro travou em 5 minutos. Grilo segurou a maçaneta. Na abertura da contagem regressiva, ele entrou já desviando dos sapos que pulavam freneticamente feito um enxame de abelhas e grudavam em seu uniforme. Foi direto até à vítima sentada na parede oposta, um cururu gordo, enorme, que devia pesar uns dois quilos. Botou-o debaixo do braço, estapeou os que ainda subiam por sua roupa e saiu do cubo faltando pouco mais de 3 minutos. Colocou o bicho sobre a bancada.

— Você tinha que trazer justamente o monstro? — gritou Euclides.

— E eu lá tinha tempo de procurar? Peguei um igual ao que a Potira fez a demonstração na floresta. É venenoso, com certeza.

As mãos de Euclides tremiam, ele pressionou os dedos acima dos olhos do sapo durante alguns segundos, o bicho seguia mais acordado que nunca e se revirava freneticamente na bancada, uma cena nojenta e perigosíssima. O cronômetro já marcava 2 minutos.

— Calma, meu velho. — Grilo orientava. — É um pouco acima dos olhos.

Euclides respirou fundo, seguiu as orientações e pressionou. O monstro foi relaxando até parar de se contorcer, inerte, com os olhos baixos e um olhar besta. Euclides esgarçou as pernas do bicho. Restava 1 minuto e meio.

— Vida, é com você agora.

— Não, não, eu não consigo. Não vou botar a mão num sapo nem que seja a última coisa que eu faça neste maldito Paramundo.

— Respira, é só um sapinho. — Grilo tentava resgatar minha sanidade.

Surtei, meus olhos estavam vidrados. O relógio já marcava 40 segundos.

— Vida, acorda! — Grilo me deu um tabefe no rosto. — O tempo está esgotando. Aperta a glândula!

— Iiiiihhhh — em meio a gritinhos agudos, eu golpeava o chão várias vezes com o pé, como se corresse parada. Apontei para o bicho. — Olha aí, ele tá rindo pra mim.

— Que rindo o quê? Ele tá hipnotizado!

O cronômetro bateu 15 segundos. Euclides se virou para não ver.

— Aperta. A. Maldita. Glândula. Do. Sapo — sussurrou Grilo no meu ouvido, com os dentes travados.

— Hum, ela tem nojinho! É uma perdedora, mesmo. — Huiling Hu gargalhou.

Respirei muito fundo, encarei a chinesa. Tinha acabado de se tornar questão de honra resolver a coisa, eu não deixaria que aquela idiota me humilhasse. Ergui o queixo e fui decidida. Com as mãos tremendo, pressionei a glândula e algumas gotas do veneno escorreram. Peguei a espátula e umedeci faltando 3 segundos para o fim. Potira examinou e levantou o polegar. Conseguimos a classificação em penúltimo lugar. Euclides e Grilo pularam celebrando minha bravura. Já eu parecia uma estátua com os braços para baixo, os olhos vidrados e a boca aberta.

No dia seguinte, os 300 competidores remanescentes reuniram-se ao redor de quatro octógonos.

— Sejam bem-vindos ao penúltimo dia de Jogos Amáveis — anunciou Bruce Lee, o anfitrião da prova de Luta. — Serão três *rounds* de dois minutos, estilo livre. Nocaute no primeiro: 30 pontos ao vencedor e menos 30 ao perdedor; no segundo: 20 ao vencedor e menos 20 ao perdedor; no terceiro: 10 ao vencedor e menos 10 ao perdedor. Se ninguém for nocauteado, cinco pontos para cada. Boa sorte a todos!

— Chegou a hora de a gente dar adeus aos jogos. — Grilo baixou os ombros. — Será que a gente podia não lutar?

— O Bruce Lee disse que se a gente acreditar que uma coisa é impossível, ela vai se tornar impossível. — Tentei elevar o moral da nossa tropa.

— Ah, tá bom. Basta imaginar que é possível derrotar um brutamontes russo e isso vai acontecer? Vencer um sujeito assim é impossível, não importa a reza, o pensamento positivo, a simpatia ou o tamanho do boneco de vodu.

— Calma, não sabemos ainda quem serão nossos adversários.

O placar embaralhou os nomes, chaveando aleatoriamente as 150 lutas e definindo os confrontos. Euclides lutaria contra Florence Peterson, uma norte-americana de 1,90m e braços da grossura do pescoço dele; Grilo enfrentaria Yoshihiro Sakuraba, um japonês do século XIX pertencente a uma linhagem de lutadores casca-grossa; e eu não pude acreditar ao ler o nome de Ivy Jones.

As rodadas de lutas começaram e todo mundo dava o máximo para não ficar de fora. Além de Jeet Kune Do, os guerreiros aplicavam os estilos nos quais já eram especialistas antes de ingressarem no CFGA. Após cada nocaute, os adversários se abraçavam e o clima tornava a ser de cordialidade. Sem ressentimentos.

A luta de Euclides foi anunciada e ele subiu no octógono com as costas curvadas. Florence Peterson, ao contrário, tinha um olhar que parecia de satisfação por saber que aquela seria uma tarefa bem tranquila. Ao soar do gongo, o brasileiro começou a correr pelos oito lados, fugindo das investidas da norte-americana. Não havia regra contra fugas, Bruce Lee bem havia dito "estilo livre", e, certamente, correr faria parte da liberdade num tipo qualquer de estilo. Os dois primeiros *rounds* foram uma correria só. Considerando os pontos perdidos por lutadores que não haviam resistido até o terceiro *round*, Euclides havia garantido sua permanência nos jogos. Tão logo iniciou o terceiro assalto, ao primeiro soco desferido pela adversária, um que passou no vazio, mas próximo ao rosto, Euclides gritou, simulou o nocaute e saiu carregado fingindo um desmaio.

Yoshihiro Sakuraba, especialista em wrestling, carregava nos ombros a torcida de uma legião de guerreiros doidos para estarem em seu lugar. No momento em que se dirigia ao octógono, inclusive, ele tomou tapinhas nas costas de Petrus e Dragomir. Embora não tivesse um décimo do vasto repertório do japonês, Grilo havia seguido o conselho de Bruce Lee e praticado o mesmo chute milhares de vezes. Fui testemunha da dedicação dele. Desde o princípio da luta, Sakuraba tentava levar a briga para o chão, mas Grilo se aproveitava de sua leveza para escapar e contra-atacava com o chute que era sua especialidade. Bastava o japonês se aproximar e tomava uma porrada nas pernas. Bruce Lee conferia o jogo de quadril do pequeno gafanhoto e trocava olhares impressionados com outros treinadores. Apesar de levar muitos golpes e torções, Grilo conseguiu se manter na luta até o terceiro *round*, quando Sakuraba já mal conseguia parar de pé pelo hematoma na lateral da coxa. A vinte segundos do fim da luta, o japonês cambaleou. Grilo preparou a base para o soco de uma polegada e aquele seria seu momento de glória máxima, para calar a boca de todos os críticos. Bruce Lee estimulou a iniciativa com um leve aceno de cabeça. Grilo desferiu o soco.

— Kiaaaaaiiiiii!

Sakuraba nem se mexeu, o gongo soou, Bruce Lee meneou a cabeça. O árbitro decretou empate, com cinco pontos para cada.

Enquanto aguardava minha vez, assisti à luta de Dragomir Funeral, que não tomou conhecimento de uma israelense especialista em krav maga e a demoliu no segundo assalto com uma joelhada no queixo cheia de plasticidade. Huiling Hu também passou por um angolano mestre no jogo da capoeira e que entrou no octógono com floreios acrobáticos de palhaços, macacos de cabeça, martelos rodados, rabos de arraia e meias-luas de compasso. O início da luta foi todo com a chinesa encurralada, mas, ainda na metade do primeiro *round*, após um martelo encontrar sua esquiva, ela enfiou uma cotovelada no nariz do angolano e o colocou para dormir. Os trinta pontos jogaram-na para o topo. Troquei um olhar preocupado com Rosa Morales, tínhamos de admitir a potência de Huiling Hu.

Ao anúncio do confronto contra Ivy Jones, meu coração disparou. Embora eu estivesse muito mais forte do que no início do programa, três anos paramundistas antes, isso também havia acontecido com a neozelandesa, cujo corpo cobria-se de músculos ressaltados e definidos. Todo mundo percebeu Joana d'Arc se levantar e ir até o parapeito da tribuna, o que certamente reforçaria a sensação de eu ser uma espécie de protegida. Enquanto eu subia a escadinha lateral, Rosa Morales me puxou de lado.

— Quando lutei com a Ivy Jones aquele dia na fogueira, notei que ela tem um ponto fraco, que é o...

— Obrigada, amiga, mas eu prefiro não saber.

— Como assim, Vida? Vai deixá-la te derrotar?

— Eu não estou nem um pouco a fim de brigar com ninguém. Vou levar a luta pro empate. Com os cinco pontos, eu me garanto na prova final.

Ivy Jones havia incorporado como poucos a arte do Jeet Kune Do, a discípula mais dedicada de Bruce Lee, e partiu para cima de mim no *timing*, cadência e distância corretos, mantendo a guarda e atacando, enquanto gargalhava.

— Quer dizer que fui eu a escalada para dar um fim na pirralha. Que honra!

Eu tentava me manter fora do raio de ação dela e evitava o confronto. Entre um golpe e outro, dava para ver que Bruce Lee acompanhava com interesse redobrado, atento tanto à potência de Ivy quanto à versatilidade da minha esquiva. Ainda assim, socos certeiros da neozelandesa encontravam meu corpo e rosto. Eu me contorcia de dor, mas tentava a todo custo ficar de pé. Ainda no primeiro *round*, meu supercílio abriu e o sangue passou a jorrar pela minha cara.

— Finalmente a Joana d'Arc vai se convencer de que você jamais deveria estar aqui.

Quanto mais Ivy debochava, mais a temperatura do meu sangue subia, porém eu mantinha a concentração e usava o arsenal de estratégias aprendidas com Musashi. A precisão de minha esquiva foi pouco a pouco aumentando, como se eu lutasse no dobro da velocidade e Ivy Jones em câmera lenta.

No intervalo entre o segundo e terceiro *rounds*, enquanto limpava o sangue do rosto no meu *corner*, percebi Huiling Hu pendurar algo no pescoço da neozelandesa.

— Mas o quê...? Não é possível!

Apertei os olhos inchados e não pude acreditar no que via: meu amuleto presenteado por Leônidas. Ivy Jones dava pulos com os punhos cerrados, beijava o amuleto e me mandava um sorriso sarcástico, assim como a chinesa do lado de fora das cordas. Meu sangue ferveu, o rosto queimou, fiz um sinal para Rosa Morales se aproximar.

— Qual é o ponto fraco dela?

— É o *finger jab*. A recuperação é lenta e a guarda fica baixa por um instante. Se ela tentar de novo, mantenha a esquiva e entre com um gancho no queixo. — Rosa fez o movimento circular de baixo para cima. — Ela vai ver estrelas.

O gongo soou, Ivy Jones queria o nocaute e veio em altíssima frequência. Eu aguardava o momento-chave. E foi que, tal como previsto por Rosa Morales, no meio do assalto a neozelandesa armou a guarda para o *finger jab* e aplicou o golpe. Joguei o rosto para trás, a mão dela passou no vazio e, na energia do impulso da volta, desferi o gancho no queixo. Ivy Jones dobrou as pernas e desabou.

— Uaaaaaahhhhh! — Grilo, Euclides e Rosa subiram no octógono e me ergueram.

Com o rosto detonado e torto, eu me dirigi à minha adversária, que não sabia ainda em que paramundo estava. Pacientemente, peguei de volta meu amuleto. Ofereci a mão para ela se erguer, mas recebi em troca o desprezo mais profundo que jamais imaginaria encontrar no rosto de um amável. Ivy Jones se arrastou para fora do octógono sem olhar para trás. Dentre todas as lutas, a única cujos lutadores não confraternizaram ao término. A única com aplausos de Joana d'Arc.

50
PROVA FINAL

Artistas romanos do Século I terrestre, vestidos com túnicas de lã de carneiro e sandálias de couro, sopravam melodias triunfais em cornos metálicos compridos no formato da letra C, ao ritmo de percussionistas golpeando tambores num compasso marcado. Chegava o momento de saber quem levantaria o troféu dos Jogos Amáveis. Raios de sol atravessavam nuvens carregadas e escuras que prenunciavam chuva forte, feito fachos de iluminação violeta afinados para a apresentação de uma peça teatral. Muito além de um evento de fechamento do programa, a prova final sempre foi uma celebração que terminava num banquete festivo. Joana d'Arc ergueu a mão e os músicos finalizaram a peça.

— Sejam todos bem-vindos ao encerramento dos 200º Jogos Amáveis. Mantendo uma tradição de longa data, convidamos para a cerimônia todos aqueles que participaram da formação dos guerreiros, desde o batalhão das cavaleiras e instrutores, até os soldados de cada simulação de guerra. O mínimo que podemos fazer em agradecimento é uma festa memorável. — Ela apontou para as linhas de balcões sob tendas coloridas, já servidos de comidas e bebidas de todos os tipos. — E, pela primeira vez, anuncio um convidado especialíssimo que nos dará a honra de assistir à prova final. Senhoras e senhores... Leonardo da Vinci.

Quando o italiano apareceu à beira da tribuna de honra, recebeu uma ovação ensurdecedora. Acredito que quase ninguém por ali jamais teria imaginado ver de perto o maior gênio da História. Minhas pernas bambearam, tanto pelo peso de competir sob a análise dele, quanto pela certeza de que finalmente teria notícias de minha mãe.

Surgiu então um barulho grave, o solo tremeu e o CFGA começou a se abrir. Pela ação de roldanas, engates, trilhos, desengates e gigantescos elos de correntes vindo de alçapões sob a areia do pátio, a estrutura compacta do anel em aço negro foi se encaixando dentro das próprias paredes, como o efeito de uma descomunal boneca russa. Diante de nossos olhares incrédulos, o CFGA tomava a forma de ferradura, abrindo o campo de batalha e integrando o pátio ao descampado exterior, à mata e ao riacho.

— A ferradura ficará aberta durante a última prova, que acontecerá do pátio até onde a vista alcança — informou Joana d'Arc.

— Por essa ninguém esperava — murmurei, maravilhada pela tecnologia escondida nas entranhas do prédio.

Publius Cornelius Lepidus, o anfitrião da prova, começou a detalhar o que aconteceria a seguir. E abriu com sua característica voz de menininha:

— Mr. Centurião, o que é esta última prova de que tanto falam? — Passou a caminhar em círculos, com os braços cruzados nas costas, e berrou grave: — Esta é a mais importante prova, e por isso é a última. Se não fosse a última, não seria a mais importante, e se não fosse a mais importante, não seria a última. Se não fosse a mais importante *e* a última, não estaria todo mundo assistindo. E se não fosse a última *e* a mais importante, eu não seria o anfitrião. Alguma dúvida quanto a isso? — Alguns levantaram a mão. — Ótimo, ninguém tem dúvidas. Continuando...

O painel digital acendeu um mapa dos arredores do CFGA, com o riacho à esquerda, o planalto aberto à frente e a mata à direita. Uma chuva fina começou a cair.

— Para além da ferradura foi escondido um colar com um pingente da chama azul. A missão de vocês será encontrá-lo. — Publius Cornelius Lepidus elevou o tom de voz a um gorjeio e seguiu: — Mas, mas, é só isso, Mr. Centurião? É uma caça ao tesouro? — Gritou irritado: — Claro que não, moçoilas! O buraco é sempre muito mais embaixo, isso aqui não é gincana! No meio do campo aberto há uma linha branca pintada de fora a fora no chão. Duas centúrias formadas por vinte contubérnios, ou 160 dos milhares de legionários que se submeteram ao meu comando na III Itálica, em Ratisbona, sob o Imperador Marco Aurélio, estarão em formação e farão de tudo para capturá-los, derrubá-los e subjugá-los, para impedi-los de atravessarem esta linha branca.

— Eu ouvi "subjugá-los"? — Grilo franziu a testa para mim.

— Acho que também ouvi.

— Olha aí, tudo pra dar merda. — Euclides apertou os lábios.

— Quem atravessar a linha estará imune aos ataques dos legionários e poderá continuar à procura do colar. Os que forem capturados, derrubados ou subjugados estarão fora da disputa. — Ele dobrou os joelhos de lado e a voz afinou: — Mr. Centuriããããão, os legionários são malvadinhos? — O olhar gélido dispensou explicações. — No paiol ali atrás temos armaduras, capacetes e todo tipo de arma. — Sabendo que estava sendo observado por milhares de pessoas, ele não perdeu a chance de se exibir: — Alabarda, pique, maça, cópis, macaira, bardiche, gládio, pilo, falcata, kukri, acínace...

Enquanto o centurião desfilava a interminável lista de armas, troquei olhares com os fiéis escudeiros, já antevendo qual arma pegaríamos. Publius Cornelius Lepidus ergueu o braço e o reteve no ar.

— Ao meu comando, corram até o paiol, vistam armaduras e capacetes, escolham uma arma e partam. Quem pendurar o colar no pescoço levará o troféu dos jogos.

Trombetas soaram uma melodia épica, o centurião baixou o braço. Os 150 finalistas saíram em disparada e vestiram as armaduras por cima do uniforme do CFGA, além dos capacetes e coturnos. Cada um pegou uma arma, a maioria escolheu machados, espadas e porretes. Eu, Grilo e Euclides, claro, pegamos katanas; Dragomir Funeral, uma espada viking; vi Huiling Hu passar a mão numa morning star – a haste de madeira conectada a uma corrente presa a uma bola de aço com pregos. Partimos todos em bloco para a arena além da ferradura. Com o rosto coberto por hematomas e um dos olhos quase fechado, resultado da surra levada de Ivy Jones, eu tentava enxergar como dava. As centúrias romanas se postavam em formação de cunha, protegendo o acesso à mata. O chão de terra se deteriorava rapidamente com a chuva que começava a engrossar. Dragomir berrou:

— Eles estão bloqueando a mata, o colar só pode estar lá.

O grupo abriu em leque e uma pequena parte seguiu em frente para o campo aberto, enquanto outros poucos desviaram para a esquerda na área do riacho, todos presas fáceis para os legionários. Decidi atrasar o passo para analisar melhor o cenário e escolher qual a menor chance de me dar mal. A maioria dos competidores optou pela segurança da manada e foi para a mata, apostando na intuição do romeno. O choque entre as forças foi brutal, atestando a eficiência do programa do CFGA. Sob a chuva que já castigava a arena, os experientes legionários não facilitavam e os alunos queriam provar seu valor. Feito uma linha defensiva de futebol americano, os legionários derrubaram parte dos alunos, excluindo-os dos jogos. Uma pequena quantidade aproveitou a confusão e ultrapassou. Dragomir desviou do embate entre um legionário e Florence Peterson, que manuseava uma alabarda, acertou a espada viking na lateral da armadura segmentada de outro legionário que atacava por trás e o derrubou. Suplantou a linha e seguiu em velocidade para a mata. Grilo se aproveitou de uma fresta no espaço aberto entre os romanos e penetrou girando a katana com destreza. Um legionário veio por trás e ergueu o gládio para acertá-lo na armadura pelas costas.

— Cuidado, *Grilo Véio*! Atrás de você — berrei, ainda na retaguarda do grupo.

Grilo deu um pulo em espiral e bloqueou o ataque, fazendo no rebote o golpe das folhas vermelhas, desviando para baixo a ponta da katana e, numa alavanca, jogando o gládio longe. Atravessou a linha e correu em direção à mata. Dei uma guinada à esquerda e parti em velocidade pelo flanco de acesso ao riacho. Euclides berrou, correndo junto de mim:

— Aonde você vai, Vida?

— Isso tudo é uma armadilha. O pingente é uma chama azul, a cor do Subterritório das Águas. O colar está na área do riacho. Vem comigo.

Um legionário enorme deixou a linha de combate e traçou uma diagonal para nos interceptar. A tempestade que descia sobre o CFGA já tornava quase impossível ficar de pé sobre o lamaçal, mas o romano certamente era dos que tinham enfrentado inimigos nas condições mais adversas das florestas europeias do Século I terrestre. Ele voava sobre a lama com o gládio armado. Euclides freou, firmou a base e apertou com força a empunhadura da espada.

— Corra, *Vidinha*! Pegue o colar e ganhe o troféu. Eu vou atrasar o cara.

Fugi olhando para trás, eu não sabia se devia ter abandonado meu amigo. Ele conseguiu impedir alguns golpes, antes de tomar uma pancada de escudo no capacete e cair zonzo, sendo também tirado da competição. O legionário partiu à minha caça e me alcançou alguns metros antes da linha, girando o gládio. Então eu me joguei na lama em uma esquiva rápida, o gládio passou a centímetros da armadura em meu peito. Imediatamente me ergui, a tempo de bloquear o novo ataque romano, manuseando a katana com as mãos firmes na empunhadura. O contra-ataque veio com o golpe dos fogos e das pedras, chocando a espada na armadura dele e o desequilibrando no tempo necessário para driblá-lo e conseguir atravessar a linha riscada no chão. Só ali percebi que Huiling Hu me perseguia a distância. E vi quando ela acelerou, girando a morning star acima da cabeça e golpeando a armadura do legionário que tinha me atacado. O romano caiu de frente na lama, a chinesa pisou em suas costas e atravessou a linha.

No pátio, o clima seguia de festa. Alunos, instrutores, cavaleiras, guerreiros escoceses, zulus e mamelucos, além dos convidados na tribuna de honra, todos aguardavam o momento em que um dos competidores retornaria com o colar no pescoço. Por isso, ninguém notou o falcão-peregrino que sobrevoou à máxima velocidade o CFGA e pousou na tribuna, trazendo um tubinho lacrado preso à perna. Joana d'Arc estranhou, não esperava receber mensagem. Desenrolou o papel.

Perigo!
Exército Temível. Milhares
Sozopolch foi varrida do mapa. O horror
30.000 amáveis re-mortos
Não sobrou quase ninguém aqui
Partiram em direção ao CFGA

Tudo ao redor se transformou em um som surdo e abafado. A espinha de Joana d'Arc arrepiou, o ar momentaneamente desapareceu, a mente turvou e a transportou para a França terrestre, quase seiscentos ciclos antes. Numa fração de segundo, ela criou e destruiu cenários, reviu sentimentos e analisou o tamanho da responsabilidade por algo que jamais esperaria chegar daquela forma, com o peso dos momentos capazes de alterar o curso da história. Uma tormenta se avizinhava e isso não tinha nada a ver com a chuva que já castigava a Planície da Cara Feia. Ela precisava agir, cada segundo passado seria uma eternidade perdida. Escreveu no verso uma mensagem curta: *Preciso de você. Força total. Agora!* e a entregou para Matilda, com o nome do destinatário.

— Traduzam imediatamente, enviem ao Leste nosso falcão mais veloz, prioridade máxima! — Puxou Dandara dos Palmares pelo braço e disse, em seu ouvido: — Dispare o alarme, feche o CFGA, encontre a Vida. — Saiu gritando, enquanto já corria pelas escadas laterais em direção ao seu gabinete: — Roberto, William, Baibars, Shaka, Bruce e Publius, venham comigo! Leonardo e Heféstio também.

51
FORÇA TOTAL

Nenhum aluno dominava a área do riacho como eu, ninguém tinha passado tanto tempo ali, madrugadas e madrugadas observando cada centímetro daquelas pedras. Eu entendia o movimento do vento, sabia a largura e velocidade do riacho, treinara como nenhum outro a arte do combate à beira das águas. Mas, naquele dia, nada se parecia com o que eu conhecia. A corredeira havia subido demais e cobria parte das pedras, a chuva torrencial e o vento envergavam galhos que ricocheteavam em todas as direções. E minha desafeta, ensandecida, se aproximava cada vez mais.

— Finalmente, o momento pelo qual esperei todo o meiociclo! — gritou ela, com o corpo encharcado, girando a morning star.

— Eu não quero lutar com você — devolvi. — Nós duas estamos do mesmo lado, não percebe?

— Não importa, você não quer ser uma guerreira implacável?

— Não!

— Então por que veio para o CFGA?

— Porque... porque...

— Vamos, diga. Não tem coragem? Quem é você, garota?

Huiling Hu pulou na pedra e atacou, a bola de aço voou na minha direção. Eu recuei e a devolvi num golpe com a espada chapada, como se rebatesse uma bola de beisebol. Ela atacava em velocidade, parecia uma máquina de moer gente. Eu contragolpeava e ela se esquivava em velocidade. Lutar contra a chinesa já seria insuportável em condições normais, pior ainda sob o aguaceiro e mal enxergando pelo inchaço no olho. Em meio à chuva, ao clarão de raios que pareciam veias abertas no céu e trovões como rugidos de monstros, duelávamos tentando não cair da pedra. Entre um golpe e outro, notei um brilho azul vindo da outra margem: o colar pendurado num galho alto de uma árvore. Avancei pelo caminho de pedras até à grande rocha plana no centro do riacho. Ao pisar, escorreguei e parei a centímetros da borda. Huiling pulou atrás e por pouco também não caiu. Eu já havia lutado contra Musashi exatamente naquele ringue e sabia como me defender, mas minha adversária exalava uma determinação quase tão potente quanto a do mestre. Uma sirene então soou repetidas vezes, uma voz nos alto-falantes transmitia uma mensagem que, pela distância, chuva e trovões, era impossível entender.

Grilo penetrava na mata fechada junto a dezenas de competidores, abrindo caminho com cortes secos nos galhos, como se estivesse no meio de uma partida real de *CONQ*. Corria atento ao chão, às reentrâncias formadas pelas raízes altas e aos troncos das árvores, à procura do prêmio que jamais encontraria. A sirene e a mensagem bateram em seus ouvidos: *Atenção todos os competidores, atenção todos os competidores! Retornem imediatamente ao pátio. Perigo, estamos sob ataque! Isso não é uma simulação! Repito, isso não é uma simulação!* Os alunos ainda no páreo estacaram. Alguns atenderam à convocação e partiram de volta, outros vacilaram sem saber o que fazer. Dragomir Funeral seguia ensandecido na busca pelo colar.

— Funeral, vamos embora daqui — gritou Grilo.

— Não! Isso é uma armadilha para enganar trouxa.

— Estamos sob ataque, você ouviu.

— Deixa de ser idiota, moleque! Ninguém sai do Território Ermo, não pode ter ataque nenhum. Eu vou achar o colar. — Penetrou ainda mais na mata.

Por entre as frestas criadas pelas árvores, Grilo viu os alunos correndo de volta e o CFGA se fechando.

— Funeral! — berrou. — Funeral!

O romeno sumira de vista, Grilo voltou pulando pelas grossas raízes, desviando das árvores e galhos que agora pareciam mãos tentando impedi-lo de seguir. Sob a chuva que fustigava suas costas, ele saiu da floresta e entrou no campo aberto golpeando o coturno na lama pesada e grossa. Caiu, ergueu-se, tropeçou e se arrastou. A sirene e a mensagem se repetiam nos alto-falantes. A estrutura de aço já havia deixado de ser ferradura e se transformava novamente em círculo. Foi quando Grilo olhou para o céu e notou uma gigantesca pedra redonda e flamejante voando na direção do CFGA...

Dandara dos Palmares havia pegado espada, arco e flechas e disparado pelo pátio interno, cavalgando para resgatar Vida. Já na boca da ferradura que se fechava, viu a bola de fogo se aproximando pelos ares e foi o tempo de se proteger atrás de parte interna da estrutura. O imenso projétil alvejou a muralha de aço, de tal espessura e altura, que se fazia indestrutível e impossível de ser atravessada. Mas o projétil acertou em cheio as engrenagens laterais, cessando o movimento de fechamento. Sobrou uma passagem que não mais garantiria a inviolabilidade da estrutura e a proteção dos amáveis. O estrondo e o calor fizeram o cavalo refugar e empinar. Dandara foi derrubada no chão, perdida, zonza. Um zumbido agudo se fez em seus ouvidos. O cavalo disparou. O desespero se abateu sobre todo mundo no pátio, ninguém entendia o que estava acontecendo. Dandara engatinhou, pegou as armas, cambaleou até encontrar outra guerreira.

— Me dá seu cavalo, agora!

Montou ainda zonza, contornou a pedra de fogo, cruzou a abertura e saiu em direção à mata, o lugar mais provável de encontrar a Única.

No gabinete da Diretora-Geral, a conferência dos líderes já havia se estabelecido e um burburinho se fazia, todos à espera da comunicação de Joana d'Arc:

— Um exército temível arrasou Sozopolch e vem em nossa direção. Alguém conseguiu enviar um falcão a tempo.

— Temíveis no Território Fraterno? — Hefestio Amíntoro franziu a testa.

Baibars começou a andar em círculos, tentando imaginar quem poderia ser o inimigo.

— Estão a que distância do CFGA? — perguntou Shaka Zulu.

— Sozopolch fica a pouco mais de 50 km daqui, não sei há quanto tempo o falcão foi enviado.

— Quantos são?

— Milhares. — Joana d'Arc lançou um olhar fixo em direção ao pátio, onde a multidão se reunia alheia aos acontecimentos. — Não há alternativa, não há tempo, vamos ter de nos defender com o que temos.

Os comentários, perguntas e respostas se sobrepunham, ninguém se entendia. Até Leonardo interromper a confusão com um grito:

— Precisamos priorizar a proteção da Única!

Um breve silêncio se fez.

— A proteção de... quem? — Bruce Lee ergueu uma sobrancelha.

— É uma péssima hora de revelar isso a vocês, mas o Único está entre nós e vocês a treinaram nos últimos anos. É a Vida Becker, a menina de cabelos roxo e rosa.

— Menina? — O tom da pergunta feita por Roberto de Bruce poderia ter sido pronunciado por qualquer um dentro daquela sala.

— Eu sabia. — Publius Cornelius Lepidus socou a palma da mão. — Estava muito esquisito ela parecer hoje mais velha do que no início do programa. E eu achando que era coisa da minha cabeça.

O falatório misturado reiniciou, Joana d'Arc gritou pedindo calma com a rispidez necessária ao momento.

— É nossa missão defender o CFGA e dar nossa própria re-vida pela Única. Dandara dos Palmares já foi procurá-la nos arredores e confio que irá trazê-la em segurança para o bunker. O CFGA está sendo fechado, os jogos foram cancelados. Preciso saber qual é o efetivo sob o comando de cada um de vocês hoje aqui.

— 500 — iniciou Shaka Zulu.

— 650. — William Wallace trocou olhar com Roberto de Bruce para confirmar a informação.

Baibars levou alguns segundos para contabilizar.

— 700 homens.

— Somos 160 legionários — disse Publius Cornelius Lepidus.

— E nós temos 600 cavaleiras, 1.400 cavalos e 900 alunos — finalizou Joana d'Arc. — Somos pouco mais de 3.500 guerreiros. Cada terço dos alunos vai se somar aos exércitos zulu, mameluco e escocês. Organizem-se rapidamente, peguem as armas. Não temos tempo. Em formação!

Um estrondo ensurdecedor foi ouvido, o chão tremeu. Todos correram para a janela e viram, ao longe, a engrenagem de fechamento do CFGA destruída pela imensa bola fumegante.

— Para o pátio, todo mundo! Que a Força Amável nos proteja — berrou Joana d'Arc. — Leonardo, tranque-se no bunker do quarto subsolo. Só abra para a Vida.

Leonardo saiu pelas escadas, sem tempo de observar o teatro de guerra que já se formava no pátio à frente.

Minha luta contra Huiling prosseguia, numa intensidade e velocidade cada vez menores. Estávamos exaustas, mas ninguém entregava o jogo. E nenhuma das duas percebeu que a tempestade elevara ainda mais o volume do riacho e o palco da batalha, a rocha plana acima da linha d'água, já quase desaparecia. Reunindo minhas últimas forças, num movimento quase tão veloz quanto o que Musashi havia desferido contra mim, girei e golpeei lateralmente. O fio da katana enfim cortou a corrente da morning star, a bola de aço caiu na correnteza e a espada ricocheteou, parando a centímetros do pescoço da chinesa.

— Vamos pegar juntas o colar, Huiling. Eu não quero este troféu.

Ela me encarou por vários segundos e então deu dois tapinhas sobre o coração.

— Seu treinamento está completo, Vida Becker. Pode pendurar o colar em seu pescoço, não há mais nada que o CFGA possa fazer por você. É por isso e muito mais que você veio liderar todos os amáveis. A Joana teve razão desde quando você pisou aqui.

— O-Oi?

Huiling me abraçou com força, emanando uma paz que havia muito eu não sentia. Devolvi o abraço, aos prantos, finalmente compreendendo tudo. Foi quando vi uma imensa bola de fogo voando ao longe. Sem conseguir dizer nada, apenas virei Huiling pelos ombros e nós duas assistimos atônitas ao choque na estrutura do CFGA.

— O que foi isso? — perguntei, apavorada.

— Estamos sendo atacados! A gente precisa voltar agora!

Apenas neste instante, notamos que, assim como todas as outras, a pedra já estava desaparecida sob as águas e nenhum caminho seguro existia.

— Como a gente vai sair daqui?

Grilo entrou de volta no CFGA e encontrou os exércitos começando a se conformar, as armas distribuídas numa logística rápida e coordenada. Procurou por Euclides e o encontrou no meio do exército escocês, já empunhando um pique e um escudo, com um machado embainhado na lateral da armadura de cota de malha coberta por anéis de ferro interconectados. Os dois se abraçaram.

— Você tá bem?

— Eu tô morrendo de medo, Grilo — o tom de voz saía apavorado.

— Eu também, mas você ouviu: isso não é uma simulação.

— A gente pode fugir. Se você topar eu topo.

— Fugir pra onde? Podemos ser capturados e eu não quero imaginar o que um temível faria com a gente. É mais seguro ficar no meio do povo aqui. Seja o que Deus quiser, meu amigo. — Grilo procurou ao redor. — Cadê a Vida?

— Não sei, ela foi pro riacho atrás do colar.

Dandara esquadrinhava a área da mata, embrenhava-se cada vez mais por entre as árvores e gritava pelo nome de Vida.

— Vamos precisar ir nadando — gritei, já tirando a armadura e o capacete, ficando apenas com o uniforme e o coturno.

Huiling também tirou a armadura, enquanto orientava:

— A força da água não vai deixar a gente chegar facilmente à margem. Cuidado, tem uma cachoeira enorme lá na frente.

Pulamos juntas, eu ainda segurando a espada. A correnteza nos empurrou em velocidade, como num *rafting*. Tentávamos nadar em direção à margem, mas era impossível lutar contra a força da água. Então vi uma grande pedra acima da linha d'água.

— Huiling, ali!

Eu me preparei para o choque e ele veio, violento, com a correnteza pressionando meu corpo contra a pedra. Procurei uma reentrância e cravei as unhas, tentando manter a espada ainda comigo. Huiling bateu os braços e se colocou no rumo. Acertou violentamente a rocha, também se agarrou onde deu. Nossas mãos escorregavam no limo, a água continuava subindo depressa.

52

A OPERAÇÃO ÁTILA

O teatro de guerra se configurou, os amáveis saíram para além da ferradura. Tocaram-se trompas e os guerreiros reuniram-se diante dos respectivos estandartes. Joana d'Arc surgiu à frente dos exércitos, montada em seu puro-sangue inglês negro de 700 ciclos de idade. Por um breve instante, a chuva subitamente suspendeu, o vento soprou uma melodia fina.

Silêncio.

Então o chão começou a tremer, como se cada passo do exército temível fosse um terremoto em miniatura e deuses enfurecidos habitantes das entranhas do Paramundo enviassem verdadeiros espasmos de terror. Tambores graves ecoavam ao longe, marcando o ritmo de um cântico de guerra macabro. A cada golpe lento e compassado no couro dos tambores, um berro grave de milhares de homens se ouvia entre pausas: *RUH!... RAH!... RUH!... RAH!...* Segundo a segundo os gritos se tornavam mais altos e próximos ao CFGA. A apreensão nos olhares amáveis se agravava, a tensão que precede o encontro com o desconhecido, a incerteza sobre quem estaria do lado de lá. Quantos seriam? Que armas empunhariam? Tudo prenunciava aquela como a primeira e quem sabe última batalha do resto de suas re-vidas. *RUH!... RAH!... RUH!... RAH!...* Alunos tremiam, muitos deles urinavam nas próprias armaduras, alguns choravam baixinho.

O altivo puro-sangue de Joana d'Arc relinchou inquieto, ela acariciou o pescoço do animal. Então, numa elevação distante do planalto, a linha do horizonte finalmente começou a ser preenchida. Uma cavalaria imensa, muito, mas muito maior do que o exército amável formado às pressas. Pelo binóculo, a francesa descobriu quem eram. Passou o artefato para Publius Cornelius Lepidus, que confirmou aos berros:

— Huuunoooos!

Grilo girou a cabeça na direção de Euclides, com os olhos arregalados.

— Átila?

— Pronto, deu merda! — As pernas de Euclides tremiam, ele mal conseguia se segurar em pé.

Cornos e trombetas temíveis zurraram. Ladeado por seus generais, Átila montava um cavalo branco à frente de dez mil homens e cinco mil corcéis menores e ágeis. Vestindo capacetes de ferro e roupas de lã compacta e resistente, os hunos dividiam-se entre os que portavam escudos de madeira e machados de aço, os que brandiam espadas longas e os cavaleiros com a mais letal arma huna: o arco composto recurvado e assimétrico. Com um binóculo, Átila esquadrinhou o diminuto exército na outra extremidade do campo. Começou a gargalhar, seguido pelos generais, que riam mesmo sem saberem de quê. Átila ergueu o braço e todos interromperam o riso. Gastou um tempo em silêncio, para elevar o suspense. Fechou o semblante, o rosto ferveu.

— Ninguém pode fazer frente aos hunos! — berrou com uma voz tonitruante. — Não estou enganado sobre o que acontece, este é o campo que nos foi prometido por tantos triunfos. Avançaremos sobre o inimigo e ele já pode se considerar re-morto. Ataquemos os malditos amáveis com entusiasmo, os mais ousados são sempre os que tomam a iniciativa na guerra. Do lado de lá, quando muito, vejo um amontoado de insetos descoordenados. Busquemos, doravante, uma rápida vitória onde a guerra se resolve, pois logo depois de cortados os nervos, os membros se afrouxam e o inimigo desaparece. Destruam tudo, re-matem quem vier pela frente, procurem a menina de cabelos roxo e rosa. Tragam para mim a menina de cabelos roxo e rosa, chamada Vida Becker! Eu quero ela re-viva!

Os hunos altearam suas armas. *Iaaaaahhhhhhhh!* Os tambores voltaram a soar sua marcha fúnebre, no mesmo ritmo dos golpes das espadas e machados nos escudos. *RUH!... RAH!... RUH!... RAH!...*

Joana d'Arc cavalgou ao longo da linha dianteira com a espada erguida.

— Amáveis! É chegada a hora! Nunca imaginamos que seria desta forma, aqui dentro de nossa própria casa, mas nós nos preparamos para lutar onde e contra quem fosse — ela dirigiu a palavra aos alunos —, e vocês, nossos novos guerreiros, também estão prontos para o que virá! Seus corpos foram forjados como armas letais. Ninguém, na Terra ou no Paramundo, teve o privilégio de treinar com os mestres que os treinaram. Lembrem-se de cada lição, golpe, movimento, de cada lágrima, gota de suor e sangue derrubadas! Respirem, sintam os ventos da liberdade em suas mãos. Misturem força e rigor à criatividade, perseverança e sensibilidade. Não importa a potência de quem está do lado de lá, porque do lado de cá a garra e a paixão pela garantia da paz no Paramundo são infinitas. Somos todos irmãos! Defendam-se, defendam quem estiver ao lado. Confiem nos comandantes de seus exércitos, eles são os melhores. Não tenham medo, vocês re-viveram no Paramundo para estarem aqui hoje. Em nome da Força Amável nós vamos lutar, e ela nos dará a vitória. Re-viver sem acreditar é mais terrível do que re-morrer, e nós vamos re-viver!

Os milhares de amáveis brandiram suas armas, aos gritos graves: *Uuuuhhhhhhh!*

— Ao meu comando! — Publius Cornelius Lepidus ergueu o gládio. — Testuuudooooo! — Os legionários montaram a conformação testudo, ou tartaruga, a muralha de escudos com os flancos fechados numa disposição retangular sólida e impenetrável. — Combateremos até tombarem todos os inimigos! Hoje é um dia em um milhão! Serão compostas canções sobre esta batalha, portanto deem tudo de si para que as estrofes sejam dignas de entoadas com orgulho nos quatro cantos do Paramundo. Até que a re-morte nos separe! A sorte está lançada!

Por trás da tartaruga, postava-se o exército escocês, Grilo e Euclides no meio. Em seguida, fileiras e mais fileiras de cavaleiras do CFGA, com arcos e flechas, à frente de baldes repletos de óleo vegetal. Logo atrás, a cavalaria mameluca. Na retaguarda, o exército zulu conformado no chifre de búfalo, Rosa Morales e Ivy Jones ombro a ombro.

Guerreiros escoceses passaram correndo com tochas e acenderam o óleo. Joana d'Arc apontou a espada para as cavaleiras, que, em sincronia, puxaram das aljavas flechas com bolas de linho amarradas às pontas. Mergulharam-nas nos baldes e elevaram os arcos a 45º. A francesa baixou a espada e 600 flechas de fogo voaram em uma parábola perfeita na direção do exército temível. As cavaleiras acenderam nova carga, subiram os arcos a 60º e lançaram novo ataque. Uma terceira saraivada fumegante partiu na sequência. E uma quarta, uma quinta e uma sexta, em ângulos diversos. O céu cobriu-se por um manto de fogo.

Átila, a ponto de ordenar a avalanche sobre os amáveis, franziu a testa ao ver mais de três mil flechas flamejantes voando na direção de seu exército. Foi o tempo de gritar:

— Escuuuuudos!

O rei, os generais e os guerreiros se protegeram. Parte das flechas terminou no chão, parte alvejou escudos e os queimou, parte acertou guerreiros e cavalos. A chuva de fogo parecia interminável. Animais agonizavam e hunos desapareciam conforme iam re-morrendo, constituindo a chamada "guerra limpa", pois jamais haveria cadáveres humanos nos campos de batalha. A décima parte do efetivo temível desapareceu naquele primeiro ataque. O rosto de Átila ferveu, as veias do pescoço saltaram.

— Catapultas! Chuva de flechas!

Os projéteis nas catapultas já tensionadas foram acesos e o primeiro contra-ataque se deu na forma de novas três enormes pedras de fogo voando (...)

Ao ver a resposta pelos ares, Joana d'Arc comandou:

— Deslocamento para os flancos!

Todos se moveram para os lados, feito duas gigantescas centopeias, desvelando um corredor central para o impacto dos projéteis, que rolaram e acertaram novamente a estrutura de aço do CFGA. Uma das bolas penetrou o pátio e parte da edificação se incendiou. O exército foi reposicionado. E o céu então se apagou, como se o meiociclo de escuridão houvesse antecipado sua entrada. Milhares e milhares de flechas negras voavam. Ao sinal dos comandantes, escudos foram para o alto. O ataque atingiu em cheio a completa extensão do exército amável, provocando um número absurdo de baixas de guerreiros e cavalos. Grilo e Euclides ofegavam de medo, protegiam-se como dava, seus escudos foram cravejados de flechas, que eles prontamente quebraram com os machados. Passaram ilesos pelo primeiro ataque, não sabiam quantos mais viriam, de onde, com qual nível de crueldade. Do outro lado estavam hunos, e bastaria a qualquer um saber disso para ter certeza de que a re-morte era uma possibilidade iminente.

— Não vai dar pra gente ficar aqui — gritava Huiling Hu. — Eu não aguento mais, não estou conseguindo me segurar.

O rio tinha subido ainda mais rápido. A massa de água, folhas e galhos golpeava nossas costas e nos empurrava por cima da pedra. Engolíamos muita água, precisávamos sair dali o quanto antes. Adiante, a duzentos metros da cachoeira, uma árvore deitava-se acima da linha d'água, com dois galhos grossos paralelos.

— Já sei! Conta até dez e vem atrás de mim— gritei e me soltei na correnteza.

Quando passei sob a árvore, ergui a espada e a enfiei entre os galhos. Ela trancou, segurei firme.

— Mira em mim! — comandei para Huling.

A chinesa se soltou, descia em velocidade, submergia e emergia. Deu algumas braçadas e se manteve no rumo. Ao se chocar em mim, nós nos agarramos. A força da correnteza nos empurrava e pairávamos na linha d'água.

— Eu vou soltar, Vida. Cumpra sua missão, a minha já foi cumprida e é uma honra ter feito parte do seu treinamento.

— De jeito nenhum! Não solta, não solta — eu gritava, num guincho desesperado.

Nosso peso envergou a espada. Huiling se soltou, eu a agarrei pelo pescoço e berrei:

— EU ORDENO QUE VOCÊ NÃO SE SOLTE DE MIM!

Dandara dos Palmares desistiu de procurar na mata e partiu para a área do riacho. Atravessou cavalgando em velocidade pelo campo aberto entre os exércitos amável e temível. Finalmente viu as duas guerreiras ao longe, prestes a serem tragadas pelas águas. Apeou o cavalo com violência, jamais havia cavalgado com tanta rapidez. Um pouco antes de chegar à árvore tombada, pulou do animal e saiu correndo. Voou sobre o tronco, trançou as pernas, a espada de Vida se desprendeu dos galhos. Num movimento preciso, pendurada de ponta-cabeça, agarrou uma pela gola e a outra pelo braço. Içou-as fora d'água, a espada sumiu na correnteza. As duas se abraçaram ao tronco, exaustas.

— O que foram aquelas bola de fogo, Dandara? O que são estes estrondos?

— Estamos sob ataque, Vida.

— Eu preciso voltar! Agora! Os meus amigos, eles...

— Não dá mais! Não importa o que esteja acontecendo lá, você precisa se proteger. Não há como atravessar para a outra margem do riacho e levar você para a batalha será um risco enorme.

— Quem são? — Huiling subiu no cavalo de Dandara.

— Hunos.

— Proteja a Única. Vou trazer reforços.

A chinesa pegou o arco e as flechas e partiu cavalgando em velocidade.

Tal qual um formigueiro ensandecido, a carga frontal do exército temível atacou, um rolo compressor de cinco fileiras de uma cavalaria com tamanha potência, que o rugido infernal poderia ser ouvido a muitos quilômetros dali. Aos amáveis sobrevinha a visão perturbadora de fantasmas surgindo pelo meio da tempestade que caía cada vez mais pesada. O testudo romano avançou firme para o primeiro choque. Conforme a avalanche huna se aproximava, Publius Cornelius Lepidus gritava alucinado, desferindo a voz mais grave que jamais tinha conseguido:

— Venham, desgraçados! Provem da força da III Itálica de Ratisbona! Avancem e respirem seus últimos ares, mocinhas! Hoje à noite vocês jantarão no inferno e passarão o resto de suas não-existências miseráveis comendo as próprias tripas vomitadas e misturadas nas gosmas nojentas e fétidas que são suas entranhas podres!

O testudo se fechou completamente, os legionários travaram os escudos como se empurrassem uma parede de aço. A força da colisão foi brutal. O centro da linha de frente temível foi rechaçado. Houve um recuo estratégico dos hunos para os flancos, ao tempo em que novas quatro fileiras de cavaleiros já arremetiam em sequência contra o testudo parcialmente desestruturado, atropelando os legionários e dando início ao confronto aberto.

Era o momento de entrar em ação a segunda linha amável, o exército de William Wallace e Roberto de Bruce.

— Esperem! Esperem! — gritava William Wallace, com o machado no alto, enquanto flechas hunas voavam e derrubavam parte da tropa. — Mais um pouco. E... Agora!

O treinamento havia transformado aqueles alunos em peças de uma legítima horda escocesa. O primeiro gigantesco schiltron circular, de quatrocentos guerreiros, conformou-se coeso e o choque foi colossal. Ao centro do porco-espinho, Grilo e Euclides fincaram os piques no chão, apertaram a arma com força e não pensaram em nada além de não re-morrer. Os hunos não penetraram, foram escorraçados, cavalos caíam e se debatiam no chão, enquanto os soldados atravessados pelos piques desapareciam. Os escoceses puxaram seus machados e a carnificina de corpos e cabeças cortadas começou. Grilo e Euclides partiram para o ataque, largaram o pique e fizeram dos machados extensões de seus braços, rodopiando e degolando quem aparecia na frente. Um pântano de sangue e lama começou a se formar.

A batalha se tornou franca. Enquanto os amáveis se concentravam em resistir ao ataque frontal, os hunos colocaram em prática suas manobras de flanco, arremetendo em várias direções ao mesmo tempo de forma sincronizada. O chão enlameado havia se tornado um aliado amável, retardava em parte a velocidade da cavalaria huna e permitia uma leitura menos confusa da estratégia temível. Ainda assim, manuseando o arco composto, que permitia tiros precisos para todas as direções, os hunos erguiam-se apoiados nos estribos e disparavam sem piedade. Feito ondas de um maremoto golpeando um quebra-mar, atacavam e recuavam, atacavam e recuavam, cada vez com mais guerreiros. Haviam treinado durante centenas de ciclos aquela estratégia demolidora de pressão, numa consistência impressionante a desorientar o planejamento montado às pressas pelos amáveis, que tombavam como dominós e desapareciam.

Foi quando entraram em ação a terceira e quarta linhas de resistência: os exércitos de Baibars e das cavaleiras do CFGA. Tão poderosa quanto a montaria huna, a cavalaria mameluca partiu rasgando pelo meio, enquanto as cavaleiras contornavam pelas laterais. O quarteto inseparável Marielle Franco, Jeanne Hachette, Anita Garibaldi e Maria Pita jogava junto, estratégias próprias, uma protegendo a outra e constituindo um pequeno exército dentro do exército. Mesmo com um quinto do efetivo adversário, flechas amáveis voavam em velocidade e quantidade tão absurdas que a diferença numérica entre as cavalarias parecia não existir. Braços temíveis eram dilacerados, pernas deitavam-se à terra, cabeças rolavam e corpos desmembrados desapareciam ao mesmo tempo.

Já no campo aberto, Huiling Hu encontrou o caos de uma batalha da qual passara toda sua existência no Paramundo sonhando participar e que ali provocava nela uma excitação incontrolável. O CFGA queimava, colunas de fumaça subiam, o céu enegrecido pela fuligem e a tormenta davam ao campo de batalha um aspecto fúnebre para as milhares de re-mortes que se faziam. Imediatamente, a chinesa começou a ser perseguida. Sem envergar armadura, o risco de re-morrer havia se elevado e só restava aplicar todas as técnicas de combate que faziam dela uma das mais importantes cavaleiras da história do CFGA. Armou o arco e, com disparos precisos, derrubou os dois hunos em seu encalço.

A quinta e última linha defensiva amável, o chifre de búfalo, acabara de entrar em ação. Rosa Morales, Ivy Jones e os guerreiros no peito demoliam quem vinha pela frente, feito animais indomáveis e ferozes, enquanto, no movimento de pinça, os mais ágeis contornavam pelas laterais e finalizavam hordas de hunos que mal conseguiam entender de onde surgia tanta gente. Shaka Zulu transformara-se num monstro incorporado pela fúria dos leões e agilidade dos leopardos. Com o rosto ensanguentado e os olhos esbugalhados, dilacerava corpos em sequência. As ações mamelucas e zulus diminuíam a eficiência huna ao trazerem o combate para o corpo a corpo, a remota chance amável de vencer aqueles milhares de temíveis que pareciam brotar do chão.

Joana d'Arc manuseava sua espada forjada em aço e empunhadura em ouro, degolando e trespassando os corpos de tantos quantos eram os hunos que se aproximavam. Os estampidos das armas se elevavam, misturados aos relinchos dos cavalos. Amáveis gritavam e se contorciam ao re-morrer. Temíveis, ao contrário, com olhares fixos e dentes travados pareciam destituídos de humanidade, desaparecendo silenciosamente.

O que sobrara da infantaria legionária jogava num grupo coeso que se defendia e contra-atacava com os gládios afiados, provocando um número considerável de baixas inimigas. Publius Cornelius Lepidus bailava, perfurava o que se movesse e tivesse cara de temível, aos berros de *Ninguém encosta no Mr. Centurião!* Heféstio Amíntoro se valia da autoridade de braço direito de Alexandre Magno e aplicava tudo o que aprendera com seu comandante. Baibars fazia jus à alcunha de A Besta e, possuído, puxava flechas da aljava com uma rapidez sobre-humana, mirando essencialmente temíveis montados. Munido de um nunchaku de madeira, Bruce Lee rebatia flechas e derrubava hunos como pinos de boliche. No corpo a corpo, ninguém re-mataria mais do que ele naquela batalha.

William Wallace mirou Cunimundo, destacado em seu cavalo ornado por uma sela coberta de filigranas douradas. Empunhando um machado em cada mão, o Coração Valente bloqueou um, dois, três golpes rápidos da espada longa do rei gépida, saltou no ar e cravou-lhe a arma no peito. Cunimundo sumiu ao despencar do cavalo, o escocês montou no animal e partiu para cima de três temíveis que se aproximavam, retalhando-os como carne fresca. Baibars, cavalgando em ziguezague, arremessou o laço de sua corda no pescoço de Hormídaco e o arrastou enforcado pela lama até o lendário líder tribal huno desaparecer. Ao mesmo tempo, Roberto de Bruce, ciente da importância de re-matar Átila para abrir feridas no moral temível, arremeteu contra o líder-maior adversário. Derrubou-o do cavalo, os dois abriram a luta franca, as espadas se chocaram. O escocês acertou a cabeça de Átila e o capacete voou longe. Mas antes que ele conseguisse finalizar o embate, o rei huno contragolpeou num lance rápido, amputando o braço do rei escocês que, ao tombar ajoelhado, apenas fechou os olhos enquanto a lâmina huna lancetava sua garganta.

Um cavaleiro mameluco já se aproximava de Átila em velocidade. Puxou uma flecha da aljava, mirou no meio da enorme cabeça exposta do huno e disparou. O Flagelo de Deus, porém, como se pressentisse a aproximação, atacou simultaneamente, arremessando sua espada. A flecha raspou a lateral do rosto de Átila, ao tempo em que a arma temível atravessava a garganta mameluca. O huno urrava de prazer, sorvendo o próprio sangue que inundava seu rosto, boca e pescoço.

Grilo e Euclides, costa com costa, tinham recolhido espadas e, no foco que o desespero impunha, protegiam-se e trespassavam corpos com os golpes treinados com Musashi. Grilo começou a gargalhar num tom sinistro de prazer.

— Tá maluco, Grilo? — gritou Euclides, por detrás dos óculos de lentes cobertas por sangue.

— Queria ver alguém agora chamar a gente de fric! — Os olhos esbugalhados demonstravam claramente que ele tinha surtado.

Foi então que Heféstio Amíntoro viu um arqueiro investindo pela diagonal de Euclides, já com a flecha tensionada.

— Atenção, jovem! — berrou o guerreiro macedônio e atirou sua espada, que girou no ar e cravou nas costas do temível, sobrando apenas o cavalo.

Euclides mal teve tempo de entender o que havia acontecido. Hefístio Amíntoro, momentaneamente desarmado, tornara-se presa fácil no meio da arena e foi atropelado por um cavalo domado por um guerreiro ostrogodo. O corpo do macedônio girou no ar até desaparecer. Grilo e Euclides foram cercados por quatro oponentes, postaram-se novamente costa com costa e armaram a guarda.

— Você imaginou que um dia a gente jogaria *CONQ* na vida real, *Cyclides*? Hein? Hein?

— Nunca, *GriloVéio*, mas a gente não pode morrer aqui, porque não dá pra resetar o jogo e começar de novo.

Os dois bloqueavam e atacavam, defendiam e giravam como peões ensandecidos. Um a um os quatro hunos desapareceram. Agora, foi Euclides quem surtou, urrando como se transformado em seu próprio avatar de lagarto nas batalhas do metaverso. Ele e Grilo experimentavam o prazer que nenhum par de *joysticks* e óculos de realidade virtual jamais seriam capazes de proporcionar. Um cavaleiro gépida desmontou de seu animal e armou a espada por trás de Grilo, mas Petrus Schneider cravou o pilo na base do queixo do temível.

— Petrus, atrás de você! — gritou Grilo.

Não houve tempo de Petrus reagir ao fio da espada de Balamiro. A cabeça do alemão voou e caiu na lama, sumindo junto ao seu corpo mole de pernas dobradas. Balamiro partiu para cima dos brasileiros com a espada erguida, mas Marielle, a uma distância de vinte metros, disparou um tiro certeiro e a flecha voou por entre dezenas de guerreiros até atravessar o olho do rei huno, saindo pela parte de trás do crânio. Ela gritou, apontando para Grilo e Euclides:

— Jeanne, ali!

Com os rostos cobertos de sangue, as duas se agruparam em torno deles. A espada da brasileira e o machado da francesa chocaram-se com armas hunas, que descreviam movimentos em círculo e desciam com fúria para tentar perfurar as cavaleiras. O ímpeto das guerreiras não arrefecia, como se ali elas estivessem resolvendo toda e qualquer de suas lutas pendentes na Terra. Grilo e Euclides mantinham o foco, cada vez mais exaustos. Os temíveis notaram que os dois estavam sendo protegidos acima dos outros e partiram em bloco.

— Para a mata, é nossa chance. — Apontou Marielle.

Como num balé sincronizado, Jeanne Hachette puxou Grilo para sua garupa, enquanto Marielle Franco fazia o mesmo com Euclides. Partiram em velocidade, desviando de cada inimigo que tentava alvejá-los.

Átila seguia abatendo uma quantidade colossal de amáveis, sem perder de vista a tarefa de encontrar a Única. Nenhuma das adversárias, no entanto, correspondia à descrição feita por Mussolini.

— A Única não está aqui! Dengizico e Octar, sigam para a área do riacho; Valamiro e Ruas, invadam a estrutura de aço. Procurem a menina dos cabelos roxo e rosa em todos os lugares!

Tentando ainda se desvencilhar dos hunos que surgiam como um enxame, entre um confronto e outro Huiling Hu percebeu a movimentação do grupo temível em direção ao riacho. Ela cavalgou ao longo da linha de batalha.

— Anita, Pita, Matilda, Carmen, Ilca, Ivy, Zahara, venham comigo!

Todas partiram por trás da retaguarda huna.

Dengizico, Octar e seus guerreiros, um deles Konstantin – o maior e mais forte de todos os hunos – chegaram à margem do riacho e sobreveio nos dois generais o ímpeto de uma gargalhada ao finalmente verem a Única, que fugiu para o tronco acima das águas feito um bicho acuado. Átila havia fornecido uma breve descrição física da menina, insuficiente para se imaginar que o motivo daquela batalha sangrenta fosse uma figura tão insignificante. Os amáveis só podiam estar de brincadeira, mas, de todo modo, a busca havia enfim terminado e restava capturá-la, demolir a sobra do exército amável e voltar para as Geleiras do Além com o dever cumprido. Dengizico desmontou, desembainhou a espada e foi saboreando antecipadamente a vitória. Dandara dos Palmares tentava uma inútil barreira.

— Saia da frente, mulher! Eu só quero a menina dos cabelos roxo e rosa!

— Nunca!

— Você é quem sabe...

O huno girou sua espada para decapitá-la, ao tempo em que uma lança atirada por Maria Pita cravou em suas costas. Ele tombou e desapareceu. Os temíveis leais ao general descarregaram uma saraivada de flechas, mas a resposta das cavaleiras veio na mesma intensidade. Zahara foi alvejada na testa, Ilca no pescoço, as duas desapareceram, assim como outros temíveis que encontraram artefatos amáveis de pontaria certeira. Uma flecha penetrou a coxa de Dandara, ela caiu no chão se contorcendo e berrando. Outra zuniu na direção de Vida e raspou seu braço, desequilibrando-a. Em meio a um guincho desesperado, a menina despencou da árvore e sumiu sob a correnteza.

— Vida, não! — gritou Carmen e pulou para tentar salvá-la.

Octar berrou para Konstantin:

— Traga a Única!

Konstantin se atirou no riacho e Octar fugiu de volta ao campo de batalha.

A fúria da correnteza impedia a visão abaixo da linha d'água, mas, ao ver o huno pulando, Matilda também mergulhou atrás.

Enquanto Huiling Hu protegia Dandara, um alvo fácil a ser abatido, Maria Pita, Anita Garibaldi e Ivy Jones partiram para cima dos temíveis que ainda restavam por ali. A lança de Maria Pita e as espadas de Anita e Ivy perfuraram um a um. Huiling se debruçou sobre Dandara, prendeu firme a flecha entre as mãos e balbuciou:

— Feche os olhos, vai doer...

— Faça o que precisa ser feito, rápido.

A chinesa apertou os lábios e arrancou o artefato com um puxão seco, dilacerando parte da carne da coxa de Dandara, que rolou pelo chão se contorcendo aos berros. Um torniquete feito com uma tira do pelego de um dos cavalos estancou o sangue que jorrava. Huiling Hu colocou-a sobre o animal e a abraçou por trás. Uma nova carga de temíveis se aproximava, elas não podiam mais ficar ali sob o risco de serem massacradas. Partiram de volta para o CFGA. A cabeça de Dandara pendia para os lados, ela parecia desfalecer.

Valamiro e Ruas penetraram a estrutura de aço com um séquito de cem guerreiros. Uma a uma, as instalações foram sendo destruídas e queimadas. Eles não encontraram a Única, mas encurralaram um grupo de quinze cavaleiras e alunas. A horda ensandecida e fora de si as agarrava pelos cabelos, braços e pernas. Com olhos esbugalhados e línguas de fora, arrancavam as armaduras das mulheres, rasgavam suas roupas e expunham seus corpos. Por mais que tentassem resistir e se debatessem freneticamente, elas sucumbiam à selvageria temível. Enquanto parte dos hunos fazia um muro de proteção, as mulheres eram violadas em sequência por filas de guerreiros, até não resistirem e desaparecerem soltando guinchos desesperados e ao som dos urros daqueles que encaravam a brutalidade como um prêmio de guerra. Huiling Hu precisava chegar o mais rápido possível ao que tinha sobrado da enfermaria, para tentar salvar Dandara, e no trajeto presenciou ao longe aquelas cenas de barbárie. Teve ânsia de vômito. Guardou no canto mais protegido de sua mente os rostos de Valamiro e Ruas gargalhando de tudo o que os animais faziam.

Ao centro do campo de batalha, Joana d'Arc teve uma visão perturbadora. Mais do que fruto de estratégias eficientes e bem coordenadas, e muito além da desmedida agressividade, a superioridade numérica conferia aos temíveis uma vantagem intransponível. A horda huna parecia infinita, dominava claramente o teatro da guerra. Ali sobreveio a certeza da iminente queda amável e de que apenas um milagre os salvaria. Muita gente havia re-morrido, pessoas de quem ela já não se lembrava. Por sua inteira responsabilidade, aqueles jovens ainda inexperientes haviam sido jogados em uma situação real de guerra contra um exército sanguinário. As instalações do CFGA ardiam em chamas, impossível conformar com os guerreiros remanescentes uma proteção para suportar a carga inimiga, tampouco recuar e bater em retirada. Um a um tombariam todos, não sobraria amável para relatar os feitos de bravura daqueles que tentaram resistir até enquanto suas pernas aguentaram. Ela já não tinha mais certeza de conseguir cumprir a missão de proteger a Única. Tudo pelo que tinha lutado, cada centímetro do que havia construído durante 200 ciclos, ruía como um castelo de cartas sob um vendaval com odor de enxofre, morte e medo. O destino, porém, havia a escolhido como líder maior daquela comunhão de guerreiros tão diversos, e ali só restava a ela ser ainda mais forte do que jamais havia sido. Partiu então com tudo, a espada nunca se fez tanto uma extensão de seu próprio braço. Exausta, Joana d'Arc berrava e chorava e demolia o que ainda conseguia. Se fosse para sucumbir, que levasse consigo o máximo de temíveis.

Mas, como se considerasse a mensagem presa à sua perna a mais importante de sua re-vida animal, o falcão-correio remetido pelo CFGA havia cumprido a missão e subitamente o milagre pedido por Joana d'Arc começou a acontecer. No horizonte Leste, uma avalanche amável descia para o campo de batalha. Sob a liderança de Miyamoto Musashi, 5.000 cavaleiros samurais envergando o *O-yoroi,* o *hoate* e o *kabuto* – a armadura de placas de metal com o brasão de seus clãs, a máscara metálica e o capacete de ferro reluzente e ornamentado –, avançavam em formação por trás da retaguarda huna, como um raio de fogo penetrando uma floresta seca. Com espadas presas à cintura e empunhando arcos e flechas, passavam por cima dos hunos como gigantes esmagando formigas. No corpo a corpo, empenhavam um estilo de luta apurado, técnicas incompreensíveis aos temíveis, habilidades treinadas à exaustão, o Bushido aplicado à mais refinada e brutal arte do combate. Musashi envergando sua espada de madeira, a guerreira Tomoe Gozen, os completos Kojiro, Shimazu, Tametono, Magonojo, Tadakatsu, Masamune, Tokugawa, Nobunaga, Shingen, Bokuden e um exército formado por integrantes dos clãs mais importantes do Japão feudal, todos giravam, voavam, derrubavam temíveis e iam limpando o campo de batalha. Poucos samurais tombavam, alvejados em seus pescoços por flechas certeiras dos inimigos. Musashi fazia voar a espada de madeira, e não havia escapatória para os temíveis que tentavam fugir.

Com a chegada do reforço de última hora, a batalha ganhou uma dimensão ainda mais extraordinária, uma injeção de ânimo no moral amável já quase sucumbido à derrota. Os poucos legionários, escoceses, mamelucos, zulus, cavaleiras e alunos renasciam como gigantes dotados do poder de vender ainda mais caro a derrota. Veias tornaram a saltar, pelos a arrepiar, dentes a ranger, braços e pernas a rodopiar. Espadas, machados, lanças e punhais a colidir com fúria. A tempestade apertou, fustigava corpos, pesava armaduras e diluía o sangue que jorrava. O lamaçal cada vez mais se fazia um duro adversário aos dois exércitos, mas Musashi parecia um tornado, combatia como se estivesse sobre um piso de mármore.

Joana d'Arc alinhou-se a ele.

— Viemos assim que recebemos o falcão. — Musashi acertou com violência a têmpora de um huno que se precipitava por trás da francesa.

— Nunca vou poder retribuir, meu amigo. — Ela cravou a espada nas costas de outro.

Átila percebeu a virada no jogo. Uma parte considerável de seu efetivo já tinha desaparecido, outra começava a recuar, o controle da batalha escorria por entre seus dedos. A combinação de variadas táticas havia surpreendido os estrategistas hunos, a resistência amável fora muito mais dura do que o Flagelo de Deus jamais poderia imaginar. A entrada em cena do exército samurai, coeso e descansado, contrastava com a exaustão de seu próprio exército. A linha temível começava a ruir, não havia mais nada a fazer, a não ser bater em retirada com o efetivo ainda de pé e antes de o massacre ser completo.

Derrota configurada, o toque de recuo foi ordenado, sem, pelo menos por ora, eles voltarem para casa com a encomenda feita pelo QG Temível. A batalha ainda levaria quase uma hora até serem debelados os últimos focos de resistência. Os mais bravos guerreiros hunos, então, fizeram uma barreira impenetrável de cinco linhas ao redor de Átila e fugiram para o Norte. Por mais que os amáveis ainda tentassem, foi impossível desmantelar a muralha para obterem o maior troféu de todos.

Ao som das trombetas temíveis, Jeanne Hachette e Marielle Franco saíram da mata com Grilo e Euclides. Dragomir Funeral veio na sequência, sem nenhum amassado na armadura ou gota de sangue no corpo. No meio do campo de batalha, com o rosto coberto de sangue Joana d'Arc ergueu sua espada. Os guerreiros amáveis, também ensanguentados, altearam armas, escudos e elmos. E berraram um misto de felicidade e alívio, por terem resistido a uma das máquinas de guerra mais violentas da História.

53
MISSÃO CUMPRIDA?

Confinado no 4º subsolo, Leonardo da Vinci escutara os rugidos abafados da batalha e nem com sua criatividade superior conseguiria imaginar como ela havia se desenrolado. Vida já era para ter chegado, por que não a traziam? Um silêncio mórbido se fazia, caso os temíveis descobrissem o bunker não mediriam esforços para arrombá-lo, levasse o tempo necessário para isso. Um aperto fundo no coração, o medo de não sobrar amável re-vivo e, pior, a possibilidade de a Única jamais cumprir sua missão fizeram Leonardo cair de joelhos e implorar à Força Amável que não tivesse abandonado ninguém naquele cenário de horror. Ele se lembrava de uma quantidade menor de comandantes, dos que estiveram com ele na sala de Joana d'Arc, e isso era um péssimo sinal. Até baterem à porta e seu coração disparar.

— Leonardo!

Era a voz de Joana d'Arc.

O CFGA ainda se encobria pela fumaça negra da destruição e exalava o fedor dos cavalos mortos no pátio. Enquanto cavaleiras ateavam fogo às carcaças e levavam os guerreiros moribundos para a enfermaria, o exército amável se reuniu. Feridos e exaustos, todos heróis. Joana d'Arc postou-se diante do efetivo.

— Musashi, meu amigo, seu valor e fama não poderiam ser exagerados, mesmo se os oceanos tivessem bocas e os vales tivessem línguas. Agradeço a cada samurai, em seu nome, pelo reforço de última hora. Sem vocês, o resultado da batalha teria sido bem diferente.

Os 4.200 samurais restantes fizeram uma reverência.

— E todas as palavras serão insuficientes para agradecer a tantos que neste campo estiveram: Dandara, Huiling e suas incríveis guerreiras; William e o outro líder que não está mais aqui, junto aos seus bravos escoceses; Shaka e os inacreditáveis zulus; Bruce Lee, um gigante; Publius e os incansáveis legionários; Baibars e os destemidos mamelucos. Mas, acima de todos, minha reverência a cada um dos alunos. Alunos, não. Mestres! A prova de fogo não poderia ter sido mais dura. Restaram pouco mais de 200, mas todos agora com almas carimbadas por uma palavra: VITÓRIA! — Ela ergueu a espada e a resposta veio com urros, numa catarse jamais vista por ali. Em seguida, apoiou um joelho na terra, sacou o elmo e baixou a cabeça. — Peço um minuto de silêncio aos que deram a própria re-vida pela causa amável.

Todos seguiram o gesto de Joana d'Arc, alguns depois jurariam ter sido possível ouvir o som das tropas hunas ainda batendo em retirada a muitos quilômetros dali. Ao fim da homenagem, Rosa Morales fez reverências a Grilo e Euclides, os três recobertos de lama, suor e sangue. Por outro lado, também com o corpo ensanguentado e os cabelos desgrenhados, Ivy Jones passou pelos três e virou a cara. A rivalidade seguia mais forte do que o entrosamento, comunhão, respeito e irmandade resultantes dos ombros alinhados na batalha. Grilo e Euclides se abraçaram e choraram, ao alívio de terem sobrevivido e à incerteza a respeito do destino de Vida. Joana d'Arc, mesmo com a celebração da vitória, tinha ciência de não poder se dar ao luxo de relaxar. Convocou um pequeno grupo para uma reunião.

No Auditório Principal, uma das instalações internas que resistiram parcialmente ao ataque, reuniram-se Leonardo da Vinci, Grilo e Euclides. Dandara dos Palmares chegou logo depois, manquejava com a coxa enfaixada. Joana d'Arc abriu a reunião:

— Chamei vocês aqui para decidirmos o que fazer a respeito da Única.

— A investida contra o CFGA foi para capturá-la — declarou Dandara. — As palavras de um huno que tentou me atacar foram "Eu só quero a menina dos cabelos roxo e rosa". Ela foi alvejada, caiu na corredeira.

— A Vida morreu, ela morreu, meu deus, ela morreu! E agora? — Grilo surtou, ofegava e tremia.

— Calma, Grilo! — Joana d'Arc o sacudiu pelos ombros. — Nós estamos nos lembrando dela.

— A gente tem que procurá-la o quanto antes! — Euclides também tinha um tom de voz apavorado.

— Duas de nossas cavaleiras foram atrás dela, mas...

— O que foi? — perguntou Joana d'Arc.

— Eu não sei mais quem eram. — Dandara apertou os lábios.

— Isso não é nada bom. Vamos designar uma tropa de cavaleiras para vasculhar a área além do riacho.

— Não — interrompeu Leonardo com a voz serena. — Devemos deixar que a Única siga sua jornada.

— Como ela pode seguir uma jornada sem os fiéis escudeiros?

— Vocês continuam sendo fundamentais, Euclides. Sigam se preparando e nunca percam a fé na Vida.

Todos permaneceram em silêncio, tentando compreender a tese de Leonardo, até Joana d'Arc se pronunciar:

— Confio na sua intuição, meu amigo. Ela saberá o que fazer.

Leonardo e Dandara se despediram, sobraram Grilo e Euclides. Joana d'Arc olhou-os com ternura.

— Não tenho a menor dúvida de que vocês dois farão a diferença no exército de Alexandre. A Vida não podia ter melhores fiéis escudeiros. Minha gratidão eterna por terem vindo e lutado ao meu lado.

Deu um abraço forte em Euclides, que não conseguiu conter as lágrimas e saiu cabisbaixo do auditório. Em seguida, a francesa pegou um pano e limpou um pouco do sangue ao redor dos olhos de Grilo, já bem mais alto e forte do que ela. Com o coração disparado e a respiração ofegante, ele não sabia o que dizer. Trocaram um olhar demorado, ela fez-lhe um carinho no rosto.

— A guerra se aproxima, não sabemos como será e o quanto vai durar. Mas eu quero muito ainda ter a chance de ouvir as coisas que você fez na Terra e te contar a parte da minha vida que foi comum.

Grilo apertou os lábios, os dois se abraçaram por longo tempo e ele saiu andando de costas encarando-a. A francesa restou em meio à destruição, poeira, ferragens expostas, blocos de concreto e cadeiras arrebentadas. À bandeira com o logotipo do CFGA tombada e rasgada, símbolo maior da resistência, naquela que seria conhecida como A Batalha dos Jovens Amáveis. Não fazia sentido reconstruir nada, aqueles escombros seriam um monumento ao 200º e último Destacamento, o mais promissor, o que primeiro provou a eficiência de um programa implementado repetidas vezes por 200 ciclos. Durante boa parte de sua re-vida, a francesa fora a principal responsável pela preparação de milhares de guerreiros distribuídos ao Exército Único e aos mais importantes exércitos amáveis. Fizera sua parte com dedicação. O CFGA poderia ser fechado para sempre, pois, das duas uma: os amáveis ganhariam a guerra e nunca mais ninguém precisaria ser treinado, ou os temíveis venceriam e destruiriam tudo. Uma pergunta sincera, porém, repetia-se em sua mente: O resultado da missão poderia ser considerado sucesso ou fracasso? Se o critério fosse a batalha ora vencida, sucesso; se a proteção da Única, fracasso. Ela não havia contestado Leonardo, mas temia pelo que Vida teria de enfrentar sozinha. Uma lágrima rolou por sua face. Pegou uma tira do que restava da bandeira do CFGA e a amarrou em seu braço. Por fim, foi até Jeanne Hachette.

— Minha amiga, por favor, dispare um falcão para o Conselho de Segurança Amável, em Londyork.

Num papelote escreveu:

Subterritório das Águas violado ao Norte. Hunos.
Sozopolch destruída, 30.000 re-mortos.
Ataque ao CFGA, vitória amável.
Átila em retirada.

Preparem-se para a guerra total.

Joana d'Arc.

54
UMA GUERREIRA NÃO CHORA

A flecha temível raspou meu braço, abriu um talho numa dor insuportável e me desequilibrou. Caí e fui empurrada pela corredeira. Como se dentro de uma máquina de lavar roupas, meu corpo era açoitado e revirado pela massa d'água. A ausência de ar tragava minha força, câimbras endureciam meus braços e pernas. A qualquer instante, eu poderia me arrebentar em uma pedra. Já bem distante do ponto onde havia mergulhado, fui então lançada para cima pela força da corrente golpeando uma vala no fundo, o tempo de respirar uma só vez e despencar na cachoeira, como se descesse pela garganta de um monstro.

Tudo aconteceu em segundos, um rugido brutal tomando conta de meus ouvidos, litros d'água entrando pelo nariz e boca, em meio a uma queda de vinte metros. Mergulhei no poço e a potência da cachoeira empurrou meu corpo para o fundo turvado pela suspensão de terra, galhos, folhas e detritos. Reuni o que ainda restava de força, bati freneticamente os braços e consegui subir à superfície, sorvendo o ar com sofreguidão. A não muitos metros adiante, o grande poço circundado por árvores e pedras se transformaria novamente numa corredeira e eu precisava sair dali o quanto antes. Consegui me agarrar a uma rocha que se erguia da água, minha cabeça girava a mil por hora. *Eu só quero a menina dos cabelos roxo e rosa... Eu só quero a menina dos cabelos roxoerosa... Eu sóqueroameninadoscabelos... Eusóquero... roxoerosa...* As palavras se repetiam confusas, como se sobre minha cabeça houvesse um capuz preto, ao redor de meu pescoço uma corda apertada, e colada aos meus ouvidos a respiração de um carrasco. Ao mesmo tempo, cada sílaba tinha o poder de me empurrar para longe dali. Resfolegando e com a visão turvada, subi devagar, tossi para expelir o líquido que tomava conta do meu corpo endurecido. O talho fundo no braço jorrava sangue, pressionei a ferida e soltei um grito mudo para não atrair a atenção de quem pudesse rondar a área.

Konstantin, que tinha se atirado na corredeira imediatamente após Carmen saltar para salvar a Única, mantinha a cabeça fora d'água e descia em velocidade. Bateu com firmeza os braços até alcançar a equatoriana, agarrou-a por trás e a pressionou no fundo. Em alguns segundos, ela desapareceu e o huno relaxou o corpo, apenas aguardando o momento de cair na cachoeira. Mas passou a provar do próprio veneno, ao sentir alguém também o enforcando pelas costas. Matilda, que pulara logo atrás dele, despejava o máximo de força nos braços, ao tempo em que cravava nos olhos do temível suas unhas afiadas. Muito mais forte, Konstantin urrou, desvencilhou-se e os dois começaram a trocar socos furiosos durante aquele rafting de água, ódio e sangue. Foi então que chegou o abismo da cachoeira e eles despencaram agarrados. Mergulharam ainda embolados, Matilda conseguiu subir primeiro à superfície, ao tempo de berrar:

— Vida, fuja pra muito longe daqui! Corra o mais ráp...

Ela foi tragada violentamente para o fundo turbulento e escuro do poço.

Alguém no poço tinha me gritado para fugir para longe, eu tinha certeza disso, mas não sabia mais quem. Então vi um gigante huno emergir da água, e ali a mensagem fez todo o sentido. Nadei desesperadamente até à borda. O monstro já vinha batendo os braços em minha direção. Meus pés patinaram na lama, eu tentava sair e escorregava, afundava e me reerguia. O braço ferido ardia horrores, com espasmos jorrando sangue feito a cachoeira que rugia logo atrás. Consegui finalmente fisgar uma raiz grossa misturada à folhagem úmida e fiz uma alavanca. O temível, a poucos metros, acelerou e agarrou meu coturno, devolvi um coice violento em seu rosto e saí em disparada. Contornando árvores, pulando por cima de troncos caídos e atravessando os vãos formados pelos galhos grossos que se projetavam do chão, eu tentava correr o mais rápido que conseguia. Os olhos ainda inchados pela surra levada de Ivy Jones me impediam de me situar entre as luzes e sombras bruxuleantes da floresta, mas eu não podia me dar ao luxo de parar. Eu olhava para trás e via o caçador com um olhar de morte, parecendo cruzar um descampado, como se não houvesse nada à frente. Foi quando tropecei em uma raiz aérea e rolei por um declive até chocar minhas costas no tronco de uma árvore. Berrei de dor, o sangue em meu braço continuava jorrando. Assim que consegui me levantar, senti o temível me aplicando uma gravata. Ele me ergueu no alto, tinha os braços muito fortes. Sufocada, bati a perna no tronco e dei um impulso. Nós dois caímos no chão coberto de cascalho, folhas e galhos. Consegui me afastar um metro e, quando o temível me puxou pelo pé, eu já estava com uma pedra pesada na mão. Preguei-a violentamente na têmpora dele, que caiu desacordado e sangrando.

Saí à maior velocidade que eu ainda conseguia, tentando ignorar as dores pelo corpo. Após atravessar uma longa trilha pela mata, parei para recuperar o fôlego. Com um graveto pontiagudo, rasguei a barra da camisa e apertei um torniquete no braço. Cambaleei e adiante deparei com um carvalho de tronco largo delimitando uma bifurcação. Tive uma ideia: rasguei outra tira de pano, molhei-a no braço ensanguentado e fui pingando pelo chão por trinta metros da trilha a Oeste. Deixei o pano visível sobre as folhagens, retornei e tomei a direção Nordeste, apagando por um bom trecho pegadas e vestígios de minha passagem, conforme avançava mata adentro.

Corri por horas, parando de tempos em tempos para recuperar o fôlego. A fome devorava minha energia, eu não tinha noção do quanto tinha me afastado. Escolhi uma pequena clareira debaixo de um grupo de árvores baixas. De todos os lados vinham sons indistintos de animais, de piados a gritos e rugidos. Eu não sabia até que ponto aquilo era alucinação ou verdade. Busquei madeira, folhas e tiras de cipó caídas, montei uma cabana com fundo para uma pedra redonda e alta. Fraca e cansada, coletei raízes e frutas azedas, o suficiente para enganar meu estômago.

Encolhida entre as pernas, lembrei-me das lições de minhas guerreiras-professoras sobre resiliência. Toquei o amuleto da vitória no pescoço, não havia honrado a confiança de Leônidas. Ao contrário, aquela era a mais pura expressão de uma derrota incontestável. *Eu só quero a menina dos cabelos roxo e rosa.* A frase carregava a certeza do ataque para me capturar. Se eu não tivesse sido levada pela Máquina de Contar Histórias, nenhum mal teria acontecido, tanta gente não teria re-morrido. *Uma guerreira não chora! Chora, sim! Não chore, você é a Única! Dane-se esse papo de Única! Dane-se, não, a Única é a salvação do Paramundo! Não, ela é sinônimo de morte, já está provado! Não chore! Morte! Choro, sim, eu não sou única de nada! EU ORDENO QUE VOCÊ NÃO CHORE!* Eu lutava sem parar contra a adversária mais dura de todas: eu mesma. E parecia que estava perdendo feio.

Surgiram sons de passos sobre a folhagem. Meu coração disparou, eu me escondi nos fundos do abrigo, peguei um pedaço de pau e armei a defesa. Até que, por uma fresta, vi meu algoz: um coelho-do-mato, de orelhas grandes e olhar triste. Atirei frutos, ele se assustou e momentos depois retornou para comer. A armadilha formada pelo caminho de iscas enfim o atraiu para dentro do abrigo. O ensinamento do pigmeu filósofo Kike Nfumu ressurgiu: *entre você e a fofura, escolha você.* Com frio, medo e saudade do tempo em que minhas fantasias se limitavam às paredes do meu quarto, caí no sono choramingando e acariciando as orelhas do coelho, como se novamente abraçasse os bichos de pelúcia deitados na minha cama.

55

MENINAS FAZEM COISAS EXTRAORDINÁRIAS

Ao acordar da pedrada no rosto, Konstantin demorou a compreender onde estava. O talho aberto na face ainda sangrava, mas ele precisava continuar à caça da Única. Esquadrinhou ao redor à procura de vestígios e encontrou sangue sobre uma pedra. Passou o dedo e o cheirou. Sangue humano. Na sequência da trilha, mais gotas, como um rastro a ser seguido. Com a determinação de um perdigueiro, embrenhou-se na mata até chegar a uma bifurcação criada por um carvalho de tronco largo. Optou a esmo por uma das trilhas e teve certeza da escolha ao pisar em um trapo de tecido ensanguentado caído sobre as folhagens.

Seguiu pulando rochas e galhos, suplantando regatos e atravessando fendas e forquilhas formadas por troncos tombados, detendo-se apenas para farejar indícios do caminho tomado na fuga. Após algumas horas, deparou com o fim da trilha, um penhasco liso altíssimo, impossível de ser escalado por alguém experiente como ele próprio, e jamais por uma menina. *Meninas não fazem coisas extraordinárias e, por mais que tenha sido treinada, a Única não deixa de ser uma menina*, pensou Konstantin. A cabeça ferveu, ele deu o urro de um urso preso em uma armadilha. Mesmo alguém incansável como ele precisaria recobrar forças, e assim fez, antes de retornar para tentar descobrir em que ponto havia falhado. Banhou-se no rio, acendeu uma fogueira, caçou um rato-do-mato e o assou. Após comer, deitou-se ao relento e apagou durante muito tempo.

Despertou com uma imagem nítida na mente: a tira de pano ensanguentada. A ingenuidade provocou novo grito de ódio, mas, mesmo tendo de retornar até os arredores do CFGA, o atraso ainda poderia ser recuperado. Após umas tantas horas, enfim reencontrou a armadilha usada para ludibriá-lo. Avançou mais alguns passos, contornou o carvalho e pegou a trilha Nordeste. Ainda que a menina tivesse tentado camuflar, os vestígios das cinzas das fogueiras e dos troncos e galhos quebrados nos acampamentos ora desfeitos serviriam como novas pistas certeiras na caçada. Konstantin imaginava estar a um dia de distância da Única, e não desistiria até capturá-la.

56
O ÚLTIMO HOMEM DE SOZOPOLCH

Acordei assustada, torcendo o corpo de um lado a outro em posição de combate, à procura de ameaças. O sangue no ferimento do braço estancou, uma fina casca cobria as bordas do talho e meus olhos desincharam o suficiente para eu enxergar um pouco melhor. O coelho que me fez companhia já não estava mais no abrigo. Desfiz e camuflei o breve acampamento, empreendi nova marcha. Em algum tempo, uma planície se abriu, um descampado com poucas árvores, rastros no chão, milhares de impressões de pegadas indo e vindo e extensas trilhas feitas por rodas, que supus serem das máquinas de guerra que atacaram o CFGA. O sol fervia a cabeça, mas eu me lembrava do rosto temível à minha caça e não podia me dar ao luxo de parar mais.

Até que percebi fumaça e silhuetas de construções no horizonte. Sinais de civilização, uma chance de salvação. Acelerei o passo, como se precisasse impedir que a cidade fugisse de mim. Mas, quanto mais me aproximava, mais forte vinha a impressão de ser um deserto de almas. Entrei naquela que parecia a rua principal da localidade, cenário de devastação absoluta. Silêncio macabro, um ar carregado de fuligem que me impedia de enxergar além de dez metros. Um outdoor parcialmente queimado e tombado trazia pedaços de uma foto colorida do lugar, junto ao texto: "Bem-vindo a Sozopolch". Parte a búlgara Sozopol, parte a alemã Polch, o lugar tinha sido reduzido a um cemitério a céu aberto, tomado de escombros. Os quatro castelos que circundavam a cidade tinham sido incendiados, quase nenhuma construção estava de pé. Pairava um cheiro podre, exalado pelos animais com suas bocas inertes, vísceras expostas e olhos esbugalhados. Corvos, urubus, gralhas e moscas duelavam pelas carniças. Tive ânsia de vômito, minha energia baixou e as pernas fraquejaram. Não conseguia imaginar quantas pessoas perderam suas re-vidas naquele massacre.

— Oi! Alguém! Alguém na cidade? — eu gritava, à procura de um sinal de quem pudesse me oferecer água e comida.

— Vá embora daqui o quanto antes! — Uma voz rouca ecoou nas poucas paredes ainda remanescentes.

— Quem está falando? Onde? Quem é? Por favor, apareça!

— Não importa! Apenas suma daqui! Os monstros acabaram com tudo.

Segui o som da voz até encontrar, por detrás de blocos de concreto amontoados, um homem roto, cheio de cortes e com o corpo parcialmente coberto por cicatrizes de queimadura.

— A cidade foi amaldiçoada, vá embora antes que eles voltem.

— Eu preciso comer, por favor.

— Não sobrou nada aqui. Se quer se manter re-viva, fuja o quanto antes.

— Pra onde?

— A Leste você vai encontrar Gramallstatt. É a cidade mais próxima, alguns dias de caminhada.

— Venha comigo, senhor.

— Não! — gritou ele, embrenhando-se nos escombros e sumindo de vista. — Eu ainda me lembro de minha filha e só saio daqui com ela.

Tomei a rota Leste. Novos três dias de caminhada quase ininterrupta, entrecortada por acampamentos levantados e desfeitos, e enfim encontrei o curso de um rio de águas límpidas e calmas, com margens como verdadeiros jardins a céu aberto. Tirei a roupa e mergulhei. Lavei o que havia se tornado o talho em meu braço, uma casca grossa coagulada. Boiei por um tempo próxima à margem, eu precisava muito descansar, nossa! Eu me enfraquecia a cada minuto, perdi a noção do tempo. O sol do Paramundo, aquela imagem violeta fixa no céu, tirava qualquer possibilidade racional de orientação. Dias e noites iguais, alternados por momentos aleatórios quando eu dormia e acordava para seguir adiante.

Comia só frutas e raízes, até que a súplica de minhas entranhas por proteínas e gorduras finalmente derrotou a convicção de não matar animais silvestres. A um certo ponto da jornada, qualquer coisa que se movesse diante de meus olhos e tivesse aparência suculenta se tornava refeição. Eu abatia, destrinchava com ferramentas improvisadas, assava e comia como se estivesse num banquete no O Confeiteiro Pitoresco.

Vomitei, tive alucinações e dores abdominais, suei frio. Passei horas deitada sobre folhagens, contando à Valentina detalhes daquela trajetória pela terra dos re-vivos, como se explicasse uma ideia inovadora para um romance. Lutei contra colegas da minha escola, que apareciam para zombar das minhas roupas, dos meus cabelos e das minhas fantasias – as imaginárias e as reais. Matei Lavínia Mota e Heitor Magalhães num duelo-fantasma em que eu só batia e gargalhava da mediocridade dos dois. Subitamente deixei de me lembrar do último homem de Sozopolch. Forcei-me a pensar em Grilo e Euclides, para garantir que seguiam vivos, repetindo em modo alucinação: *Grilo, Euclides, Grilo, Euclides...* Tive crises de choro, tremi e me senti muito mais sozinha do que de fato estava. Descobri, da pior maneira possível, o conceito de vazio absoluto. Uma jornada incansável, até eu deparar ao longe com sinais de civilização num lugarejo no pé de uma imponente cadeia de montanhas pontiagudas.

57
A ÚLTIMA MENINA DE SOZOPOLCH

Das entranhas das ruínas de Sozopolch ainda ecoavam os gritos de misericórdia de 30.000 amáveis re-mortos. Konstantin retornava ao local que ajudara a destruir dias antes. Se fosse mesmo da Única a trilha formada por pegadas impressas na terra por um pé menor, cobrindo os vestígios de retorno do exército huno, ela estaria escondida entre os escombros e a captura seria questão de pouco tempo. Ele esquadrinhava sob o entulho nas ruas e por detrás das paredes das lojas, casas e prédios que resistiram ao fogo ateado ao fim do massacre. Em meio à podridão exalada pelas carcaças, seus ouvidos aguçados de caçador captaram o som de passos vindo pelas costas. Virou-se, ao ponto de ver um vulto por entre a fuligem que cobria a cidade.

— Desgraçado, miserável, filho da puta! — berrou o último homem de Sozopolch, com uma barra de ferro nas mãos, caminhando em passos vacilantes na direção de Konstantin. Chorava de raiva, exalava pelos poros o desejo de vingar o extermínio de toda uma população.

Desarmado, o huno preparou a base e cerrou os punhos. Esquivou-se da primeira estocada, a barra passou no vazio. Na segunda investida, ele antecipou o corpo e prendeu a arma nas mãos, puxando com violência o homem para perto de si e o derrubando com uma cabeçada no nariz. Konstantin avançou e pressionou seu joelho contra a garganta do sujeito, forçando o rosto na terra.

— Você vai me dizer onde está a menina, não vai? — O temível rangia os dentes e babava.

— Que... que... quem? — A voz mal saía, engasgada. O homem começava a perder os sentidos, Konstantin afrouxou o joelho.

— A menina dos cabelos roxo e rosa. Ela está na cidade?

— Eu não sei de quem você está falando — murmurou o homem, com a boca cheia de terra.

Konstantin voltou a pressionar o joelho.

— Então tudo bem, você já não me serve de nada.

O homem voltou a desfalecer, quando então viu o vulto da própria filha entrando no início da rua. Ele tentou falar, o huno afrouxou o joelho. A filha pegou um pedaço de pau e veio se aproximando por trás do temível. Apavorado, o pai a encarava e negava sutilmente a cabeça, com os olhos arregalados, como que pedindo para ela se afastar. Mas ela persistia, pé ante pé.

— Vai pra longe daqui, por favor, o máximo possível! — gritou o homem, encarando Konstantin.

— Só vou quando você me disser onde está a menina. — Voltou a pressionar o joelho.

A filha compreendeu a súplica em código feita pelo pai e estacou. Olhava fixamente para a cena, em meio às lágrimas que desciam por seu rosto. Ela então fugiu para dentro da cidade. O homem tentou falar, Konstantin afrouxou o joelho.

— Eu digo, eu digo — ele tossia e cuspia —, mas você promete que vai me deixar em paz?

— Prometo.

— A menina foi para Gramallstatt, a Leste. Partiu há um dia.

— Ótimo, muito obrigado. E, como prometido, vou te deixar em paz.

Pressionou o joelho com ainda mais força na garganta do último homem de Sozopolch, que estrebuchou até desaparecer.

58
GRAMALLSTATT

Suja, destruída pelo cansaço e manquejando pelas bolhas que fritavam as solas dos pés, passei sob o pórtico ornado com flores cor-de-rosa e a placa em letras coloridas: "Gramallstatt". O lugarejo parecia parado no tempo, de arquitetura monótona com choupanas triangulares brancas de telhados escuros e chaminés. Dividia-se em um parte baixa e outra encravada na montanha, ambas ligadas por um tipo de bonde. Um vento de navalha atravessava a rua principal. Estalagens, albergues, uma loja atrás da outra, de chocolates, presentes, decoração, fondues e cafés. Todas fechadas. Pelo visto, era madrugada.

Antes de me abrigar, eu precisava tomar providências urgentes. Andei pelas ruas até encontrar uma farmácia, também apagada. Testei a maçaneta da porta principal e estava aberta. *Compreensível*, pensei, *é território fraterno.* Acima de um cestinho de vime junto a um bloco de papéis, de uma caneta e algumas moedas, uma placa trazia várias frases, em letras miúdas do que suspeitei serem idiomas diferentes: *Fora do horário comercial, pegue o produto e anote. Deixe as chapas correspondentes no cesto e leve o troco.* Com antisséptico, pomada cicatrizante e gaze, fiz curativos nos pés e no braço. Na prateleira de produtos de beleza peguei uma tintura para cabelos na cor preta. Ao lado da farmácia havia uma chocolataria, e a vitrine repleta de guloseimas me enviou um convite irrecusável. Comi o que consegui, de biscoitos e cookies a chocolates brancos com castanha e passas. Bebi uma garrafa inteira de chá de parafolium gelado.

Duas ruas depois, encontrei uma loja de roupas, miudezas e quinquilharias chamada "O Turco Feliz". Escolhi um vestido preto, meias, um par de botas e um casaco de pele. As pernas bambearam, uma tontura se fez, eu me escorei em uma prateleira de sapatos, vários caíram no chão. No provador, tingi os cabelos diante de um espelho que me devolvia imagens turvas de fantasmas de mim mesma. Cada vez mais com cara de mulher, ali eu deixava definitivamente de ser a menina dos cabelos roxo e rosa. Em um saco joguei o coturno, o uniforme do CFGA, o pincel e a embalagem da tintura. Cambaleei porta afora e atirei tudo em um container de lixo na calçada em frente à loja. Três ruas depois, num beco protegido da luz do sol por duas construções altas, desabei encolhida de frio, atrás de caixas de papelão na parede ao fundo.

Um estrondo infernal, tudo ao redor trepidou. O chão no início da rua se arrebentou por uma descomunal mão de pedra erguendo-se das profundezas do Paramundo, golpeando as construções do beco e destruindo-as feito bloquinhos de um brinquedo infantil empilhados. Vozes indistintas se sobrepuseram, tons ameaçadores graves e agudos, como se uma multidão berrasse nos labirintos da minha mente confusa. Tapei os ouvidos. Da fenda no solo passou a minar água, preenchendo o beco e submergindo Gramallstatt em poucos segundos. Eu boiava e me debatia, não conseguia gritar. A mão de pedra se encolheu, veio em velocidade, grudou na minha garganta e me enforcou, puxando-me para o fundo do mar revolto.

— Onde a senhora conseguiu estas roupas?

59

O ILUSIONISTA

Acordei com a voz grave, mais uma vez sorvendo o ar que aquele pesadelo recorrente insistia em me roubar e tentando não me afogar na minha própria baba. Tossi por alguns segundos, cuspi, meu coração batia a mil por hora. Um velho de bigode morsa e monocelha bloqueava a luz do sol. Suspensórios seguravam a calça, a enorme barriga tensionava a camisa, os botões resistiam bravamente.

— Onde a senhora conseguiu estas roupas? — Ele repetiu.

— É que eu...

— A pergunta foi só retórica, eu conheço muito bem os produtos da minha loja. Olha, há muito tempo não temos um ladrão por aqui. Aliás, estou no Paramundo há quatrocentos e treze ciclos e não me lembro de já ter visto um.

— Não, eu não sou ladra. Cheguei ontem na cidade, estava sem dinheiro, cansada e com frio.

— A senhora me deve duzentas e dezoito chapas pelo vestido, o casaco, as meias e o par de botas. Vou tratar como um empréstimo. Tenho uma vaga de vendedor aberta para o turno da tarde. A senhora pode trabalhar até pagar o que me deve e depois tomar seu rumo. Pode se acomodar em um quartinho com banheiro nos fundos da loja. A comissão é de 3% para cada produto vendido. É pegar ou largar.

— Três por cento? Eu vou levar uma Era pra pagar a dívida!

— A senhora também tem a opção de fazer o acerto agora. — Ele me olhou feio.

Eu não podia recusar, estava literal e metaforicamente num beco sem saída. A oferta era a salvação até eu conseguir pensar nos próximos passos a dar. Estiquei a mão e o velho apertou, selando a contratação ainda com cara de poucos amigos.

— Burak Bürsin, mas pode me chamar de Sr. Burak.

— Hum... — Pigarreei. — Lavínia Mota.

— Muito bem, Lavínia Mota. O expediente é de quatro horas e a senhora pode começar hoje.

Voltamos caminhando para a loja "O Turco Feliz", e se o Sr. Burak era o turco feliz, eu jamais desejaria conhecer o turco infeliz. Ele me apresentou à Sara, a velhinha da Bósnia e Herzegovina que dava expediente no turno da manhã. Ela me examinou de cima a baixo e saiu praguejando em direção ao balcão.

— Coma alguma coisa e tome banho antes de começar a trabalhar — rosnou o Sr. Burak, apontando para a copa nos fundos da loja, próxima ao cômodo onde eu me hospedaria. — A senhora veio de onde?

— De Cairatenas.

— Por que de tão longe?

— Sempre quis conhecer Gramallstatt.

O Sr. Burak ergueu a monocelha, quase uma entidade separada do corpo, tamanha quantidade e altura dos pelos.

— Bom, vá lá. E era de onde, na Terra?

— Do... México.

— Não cozinho pratos da culinária mexicana, senhora Lavínia. — Ele abriu uma panela sobre o fogão e apontou para um cestinho. — Sobrou um pouco de menemen e um simit. Depois de se lavar e comer, assuma o balcão. Os preços dos produtos estão nas etiquetas, não vá fazer nada de errado. Gentileza, cordialidade, sorrisos. Esses são os valores da O Turco Feliz.

— Desculpe-me o roubo, ou melhor, o empréstimo. Obrigada pela ajuda. — Abracei a barriga do Sr. Burak.

O velho bufou, constrangido. Apontou novamente para a panela e o cesto. E eu devorei os ovos mexidos com legumes e a rosca de pão coberta por sementes de sésamo.

Trabalhei até o início da noite. Gramallstatt parecia um lugar onde nada acontecia, que o digam os únicos clientes da tarde: uma senhorinha de bengala e passo trêmulo, que testou produtos por uma hora e não levou nada; e um casal que gastou duzentas chapas em uma echarpe, um gorro e um imã de geladeira, me rendendo a bagatela de seis chapas de comissão. Naquele ritmo, levaria mesmo uma Era para eu conseguir pagar ao Sr. Burak.

Ao sair para uma volta por Gramallstatt, a impressão de cidade-fantasma se desfez. Algumas pessoas jogavam conversa fora em mesas nas calçadas, ao sabor de chocolates quentes servidos nas cafeterias. Outras caminhavam a passos lentos observando as vitrines. Percebi uma aglomeração na estação dos bondes e me dirigi para lá. Os dois carros subiam e desciam alternadamente, largando as pessoas na cidade alta, que prometia ser um lugar bem mais animado.

— Quanto custa o bilhete? — perguntei a um rapaz no guichê.

— Para subir, nada. Para descer, uma chapa. Você pode comprar seu bilhete no guichê lá de cima, se quiser.

Embarquei e me sentei no fundo. Enquanto o carro já subia em lentidão, uma garota levemente estrábica e de óculos grossos, vestido florido e marias-chiquinhas ocupou o assento ao meu lado, soltando a metralhadora com o olhar vidrado na janela:

— Gramallstatt é legal demais, né? — A voz alterou, como se a menina conversasse com um bebê. — Tão pequetitinha, tão fofinha, lindinha da titia, dá vontade de apertar. — O tom voltou ao normal. — Eu ainda vou morar aqui, ah, mas vou. Nunca andei num trem que sobe montanha. É funicular o nome, né?

— Oi?

— Nome engraçado. Fu-ni-cu-lar. É cada uma, viu? — Ela se virou para mim. — Meu nome é Enkhtuya, sou da Mongólia. Você já ouviu falar na Mongólia? Lá na Terra.

Demorei para processar tanta informação em tão pouco tempo.

— Claro que sim.

— Qual é seu nome?

— Lavínia, do México.

— Muito prazer, Lavínia do México. Você é de qual país terrestre?

— Eu? Sou do... — Ergui uma sobrancelha. — México?

— Nossa, muito curioso isto: Lavínia do México do México! Mora aqui em Gramallstatt mesmo?

— Turista.

— Também veio para o espetáculo, né? — Enkhtuya deu uma cotovelada leve no meu braço. — Imperdível, imperdível. — A voz ficou agudinha e ela mostrou as mãos trêmulas. — Imperdível!

— Espetáculo? Eu... Hum... É que eu não...

— Menina do céu, não acredito que você não sabe do espetáculo! Em que paramundo você vive? Eu vim só para isso, cheguei hoje mesmo de Tombutimbu, vim direto da estação de trem para a estação do funicular. — Ela gargalhou, balançando a cabeça para a esquerda e direita feito um pêndulo a cada sílaba: — Fu-ni-cu-lar.

— Tombutimbu? — Franzi a testa. — Que nome de cidade é esse?

Enkhtuya revirou os olhos, parecendo acostumada a ter de explicar.

— É parte a malinesa Tombuctu, parte a butanesa Timbu. Se o nome fosse Timbuctu também daria certo, né, porque seria Timbu de Timbu, mesmo, e buctu de Tombuctu. Mas não teria graça nenhuma. Acho. Bom, não me espanta você não conhecer, ninguém conhece. Lá não acontece nada, é um marasmo sem fim. — Enkhtuya fez sinal de aspas, cantarolando e mexendo os braços numa coreografia estranha. — "Para se divertir, já se sabe aonde ir: Gramallstatt – o agito de Gramado, a calma de Hallstatt". Não é esquisito um slogan musical usar a mesma palavra para rimar? É cada uma, né? E você, veio de onde?

— De... Venezurique.

— Ah, não brinca! Que surpresa linda essa! Venezurique é uma daquelas cidades que... olha só, menina, Venezurique! É linda e todo mundo é bem criativo, não?

— Criatividade é o que não falta por lá.

— E qual é a parte que você mais gosta em Venezurique? Nossa, eu estou muito curiosa. Me conta tudinho, tim-tim por tim-tim. — Enkhtuya congelou a cara num sorriso.

— Acho que... hum... — Eu não fazia a menor ideia do que dizer. — Ela ser metade Veneza, metade Zurique?

A mongol torceu a boca, parecendo decepcionada pela resposta.

— Meu pai já foi lá e eu não, mesmo ele sendo mais novo do que eu. Não sei se algum dia eu irei, é longe, precisa pegar um trem, outro trem e mais um trem. Tem muito tempo que eu queria assistir ao espetáculo, mas o meu pai sempre diz que é tudo bobagem. Bobagem nada, quem vai definir o que é bobagem, né? A gente pode ficar juntas, duas melhores amigas da re-vida curtindo o show. Topa, Lavínia do México?

— Prefiro ficar sozinha, mesmo. Vou só dar uma volta lá na cidade alta, eu nem tenho dinheiro para o ingresso.

— Eu não aceito um *não* como resposta. Você vai comigo ao espetáculo e eu vou pagar a sua entrada.

O público desembarcava do funicular e se dirigia a um grande anfiteatro com vista para o planalto abaixo e nós duas fizemos o mesmo. Fomos para a galeria alta, um pipoqueiro passou e comprei sacos para mim e Enkhtuya. Uma cortina verde cobria a frente do palco, a plateia se acomodou e uma orquestração circense soou nos alto-falantes.

— Sejam todos bem-vindos a um dos maiores espetáculos do Paramundo — iniciou o locutor. — Pela primeira vez em Gramallstatt, diretamente de Melbrux, o incrível, espetacular, incomparável e extraordinário, o maior ilusionista de todos os tempos: Haaarrryy Houdiniiiii!

A cortina caiu, Houdini postava-se ao centro do palco, próximo a um caixão de madeira, mirando o além com ar de superioridade e os punhos fechados na cintura. O público explodiu em aplausos e o mágico se manteve imóvel por um minuto. Eu nunca imaginaria assistir a um espetáculo daquele. Minha mais recente melhor amiga da re-vida aplaudia e quicava freneticamente na cadeira.

— Harryyyyy! — gritava estridente a mongol. — Ele não é lindo? Harryyyyy!

O silêncio caiu no teatro. Houdini pediu para seus assistentes construírem um muro de tijolos sobre o palco, e assim eles começaram a empilhar as peças com argamassa. Enquanto isso, ele foi selado dentro do caixão e outros assistentes bateram pregos sobre a tampa, para comprovar a inviolabilidade. Um pano subiu e, ao descer logo depois, o mágico estava do lado de fora. O público foi ao delírio, assim como no número em que ele escapou de um tonel cheio de leite e quando desapareceu com dois elefantes de dentro de uma enorme caixa. Tão logo o muro de tijolos ficou pronto, o ilusionista apresentou um de seus truques de maior sucesso, a Travessia do Paredão Amável. Cruzou-o pelo meio, de um lado a outro e à vista de todos, levando a plateia ao êxtase.

A performance continuava em alta frequência, com outros números igualmente impressionantes, até ser anunciado o truque final: a Câmara de Tortura Aquática. Houdini foi algemado e seu corpo perpassado por correntes trancadas com cadeados. Em seguida, içado pelos pés e submerso de ponta-cabeça em uma grande caixa cheia d'água, coberta por um pano escuro e a tampa pregada. Gelo seco envolvia a caixa e conferia um tom funesto ao truque. Enkhtuya apertou minha mão.

— Lavínia do México, será que vai dar certo?

— Ah, é o Houdini.

Um minuto e nada. Dois minutos e nada. Três e nada. Quando bateram quatro minutos de submersão, os assistentes pareceram apreensivos. A plateia idem. Enkhtuya se ergueu e soltou um berro desesperado:

— Salvem o Harry!

Mais trinta segundos e nada. Os assistentes entraram em desespero e correram para tirar o pano, quando então a mão aberta do mágico surgiu no alto da caixa. Instantaneamente, veio à minha mente a imagem da mão de pedra de meus pesadelos. Todo mundo na plateia parecia prender a respiração junto de Houdini. E foi que, segundos depois, ele apareceu no alto da caixa, livre das algemas, correntes e cadeados. A explosão foi imediata, Enkhtuya pulava na cadeira quase enfartando de êxtase.

— Eu preciso ir lá falar com ele — declarou a mongol.

— Eu... também... — devolvi, hipnotizada.

Enquanto aguardei atrás da cortina, à espera de uma conferência a sós com Houdini, Enkhtuya se embrenhou na aglomeração de fãs. Após conseguir autógrafos num pôster, na camiseta, no sapato e no braço, ela passou correndo por mim, mandando beijos rápidos e se afastando.

— Tchau, Lavínia do México do México, minha melhor amiga da re-vida! O trem pra Tombutimbu já vai sair e eu preciso pegar o funicular. — A mongol gargalhou, balançando a cabeça para os lados e sincronizando com as sílabas: — Fu-ni-cu-lar! Meu pai nem sabe que eu vim para o show, se ele descobre eu estou re-morta.

— Ei, espera. — Observei Enkhtuya sumir no meio da multidão.

Os fãs dispersaram. O ilusionista dobrava e guardava a indumentária em uma velha mala de couro.

— Me ensina a fazer o que você fez no último número?

Houdini me olhou de lado.

— Um mágico nunca ensina seus truques.

— Mas eu preciso muito aprender.

— E por que eu ensinaria alguma coisa a uma qualquer?

— Eu não sou uma qualquer.

— É o que todos dizem. — Ele começou a enrolar as correntes de um dos números.

Peguei os cadeados e os coloquei numa sacola. Em seguida, juntei as roupas dele e comecei a dobrar e a empilhar.

— Se você está me ajudando para que eu te ensine, minha resposta continua sendo "não".

Havia uma vassoura encostada no tonel de leite de um dos números do show. Prontamente, passei a varrer o palco. Houdini me olhava para lá e para cá, com as mãos na cintura.

— Jovem, veja bem, é que...

Eu seguia varrendo, fui deixando o cenário organizado. Houdini suspirou.

— Pode parar, pode parar. Algo me diz que devo te ajudar, mesmo achando que não vai servir para nada.

— Só quero aprender a ficar um tempo embaixo d'água.

Houdini coçou o pescoço.

— Tudo bem, mas repito: um mágico nunca entrega os segredos de seu números. Posso te passar minhas técnicas de apneia e só. Consigo ficar até cinco minutos embaixo d'água, mas isso requer muito treino e uma compleição física que... — Ele forçou o tórax e os bíceps. — Você não tem. Imagino que vá conseguir, no máximo, uns dois minutos.

— É o suficiente.

— Ficarei mais alguns dias em Gramallstatt. Volte amanhã cedo.

60
INVESTIGAÇÃO HUNA

Konstantin adentrou Gramallstatt e seu tamanho, cabeleira, fedor e sujeira não passaram despercebidos pelos comerciantes que abriam as lojas. O guerreiro huno sentou-se à uma das mesas de uma cafeteria na rua principal, atento ao movimento. Não seria difícil encontrar a Única circulando em meio àquele marasmo. Faminto e enjoado da culinária bruta de caça, pediu o desjejum mais completo do cardápio, fartou-se e, quando o garçom sumiu da vista, foi embora sem pagar. Passou por hotéis, pousadas, restaurantes e o Centro de Atendimento ao Turista, ninguém relatou ter visto uma garota com as características descritas por ele. Partiu para as farmácias e lojas de roupas, estabelecimentos com produtos úteis a quem houvesse cruzado uma floresta. Novamente, nenhum sinal. Entrou, então, na "O Turco Feliz". A sineta soou e o Sr. Burak olhou desconfiado para o gigante.

— Procuro uma menina de cabelos roxo e rosa, o nome dela é Vida Becker e deve estar perdida. Chegou ontem a Gramallstatt.

O Sr. Burak deu de ombros.

— Nenhum cliente com essa descrição entrou na loja.

— Não é aquela menina que começou a trabalhar aqui? — opinou a velhinha Sara, enquanto organizava os imãs de geladeira em um painel de metal.

— Não, não, Sara. Nossa nova funcionária se chama Lavínia Mota. E os cabelos dela são pretos.

Konstantin ficou um bom tempo encarando o Sr. Burak, que manteve a serenidade. O huno pareceu se convencer e saiu da loja para seguir com a investigação.

61
CINCO MIL

Antes mesmo de a loja abrir, tomei meu café e saí levando um maiô e uma touca de natação, cujos valores acrescentaria à minha dívida com o Sr. Burak. Tomei o funicular para a parte alta da cidade e não demorei a encontrar Houdini fazendo flexões de braço à beira de uma lagoa.

— Estou pronta. — Fui vestindo a touca.

— Ah, ela veio mesmo — ironizou o ilusionista.

— Você prometeu me ajudar.

Houdini passou a teoria de apneia e caímos para a prática na parte rasa da lagoa. As muitas lições de Musashi haviam plantado em mim o foco e a disciplina necessários a um treinamento daquele, de modo que peguei rapidamente as técnicas, a preparação dos pulmões e da mente, a inspiração lenta, a retenção do ar e a tranquilidade mesmo em movimentos bruscos. Após treinarmos a manhã toda, Houdini deu por encerrada a atividade.

— Parabéns, já está conseguindo um minuto e meio. Um início bem promissor. Todo mundo aplaude o truque realizado, mas apenas a própria pessoa terá noção do tortuoso autotreinamento preliminar para vencer. — Houdini me perguntou, secando-se com a toalha: — Por que você precisa aprender a ficar debaixo d'água?

— Venho tendo pesadelos recorrentes com uma enorme mão de pedra tentando me afogar. Algo me diz que tenho de estar preparada.

— Você não anda bebendo?

— Que bebendo o quê? Não, eu não be... — Suspendi a fala, franzi a testa. — O chá!

— Que chá?

— De parafolium.

— Ah, é uma delícia!

— Tive o pesadelo nas vezes em que tomei o chá e... — Meus olhos foram de um lado a outro. Só podia ser aquilo! Um alimento exclusivo do Paramundo devia trazer efeitos inesperados no meu corpo terrestre.

— Como no ilusionismo, sinais pulam à frente da plateia, mas ela não percebe, pois o mágico a induz a olhar para o detalhe errado da cena. — Houdini me encarou com o semblante intrigado.

— Que significado pode ter a mão de pedra?

— Não sou bom em interpretar pesadelos provocados por chás que não caem bem no estômago. — Ele colocou a mão no queixo. — Uma grande mão de pedra saindo da água... Uma ilha, talvez?

Eu não tinha cogitado nenhuma hipótese, mas aquilo parecia fazer algum sentido.

— Sei onde podemos descobrir — continuou o mágico. — Tenho um assistente tonganês e não há povo melhor do que o polinésio em matéria de navegação. — Gritou: — Tuia, meu filho, venha cá!

Tuia Moala, um rapaz musculoso e de pele bronzeada, com a cabeleira para trás presa por uma tiara, interrompeu o banho num elefante para a apresentação daquela noite.

— Oi, chefe. — Chegou secando as mãos num pano.

— Você está no Paramundo há um bocado de tempo, não?

— Três mil ciclos. Um pouco mais, um pouco menos.

— Você me disse que já foi navegador.

— Nós, polinésios, somos os melhores da História. — Exibiu um sorriso orgulhoso. Ninguém conhece os ventos, as correntes, estrelas e outros sinais naturais como nós.

— Acredito. Chegou a ver alguma ilha com formato de mão?

Tuia apertou os lábios e revirou os olhos.

— No Triângulo das 5.000 Ilhas vi com formato de cabeça, tromba de elefante, galinha, igreja, chifre e banana, mas de mão... Bom, eu não vi todas, é muita ilha, né?

— E onde fica o Triângulo das 5.000 Ilhas? — Lancei um olhar fixo no polinésio.

— A oeste do Subterritório das Águas, depois do Marbello. Eu e meus parentes partíamos de Rio de Roma, que é o porto mais próximo e, por óbvio, na época nem tinha este nome.

— Algum amigo seu ainda mora em Rio de Roma?

— O negócio da navegação já não é tão atrativo, mas o povo mais antigo é apegado às tradições e ainda navega. Rio de Roma é a megacidade mais alegre do Paramundo, é mesmo difícil abandoná-la. Mas se alguém pode dar alguma informação sobre formatos de ilhas é meu tataravô. É só procurar por Amanaki Moala no Píer Polinésio, na praia de Coparomana.

Agradeci e me despedi, combinando de retornar na manhã seguinte para a continuidade do treinamento. Harry Houdini deu um grito animado:

— Mantenha este entusiasmo, jovem! Não há nada mais contagiante do que um entusiasmo exuberante!

Quando entrei na "O Turco Feliz", o Sr. Burak me fuzilou com os olhos.

— Seu nome é Vida Becker, não?

— Vida? — Meu rosto ferveu de vergonha. — Não, meu nome é Laví...

— Não minta para mim de novo. Um troglodita fedorento entrou aqui mais cedo perguntando por uma menina de cabelos roxo e rosa. — Ele colocou sobre o balcão o saco da loja, que eu tinha atirado no container de lixo. — Tem uma embalagem de tintura preta para cabelos neste saco. E sei bem de onde é este uniforme rasgado e ensanguentado, não quero encrencas aqui na minha loja. Acho melhor você ir embora.

Uma lágrima correu por meu rosto, por ter decepcionado alguém que tinha me dado um voto de confiança. Não havia desculpa, ele estava correto e eu precisava ir embora da cidade o mais rápido possível.

— Me empresta um dinheiro? — sussurrei com a cabeça baixa. — Eu prometo devolver um dia.

O Sr. Burak abriu o caixa e me deu cem chapas. Anotou num caderninho o nome Vida Becker e a dívida de duzentas e dezoito, mais as cem e outras trinta pelo maiô e touca. Descontou as seis que eu já tinha levantado.

— Vá embora antes de eu me arrepender. Você já me deu prejuízo demais.

Dei um abraço demorado na barriga de um constrangido Sr. Burak, peguei o casaco de pele e saí correndo para a estação ferroviária da cidade. Comprei a passagem para Rio de Roma no trem das 15:00:38, dali a pouco mais de duas horas. Não podia me expor, perambulei de cabeça baixa entre as lojinhas e os transeuntes, atenta a movimentos estranhos. Então deparei, no fim da estação, com um guichê da central dos correios de Gramallstatt e corri para lá. O atendente magrelo e de cabeça comprida se ajeitou na cadeira.

— Pois não?

— Quero mandar um falcão-correio.

— Veio ao lugar certo.

O rapaz esticou o livro de registros para eu anotar a localidade, o destinatário e o remetente. Escrevi "Capri de Páscoa", "LV e MC" e devolvi o livro.

— Faltou o remetente. — Ele apontou.

— Prefiro que seja anônimo.

O rapaz deu de ombros e se preparou para anotar em uma folha avulsa.

— A mensagem?

Refleti um instante.

— Cinco Mil.

— Só isso? — Ele entortou a boca. — Tem espaço para escrever muito mais.

— É o suficiente.

— Bom, você é quem sabe. O preço é o mesmo para poucas ou muitas palavras. São quarenta chapas até Cairatenas, porque nosso falcão mais forte só chega até lá. E outras vinte para o correio de Cairatenas repostar um falcão menor até Capri de Páscoa.

Aguardei na plataforma de embarque, de cabeça baixa para não chamar atenção. Antes de me acomodar na poltrona, conferi que o huno não estava no vagão e finalmente relaxei. Harry Houdini me esperaria para o treinamento na manhã seguinte, mas eu nunca mais apareceria.

62
UM FALCÃO PARA AS GELEIRAS DO ALÉM

Konstantin desembarcou do funicular na cidade alta. Uma pequena multidão já circulava para a segunda apresentação de Houdini em Gramallstatt. Aplicando a mesma estratégia, o huno transitou entre o público, à procura da Única. Na sequência, continuou a jornada de estabelecimento em estabelecimento, questionando se alguém teria visto a menina. Como consequência da procura infrutífera, restavam duas opções: ela jamais havia estado em Gramallstatt ou já teria ido embora. Dessa forma, necessário ir a um último lugar: a estação ferroviária.

O pipoqueiro faturou alto na primeira noite e esfregava as mãos diante da multidão à espera do show de logo mais. Num momento de distração, porém, ao se virar para entregar sacos de pipocas a uma família, não percebeu que todo o dinheiro acabara de sumir da gavetinha do carrinho.

Konstantin saltou do funicular de volta à cidade baixa e correu para a estação ferroviária. A lista de destinos no painel não era grande, os trens costumavam partir da pequena Gramallstatt e fazer conexões em cidades intermediárias, mas, ainda assim, seria impossível descobrir para onde a Única teria ido. Seus olhos então bateram na agência dos correios e, se ela era esperta como parecia, teria tentado se comunicar com alguém. Foi ao guichê e interpelou o atendente:

— Me dá os registros das mensagens enviadas.

— Oi? — O atendente encolheu os ombros. — Não, não, isso é impossível. Os registros são sigilosos.

— Eu não estou pedindo. — Konstantin travou os dentes e encostou a barba fétida e pontiaguda no queixo do rapaz.

O atendente engoliu em seco, com as mãos trêmulas entregou o livro de registros a Konstantin. O huno consultou os dois últimos dias à procura de algo que chamasse atenção, embora não conseguisse ler na língua em que estava escrito.

— Por que este registro aqui tem um campo em branco? — Ele apontou.

— É o campo Remetente, mas a menina não quis se identificar.

— Menina? Traduza para mim o resto — ordenou.

— Localidade: Capri de Páscoa; Destinatário: LV e MC.

— Onde fica isso? Quem são estes?

— Ah, todo e qualquer amável tem obrigação de saber que Capri de Páscoa é a sede da Grande Ordem Suprema Criativa. Já LV e MC? Hum, não faço ideia.

— Esta menina tinha cabelos roxo e rosa?

— Pretos.

— Que mensagem ela mandou?

— Agora você já está querendo saber de mais. Há um código de privacidade muito rígi...

— A mensagem! — berrou Konstantin, esmurrando o balcão.

O corpo inteiro do rapaz tremia.

— A mensagem era... Cinco Mil.

— É algum tipo de código?

— Aí, só se eu fosse adivinho.

O huno retornou ao saguão das plataformas e estacou ao passar diante de um painel com um mapa em detalhes do Paramundo, tentando descobrir o destino da Única. Esquadrinhou a imagem em busca de algum sinal e, quando bateu os olhos na região de Rio de Roma, um número a oeste chamou sua atenção. Ele já podia apostar toda sua experiência em que a Única teria ido para o Triângulo das 5.000 Ilhas. Não fazia ideia do que ela faria lá, mas isso pouco importava, pois sua missão não era conjecturar. Correu de volta ao ponto de venda de passagens e furou a pequena fila.

— Uma passagem para Rio de Roma saindo hoje!

— O trem partiu mais cedo e foi abarrotado, senhor. Afinal de contas, todos os caminhos levam a Rio de Roma. — A vendedora riu do próprio trocadilho. — O próximo, só amanhã às 15:00:38.

Konstantin socou a parede e urrou, o teto da pequena estação estremeceu, a vendedora arregalou os olhos e os poucos passageiros silenciaram. Naquele jogo de gato e rato, o huno já estava cansado de ser ludibriado pelo rato. Comprou a passagem, retornou à agência dos correios.

— Você de novo? — resmungou o rapaz.

— Preciso mandar um falcão para as Geleiras do Além.

— Geleiras do Além? — O atendente franziu a testa. — Nunca mandamos um para lá.

— Pois vai ter que dar um jeito.

— Bom, consultarei em meus alfarrábios se isso é possível.

O rapaz pegou um velho tomo e abriu em uma página dupla com um mapa do Norte do Paramundo. Konstantin apontou a posição do acampamento huno, acima da Península do Cavalo Marinho.

— Como não temos a localização mapeada, eu diria que o envio é um tanto quanto arriscado e impreciso. Será necessário calibrar as coordenadas aproximadas num falcão de neve. Deixe-me ver o que temos. — O rapaz consultou o catálogo de falcões disponíveis. — Para fazer o serviço, temos um Peregrino e um Red-Tailed.

— Qual o melhor?

— Se sua prioridade é velocidade, eu iria de Peregrino. Já o Red-Tailed costuma ser mais preciso e, neste caso, é o recomendável. Mas é mais caro. Cem chapas, incluindo a calibragem.

— Dinheiro não é problema.

Konstantin deu uma volta pela estação, roubou as chapas sem qualquer dificuldade. Voltou e escreveu a mensagem no idioma huno:

Única em direção ao Triângulo das 5.000 Ilhas.
Konstantin.

63
RIO DE ROMA

A viagem até Rio de Roma caiu como um presente, quando me permiti o sagrado direito de não ser única de nada, nem precisar liderar ou fugir de ninguém, tampouco pensar em táticas de guerra, armas de combate ou adversários temíveis. O chacoalhar do vagão me embalou nos braços de meu pai e Valentina, borrões de uma retrospectiva em sépia envolta pelas imagens das viagens de férias que nós três fizemos juntos. Das danças, festas e brincadeiras na sala de estar, dos cafés-da-manhã, almoços e jantares temáticos. Dos dias de preguiça no gramado e no lago, das noites no terraço da casa, onde a família se reunia sob o céu estrelado para maratonar séries debaixo das cobertas. A criança que habitava meu peito relutava em ir embora, lembranças emaranhadas como fios de aço àquele passado distante. Eu apertava os olhos, segurava um choro que já não caía com tanta facilidade. Meiociclo ausente, três anos que significavam seis meses na Terra. Meu pai e minha irmã já teriam se convencido de que eu não voltaria mais? Tudo o que eu mais desejava era o poder de mandar uma mensagem do tipo "Amo vocês, não deixem de pensar em mim. Me esperem que eu volto logo". O problema era que nem eu acreditava naquilo.

O sol já estava muito próximo ao horizonte e as cores do céu se separavam entre um pedaço já escurecido e outro o violeta mais violeta que eu jamais poderia ter imaginado. Conforme o veículo avançava para o litoral, os semblantes dos passageiros se fechavam e um silêncio sombrio tomava conta dos vagões. A chama azul, escondida no Subterritório das Águas, emanava sua energia de medo cada vez mais potente. Agarrada a uma intuição que ora parecia forte, ora descabida, eu não tinha noção do que encontraria no Triângulo das 5.000 Ilhas, nem se era o caminho certo a seguir. No fim das contas, aquilo poderia ser uma cartada completamente equivocada. Prudente seria correr na direção oposta, retroceder ao CFGA e aceitar a proteção de tantos dispostos a sacrificar a própria re-vida por mim. Mas precisava descobrir do que se tratava, enfrentar para me livrar de uma vez por todas, ao custo que fosse. Desembarcaria em Rio de Roma com uma missão: encontrar Amanaki Moala.

Em algum tempo, surgiu ao longe o cartão-postal da cidade, o Coliseu de Rio de Roma, pousado no alto de uma formação montanhosa que vagamente lembrava o Pão de Açúcar. O velho trem desacelerou e penetrou a beleza da natureza carioca misturada à arquitetura da antiguidade romana, uma profusão de prédios com arcos e abóbadas, obeliscos e arcos de triunfo. Um vento frio soprava, pequenos redemoinhos aqui e acolá davam à cidade um ar melancólico, bem mais Roma do que Rio. Desembarquei na estação ferroviária Termini-Leopoldina, aluguei um patinete elétrico e rumei para a praia de Coparomana. Negando a tese de Tuia Moala, de que Rio de Roma era a megacidade mais alegre do Paramundo, os poucos turistas revelavam olhares apreensivos. Devolvi o patinete numa esquina, precisava ir atrás de mais informações. Parei diante de um rapaz de dreadlocks, vendedor de artesanatos sobre um cobertor estendido no chão.

— Nice? — Ele se antecipou.

— Oi?

— A deusa da Vitória. — Apontou para meu pescoço. — Posso ver?

Ficou um tempo virando o pingente de um lado para outro, analisando entalhes e ranhuras.

— Pelo padrão, parece bem antigo. Onde conseguiu?

— Ganhei de um amigo.

— Conheço quem pagaria uma boa soma por um desse.

— Não está à venda.

— Imaginei. — Ele devolveu o colar. — O que a freguesa procura? Tenho peças em promoção. — Levantou o mostruário e foi apontando. — Anéis egípcios, colares etruscos, tiaras indianas, pingentes troianos e até máscaras de madeira guatemaltecas, de uma aldeia próxima à minha casa na Terra. Tenho também bijuterias, mas só produtos de qualidade.

— Obrigada, estou só olhando.

— Nem me impressiono. — Suspirou o rapaz. — Cada vez menos gente, menos clientes, menos vendas.

— A praia já não era pra estar cheia a essa hora?

— Dizem que é a força da chama azul. O medo afasta as pessoas.

— Você não tem medo?

— Tenho muito, mas preciso trabalhar. — Ele apertou os lábios.

Preste bastante atenção! Vá para sua casa, proteja-se, fuja para as montanhas com sua família, cancele tudo! Você não conhece a Revelação? Tempos horríveis se aproximam!, pensei, no desejo súbito de gritar aquilo para ele e todas as outras pessoas do Território Fraterno.

— Onde fica o Píer Polinésio?

— Em frente a um palmeiral, é todo ornamentado e com canoas atracadas. — O guatemalteco apontou. — Siga na direção do Pão de Açúcar, não tem como errar. Se chegar na área do futevôlei, você foi longe demais.

Cheguei ao largo píer, onde atracavam-se vários modelos de Va'a - a canoa polinésia. Em frente a uma sede em bambu com telhado de fibra trançada, decorada com mandalas, remos de madeira coloridos e archotes fumegando em suportes de metal, um grupo de polinésios conversava, bebia e compartilhava um tipo de mingau bege servido em palmas verdes. Custaram a notar minha presença. Pigarreei, e o maior deles, de braço tatuado com tribais e um colar de conchas no pescoço, veio em minha direção.

— Pois não, garota. Tangaroa Tetuanui.

— Hum... Lavínia Mota.

Apertamos nossas mãos.

— Seja bem-vinda ao mundo polinésio, Lavínia Mota. Veio fazer um passeio de Va'a?

— Procuro por Amanaki Moala.

Tangaroa Tetuanui me encarou por um tempo.

— Amanaki — resmungou, cuspindo no chão. — Traidor do movimento. Abandonou o mar para trabalhar naquele antro. — Quem procura?

— Sou amiga do tataraneto dele, Tuia Moala.

O polinésio cuspiu duas vezes no chão.

— Outro que largou nossas tradições e agora viaja o Paramundo fazendo papel de ajudante de mágico. Mas, bom, se o Amanaki não mudou de emprego, você deve encontrá-lo à noite, na boate Studio 45, em Trastevere-Lapa.

— Muito obrigada. — Fui saindo, a tempo de ouvir um grito:

— Se ele perguntar pela família dele, diga que nós não mandamos lembrança nenhuma.

Após alguns segundos de silêncio, gargalharam e voltaram a confraternizar.

64

OPERAÇÃO ÁT...

À frente de seu exército em frangalhos, com um curativo no rosto dilacerado, exalando ódio pelos poros e suportando uma tonelada de humilhação sobre os ombros, Átila determinou o retorno com menos pontos de parada. Ninguém ousou trocar uma palavra com o Flagelo de Deus durante todo o trajeto até às Geleiras do Além. Na metade do tempo da ida, os 20% do exército que havia partido chegaram de volta à tundra. Onegésio – braço direito e melhor amigo do rei huno – veio recebê-los na entrada do acampamento.

— Que maravilha! — berrou, abrindo os braços e largando um sorriso maior do que o habitual. — Seja muito bem-vindo, Átila, chefe supremo do mais temido exército do Paramundo! O banquete está preparado, a festa já começou. Estamos todos curiosos para ver a Única e eufóricos para ouvir as histórias da já consagrada Operação Át...

Um corte seco no pescoço de Onegésio jogou longe a cabeça, que desapareceu durante a parábola aérea. Átila atirou a espada no chão e arrastou os pés para sua tenda, distribuindo determinações sobre ficar sozinho. Entrou na banheira, já preparada com água quente, sais, espuma e ervas da tundra. Ao som da festa organizada do lado de fora, fechou os olhos, massageou as têmporas e bufou, seu corpo fervia de ódio. A humilhação só não seria maior se Konstantin trouxesse a Única, mas suas pretensões caíram por terra quando Octar colocou a cabeça dentro da tenda e solicitou audiência.

— Que é, inferno? — berrou Átila.

— Um falcão foi abatido por caçadores nossos a alguns quilômetros do acampamento. Tinha uma mensagem presa à perna.

Ao ler o recado de Konstantin, Átila espumou pela boca.

— Como pudemos ser tão incompetentes em não capturarmos um ser insignificante daquele? É uma menina! — berrou ainda mais alto: — UMA MENINA! A Operação Átila será considerada um dos maiores fiascos da História! Isso é um pesadelo sem fim!

Ele saiu da banheira e, ainda nu e pingando água e sabão por toda a tenda, determinou a Octar:

— O Triângulo das 5.000 Ilhas é departamento para navegadores. Envie imediatamente ao acampamento viking nosso mais hábil mensageiro, em nosso cavalo mais veloz. Ele deve entregar a mensagem que acabamos de receber e recomendar a utilização de força máxima. Importante ressaltar que ainda não será uma ação da Operação Triunfo dos Titãs, mas exclusiva para a captura da maldita Vida Becker. Sob hipótese nenhuma o mensageiro deve tecer comentários a respeito do fracasso de nossa campanha.

— Entendido.

— Ao mesmo tempo, envie outro compatriota ao Hexágono. Nesse caso, nosso melhor mensageiro-orador, alguém que domine a arte da retórica e consiga dar a notícia do insucesso momentâneo sem arranhar nossa imagem. Ele deve dizer sem falar, comunicar sem transmitir, relatar sem noticiar, introduzir sem informar! Precisamos impedir a divulgação da Operação Át... Aliás, ordeno que não haja mais nem sequer uma mísera menção a essa malfadada operação. Esqueçam que ela existiu.

— Faremos de tudo para não vazar esse fiasco monumental, essa humilhação catastrófica que...

— Chega! Não precisa exagerar, também. Quer me deixar ainda mais deprimido?

— Tudo bem, o importante é você relaxar.

— Relaxar? — Átila ameaçou com o indicador e os dentes travados. — Agora é que ninguém descansa mais, eu quero meu exército oitenta mil vezes mais afiado. Acabem com este maldito banquete agora, dou dez segundos para não ouvir mais uma cantoria! Quem fizer corpo mole será re-morto pessoalmente por mim!

65

STUDIO 45

À tarde, tomei uma das dez linhas de bondinhos suspensas que faziam o trajeto entre a Praia Azul e o alto do Pão de Açúcar. Sobre toalhas estendidas num gramado muito verde, com espumantes, pães e queijos, turistas apreciavam o pôr do sol e o nascer das duas luas – um espetáculo lento, que acontecia uma vez a cada seis anos e levava dias e dias para se concretizar. Eu admirava aqueles que ainda não haviam sucumbido ao medo, torcendo para que aproveitassem os últimos momentos de calmaria antes da tormenta. Abraçada aos joelhos, contemplei, de um lado, a imensidão de Rio de Roma e, de outro, a Baía de Garbatella e o Marbello a perder de vista, após o quebra-mar que protegia a cidade das altas marés. Alheias à suntuosidade e à beleza arquitetônica do Coliseu de Rio de Roma, duas menininhas batiam corda para uma terceira pular. Nossa, como eu quis ir lá participar, depois jogar amarelinha, esconde-esconde e não pensar em mais nada! Mas o Paramundo exigia de mim a pose de guerreira, jamais a de uma garota pulando corda. Recobrei o foco, pensei em Marie Curie e Leonardo, torcendo para os falcões-correios terem entregado a mensagem. Momentaneamente, aquele "Cinco mil" pareceu uma tolice. Não seria improvável, àquela altura, uma dúzia dos maiores gênios estarem numa conferência para decifrá-la.

No trajeto até o embarque no bondinho de retorno à parte baixa da megacidade, pedi permissão às meninas para participar da brincadeira. Pulando corda e sorrindo, eu sabia que aquela era minha última chance de ainda ser criança.

O portal de entrada do bairro boêmio Trastevere-Lapa era um aqueduto desativado em quatro andares de arcos com entalhes clássicos da Roma antiga. As ruas abrigavam uma série de bares, boates e casas de shows. No entanto, poucos deles estavam abertos, culpa da baixa frequência de turistas. A charrete parou na frente da boate Studio 45, a fila na porta se formava por jovens de várias épocas e culturas. Um luminoso indicava a programação da noite e lá estava o nome do DJ Amanaki Moala.

Gastei minhas últimas chapas no ingresso. A Studio 45 tinha decoração retrô das danceterias nova-iorquinas dos anos 1980 terrestres e as paredes eram grafitadas. O som eletrônico altíssimo lotava a pista e o público acompanhava de braços levantados o sujeito forte sobre o palco, de camisa creme aberta no peito bronzeado e tiara de flores brancas na testa, performando por detrás das *pick-ups* com movimentos de dança tonganesa. Sob globos espelhados, canhões coloridos, gelo seco e neon, não pensei duas vezes e me perdi na pista. Durante várias músicas, misturada a uma turma de rapazes com o kilt, outros usando jeans, camisetas brancas e os cabelos empapados de brilhantina, e um grupo formado tanto por jovens negras em vestidos coloridos e lindos penteados afro puff com bandanas, quanto por surfistas loiras de mechas parafinadas, dancei como se estivesse em todas as festas da escola para as quais eu nunca tinha sido convidada. Quando o DJ terminou o *set*, me dirigi para a lateral do palco.

— Amanaki Moala?

— Sim, deseja um autógrafo? — A pergunta veio acompanhada de um sorriso e a mímica de uma caneta e um papel imaginários.

— Só preciso fazer uma pergunta. — Eu gesticulava em meio ao alto volume da música. — Fui indicada por Tuia Moala.

Amanaki me olhou de cima a baixo.

— Tudo bem, daqui a cinco minutos te encontro lá fora.

Tive que esperá-lo bem mais de cinco minutos na rua em frente à boate, o tempo de ele autografar alguns guardanapos e atender a pedidos de fotos.

— Vamos lá, moça que tem perguntas a fazer. — Ele acendeu um cigarro de Zanzibali.

— Seu tataraneto me disse que você pode me ajudar.

— Tuia, Tuia... — Ele tragou fundo. — Todo mundo que vem a Rio de Roma o menino indica meus serviços. Já atuei como guia turístico, *concierge* e motorista de charrete, ajudei a encontrar apartamento, emprego, pessoas e cachorros perdidos. Eu entrego resultados, mas vou logo avisando que cobro caro. De qual serviço você precisa?

Meu desapontamento foi imediato. Eu tinha imaginado que Amanaki Moala fosse alguém especial, não um mero despachante capaz de resolver qualquer problema desimportante.

— Preciso encontrar uma ilha no Triângulo das 5.000 Ilhas.

— Alguma em específico?

— Uma com formato de mão.

— Já vi com formato de vela, estrela, coração, almofada, focinho de porco e caneca, mas de mão? — Amanaki Moala franziu a testa. — Não faço ideia se isso existe.

Meu semblante caiu ainda mais. Aparentemente, minha viagem tinha sido em vão e agora eu já não fazia ideia do próximo passo a dar. Veio a certeza de que ele não passava mesmo de uma piada de mau gosto. O polinésio, no entanto, pareceu ter pena de mim.

— Olha, menina, minha intuição e meu coração mole polinésio me dizem para te ajudar. Eu não deveria, pois adianto que não vai dar em nada, mas há uma pessoa no Paramundo capaz de ter resposta à sua pergunta. Podemos até tentar, mas, sinto lhe informar, ele não vai falar nada. Há quase 2.200 ciclos ele não solta uma única palavra, suspeito de que tenha até desaprendido a falar.

— Por quê? — perguntei, tentando imaginar como seria uma pessoa ficar tanto tempo em silêncio.

— Ah, isso é uma incógnita. — Deu um trago no cigarro e soprou a fumaça para o alto. — Ninguém navegou no Paramundo mais do que ele. Mas na volta de uma longa viagem ele se isolou no alto de uma montanha e nunca mais saiu para o mar.

— Peraí! — Segurei o braço de Amanaki Moala. — Você disse 2.200 ciclos?

— Sim.

— Você pode me levar até ele? Agora?

— A essa hora da madrugada? Não, não, eu tenho que, eu preciso ir lá no... — O DJ parecia tentar bolar uma desculpa qualquer.

— Quanto custa o serviço?

O olhar dele se iluminou.

— Agora, sim, estamos falando a mesma língua. Bom, vejamos: temos o horário, a circunstância, a dificuldade para chegar lá e o fato de que não vou mais me divertir nesta noite. — Entortou a boca, como se estivesse fazendo uma conta. — 200 chapas.

— Tá maluco? Onde vou arranjar tanto dinheiro?

— A festa lá dentro está bombando, cheia de meninas doidinhas por mim... — disse ele, olhando para as próprias unhas com ar desinteressado.

Pensei um instante, tive uma ideia.

— Mas eu só posso te pagar amanhã.

— Sem problemas. No entanto, preciso deixar muito claro que nada garante que ele vá falar e não darei nenhum desconto ou reembolso caso isso venha a acontecer.

Amanaki Moala acenou para uma charrete e embarcamos para o alto de um morro de frente para a Baía de Garbatella. O transporte só ia até o fim da estrada de pedras, à meia altura do morro, e tivemos que seguir a pé por uma estradinha de terra que serpenteava mata adentro em direção ao topo, uma caminhada de três quilômetros.

— Quem mora num lugar deste?

— Quem não deseja ser incomodado...

66

UM SILÊNCIO DE 2.200 CICLOS

Pelo esforço para chegar, complicado imaginar alguém disposto a morar naquele lugar, a menos que a intenção fosse mesmo a de não ter qualquer contato com outros seres humanos. Mas, ao chegarmos, senti que o esforço de tantas quantas fossem as subidas sempre valeria a pena, pelo pequeno pedaço de paraíso à frente e a estonteante vista da Baía de Garbatella. A impressão era a de o gramado ter sido cortado folha a folha com tesourinha de unha. Nada fora do lugar, algumas palmeiras, muitas flores, uma casinha de madeira e bambu. O sujeito sentado em um banco de madeira virado para a imensidão do oceano parecia se confundir com o cenário. O vento balançava levemente as palmeiras e nenhum outro som se fazia a não ser o de alguns pássaros pousados nas árvores da mata.

— Qual o nome dele?

— Manu Tatau Moala.

— É seu parente também, pelo visto...

— Meu tataravô.

Olhei de soslaio para o polinésio, com a forte sensação de continuar parte de um golpe em que um tataravô indicava seu tataravô, que também indicaria seu próprio tataravô, numa cadeia infinita de tataravôs que cobrariam dinheiro a cada novo encontro. Chegamos perto, Manu Tatau Moala ignorou nossa presença.

— Vovô? — Amanaki Moala pousou a mão em seu ombro.

O ermitão, de aparência bem mais jovem do que a de seu tataraneto, tinha o corpo forte e o rosto redondo integralmente tatuados com tribais. Curvado sobre si mesmo, com expressão catatônica ele contemplava a própria mão, girando-a num movimento contínuo e alternado entre as costas e a palma.

— Vovô, sou eu, o Amanaki — o tom de voz saiu macio. — Trouxe uma amiga, ela tem algumas perguntas a fazer e o senhor pode responder com gestos, se quiser.

Manu Tatau Moala continuava a nos ignorar, como se habitasse um universo paralelo. Pedi para ficarmos a sós, Amanaki Moala foi dar uma volta, fumar e apreciar a vista.

— Seu Manu, meu nome é Vida Becker. Não sei muito bem o que estou fazendo aqui, mas sinto que é onde preciso estar. Segundo o Amanaki, nenhum polinésio conhece melhor o Triângulo das 5.000 Ilhas do que o senhor. Ele também me disse que há quase 2.200 ciclos o senhor navegou por lá e, na volta, nunca mais falou qualquer palavra e se isolou aqui em cima. Eu preciso saber o que aconteceu naquela viagem.

Ele seguia impassível, parecendo navegar numa jornada solitária em direção ao interior da própria mente.

— Bom, eu queria saber se o senhor viu alguma ilha com formato de mão. Eu venho tendo pesadelos com uma gigantesca mão de pedra me estrangulando embaixo d'água.

Manu Tatau Moala, ainda mudo, ergueu o rosto e ficou me encarando muito tempo.

— O senhor viu uma ilha assim? — insisti.

Ele tornou a fixar os olhos na própria mão.

— Ah, quer saber? — Eu me levantei. — Amanaki, tô indo embora! Isso aqui é perda de tempo.

— Eu avisei...

Mas foi então que, ao partirmos de volta para a estradinha, uma palavra alquebrada se elevou por trás:

— Me-do.

67
NOVAS INVESTIGAÇÕES HUNAS

Konstantin desembarcou na estação ferroviária Termini-Leopoldina trazendo nas costas uma espada roubada de um antiquário em Gramallstatt.

Caso a suspeita se confirmasse e o destino da Única fosse o Triângulo das 5.000 Ilhas, ele precisaria investigar marinas com aluguéis de barcos. Consultou o Centro de Atendimento ao Turista e a funcionária sonolenta indicou a praia onde estava a maior parte delas: Coparomana.

Roto, sujo e exalando um fedor cada vez mais azedo desde seu último banho no início da caça à Única, Konstantin atravessou a orla da praia sob olhares enviesados das famílias de turistas. De píer em píer ele perguntou por uma menina que tivesse feito algum pedido incomum ou tentado contratar serviços de transporte para o Triângulo das 5.000 Ilhas. No Píer Português, em meio às naus atracadas, o encarregado ofereceu uma pista promissora:

— Se eu fosse você, perguntava lá nos polinésios, o Triângulo das 5.000 Ilhas é departamento deles. É tanta ilha colada à outra, e tem tanto recife de corais, que não dá para arriscar com barcos de calado maior. Nas canoas, os polinésios são de longe os mais hábeis. O negócio português é navegar em mar aberto. Quando precisar, estamos às ordens.

Em pouco tempo, Konstantin chegou ao Píer Polinésio. O pequeno grupo de tonganeses, samoanos e tuvaluanos bebia e relembrava pela milionésima vez histórias das saudosas conquistas que alcançaram nos primórdios da navegação terrestre. A presença nada amigável do huno silenciou o grupo.

— Pois não? — perguntou Tangaroa Tetuanui.

— Procuro uma garota chamada Vida Becker, ela pode ter vindo nas últimas horas contratar um serviço.

— Qual serviço?

— Navegação para o Triângulo das 5.000 Ilhas.

— Ih, há algumas semanas não vamos para lá. O sol está descendo, as contratações caem muito quando se aproxima a Violembranca.

— Nenhuma menina com algum pedido estranho?

— Que eu me lembre, não.

— Tangaroa, a gente pode considerar que perguntar pelo Amanaki é uma coisa muito estranha? — interveio um dos polinésios no meio da roda e todos gargalharam.

— Verdade, essa sim pode ser considerada uma pergunta estranha. E era uma menina.

— Como era ela?

O polinésio torceu a boca tentando se lembrar.

— Cara comum, roupa comum, voz comum.

— Mais comum, impossível — reforçou outro polinésio.

— Cor do cabelo?

— Preto comum. Mas, se me lembro bem, o nome dela é Lavínia Mota.

Konstantin franziu a testa, tinha ouvido aquele nome na loja em Gramallstatt.

— Quem é esse Amanaki?

— É um traidor do movimento.

— Navegador?

— Dos melhores.

— Onde posso encontrá-lo?

— Ele abandonou o ofício da navegação e ninguém sabe para onde foi.

O huno saiu devagar, sem acreditar muito em que eles não soubessem do paradeiro do sujeito. Ficaria de tocaia próximo ao píer. A Única voltaria ali, ela não teria condições de ir ao Triângulo das 5.000 Ilhas sem ajuda.

Gente estranha carregando espada nas costas não era algo incomum no Paramundo, mas os polinésios jamais tinham visto alguém tão mal-encarado. Nunca suspeitariam, no entanto, estarem diante de um temível, pois todo amável ainda acreditava ser impossível sair do Território Ermo. Por mais que Amanaki Moala fosse um traidor do movimento, ele era integrante da família polinésia e Tangaroa Tetuanui jamais entregaria seu paradeiro. Manteria os olhos abertos.

68
ME-DO

— Me-do.

Freamos.

— Milagre! — Amanaki ergueu os braços.

— O que você falou? — Voltei correndo. — Me diz, o que você acabou de falar?

— Medo. Muito. Medo. — A voz do polinésio saía encarquilhada e áspera, feito unhas raspando um muro de tijolos.

— Eu também sinto muito medo. De que você tem medo? O que aconteceu naquela sua viagem? — Eu atropelava as palavras.

Manu Tatau Moala se ergueu, caminhou até à beira do platô e ficou algum tempo admirando a Baía de Garbatella. Esperei, até ele se virar para mim com um olhar ressuscitado de um transe de quase 13.200 anos e as palavras silenciadas começarem a sair pausadas e roucas:

— Cinco pessoas me contrataram para ir ao Triângulo das 5.000 Ilhas. Meu Va'a tinha seis lugares, eles remaram comigo. — Segurou a fala e respirou fundo, como se revivesse aqueles momentos. — Eu conhecia uma parte das 5.000 ilhas, mas parecia uma viagem impossível. Remamos por horas e horas até chegarmos ao Nevoeiro Eterno. Eu relutei, mas os viajantes insistiram que deveríamos penetrá-lo.

— Nevoeiro Eterno?

— Um nevoeiro permanente tão denso, que nem os melhores navegadores polinésios jamais tiveram coragem de enfrentar.

— E o que aconteceu depois?

Ele engoliu em seco, as palavras se arrastavam e formavam frases lentas e pesadas, como se carregasse o peso de milhares de anos em cada sílaba.

— Você navega literalmente sem rumo, não enxerga quase nada. E nós íamos em frente, remando devagar. — Os olhos embotaram, ele sorveu o ar, a garganta parecia se desmanchar em dor. Mas ele seguiu: — Quase nos chocamos com várias ilhas, não sabíamos o que encontraríamos. Não importa o dia, a hora, se é tempo de luz ou de escuridão, aquele é o lugar mais sombrio do Subterritório das Águas, talvez de todo o Paramundo. Se você se perde lá, pode dar adeus à chance de ser encontrado.

— Eles transportavam alguma coisa?

— Uma caixinha dourada, mas não perguntei o que era. Eu só me recordo que foi uma viagem de um terror inexplicável e a cada hora nós seis ficávamos mais loucos de medo.

— Onde vocês foram parar?

— Em uma ilha remota do arquipélago.

— O formato desta ilha era...?

— Isso mesmo, uma gigantesca mão de pedra.

Meu coração acelerou, mesmo que eu já esperasse aquela resposta. A cada instante eu me aproximava de meu destino ali no Paramundo. E Manu Tatau Moala seguiu detalhando, cada frase feito um quebra-cabeça de palavras soltas e hesitantes se juntando lentamente, em busca de um sentido coerente.

— Era início do tempo de luz, maré muito baixa, o nevoeiro seguia intenso. Havia uma fenda em uma das rochas e os cinco nadaram e penetraram a ilha levando a tal caixinha dourada. Fiquei na canoa. Esperei, esperei, o medo me consumia a cada segundo, um nível insuportável de pavor. — Os tons e inflexões desencontrados, ora altos e estridentes, ora baixos e sumidos, pareciam tentar resgatar a musicalidade da voz esquecida. — Depois de algum tempo, subitamente eu me vi sozinho lá, nenhum dos que tinham ido comigo habitava mais a minha mente, eu não me lembrava mais de seus rostos, nomes ou vozes. O maior vazio que jamais senti na minha re-vida.

— Eles tinham cometido suicídio — murmurei a mim mesma.

— Eu precisava retornar, não tinha mais nada a fazer ali. Remei sozinho um Va'a de seis lugares, tomado de pânico, sabendo que eu poderia re-morrer a qualquer instante. Não sei quantos dias demorou minha volta, perdi a noção do tempo. Para não enlouquecer de vez, decorei o número de remadas e quais direções o barco tomava, torcendo para em algum momento eu conseguir sair do nevoeiro.

Eu me levantei e fiquei à beira do platô, com a Baía de Garbatella aos meus pés.

— Preciso que você me leve para a ilha da mão de pedra.

Os dois polinésios se entreolharam e me encararam. Amanaki tomou a palavra:

— Você não sabe o que está pedindo, menina, ah, mas não faz a menor ideia. O meiociclo de escuridão está pra iniciar, você não percebeu o sol cada vez mais perto do horizonte e as duas luas começando a aparecer? As marés ficam loucas, ninguém consegue ler as correntes durante a Violembranca e...

— Violembranca?

Amanaki franziu a testa em minha direção, como se eu tivesse feito uma pergunta absurda.

— Ué, qualquer um no Paramundo sabe o nome do momento em que o sol violeta e as duas luas brancas estão no céu ao mesmo tempo.

— Ah, sim, claro.

— O fato é que existe uma regra de segurança inquebrável entre navegadores: nenhuma pessoa minimamente sã navega na Violembranca.

— Então nós precisamos ser suficientemente loucos e partir o quanto antes — retruquei.

— Você quer re-morrer, é isso? Não custa nada esperar o próximo meiociclo de luz.

— Eu não posso esperar — interrompi. — Ninguém pode. Este será o último tempo de luz em que haverá paz. A escuridão vai trazer um terror inimaginável.

Manu Tatau Moala apenas me observava, provavelmente ninguém jamais tinha lhe dito tais palavras ou perguntado sobre a ilha da mão de pedra. Seu destino se conectava ao meu tão fortemente quanto ao dos cinco que o haviam conduzido à maior aventura de sua re-vida. Prossegui:

— As cinco pessoas que te contrataram, Manu, foram generais chineses transportando a fagulha azul. Eles a esconderam naquela ilha e ninguém além de você sabe o caminho.

— A fagulha azul? — Amanaki colocou as mãos na cabeça. — Isso é loucura! A sanidade prega que todo habitante do Paramundo deve se afastar o máximo possível das fagulhas.

— Por que você quer ir lá? — Manu Tatau Moala não deu ouvidos ao tataraneto.

Agora fui eu quem guardou o silêncio alguns instantes.

— Eu não sei exatamente, mas tem a ver com isso que apareceu em mim. — Abaixei a gola do vestido, expondo a cicatriz de chama vermelha. — Mais do que ninguém, polinésios entendem a importância das tatuagens. Vocês reconhecem este símbolo?

Os dois estacaram o olhar na imagem. Franziram as testas juntos e finalmente compreenderam quem estava ali na frente deles.

— Mas, se não puderem me ajudar, eu vou arranjar alguém pra ir comigo.

— Eu vou te levar — decretou Manu Tatau Moala. Em seguida, encarou seu tataraneto. — E nós precisaremos de um Va'a de três lugares.

— Ah, não. Nem venha, vovô. Eu não vou me arriscar. Se vocês dois pretendem cometer essa loucura, não é problema meu. Nem contem comigo.

— Você vai passar o resto da sua re-vida como DJ? — Apontei para o peito dele. — Estamos oferecendo a chance de fazer algo relevante na sua re-existência. O que está gravado na sua alma é a batida das ondas, o som dos ventos, das marés subindo e descendo, as cores dos corais e dos peixes. Sua pista de dança é o mar. Você é parte da família dos maiores navegadores da História.

Amanaki Moala fez um olhar de quem sabia que minhas palavras eram verdadeiras, mas persistiu:

— Eu e o vovô não temos nenhum Va'a. Sou chamado de traidor da família polinésia e ninguém vai nos emprestar um. Pior, não pode ser qualquer canoa, mas sim "a" canoa.

— Quanto a isso, podem deixar comigo — eu disse, confiante.

— Ainda assim, nós temos um grande problema. O vovô fez esta bendita viagem há quase 2.200 ciclos. Não existe nenhuma hipótese de chegarmos à tal ilha de mão de pedra sem um mapa. Ele chegou lá por acaso e você mesma ouviu-o dizer que na volta não sabia como sair do Nevoeiro Eterno.

— Eu sei chegar lá — interrompeu Manu Tatau Moala.

Desabotoou a camisa e, em seu próprio peito, ele havia tatuado o trajeto de volta. A quantidade de remadas em cada direção, decorada com a precisão de seu retorno solitário. Um impressionante mapa construído em detalhes e retocado durante quase 13.200 anos para nunca perder a nitidez, o *loop* infinito de um filme que reiniciava tão logo terminava e impediu qualquer outra cena de transitar por sua mente.

Amanaki Moala cedeu, o arsenal de desculpas havia terminado. No fundo, claro, ele ansiava por voltar aos mares e nenhuma oportunidade melhor do que aquela para provar à família polinésia que ele podia ser tudo, menos traidor do movimento. Ainda assim, não facilitou:

— Eu não me esqueci das minhas 200 chapas, mocinha!

69
VIKINGS

Durante mais de 1.200 ciclos, os mais violentos clãs vikings tiveram de se contentar com a aridez do Território Ermo e, desde a finalização do túnel que acabou com o isolamento temível, foram eles os primeiros a saírem e a se posicionarem para a guerra. O acampamento localizava-se à beira do Mar Distante-Oeste, nas plagas ao noroeste das Geleiras do Além. Noventa mil guerreiros nórdicos haviam atravessado o túnel sob o Deserto Infernal, levando consigo, junto às armas, aos mantimentos e às ferramentas, um número incontável de toras de carvalho e material para construção de suas máquinas de guerra flutuantes. A esquadra de 3.000 drakkars – navios langskip de casco trincado, calado raso e imagens da cabeça da serpente marinha Jörmungandr talhadas na popa e na proa – já estava na água, à espera de um comando para o batismo de fogo nos mares do Paramundo.

O tédio sem fim antes daquela guerra que não começava nunca vinha sendo quebrado pelo maior torneio de Hnefatafl de todos os tempos. Quase todos no acampamento tinham se inscrito nas seiscentas chaves iniciais, em busca do troféu do popular jogo de tabuleiro viking. Àquela altura do campeonato, consumindo toneladas de barris de cerveja, os 90.000 nórdicos espremiam-se em torno das arenas montadas para as duas partidas semifinais.

O mensageiro huno chegou no início da rodada. Mesmo pressionado pela ordem de Átila para entregar a mensagem com urgência, ele preferiu aguardar no meio da multidão. Na arena 1, o tabuleiro tinha, de um lado, Eric Machado Sangrento jogando com as peças do Rei e seus 12 Soldados e, do outro, a guerreira Freydís Eiríksdóttir atuando com as peças dos 24 mercenários. Já na arena 2, a batalha ocorria entre Sueno Barba-Bifurcada e Björn Braço de Ferro. Ao contrário do que ocorria na Grande Ordem Suprema Criativa, as apostas no acampamento viking eram estimuladas. O tanto de calotas em jogo era monumental. Grupos de nórdicos manipulavam enormes tabuleiros toscos de madeira na vertical, posicionados em diversas partes das arenas, replicando os movimentos do jogo para todos acompanharem de longe.

O silêncio chegava a ser assustador, em respeito à concentração dos quatro jogadores. A cada movimento, os espectadores murmuravam comentários e voltavam a se calar. As duas partidas simultâneas duraram mais do que o normal, dado o empenho de cada semifinalista em não cometer nenhum vacilo e perder a chance de chegar à final. Após quase meia hora, a primeira partida acabou com vitória de Björn Braço de Ferro, ao colocar o rei num dos refúgios no canto do tabuleiro. Aqueles que haviam apostado nele urraram de prazer, resultando em algumas pequenas confusões aqui e acolá e impondo a obrigação de intervenção de outros guerreiros para arrefecer os ânimos. Alguns minutos depois, a segunda partida terminou, quando Freydís Eiríksdóttir capturou o rei de Eric Machado Sangrento com um movimento antológico, o que gerou nova explosão de alegria e ódio.

No intervalo até a grande final, em meio às hordas comemorando ou lamentando as calotas investidas, e as bancas reabrindo para as apostas no placar da decisão, o mensageiro huno se aproximou da tribuna de onde Haroldo Cabelo Belo, Olavo Tryggvason, Haroldo Dente Azul e Eric, o Vermelho, assistiam às partidas regados a hidromel e coxinhas de tarambola ao berbigão. Espantados pela presença inusitada de um huno por ali, o grupo concordou com a audiência solicitada, desde que rápida e não os atrapalhasse de assistirem à finalíssima.

— Venho a mando de Átila.

— Como ele está? — perguntou Haroldo Dente Azul, finalizando num arroto.

— Ainda tremendo todas as terras onde pisa — exagerou o mensageiro, cumprindo a ordem de manter a boa imagem do chefe. — Nós, hunos, acabamos de retornar de uma incursão muito bem-sucedida ao Território Fraterno.

— Finalmente a guerra vai começar! — Haroldo Dente Azul ergueu seu corno de beber talhado com o símbolo de duas runas do Futhark: a Hagall e a Bjarkan.

— Ainda não. Estamos quase lá, falta pouco.

O semblante do Dente Azul caiu.

— Mas eu trago uma notícia boa e outra melhor.

— Não enrole, huno! Nada de sortilégios! Diga logo a boa — rosnou Olavo Tryggvason.

— O Único chegou ao Paramundo. Mas o Único é uma Única, chama-se Vida Becker e é uma menina deste tamanho aqui. — Ele inventou uma altura baixa qualquer com a mão.

— Nossa, que vergonha! E a notícia melhor? Acelere, porque em quinze minutos vai começar a final e não queremos perder nenhum lance.

— A Única está se dirigindo ao Triângulo das 5.000 Ilhas, e como chegar lá só de barco, ninguém melhor do que vocês - os Brutamontes dos Mares - para uma interceptação precisa. A determinação do QG é clara: partam imediatamente com força total para capturá-la.

— Ela vai fazer o que no arquipélago? — indagou Eric, o Vermelho.

— Ninguém sabe, mas boa coisa não deve ser. Ah, este é um ponto fundamental: entreguem-na re-viva no Hexágono.

— Até que enfim vamos descarregar a adrenalina! — Haroldo Cabelo Belo ergueu-se, recuperando a animação após a decepção pela eliminação de seu filho Eric Machado Sangrento.

— Vocês ouviram, devemos partir imediatamente — decretou Olavo Tryggvason. — E imediatamente significa imediatamente. A partida final terá de ficar para a volta.

— O pessoal vai reclamar se o torneio for suspenso — constatou Eric, o Vermelho.

— Tenho minhas dúvidas. A maioria está no Paramundo há mais de 1.000 ciclos e não tem nem sequer uma re-morte no currículo. Ninguém deste acampamento jamais trocaria por um jogo o glorioso momento de avançar sobre o Subterritório das Águas.

— Tive uma ideia: alguém chame nosso poeta maior. Ele terá habilidade para dar a notícia.

Em instantes chegou o berserker Egil Skallagrimsson, o mais cruel dos guerreiros bárbaros, e, ao mesmo tempo, o escaldo mais hábil com as palavras por ali. Tinha escrito seu primeiro poema aos três anos de idade e assassinado um garoto aos sete, dois indicativos da carreira que atravessaria na vida e re-vida. Após receber a resenha, esfregou as mãos, estalou o pescoço, aproximou-se da beira da tribuna e ergueu a mão.

Suas descomunais estatura e cabeça, o crânio cantado em verso e prosa como inquebrantável e enrugado por todo lado feito uma concha de vieira, os cabelos cinzentos, a mandíbula proeminente e o olhar taciturno impuseram respeito e sossegaram a horda viking. Sem ter sido agraciado com tempo suficiente para formulações poéticas e reflexões literárias, com um megafone fez a trova convocatória, gesticulando num recital improvisado.

Convocado a empilhar palavras, não elogios
Como servo da guerra, aceito de bom grado
Para ver langskips singrando, no Paramundo, mares e rios
Em busca da Única, de baixa estatura e poder ilimitado.

Com o bramido sinistro da frota trovejante
Levantemos espadas, lanças, machados, arcos e broquéis
Lancemos ao mar carvalhos flutuantes
De façanhas e glórias inscritas em anéis.

A Temível nos guie e conceda a glória total
E porcos, salmões, batatas. Cerveja, sidra e hidromel
Para que a fúria nórdica se mantenha imortal
Tal e qual minha infindável habilidade menestrel.

Ao desenlace do último e autoelogioso verso, Egil Skallagrimsson lançou o olhar fixo no firmamento com semblante superior, no aguardo da ovação. Um silêncio quase constrangedor se fez. Os vikings, todos bêbados, claramente não haviam compreendido o sentido das rimas e do poema como um todo. Um aplauso solitário enfim se elevou do meio dos noventa mil, movimento acompanhado por um, outro e mais um, em algum tempo transformando a calmaria numa aclamação ensurdecedora. A despeito da ovação, Eric, o Vermelho, ao sentir que, tirando o trecho *Cerveja, sidra e hidromel*, os outros versos não arrebataram corações, tomou o megafone da mão do poeta e bradou:

— Em resumo, o que nosso trovador-maior transmitiu com sua poesia de qualidade superior foi... — Ergueu o machado expôs os dentes, aos berros: — Uaaaaaaahhhhhhh!

Como um código reprimido por mais de 1.000 ciclos, os guerreiros repetiram o gesto e os urros, silenciando em seguida para a continuidade da explicação.

— A hora chegou! O torneio está suspenso até segunda ordem! Temos uma tarefa das mais relevantes, confiada a nós pelo QG Temível: vamos capturar uma menina que está indo para o Triângulo das 5.000 Ilhas. Todo mundo irá para o mar imediatamente.

Haroldo Dente Azul olhou de soslaio para os colegas de tribuna.

— Todo mundo? Nós vamos mandar 3.000 navios e 90.000 homens para capturar uma menina? UMA MENINA?

— Por mim, tudo bem, nós não estamos fazendo nada, mesmo. — Haroldo Cabelo Belo deu de ombros.

— Me permitem um aparte? — interveio o huno. — 90.000 pode ser até pouco.

Partir, navegar, capturar, retornar. Quase um período de férias, um aquecimento antes da guerra de verdade, praticamente um prêmio de consolação por tanto tempo obedecendo às ordens de não-invasão. O acampamento foi fechado e, com trinta guerreiros em cada drakkar, a armada viking partiu em direção ao Marbello. A missão seria fácil como tirar o doce de uma criança. Ou a criança de um barquinho.

70
NEGOCIAÇÕES

Combinei de me encontrar com Manu e Amanaki no Píer Polinésio no início da tarde. Enquanto eu tentaria resolver as questões financeiras para a viagem, os dois iriam atrás de comida e bebida, uma pá e uma picareta. Eu não tinha muita certeza do que eu encontraria na ilha da mão de pedra, mas aquelas me pareciam ferramentas úteis.

Na orla de Coparomana, fui até o guatemalteco de dreadlocks com o artesanato disposto sobre o tapete no chão. Toquei o amuleto da vitória em meu pescoço, lembrando-me da frase de Leônidas: *Use-o com sabedoria, você saberá quando e como.*

— Bom dia, freguesa. Hoje vai levar algum produto?

— Não vim comprar, vim vender. — Levantei o colar para o guatemalteco. — Você disse que sabe quem pagaria por ele.

— Sou fornecedor do melhor *marchand* de Rio de Roma.

— Preciso que seja agora.

— Para deixar minhas vendas e te acompanhar, quero uma comissão de 10%.

— Fechado.

— Ótimo, venha comigo. — Saiu, deixando os mostruários abertos no chão.

Atravessamos algumas ruas até um beco de muros velhos e descascados. O guatemalteco tocou o interfone de uma portinha de metal, que tinha acima a plaqueta *Guido Cortina Antiquário D'Italia,* e anunciou:

— É o Osmin, tenho uma peça.

A porta foi destravada e nós subimos por uma escadinha escura até um salão cheirando a velhice, entulhado de móveis antigos e peças de arte de diversas culturas e épocas.

— Osmin! — Guido Cortina, um italiano magro de cavanhaque, abriu os braços. — Que bons ventos o trazem?

— Eu só trabalho com produtos de qualidade, você sabe. Lembre-se da tabuleta de argila babilônica e do copo de metal trácio.

— Você é um farejador.

Retirei o colar do pescoço e o entreguei ao *marchand*.

— Vamos ver o que temos aqui. — Ele deitou o colar sobre uma bancada de madeira, posicionou a lente de aumento com uma luz branca. Virou o amuleto de um lado a outro, investigou o padrão, pincelou para tirar a poeira e deslizou cotonete nas ranhuras. Puxou da estante um livro grosso e o consultou. — Dinastia Ágida, Esparta, 2.500 ciclos. — Arregalou os olhos na minha direção. — Onde você conseguiu isso?

— Foi um presente do próprio Leônidas I. Ele é meu amigo.

— O quê? — gritou Osmin, que apreciava uma ânfora de metal, ao sentir o potencial do amuleto subir vertiginosamente. Aproximou-se de Guido Cortina sem esconder a tremedeira nas mãos. — Talvez esta seja a peça mais valiosa que já entrou no seu antiquário, estamos falando de algo pelo menos na casa dos cinco dígitos e que você revenderá em dez segundos por algo na casa dos seis dígitos.

— Como posso garantir que pertenceu mesmo ao rei Leônidas I?

— Eu sou amável. — Dei dois tapinhas no peito. — Amáveis não mentem.

— Faz sentido. — Guido Cortina se sentou em sua mesa de negociação e torceu os lábios, antes de apresentar a oferta. — Você tem razão, Osmin, isso aqui vale cinco dígitos. Dou 10.000 pela peça.

— 50.000 — lancei a contraoferta. — Continuam sendo cinco dígitos e uma pechincha para algo que será vendido em dez segundos por seis dígitos. É pegar ou largar. Leônidas estava com este colar pendurado no pescoço durante a própria Batalha das Termópilas, onde ele morreu. E imagino que as peças que chegam ao Paramundo no corpo dos mortos sejam infinitamente mais valiosas do que as produzidas por aqui mesmo.

— E eram 300 espartanos contra um milhão de persas — exagerou Osmin, para valorizar o produto.

Guido Cortina sabia que não podia perder o negócio. Deu um tapa na mesa e esticou a mão.

— Negócio fechado.

Osmin começou a dançar um reggae imaginário pelo salão, de olhos fechados e sorriso besta. Peguei a sacola cheia de notas e, ao sairmos do antiquário, paguei as 5.000 chapas acordadas.

— Posso dar um conselho, Osmin? Pegue esse dinheiro e tire umas férias, vá com sua família para uma estância numa montanha calma e longe de tudo. Passe um tempo lá.

O guatemalteco não entendeu nada, deu de ombros e voltou para seu posto na praia. Segui até uma agência dos correios, coloquei em um envelope outras 5.000 chapas e uma mensagem.

Pelas roupas, pelo abrigo, pela comida.
Obrigada por ter me salvado, meu amigo.
Por favor, entregue 500 na farmácia e 500 na chocolataria logo ao lado.

Vida Becker.

Remeti pelo serviço postal para Gramallstatt, aos cuidados do Sr. Burak Bürsin, na loja "O Turco Feliz".

71

O REMO E A ESPADA

No momento em que eu atravessava uma rua a poucas quadras do Píer Polinésio, alguém me agarrou por trás, tapou minha boca com um pano encharcado de éter e, com um empurrão violento, me jogou porta adentro de um velho bar abandonado. A sacola com o dinheiro caiu da minha mão. Toda a ação durou poucos segundos, eu mal tive tempo de entender o que estava acontecendo, enquanto um chute nas minhas costas me jogava escada abaixo até um subsolo absolutamente escuro. Meu corpo acertou um móvel, vários objetos de metal tilintaram ao desabarem sobre meu corpo. Era impossível enxergar alguma coisa, mas, pelo tamanho do vulto e cheiro fétido das mãos, eu sabia quem era a pessoa comigo naquele ambiente. Fiquei de pé tentando não pensar na dor e me agarrar em algo que parecia uma prateleira. Mais objetos despencaram. A cada segundo mais o éter me desorientava, eu me virava de um lado a outro, enquanto o som da respiração ofegante do monstro me enchia de pavor.

— Você achou mesmo que estava livre de mim? — O hálito podre do huno surgia pela frente, por trás e pelos lados, como um fantasma de múltiplos corpos.

— Sai daqui, desgraçado! — Eu distribuía socos em todas as direções, sem sucesso em atingi-lo.

— Você agora é minha. — Prendeu com força meus punhos atrás de minhas costas e sussurrou: — E vai ter o que toda mulher atrevida como você merece.

Comecei a me debater e a chutar aleatoriamente. Tentava me desvencilhar, mas o tamanho e força do animal tornavam inútil meu esforço. Ele aproximou o rosto e lambeu meu pescoço, encostou o corpo ao meu. Apavorada, ainda sem enxergar nada e sentindo apenas a brutalidade daquele homem, num impulso projetei o rosto e mordi a orelha dele com a maior força que minha mandíbula poderia ter. Puxei com violência, arranquei um pedaço, cuspi de nojo. Em meio a um grito horrendo, o temível me soltou e se encolheu. Era minha chance. Parti cambaleando escada acima, guiada pela luz tênue que vinha do andar de cima. Não poderia sair dali sem o dinheiro, mas o efeito do éter no cérebro me impedia de enxergar com nitidez. Zonza, fui tateando entre as imagens-fantasmas das mesas e cadeiras. Ouvi o huno berrando escada acima. Corri as mãos pelo chão, toquei na sacola, agarrei-a com força e saí em disparada pela rua, chorando.

Cheguei ao Píer Polinésio completamente apavorada, o animal vinha manquejando atrás e berrando de ódio, feito uma besta ressurgida do inferno para demolir o inimigo por quem aguardou uma Era para combater. Sangue jorrava pelo buraco de sua orelha. Dei passos atrás, joguei a sacola numa canoa atracada. Com a arte da luta já entranhada em minha carne, puxei um dos remos pendurados na parede e armei a guarda treinada com Musashi. Meu mestre havia derrotado seu maior oponente com uma espada talhada a partir de um remo, e embora o remo nas minhas mãos não fosse um suburito, dele eu também faria minha arma.

— Você vai comigo por bem ou por mal! — berrou o huno.

— Vem tentar me pegar agora, miserável — devolvi, com os dentes travados.

Tangaroa Tetuanui e os outros polinésios se encolheram, certamente jamais imaginariam possível uma cena daquela no Território Fraterno, muito menos em seu próprio píer. Pareciam apenas aguardar o momento em que o gigante me re-mataria. O éter ainda dobrava minha visão, dois hunos, duas espadas. Eu piscava freneticamente para tentar enxergar melhor. Ele golpeou, pulei para o mais longe que consegui. Contra-ataquei, ele desviou o rosto e o remo cruzou a centímetros de seu nariz. Eu seria trucidada se o temível penetrasse no meu raio de ação, e a única chance seria guardar uma distância segura, mas próxima o suficiente para uma estocada com o remo. Conforme ele lançava a espada em velocidade, eu saltava para os lados, à procura de brechas para encaixar um golpe.

As armas se chocavam, o jogo de pernas do monstro era brutal, nada preciso como o meu, mas ele a cada instante aplicava um ardil diferente. Até que, em nova investida do gigante, abaixei a cabeça e a espada acertou um archote, que, ao cair no píer de madeira, incendiou-o tal qual um rastilho de pólvora. Os polinésios começaram a gritar e a tentar conter o incêndio. A luta tinha acabado de se transportar para uma arena de fogo. Uma fumaça negra subia e criava pontos cegos, dos quais eu me aproveitava para fugir dos ataques. No entanto, um talho lateral e rápido da espada huna pelo meio das labaredas esfacelou meu remo. Da parede já coberta por uma chama negra, puxei o último remo ainda intacto.

O efeito do éter foi passando, eu já batalhava contra um gigante como se eu fosse um do mesmo tamanho e força. E era nítido que ele se sentia humilhado por encontrar em uma mulher um adversário à altura, vindo para cima cada vez com mais fúria. Labaredas chicoteavam minhas pernas, o píer se deteriorava, madeiras ardiam, o piso transformava-se num retalho de ripas entremeadas por vãos cada vez maiores. Eu saltava de uma à outra e, mesmo de costas, conseguia manter o equilíbrio.

Musashi havia sido um grande professor nessa arte. Ao contrário, o temível penava para não pisar em falso e cair no mar.

Foi então que, recuando de um avanço do monstro, tropecei e caí sobre tábuas em brasa. Berrei de dor, minhas costas arderam e rolei para o lado, atordoada. Sentindo a oportunidade, o animal pulou por cima do fogo para perfurar meu peito. Mas aprendi com Leônidas que surpresa é uma poderosa arma numa batalha. Durante o ataque huno, arremeti o remo em suas pernas. Ele caiu de bruços sobre outra tábua fumegante. Contorcendo-se de dor, tentou se erguer para voltar ao combate. Entretanto, ali estava a chance que eu jamais poderia deixar passar: levantei-me e, sem piedade, dei uma raquetada no rosto dele. Ele tremeu, estrebuchou. Nossos olhos se encontraram. Os meus, esbugalhados; os dele, apavorados, um monstro reduzido a um animalzinho indefeso implorando por misericórdia. Bati novamente, sangue huno já jorrava.

— Mulher atrevida? Hein? Mulher atrevida? — eu gritava. — Agora você vai ver o que toda mulher atrevida sabe fazer com um animal do seu tipo!

Espanquei mais uma, duas, três vezes, em meio a um choro incontrolável de ódio, nojo e revolta. Eu batia e o xingava das piores coisas que eu conhecia. Cada pancada era por todos os que ele já havia re-matado e, principalmente, pelo que tinha tentado fazer comigo naquele subsolo escuro. Em pouco tempo, o remo açoitava o vazio, e eu custei a notar que já não existia mais ninguém ali.

Mergulhei no mar pouco antes de o fogo terminar de consumir o píer. Agarrei-me a uma canoa. Alguns banhistas vinham da praia, num mutirão de solidariedade formado às pressas para tentar salvar alguma coisa. Os polinésios miravam parte de sua história destruída, alguns choravam. Alheia à devastação que havia ajudado a provocar, eu mirava fixamente as labaredas, tentando absorver o sentimento que invadia meu peito por ter re-matado um temível pela primeira vez. Sentir prazer naquilo era uma sensação muito mais dura do que jamais pude imaginar.

Meus olhos pegaram foco, pela gritaria dos banhistas e polinésios jogando água e batendo cobertas no fogo. Novamente veio a angústia: por mais quanto tempo minha presença no Paramundo provocaria morte e destruição? O incêndio foi controlado e não sobrou quase nada, mas as canoas estavam a salvo da destruição. Peguei a sacola com o dinheiro e saí cabisbaixa da água. Tangaroa Tetuanui mal me olhava. Amanaki e Manu se aproximaram, com casacos, comida, a pá, a picareta e semblantes perplexos.

— O que aconteceu aqui? — perguntou Manu.

Tangaroa Tetuanui abriu a boca e arregalou os olhos.

— Manu? Você falou?

— Não temos tempo para explicações — interveio Amanaki. — Precisamos de sua ajuda. Podem nos considerar traidores do movimento, mas somos família.

— Seu Tangaroa, nós queremos comprar seu melhor Va'a de três lugares. — Apertei os lábios, com os olhos baixos.

— Nós só alugamos, não vendemos.

— Não sabemos se vamos voltar, precisamos comprar. Quanto custa?

— 8.000 chapas é o preço por nosso V3 mais veloz e resistente, que tem hull de Koa, ama de wiliwili-pua e iakos de hau.

Não entendi nada, mas recebi aprovação de Manu Tatau Moala com um aceno de cabeça. Tirei da sacola as quase 40.000 chapas que sobraram da venda do amuleto, dei 200 para o Amanaki, que ele guardou no fundo de sua sacola de couro, e entreguei o resto para Tangaroa Tetuanui.

— O troco é para a reconstrução do píer.

O polinésio parecia que nunca tinha visto tanto dinheiro.

— Eu não faço ideia de quem é você, menina. Tampouco posso imaginar para onde vocês três irão. Mas, se conseguiu fazer o Manu falar, só posso acreditar em que você tem algo de único.

Recebi uma breve aula de como manusear o remo, fazendo o ataque, a puxada e a recuperação, além de informações sobre como ajudar a estabilizar a canoa. Ajeitamos os mantimentos e as ferramentas no assoalho, cada um então pegou seu remo e assumiu um posto. Amanaki de *stroker*, no banco 1 à frente, o mais forte e responsável pelo ritmo. Eu no banco 2, para cuidar das mudanças de fluxo. Manu no banco 3, timoneiro e capitão, encarregado de direcionar e motivar a tripulação. A pequena expedição partiu pelo Marbello, rumo ao lugar por onde mais ninguém no Paramundo teria coragem de se aventurar durante a Violembranca. Cada um dos três aventureiros ia por um motivo em particular: eu, porque em meu peito pulsava uma missão que nenhum ser humano amável jamais havia recebido; Amanaki, por desejar fazer algo de importante na re-vida; e Manu, por ter esperado quase 2.200 ciclos para voltar ao local onde sua re-existência tinha ganhado alguma relevância. Não fazíamos real ideia do que nos esperava e se um dia voltaríamos, mas a certeza de precisarmos seguir adiante era infinitamente mais forte do que o medo que já nos bombardeava...

72

DE VOLTA AO HEXÁGONO

Tão logo fora concluído o túnel de escape do Deserto Infernal, uma dúzia dos mais hábeis espiões americanos e russos que atuaram na guerra fria havia sido enviada ao Território Fraterno, de forma tão sigilosa que a informação ficara restrita apenas aos três Senhores da Guerra. Agindo nas sombras, eles mapearam desde cidades, encruzilhadas, rios, mares, vales, montanhas, florestas, prédios e instalações, até as localizações dos exércitos amáveis e rotas de fuga, tudo para subsidiar o plano de guerra temível. Com as informações em mãos, os Senhores da Guerra passaram a se reunir com seus generais no Salão Triangular, a instalação mais importante do Hexágono, para acerto dos detalhes da invasão. Com a iminência da guerra, nova rodada de reuniões vinha acontecendo. De teto abobadado, piso em mármore, grandes janelas retangulares cobertas por cortinas de veludo carmim, o clima sombrio no salão jamais amenizava. Na penumbra, as discussões se faziam acaloradas em meio a doses de conhaque, negroni e airag.

Um telão projetava "Operação Triunfo dos Titãs" acima de uma imagem superdetalhada do mapa do Território Fraterno, com setas de ataque dos 7 exércitos, indicação dos locais para o desembarque das tropas e encruzilhadas onde os acampamentos seriam montados. Uma seta pontilhada saía da tundra até a Baía Torta, no Sudeste do Território Fraterno, sem qualquer indicação de a que ela se referia. Cada Senhor da Guerra tinha sobre a mesa o relatório com planos e parâmetros delineados, transcrições da movimentação por terra e mar, descrições das estratégias diversionistas e legendas com números de provisões e armamentos. Faltava apenas a definição do dia D e hora H para a invasão. Mussolini e seus generais de guerra fecharam questão sobre um ataque do tipo avalanche logo na primeira hora de escuridão; Gengis Khan já tinha esperado muito mais do que os outros dois para voltar a re-matar gente e apoiaria qualquer decisão que encurtasse o tempo; Napoleão Bonaparte era o único ainda sem opinião formada a respeito do momento exato do avanço das tropas. Mensageiros aguardavam o consenso para então levarem cópias do relatório aos vikings, Átila, Leopoldo II e Júlio César.

— A impaciência é um grande obstáculo para o bom êxito — pontuou Bonaparte. — Precisamos aguardar o sinal inequívoco de que é chegada a hora de colocarmos em prática a Operação Triunfo dos Titãs, e esse sinal tem um nome: Vida Becker.

— Mas não temos notícias hunas desde o retorno de Benito. — Gengis Khan apresentava um semblante preocupado. — Na Operação Átila, tudo pode ter acontecido, inclusive nada.

— Não tenham a menor dúvida de que em breve a Única estará aqui — disse Mussolini, que atestara o fogo da vitória no entusiasmo de Átila.

— Concordo, mas o planejamento da nossa campanha precisa antecipar as ações amáveis e preparar uma neutralização com máxima eficiência — ponderou o francês. — Nossos planos podem ser modificados de acordo com as circunstâncias, mas, a meu ver, considerando que o inimigo aposta suas fichas na liderança da Única, não vamos tomar nenhuma decisão antes de colocarmos nossas mãos nela.

O comunicador interno soou, interrompendo o debate. Fez-se um breve silêncio no salão, um assessor atendeu, tapou o bocal e anunciou:

— Um mensageiro huno acaba de chegar das Geleiras do Além.

— Transmissão de pensamento. — Mussolini esfregou as mãos.

A excitação caiu sobre o Salão Triangular. No entanto, quando o mensageiro-orador entrou, o frenesi virou decepção.

— Onde está a garota, huno? — antecipou-se Bonaparte.

— Vejam bem... — O mensageiro-orador esfregou as mãos e travou os dentes.

— Já começou mal — sussurrou Gengis Khan para si mesmo.

— O inigualável e poderoso exército de Átila enfrentou alguns contratempos extemporâneos que, à primeira vista, poderiam denotar malogro retumbante. Como ocorre em situações de relativa incerteza, dado que batalhas são batalhas, guerras são guerras e, por que não dizer, momentos são momentos, para se considerar indubitável o êxito ou o revés, por vezes, devemos observar os acontecimentos sob prismas que qualificam questões relativa aos...

— Ih, perderam a batalha. — Mussolini desferiu um olhar de soslaio para o mongol.

— Deixe de bazófia, huno! Desembuche! — Napoleão Bonaparte atravessou a fala huna.

— Pois é. — O mensageiro baixou os ombros, pigarreou. — Perdemos.

— Eu sabia. — Gengis Khan socou a mesa. — A cara deste huno-mensageiro-enrolador não estava me cheirando nada bem.

Mussolini fechou os olhos e respirou fundo, ao tempo em que massageava as têmporas.

— Como assim, que conversa é essa? — Napoleão franziu a testa. — Perderam para um bando de adolescentes imberbes?

— Vexame... — pontuou Gengis Khan.

— E eram 10.000 hunos — lembrou Mussolini.

— Se me permitem... — o huno se aplicava na retórica e cumpria à risca a orientação de selecionar palavras com cautela —, seria leviano de minha parte qualificar os adversários meramente como um bando de adolescentes imberbes, mas, tendo em vista o relatado pelos arautos após o retorno da campanha, o imponente exército de Átila - o Flagelo de Deus - enfrentou não apenas uma turba de adolescentes. A propósito, tal estrato constituía-se de porção menor do exército inimigo.

— Qual era a porção maior? — Bonaparte ergueu-se, apontando o indicador em ameaça.

— Bem, era constituído de tal amálgama de povos e táticas diversas de batalha, que nem mesmo o machucho exército de Átila - aquele que onde pisa a grama não cresce - foi capaz de suportar.

— Explique-se melhor, huno, eu já estou indignado demais para aguentar tamanha fanfarronice e embromação. Como diabos era esse amálgama?

— O amálgama era composto, além dos supracitados adolescentes imberbes, por escoceses, mamelucos, zulus, legionários e samurais. Ah, e pelas cavaleiras do CFGA e um chinês chamado Bruce Lee.

— Nunca ouvi falar nesse último — interveio Gengis Khan.

— Não é do nosso tempo — esclareceu o huno. — É um amável chegado há poucos ciclos. Pelos relatos, é forte, rápido e com um nunchaku na mão é o capeta.

— Os amáveis montaram uma liga — disse Bonaparte a si mesmo, caminhando em círculos pelo salão. — Isso demonstra que, ou eles previam este ataque, ou estão com poder de mobilização acima da média.

— Do lado de lá também há estrategistas competentes, precisamos admitir — disse Mussolini.

— Que isso nos sirva de alerta — completou Gengis Khan.

Napoleão enfiou a mão no paletó e retomou a questão:

— A pergunta inicial não foi respondida até agora. Onde está a tal Vida Becker?

— Segue em direção ao Triângulo das 5.000 Ilhas, não sabemos o propósito. De tal sorte que os vikings foram alertados e já estão atrás dela. Assim que a capturarem, ela será entregue aqui no Hexágono.

— Ótimo, vamos ver se os nórdicos superam a frouxidão huna — bufou Napoleão.

Um breve silêncio constrangedor se fez, mas o mongol não perdoou, em meio a um risinho maledicente:

— Quer dizer que a Operação Átila foi um fracasso retumbante...

O mensageiro interveio:

— Se me concede um aparte, nobre Gengis Khan - guerreiro perfeito e chefe supremo das legiões mongóis -, longe de mim pretender sugerir algo a um general de quilate tão vigoroso quanto Vossa Excelência, mas Átila ordenou-me expressamente solicitar aos senhores o esquecimento absoluto daquele nome de operação. Sabe como é, né? Há uma reputação milenar em jogo.

Mussolini sinalizou a um assessor e dispôs, com ar cansado:

— Parem as máquinas! Suspendam a determinação aos escribas de louvarem a malfadada operação, apaguem a totalidade dos registros. Determino a queima de todos os poemas, contos e aclamações produzidos, além dos cartazes impressos. Quebrem os vasos de cerâmica, derretam as medalhinhas cunhadas, cancelem os contratos de distribuição de panfletos. Quanto aos bardos designados para a composição das canções, hinos e marchas, que troquem "Operação Átila" por "Bravos Temíveis" em todos os refrões e estrofes onde, porventura, apareçam. Eles que se virem com as rimas. Melhor esquecermos do episódio, isso não deve chegar aos ouvidos de ninguém. Não podemos entrar na guerra com qualquer tipo de insegurança capaz de provocar baixa no moral da tropa.

— Muito grato pela compreensão, *Il Duce*. — O huno fez uma mesura curvando as costas. — Farei chegar aos ouvidos do Flagelo de Deus a pronta sensibilidade dos senhores no tocante à questão.

— Aproveite e faça chegar aos ouvidos do Flagelo de Deus que o QG não mais tolerará fracassos.

Foi quando Napoleão Bonaparte deu um murro na mesa e todos no salão suspenderam a respiração.

— Nós não atacaremos antes de capturarmos a Única! Precisaremos aguardar notícias da campanha viking e...

Uma nova ligação soou no comunicador do Salão Hexagonal.

— Que diabos! Não se pode mais nem fazer um discurso? Atenda logo este inferno de telefone.

O assessor atendeu. Novo suspense. Ele tapou o bocal.

— Temos uma visita. Posso permitir a entrada?

— Não! Estamos no momento mais importante dos últimos 2.200 ciclos.

— Desculpe-me discordar, general, mas os senhores deveriam atender.

Bonaparte suspirou, sentou-se de volta em sua poltrona e sinalizou o prosseguimento da visita. Então adentrou o Salão Triangular Ivan, o Terrível. Trazia consigo uma mulher acorrentada nos pulsos e tornozelos. Tinha hematomas espalhados por todo o corpo, cicatrizes no rosto e mordidas de cachorro nas costas. Era um fiapo de gente, de rosto ressequido e olhos cavados fundo nas órbitas. Manquejava por uma fratura mal curada em uma das pernas.

— Ivan, não estamos em momento de resolver problemas de Bajulance. Em algum tempo nós poderemos, inclusive, nem ter mais Bajulance. E quem é esta distinta senhora que o acompanha?

— Napoleão, Benito, Gengis. — Como sempre, Ivan segurou a fala para elevar o suspense. — Não sei se vocês já estão com a Única, mas quem trago aqui pode mudar o rumo da guerra. Demoramos a conseguir a confissão, ela foi dura na queda.

— Quem é você, mulher? — Gengis Khan ergueu-se.

Ela apenas mirava toda a cena à frente, encarava os Senhores da Guerra e o telão com o mapa em detalhes do plano de ataque. Silenciou, não se sabe se por opção ou ausência de força para falar.

— QUEM É VOCÊ, MULHER? — repetiu o mongol.

— Meu nome — murmurou ela. — É Viviana... Becker. — Um choro agudo se fez, como o de um gato. — A Vida é minha filha.

O silêncio caiu por alguns instantes, os olhos dos comandantes brilharam. Até Napoleão Bonaparte bradar:

— Tranquem a progenitora da Única na masmorra mais escura e gélida, ao fim do segundo subsolo! Usaremos a arma quando for o momento! Disparem mensagens de que é chegada a hora da Operação Triunfo dos Titãs! Que entre em ação nosso rolo compressor! Que as estratégias e máximas cunhadas por nós durante centenas de ciclos sejam postas em prática. Força total, todas as frentes! Meus próprios batalhões, os exércitos vikings, de Átila, Gengis Khan, Júlio César, Leopoldo II, os Camisas Negras e as máquinas de guerra dos impérios temíveis mais poderosos da História. Soem as trombetas, disparem os alertas, ocuparemos cada centímetro das águas, campos, montanhas e florestas do Território Fraterno. Por incompetência de nossos antepassados, fomos obrigados a cumprir este maldito confinamento. Estou exausto do Território Ermo, todo mundo está! Nós podemos mais, nós merecemos mais! É chegada a hora de sairmos daqui. Está declarada a 2ª Guerra Paramundial. Avante, Temíveis!

Os Senhores da Guerra ergueram seus copos e urraram juntos o som ensurdecedor da mais pura maldade. Encolhida no canto, Viviana Becker chorou como jamais havia chorado.

73

O CONSELHO DE SEGURANÇA AMÁVEL

Subterritório das Águas violado ao Norte. Hunos.
Sozopolch destruída, 30.000 re-mortos.
Ataque ao CFGA, vitória amável.
Átila em retirada.

Preparem-se para a guerra total.

Joana d'Arc.

A curta mensagem havia alterado a preparação intensificada desde a chegada da Única ao Paramundo. Até então, os amáveis consideravam que um ataque temível só poderia acontecer através do Portal do Deserto Infernal, mas a investida huna indicava um claro sinal da mudança nos ventos. A assembleia com generais vindos de todos os cantos do Paramundo, convocada emergencialmente pelo Conselho de Segurança Amável, tinha como pauta a reconfiguração da estratégia.

Na sede do Conselho, nos arredores de Londyork – a megacidade capital do Subterritório da Madeira, parte Londres, parte

Nova York –, o plenário já estava ocupado e as conversas paralelas denotavam um misto de preocupação e excitação com a proximidade da guerra. Alexandre Magno, Marco Antônio, Cleópatra, Saladino, Vercingetórix, Ciro, Solimão, Ricardo Coração de Leão, Boadiceia, Leônidas, Qin Shi Huang, William Wallace, Shaka Zulu, Khalid Ibn al-Walid, Baibars, Miyamoto Musashi, Winston Churchill e Leonardo da Vinci aguardavam o início dos debates.

Do lado de fora, em frente ao novo complexo de edifícios no bairro de Westminster-TurtleBay, Grilo e Euclides desciam de uma charrete com as malas. O cansaço pela longa viagem de trem entre o CFGA e Londyork, com muitas baldeações entre os três subterritórios amáveis, havia desaparecido ao toparem com a imponência de uma das mais importantes megacidades. Avenidas largas e modernas, fachadas cobertas por painéis de alta resolução transmitindo imagens de matas, cachoeiras, mares e montanhas, a Tower e a Manhattan Bridge, o Hyde e o Central Park, a Estátua da Liberdade e a Londyork Eye – a maior roda gigante do Paramundo –, nada escapara à atenção dos dois.

Tão logo eles adentraram o plenário, Alexandre Magno se dirigiu ao púlpito. Grilo admirava atônito cada uma das tantas figuras ali presentes. Euclides, por outro lado, não conseguia tirar os olhos do jovem general macedônio e seus cabelos encaracolados alaranjados. O gigantesco painel digital ao fundo se acendeu e a imagem de uma chama de fogo vermelha surgiu junto à de Alexandre, configurando a abertura oficial da assembleia. Euclides sorriu ao perceber que o general tinha um olho azul e outro castanho.

— Sejam muito bem-vindos a esta reunião que, ninguém aqui duvida, é a mais importante da história do Conselho de Segurança Amável. Como sabido por todos os senhores, a Revelação vem se cumprindo com a chegada de Vida Becker. Sozopolch foi devastada pelos hunos, que também atacaram o CFGA. Não haverá mais recuo temível.

O painel ao fundo apresentou o trecho da Revelação em diversas línguas: *Quando as duas luas houverem se levantado, erguer-se-á, pelo mal fecundo, em prol do obscuro de vil e torpe semente, o humano temível.*

Alexandre prosseguiu:

— Se os temíveis nos derrotarem, o passo seguinte deles será procurar as três chamas. E tempo não faltará para que um dia sejam encontradas. Por isso, precisaremos agir com sabedoria e organização. Os exércitos dos senhores já estão prontos para se dirigirem aos campos de batalha, mas agradeço por virem até aqui. — Ele deu dois tapinhas no peito, gesto repetido pelos presentes.

— A Única não deveria estar nesta assembleia? — perguntou Marco Antônio.

— O ataque huno ao CFGA foi perpetrado na intenção de capturá-la, e nós a perdemos momentaneamente. — Ele sinalizou para Leonardo da Vinci, que apertou o botão em sua mesa, abrindo o próprio microfone.

— A Única neste momento se dirige ao Triângulo das 5.000 Ilhas.

— Isso é temerário, ela não está exposta? — interveio Boadiceia. — Os temíveis já sabem dela, não podemos correr o risco de perdê-la.

— Fiquem tranquilos, já cuidei de tudo.

— O que ela foi fazer no Triângulo das 5.000 Ilhas?

Leonardo se dirigiu ao púlpito, precisava justamente tratar daquele assunto. Sinalizou ao pessoal da organização e um novo trecho da Revelação foi projetado: *Que na arena de inocência, pureza e liberdade, conduzindo a força colorada, reeditará o antigo duelo.*

— Me ajude, minha amiga Boadiceia. Como estes versos sempre foram interpretados?

— A *arena de inocência, pureza e liberdade* é o Território Fraterno; *a força colorada* somos nós, os amáveis; e *o antigo duelo* se refere à 1ª Guerra Paramundial.

— Pois é, mas acho que sempre estivemos enganados.

Um breve silêncio se fez. Leonardo sinalizou e um novo trecho foi projetado: *um longínquo futuro as colocará frente a frente.*

— O antigo duelo — disse ele, num tom grave.

Cleópatra iniciou um debate com Leonardo:

— A Única lutará contra as chamas? Xu Fu enlouqueceu ao encostar nas fagulhas.

— Xu Fu não era o Único.

— E, pela sua tese, ela terá de libertá-las para destruí-las. Se alguma das chamas escapar, vai atravessar as bordas do Universo e despertar a Temível. Será um perigo para a existência do Paramundo, Leonardo.

— Um risco que a menina e nós teremos de correr, infelizmente.

— Isso é loucura! Só a Força Amável seria capaz de aniquilar uma chama temível.

O italiano aguardou alguns segundos, ciente da força da pergunta seguinte.

— Mas e se a Única trouxe a própria Força Amável dentro de si...?

A incredulidade geral provocou um silêncio jamais presenciado por aquele plenário.

— A fagulha vermelha? — Saladino se levantou coçando a barba. — Veja, não estou duvidando de seu julgamento, Leonardo, mas isso desafia as leis da química, da biologia, da física e, por que não dizer, da lógica! Nenhum ser humano suportaria algo tão quente ardendo no peito.

— Em se tratando das Forças Amável e Temível, questões como química, física, biologia e lógica não fazem sentido como conhecemos. Acredito que as duas forças precisem de um vetor para virem ao Paramundo, e a Amável deve ter ficado à espreita para se misturar à natureza da Única.

— Se isso for verdade, onde a batalha acontecerá?

— Assim como está disposto na Revelação. — O olhar do italiano foi longe. — Na arena de inocência, pureza e liberdade. Ou, mais precisamente... dentro do corpo da Vida.

Todos se entreolharam, atônitos. Um burburinho se elevou. *Será? Como assim? Impossível! Não dá para imaginar isso. Ela não vai suportar. É um risco incalculável!* Alexandre Magno inspirou demoradamente e pediu calma, tentando controlar os ânimos.

— Confiemos no julgamento de Leonardo, ele tem bons motivos para acreditar no que diz. A Única seguirá sua missão e a nós caberá protegê-la com todos os recursos que tivermos.

Churchill pediu a palavra:

— Alexandre, sabemos que será impossível esconder da população amável a iminência da guerra, pois todos precisarão se proteger. Nesse contexto, uma pergunta óbvia surgirá nos quatro cantos do Território

Fraterno: E o Único? Por isso, preocupo-me com quando e como apresentaremos oficialmente a Vida Becker.

— Já estamos considerando tudo isso, Winston. Dispararemos alertas sobre a guerra e evacuaremos as cidades ao Norte. A tarefa será mantermos o conflito o máximo possível na região das Geleiras do Além. Apresentaremos a Única na hora certa.

— E qual você imagina será a reação da população ao vê-la?

— Provavelmente, a mesma de todos aqui, quando soubemos que ela era apenas uma menina. Sei que ainda há receio quanto a isso entre alguns de nós. Dessa forma, para aprendermos mais sobre a Vida, convido seus dois fiéis escudeiros, também trazidos pela Máquina de Contar Histórias. Guerreiros de primeira linha, que tenho o prazer de receber nas fileiras de meu exército.

Grilo e Euclides caminharam de forma errática até o púlpito. Alexandre Magno os abraçou. O coração de Euclides disparou.

— E aí, Alex. — Grilo estalou os dedos e apontou para o general.

— *Alex...*? — murmurou Euclides.

— Sejam muito bem-vindos, meus novos comandantes.

— Comandantes? — O olhar de Grilo se iluminou.

Euclides tomou a frente, sua imagem surgiu no telão. O corpo tremia mais do que nos momentos que precederam a Batalha dos Jovens Amáveis. Respirou fundo, ajeitou os óculos sobre o nariz e se aproximou do microfone.

— A Vida, ela... não é apenas uma menina, como vocês dizem. É uma guerreira, a melhor guerreira do CFGA. E, mesmo assim, a pessoa mais doce e sensível que já conheci. Quando ela bota uma coisa na cabeça, ninguém tira, e isso pode ser uma arma incrível nas mãos de alguém que precisa... bem, salvar o Universo. Eu e o Grilo rimos muito quando Leonardo revelou que ela veio liderar gente como vocês e comandar bilhões de pessoas numa guerra. Só se o Paramundo estivesse louco! Mas hoje posso apostar todas as minhas fichas em que ninguém na Terra seria mais capaz de cumprir essa tarefa. Acreditem em mim, ela vai se tornar quem nasceu para ser. — Ele suspendeu a fala alguns instantes. — Vida, eu vou te esperar pra gente lutar essa guerra juntos. E lembre-se: as pessoas mais diferentes são sempre as melhores.

Um ou outro na plateia secou lágrimas, houve trocas de olhares emocionados.

— Obrigado, Euclides. Você é um orador nato, exijo que fique perto de mim a partir de agora. — Alexandre piscou o olho azul e sorriu.

Euclides corou, mas não escondeu ter gostado. Numa fração de segundo, um turbilhão de pensamentos se fez em sua mente e talvez pela primeira vez desde quando chegara na carona da Máquina de Contar Histórias ele viu sentido em estar no Paramundo.

— Dando prosseguimento à assembleia, para informar os últimos detalhes do plano de guerra convido nosso estrategista-maior: Sun Tzu.

O general chinês subiu à tribuna com destreza. Ficou em silêncio alguns segundos, o que gerou um burburinho na plateia. Ele, então, sinalizou à equipe de apoio e um vídeo entrou no gigantesco painel atrás. Destruição, entulho sobre entulho, fumaça, fogo, cinzas, carcaças e mais carcaças de animais apodrecidos. A câmera passeava por entre os escombros, o silêncio no plenário se tornava cada vez maior.

— Imagens que captamos de Sozopolch...

As cenas pareciam se referir a um lugar atingido por um tornado de grau 5. Grilo e Euclides já tinham sentido o poder da fúria huna, mas o que viram ali lhes provocou náuseas.

— Há apenas uma testemunha re-viva, uma menina que já está em segurança. E o que ela nos relatou é digno de preocupação. — Sun Tzu sinalizou e a equipe de apoio pausou o vídeo. — Alguns de nós aqui participamos da 1ª Guerra Paramundial: eu, Leônidas, Alexandre, Ciro e Qin Shi Huang. Nossa vitória naquela oportunidade nos deu 2.200 ciclos de paz. Mas peço que cada um tenha em mente o tanto que os temíveis devem ter se preparado e o tanto de ódio acumulado ali.

No painel foi projetado um mapa do Paramundo rico em detalhes.

— Vou direto ao ponto: tão logo recebemos a informação de Joana d'Arc sobre o ataque ao CFGA, enviamos guarnições de observação a toda a extensão das Geleiras do Além.

— Já sabemos qual é o efetivo temível neste momento? — perguntou Ricardo Coração de Leão.

— De acordo com relatórios preliminares, estamos falando de algo como 790.000 com Átila, 900.000 com Gengis Khan, 1.000.000 com

Napoleão, 1.200.000 com Júlio César, 800.000 com Mussolini, 700.000 com Leopoldo II e 90.000 vikings. Em torno de cinco milhões e meio, só considerando esta primeira frente.

Elevou-se um silêncio apreensivo com a contagem, até o jovem gaulês Vercingetórix berrar:

— Gosto assim! Quanto mais, melhor!

A gargalhada foi geral, boa parte dos presentes vinha aguardando centenas de ciclos a hora de voltar aos campos de batalha e o desafio estava à altura.

— Mas não podemos acreditar apenas neste número — interveio Qin Shi Huang, de voz rouca e poderosa. — Estejamos certos de que haverá muito mais gente disposta a invadir o Território Fraterno.

— Isso está sendo considerado, sim — retomou Sun Tzu. — Desde o confinamento inicial, mais os que já entraram, menos os que possivelmente já re-morreram, estimamos em 200 milhões de temíveis. Por ora, nossa tarefa será combater os exércitos acampados. Ficaremos de olho.

O mapa ao fundo rotacionou e um movimento de *zoom* terminou com foco ao norte do Paramundo, indicando as localizações aproximadas dos exércitos já mapeados. Com uma caneta de ponta laser, Sun Tzu foi detalhando:

— O exército de Leopoldo II está posicionado ao norte de Nairoberlim. Vimos deslocamentos de tropas de Napoleão e de Mussolini a Noroeste e Nordeste da tundra no Deserto Infernal, contornando-o para montarem acampamentos próximos à sua borda. O exército de Júlio César está nas terras longínquas próximas ao Mar Distante-Leste e o de Gengis Khan no Caminho da Serpente. Sabemos que há vikings no Mar Distante-Oeste. Átila certamente invadirá outra vez pela Península do Cavalo Marinho.

— Mussolini, Gengis Khan, Júlio César, Átila, Vikings...? — Grilo sussurrou para Euclides. — Não sei você, meu velho, mas eu tô simplesmente todo cagado de medo.

— Eu também, mas veja também quem tá do lado de cá.

— A briga promete.

Uma equipe de auxiliares de Sun Tzu passou de mesa em mesa entregando um manual grosso em capa dura, com ilustrações e dados de estratégias, efetivos e armamentos, provisões, previsões de tempo e cenários, além de informações sobre cada um dos exércitos temíveis.

— Aqui está uma apresentação de qualidade. — Grilo folheou a publicação. — Vá aprendendo, porque, se ainda precisarmos apresentar um trabalho na escola, não vou aceitar menos do que isso.

— Né? — Euclides apertou os lábios, também impressionado com a categoria do material. — Esfregar com gosto na cara do professor Manollo.

— Como ficou claro na Batalha dos Jovens Amáveis, a união de variadas estratégias foi fundamental para surpreendermos o inimigo — seguiu Sun Tzu. — Serão frentes simultâneas de batalha e nós vamos nos agrupar para maximizar nosso poderio: Alexandre e Leônidas; Ciro e Ricardo Coração de Leão; Musashi e Saladino; Marco Antônio, Cleópatra e Khalid Ibn al-Walid; Vercingetórix, William Wallace e Baibars; Shaka Zulu e Qin Shi Huang; por fim, Boadiceia e Solimão.

Enquanto os comandantes juntavam-se nas duplas definidas e decidiam os estratagemas iniciais conforme o inimigo a ser enfrentado, Winston Churchill foi até o púlpito e ficou um tempo ali parado. Jovem, corpo esguio e usando um chapéu coco, apagou o charuto no tampo de mármore. Com a língua presa e sibilando as letras "s", começou a discursar:

— Percebo sinais de preocupação nos rostos dos senhores. Isso é natural, prova de que têm consciência do que os espera.

Pouco a pouco, o silêncio foi se sobrepondo aos debates.

— A Força Amável nos deu a Terra e é imperioso admitirmos o fracasso da espécie humana em cuidar dela. Temos agora, em nosso último lar, uma nova chance. A obrigação de luta se impõe acima de qualquer outra coisa. Muitos de nós aqui re-morrerão, mas não devemos temer a re-morte, pois ela representará a luta por um Paramundo melhor para sempre. Se nossa história tiver de acabar, que seja quando cada um aqui estiver se afogando no próprio sangue no chão. Mostraremos capacidade para defender nosso legado, enfrentar a tempestade da guerra e sobreviver à ameaça da tirania, se necessário, durante ciclos, ciclos e mais ciclos. Essa é a vontade e o desejo da Força Amável. — O tom de voz se tornou poderoso e foi se engrandecendo, conforme o discurso se aprofundava. — Nós não devemos enfraquecer ou fracassar. Iremos até ao fim! Lutaremos nos territórios Fraterno e Ermo. Lutaremos nos mares, oceanos e nas Geleiras do Além. Lutaremos com confiança crescente. Lutaremos nas praias, lutaremos nos terrenos de desembarque, lutaremos nos campos e nas ruas, lutaremos nas colinas. E nós nunca nos renderemos!

Todos se ergueram em aplausos, assobios e golpes no chão com os pés, na maior manifestação de força jamais presenciada por aquele plenário. Paredes tremiam, os generais se entreolhavam, rangiam os dentes, urravam, certos de que aquela energia concentrada explodiria na hora certa, em defesa do legado amável contra a tirania temível. Sun Tzu emendou, ainda durante a catarse:

— Entra em operação a maior ação logística de guerra da História da Terra e do Paramundo. Que se feche por 60 dias todo o sistema ferroviário do Território Fraterno, exclusivamente para o transporte de seis milhões de nossos soldados, além do envio das estruturas de acampamento, armas e suprimentos. Despachem os mais fortes e velozes falcões para todas as bases dos exércitos dos senhores com as instruções de deslocamento. Reúnam todos os veículos de imprensa, preparem os comunicados à população. Que a Força Amável nos proteja!

Era chegada a hora da guerra aberta, jamais teria sido possível algum tipo de negociação diplomática com os temíveis, que, como pregava a Revelação, altreariam *escudo, espadas, arco, flecha e cutelo com fúria e rigor imensuráveis.* Alguns generais amáveis haviam sido adversários na Terra, mas ali uniam-se em prol de um futuro finalmente longe da sombra do medo, da tristeza e do ódio, naquela que seria a guerra mais importante de todas as Eras. Lutariam onde fosse, contra quem fosse, com a mesma garra com que haviam defendido seus povos e travado suas próprias batalhas terrestres.

E sabiam que aquilo seria impossível, caso não contassem com uma poderosa arma capaz de inspirar bilhões de amáveis: uma menina que carregava no peito a esperança de um tempo infinito de paz. Criativa, perseverante e sensível, e que, quando botava uma coisa na cabeça, ninguém tirava. Que era diferente e, justamente por isso, muito melhor.

74
A BATALHA DO MARBELLO

As correntes marítimas já estavam absolutamente loucas no Marbello, a Violembranca era tão assustadora quanto linda, com as duas metades das luas dividindo a linha do horizonte, ao Sul e ao Norte, e o sol se pondo no Leste. Nosso Va'a já tinha suplantado o quebra-mar e enfrentava ondas cada vez mais altas, conforme avançávamos em direção ao arquipélago. A temperatura caía, o vento chicoteava os músculos dos meus braços e costas, mas mantínhamos o equilíbrio dos iakos, a força, a saída e a retomada dos remos em sincronia de oito braçadas a cada lado, no ritmo do *Hiiip... Hoooo!* berrado por Amanaki Moala. Determinação, rapidez, foco. Na mesma medida, medo. Um sentimento que não vinha só de dentro para fora, mas em maior medida imposto pelo poder da chama azul. O silêncio acompanhava as batidas do coração prestes a arrebentarem meu peito. Remamos por cinco horas quase ininterruptas e, embora meus braços irradiassem a força e a firmeza adquiridas por tanto tempo treinando no CFGA, não era nada fácil acompanhar a sincronia das pás polinésias golpeando o mar.

— O topo da primeira das cinco mil ilhas. — Manu Tatau Moala apontou o queixo na direção Oeste.

O que se via era nada além de um microponto quase imperceptível acima do horizonte, e apenas um navegador experimentado como ele conseguiria notar que estávamos no rumo certo. Dobramos a vontade da remada por mais meia hora, até eu implorar:

— Preciso muito descansar.

Os polinésios recolheram seus remos, também tinham de recuperar a força. Pegamos uma fatia de bolo e um copo de água fresca para cada um. Não sabíamos quanto tempo duraria a viagem, era prudente racionar. A canoa subia e descia as ondas e, em silêncio, nós comíamos e massageávamos nossos músculos para que as dores dos movimentos repetitivos diminuíssem. Foi quando Amanaki parou de mastigar, franziu a testa em direção ao Sul com a boca entreaberta e apontou, quase em câmera lenta.

— Aquilo não parecem topos de ilhas.

— São mastros de navios — disse Manu, com semblante de quem não acreditava no que via.

O Marbello começava a ser preenchido por um número descomunal de embarcações.

— Vieram atrás de nós! — gritou Amanaki, apavorado. — Eu sabia, aquele ataque no píer era sinal de má sorte.

— Vieram atrás de mim — corrigi. — Vamos acelerar para o arquipélago, a proteção das ilhas é a nossa chance. — Engoli o resto do bolo, enfiei o remo na água e dei um impulso forte.

— Não temos como fugir sem sermos atropelados, Vida! Ainda estamos muito longe do Triângulo das 5.000 ilhas e a velocidade de um navio daquele é muito superior à nossa — gritou Manu.

— Eu não vou morrer sem lutar! Se ninguém me ajudar, eu remo sozinha. —Travei os dentes, segui puxando a água com força.

Amanaki olhou para trás e sinalizou para Manu que, se fosse para re-morrerem, que acontecesse fazendo aquilo que sabiam de melhor. Suplantando as ondas, a canoa singrava o mar aberto para ficar exposta o mínimo possível. Empurrados pelo medo, sem dizer uma só palavra nós três apenas remávamos e remávamos e remávamos, cada vez mais rápido. Por alguns poucos quilômetros conseguimos nos manter a salvo, mas a velocidade da aproximação da esquadra era muito superior. Os barcos da primeira linha se abriram formando uma ferradura para nos envolver. Com os braços endurecidos, larguei o remo e uma lágrima correu por meu rosto.

— Chega, não dá mais. Acabou!

Navios birremes enormes, em número incontável, impulsionados por velas quadradas em mastros únicos, com aríetes de bronze na proa baixa, catapultas na proa alta e grandes olhos pintados nas laterais, cercaram nossa canoa feito monstros marinhos famintos por devorar o que viesse pela frente. Eu me ergui na canoa e estufei o peito. Cinco guerreiros vestindo armaduras e capacetes elevaram-se na amurada do navio principal. O maior dos guerreiros, de pele escura e barba triangular pontiaguda, levantou uma espada e gritou:

— Vida Becker?

— Vocês vieram atrás de mim — devolvi, com voz firme. — Podem me levar, mas deixem meus amigos voltarem para Rio de Roma, porque eles só estavam me ajudando.

O guerreiro tirou o capacete. Os outros quatro fizeram o mesmo.

— Sou Aníbal Barca. E ao meu lado estão os generais Maárbal, Amílcar, Asdrúbal e Magão. É uma honra conhecê-la, Vida.

— Oi? Mas o quê... como assim?

— Estamos no comando da esquadra fenícia e do exército cartaginês. Viemos por determinação de Leonardo da Vinci para proteger sua viagem até o Triângulo das 5.000 Ilhas.

Eu e os polinésios não conseguíamos acreditar na sorte de ganharmos a escolta da esquadra mais poderosa da antiguidade terrestre.

— E trago uma encomenda para você, enviada por Maria, a Profetisa. — Aníbal Barca ergueu uma caixa de vidro. — Ela me disse que manteve em segredo por 2.200 ciclos e que você saberá como usá-lo.

Aníbal atirou a caixa para mim, agarrei-a, devia pesar pouco mais de um quilo. Dentro, havia uma marreta dourada brilhante, de cabeça grande e cabo curto. Custei a entender, até me lembrar das palavras de Maria, a Profetisa, sobre como destruir a liga de paramídio e ouro. Coloquei a caixa no assoalho da canoa.

Manu então lançou o olhar ao horizonte e apontou.

— Mais navios a Nordeste!

Do cesto da gávea, no alto do mastaréu, um observador fenício apontou sua luneta e aguardou para certificar-se do que via, provocando um instante de apreensão. Finalmente reconheceu o estilo de embarcação e as heráldicas pintadas nas velas negras infladas pelo vento.

— Viiiikings! — gritou. — Em número incontável!

O semblante de Aníbal não se alterou.

— Vida, nós já estávamos preparados na terra e no mar para qualquer tipo de ataque na guerra que se aproxima e, não importa quem sejam os oponentes, daremos nossas re-vidas para você cumprir sua missão. — Ele deu um berro de trovão, levantando a espada em direção aos comandantes dos primeiros navios, e todos replicaram a ordem para trás: — Quero oito linhas convexas e compactas de trezentos navios cada! O navio de Maárbal e Amílcar vai rebocar a canoa polinésia por trás da barreira de proteção, e a escolta será feita pelo de Asdrúbal e Magão.

Os milhares de navios passaram a manobrar na sincronia treinada durante centenas de anos terrestres e outros milhares de ciclos no Paramundo. A muralha náutica começou a se conformar.

— Nunca vou me esquecer do que você e seu povo fizeram por nós, Aníbal. — Apertei os lábios. — Eu ainda espero muito que a gente se reencontre.

— O que é para ser já está escrito, Única. Sigam em frente. — Aníbal deu dois tapinhas sobre o coração. — Pois saibam que ainda estamos loucos para guerrear, e quem vier terá muito trabalho para passar por nós.

Da popa do navio de Maárbal e Amílcar, composto pela elite dos maiores remadores fenícios de todos os tempos, foi atirada ao mar uma grossa corda presa a um gancho de metal. Amanaki atou-a ao Va'a.

— Em frente! — comandou Amílcar, erguendo para o Oeste a espada, que brilhou com os raios solares a cada hora mais tímidos. Os dois navios aceleraram por detrás da barreira.

A armada viking se aproximava rapidamente da muralha fenícia, um grito horrendo e sincopado determinava a sincronia das pás na água e emulava um monstro marinho se aproximando. Por outro lado, os birremes compactados lado a lado, com os aríetes de bronze prontos para furarem os cascos dos navios inimigos, conformavam uma barreira quase intransponível.

— Estão fazendo uma proteção para a fuga da Única pela retaguarda! Quando a barreira cair, sigam para o Triângulo das 5.000 Ilhas, encontrem e tragam a menina re-viva! — determinou Haroldo Dente Azul.

Aníbal se postou à frente do navio-líder e berrou, apontando a espada na direção da armada viking.

— Meus companheiros, não esmoreçam, não se entreguem, façam de tudo para o inimigo não passar! O sacrifício pelo poder da Força Amável e a garantia de que a Única atingirá sua missão serão o maior legado deixado por nossas re-existências! Nunca lutamos contra vikings, mas eles também nunca lutaram contra fenícios e cartagineses. Muitos aqui sonharam durante toda a vida e re-vida por um dia como este. Quanto mais tempo conseguirmos retardar o avanço temível, maiores as chances de nossos generais entregarem a canoa polinésia no Triângulo das 5.000 Ilhas a uma distância segura dos vikings. Cada segundo conta! — O general comandou: — Catapultas!

Fenícios e cartagineses anteciparam o ataque disparando grandes massas de pedra usando as catapultas nas proas altas, para abalar o poderio viking e retardar o confronto corpo a corpo. Os ágeis e leves drakkars, entretanto, trocavam de direção em alta velocidade, diminuindo a efetividade da abordagem de longo alcance fenícia.

— Avancem, destruam quem estiver no caminho! — vociferou Haroldo Cabelo Belo, seguro da superioridade numérica da armada viking e considerando a perda de algumas embarcações como efeito colateral do avanço até o choque entre as duas forças.

Conforme os vikings entravam no raio de ação amável, a carga de projéteis disparados pelos cartagineses afundava mais drakkars, porém em quantidade insuficiente para impedir a aproximação. As quase 3.000 embarcações vikings foram se abrindo em leque, alinhando-se à extensão da esquadra fenícia. Fundibulários das ilhas baleares, especialistas no arremesso com fundas, entraram em combate pelo lado amável, disparando saraivadas ininterruptas de pedras como verdadeiros tiros de canhão. Temíveis caíam re-mortos e desapareciam na água. Em pouco tempo, entretanto, o choque na primeira barreira se fez, mesmo com as avarias provocadas pelos aríetes cartagineses nos cascos dos drakkars frontais. Armados de machados, facas, espadas e escudos de madeira reforçados com barras metálicas, os vikings desviavam das flechas e abordavam os birremes como uma avalanche de gigantes ensandecidos, dentre eles milhares de berserkir – os mais ferozes guerreiros nórdicos, e que pareciam ter a pele capaz de repelir as armas.

A batalha se tornou franca nos conveses dos navios fenícios. Protegidos com capacetes de bronze e armaduras à base de linho reforçado, os cartagineses treinados por Aníbal Barca defendiam-se com escudos e contra-atacavam com lanças e dardos. O próprio Aníbal brandia sua espada e demolia uma quantidade enorme de vikings, não importando o tamanho e a força do oponente. A ferocidade temível, por outro lado, galgava posições com machados retalhando cabeças cartaginesas e cobrindo de sangue mastros, cabos, velas e conveses. Na "guerra limpa" do Paramundo, os corpos dos dois exércitos mal chegavam a cair no mar, muitos deles desaparecendo mesmo antes de atingirem a linha d'água.

Assim como venceram batalhas contra o poderoso Império Romano, os cartagineses venderiam caro uma possível derrota. Os vikings, por outro lado, exalavam a fúria represada durante mais de mil ciclos e, à medida que os birremes iam sendo conquistados, eles os incendiavam e abriam flancos e corredores para a penetração dos drakkars, feito um cardume de tubarões atrás de suas presas. O morticínio acontecia em ambos os lados, mas, uma a uma, as linhas defensivas fenícias e cartaginesas foram ruindo, insuficientes para fazerem frente à virulência viking. As hordas comandadas por Eric Machado Sangrento, Freydís Eiríksdóttir, Sueno Barba-Bifurcada e Björn Braço de Ferro contornaram pelos flancos, desviando o combate do centro para as laterais da muralha, facilitando a penetração daquelas comandadas por Olavo Tryggvason, Haroldo Dente Azul, Haroldo Cabelo Belo e Eric, o Vermelho, que já alcançavam a terceira linha da barreira. Ensandecido e fora de si, o poeta Egil Skallagrimsson, com o corpo coberto por sangue amável, praticamente atravessava pelo meio de quem vinha pela frente.

A batalha do Marbello ainda duraria muito tempo, mas quando a oitava e última linha da muralha marítima fenícia foi alcançada, três drakkars comandados cada um por Olavo Tryggvason, Haroldo Dente Azul e Egil Skallagrimsson seguiram a treze nós na direção do arquipélago. Ainda assim, a missão fenícia e cartaginesa de retardar o avanço temível havia sido bem-sucedida. Os dois birremes já haviam se afastado trinta milhas náuticas e as primeiras ilhas do arquipélago já se erguiam imponentes. Com a corda de reboque tensionada ao máximo, o Va'a voava e batia na superfície do mar, cada vez mais furioso pela ação das marés.

— Por onde nós temos que entrar? — gritei para Manu, com o corpo encharcado e mantendo os braços firmes no remo para controlar a estabilidade da canoa.

— Pela pedra do baú — devolveu ele, apontando para o rumo de uma grande rocha redonda à direita.

Sinalizei para Amílcar a direção Noroeste e o general comandou aos dois navios a alteração da rota. Ao se aproximarem da pedra do baú, os dois birremes diminuíram a velocidade e ancoraram diante do recife de corais que atravessava toda a frente do Triângulo das 5.000 Ilhas. A canoa diminuiu a velocidade, nós relaxamos os remos, a corda de reboque foi desatada e recolhida por Manu para o assoalho da canoa, junto da pá e da picareta.

— O calado de nossos navios é longo, não conseguiremos penetrar o arquipélago sem chance de encalhar — bradou Maárbal. — Isso não acontecerá com os drakkars, que são mais rasos. Mas a barreira feita pelo nosso exército já garantiu um tempo precioso, e quanto antes vocês entrarem, melhor.

Eu me ergui na canoa e dei dois tapinhas sobre o coração, em agradecimento àquele povo que, mesmo sem me conhecer, acreditava em uma missão que eu mal tinha certeza do significado. Imediatamente, os birremes embicaram para o sul e partiram. Certamente, uma tática diversionista para mascarar nosso ponto de entrada. Lá, eles aguardariam os vikings.

Descansados e agora remando a toda velocidade, eu, Manu e Amanaki enfim contornamos a pedra do baú e penetramos no Triângulo das 5.000 Ilhas.

75

O TRIÂNGULO DAS 5.000 ILHAS

A todo instante, Manu Tatau Moala revisitava o mapa tatuado em seu peito, mesmo que por quase 2.200 ciclos ele tivesse feito e refeito aquele caminho na mente. Não podíamos nos dar ao luxo de pegar uma rota equivocada e jamais encontrarmos a ilha da mão de pedra ou o caminho de volta. A ação das luas sobre o mar intensificava a bravura das ondas, um caos potencializado por ventos fortes e pela disposição das ilhas, em que o choque das ondas contra as encostas gerava correntes tanto submersas quanto na linha d'água, tanto rápidas quanto lentas, tanto retilíneas quanto circulares.

— Nunca tive medo de nada, mas dessa vez está bem difícil — gritou Amanaki.

— Prepare seu espírito, porque vai piorar e muito — aconselhou Manu. — Eu já estive perto da fagulha azul e é uma sensação que jamais vou conseguir explicar.

— E mais, agora a fagulha é chama — informei. — Mas eu só peço para continuarem remando. Só remem.

Aceleramos, contornando ilhas e mais ilhas repletas de matas, penhascos, pedras e praias de areia clara, muitas delas com leões marinhos e focas aproveitando os últimos raios de sol. Uma revoada de gaivotas inteiramente brancas me fez esquecer por alguns instantes os perigos à espreita e retornar aos tempos de inocência na terra, quando minha família pegava estrada nas férias e, para passar o tempo, eu desenhava objetos nas nuvens. Agora, fazia o mesmo com as formações rochosas elevadas em todo tipo de formato: castelo, âncora, bacia, navio e o que mais minha criatividade conseguia inventar.

Os cartagineses e fenícios atracaram na falsa localização de acesso, ao sul do arquipélago. A experiência de milhares de ciclos indicava que estarem sozinhos naquela região do Marbello não significava nenhum tipo de alento, e após não muito tempo isso se confirmou por um grito vindo da ponta do mastaréu:

— Três drakkars!

A armadilha funcionara, os nórdicos haviam desviado a rota para o Sul, na direção dos birremes fenícios. Amílcar, Magão, Maárbal e Asdrúbal apertaram a empunhadura de suas espadas. Não importava quantos temíveis os atacassem, pois ali estavam, a serviço da Força Amável, os melhores guerreiros da elite do exército cartaginês. Ainda que o efetivo fosse inferior à horda viking, eles jamais temeriam o confronto.

— Estão protegendo o lugar por onde entrou a canoa da Única! — Olavo Tryggvason salivava ensandecido, agarrado às cordas de sustentação da vela de sua embarcação.

— Vamos abrir a formação e partir para o combate frontal com dois drakkars, enquanto o terceiro entra no arquipélago para caçar a Única. Se preciso, passaremos por cima dos navios fenícios! — esbravejou Haroldo Dente Azul.

Catapultas fenícias despejaram projéteis, mas os vikings, já escolados pelos ataques anteriores, desviaram as embarcações e contiveram as poucas avarias. Seguiram acelerando a toda velocidade na formação em leque. Os drakkars de Haroldo Dente Azul e Olavo Tryggvason arremeteram contra os birremes. Ao contrário do ocorrido na Batalha do Marbello, porém, neste novo choque os nórdicos foram massacrados pelos cartagineses, muito mais descansados. Maárbal e Amílcar guerrearam juntos com a tropa e trespassaram com suas espadas tantos quantos foram os temíveis que ousaram cruzar seus caminhos, incluindo Haroldo Dente Azul. No outro birreme, Magão, Asdrúbal e o resto do exército cartaginês fizeram o mesmo, decapitando Olavo Tryggvason e re-matando um a um da horda viking. A vitória, entretanto, desceu amarga, ao perceberem que não conseguiram impedir a entrada do terceiro drakkar no Triângulo das 5.000 Ilhas.

Naquele mesmo instante, a batalha de Marbello fechava seus últimos lances, com a derrota amável configurada, mais de 1.600 birremes afundados e pouco menos de 800 deles batendo em retirada de volta ao Sul do Subterritório das Águas, sob o comando de Aníbal Barca. Os vikings perderam quase a terça parte de sua frota e a quarta parte de seu efetivo, constituindo-se ainda de um exército imponente. Dos que furaram o bloqueio em direção ao Triângulo das 5.000 Ilhas, eles só se lembravam de Egil Skallagrimsson, que, agora, seguia com outros 29 berserkir à caça da Única. A partir daquele momento, mais de 65.000 vikings em 2.000 drakkars aguardariam no Marbello a determinação da próxima empreitada: o retorno ao Mar Distante-Oeste levando a Única, ou a imediata invasão do Território Fraterno através de Rio de Roma.

A claridade e a temperatura desceram vertiginosamente, tivemos que vestir casacos de pele. Isso dificultou em muito a tocada e derrubou a velocidade da canoa.

— A gente precisa descansar, estamos lentos e pesados — disse Manu. — O Nevoeiro Eterno não está longe, vamos ganhar mais se recuperarmos nossa força agora.

Conduzimos a canoa até uma ilha com formato de navio, atracamos na praia de areia branca e desembarcamos. Quanto menos peso levássemos, melhor, então enterrei a pá e a picareta ao pé de um coqueiro. Eu já tinha, dentro da caixa de vidro enviada por Maria, a Profetisa, a ferramenta de que realmente precisaria. Manu subiu no coqueiro e desceu com três cocos verdes, que nós bebemos junto a pedaços de fruta-pão e doce de kuumala trazidos por Amanaki. Por um breve instante, como se de férias na própria Polinésia terrestre, não falamos sobre chamas, dores pelo corpo ou nada que nos lembrasse de estarmos naquela jornada de incertezas. Tirei meu casaco e me deitei na areia fina, que tinha a maciez de um lençol. Inspirando calmamente, fui pegando no sono. Se pudesse escolher, eu ficaria ali para sempre, olhando aquele céu maravilhoso.

Mas, como se a própria chama azul tivesse se transformado em um projétil atirado desde a ilha da mão de pedra até o centro daquela praia, uma dor violenta bombardeou meu peito, que subiu alto e desceu várias vezes, martelando minhas costas na areia. *Você não tem o direito de descansar, quem pensa que é? Eu quero você, garota, venha logo!* O chamado veio poderoso, o desafio para um confronto com o inimigo mais cruel de todos, o convite para uma dança com um bailarino grotesco, para um duelo onde sobraria apenas um. Dei um berro mudo, curvei-me sobre meu próprio corpo e rolei para os lados, cravando as unhas na areia.

— O que foi, Vida? — gritou Manu.

Eu me debatia de olhos apertados, mãos retorcidas e rosto contraído. Meu peito continuava subindo e descendo, algo me revirava do avesso. Abracei as pernas, arfava que nem um peixe fora d'água. Amanaki pulou até meu lado e fui ouvindo a voz dele dizendo *calma, calma*, enquanto eu apagava. Dormi não sei por quanto tempo e, quando acordei, custei a compreender onde estava. Então vi dez gaivotas pousadas em linha numa pedra, como espectadoras silenciosas do ato final da tragédia que me tinha como protagonista. Um comportamento estranho, mas eu sabia que nada do que vinha acontecendo teria explicações racionais.

— Precisamos seguir. — Minha voz soou frágil.

Os polinésios reassumiram a canoa em posições invertidas, Manu de *stroker* no primeiro banco e Amanaki de timoneiro no de trás. Com energia recuperada, tornamos a remar em velocidade. Num comportamento ainda mais incomum, as dez gaivotas alçaram voo logo depois e atingiram altitude de cruzeiro, parecendo velar os desbravadores abaixo.

Após superado um longo percurso, enfim surgiu, na linha do horizonte e até onde a vista alcançava para os lados e para o alto, a muralha de ar compacta e branca conhecida como Nevoeiro Eterno. Raios cruzavam lateralmente a verdadeira cortina de fumaça, feito imagens em uma gigantesca tela de cinema, em meio ao rugido de trovões. Seguimos em frente com determinação redobrada.

Longe dali, navegando em alta velocidade, o drakkar vasculhava o arquipélago em uma trajetória errática, contando com um golpe de sorte para encontrar a canoa polinésia. E ele não demorou a vir, quando o nórdico destacado para procurar sinais dos amáveis berrou, olhando em uma luneta.

— Canoa a nor-nordeste! Cinco milhas!

O drakkar tomou o rumo indicado e acelerou. A captura agora era questão de tempo.

Manu Tatau Moala gritou:

— Drakkar!

— Acelerem! — devolvi. — Temos que entrar no Nevoeiro Eterno antes deles.

Como se tivéssemos tomado injeções de adrenalina, ampliamos a cadência da remada. O poder das luas sobre a maré se intensificava e a cada segundo a luta das pás contra o mar ficava mais dura. Antes um ponto distante, que só a experiência de Manu Tatau Moala teria sido capaz de notar, agora o drakkar já se elevava também à minha vista. Amanaki mirou a ilha em forma de obelisco - a referência para entrada no Nevoeiro Eterno - e para lá direcionou a canoa. Penetrar antes dos vikings e usar a própria neblina para despistá-los era o único trunfo para nos livrarmos de uma re-morte a cada instante mais provável.

— *Hiiip Hoooo! Hiiip Hoooo! Hiiip Hoooo!* Força, amáveis! *Hiiip Hoooo!* — Manu ditava um ritmo cada vez mais veloz.

Metade das gaivotas refugou e retornou para o Leste. Ao que parecia, assim como os humanos, as aves temiam os perigos de viajar às cegas.

Agarrado à cabeça de Jörmungandr talhada na proa do drakkar e com os cabelos cinzentos tremulando ao vento, Egil Skallagrimsson exalava veneno pelos olhos, puxava do fundo de seu peito o escaldo jamais adormecido e berrava versos de guerra improvisados para dobrar o ímpeto de seus comandados:

Sobre águas turvas precipitemo-nos ao Oeste
A espada levantemos, de sangue manchada
E tal como na uivante lança, que o vento ateste
A fúria nórdica em seu fio forjada.

Sejam tempos de luz ou funda noite escura
De brio e destemor investir-se-á o berserker
Para honrar deuses na campanha de captura
Daquela de alcunha Única, de nome Vida Becker.

Os vikings remavam a uma velocidade incrível, a distância até a canoa polinésia encurtara num piscar de olhos a menos de três milhas náuticas. O trio amável não deixava por menos e imprimia o máximo de força possível. Com braços endurecidos, Vida despejava potência e era ela quem puxava a água com maior gana. Todos se aproximavam rapidamente da muralha branca de um quilômetro de altura e dezenas de largura, o Va'a à frente, o drakkar atrás. Ondas erguiam-se turbulentas, raios duelavam, os urros dos trovões soavam como bramidos de monstros marinhos. Uma tempestade começou a cair e a encharcar os casacos de pele dos três amáveis, tornando-os insuportáveis sobre seus corpos. Um por um, foram sacando as peças e recuperando o ritmo. O frio era o menor de seus problemas ali.

A cada ciclo de oito remadas eu olhava para trás. Os vikings tiravam a diferença para nossa canoa e a distância que nos separava caía muito rapidamente. Mais três gaivotas abandonaram a jornada, sobraram duas. O Nevoeiro Eterno já se elevava muito próximo, como um descomunal edifício de 300 andares.

— Falta pouco, Manu! Não pare de lutar, Amanaki!

— *Hiiip... Hoooo! Hiiip Hoooo! HiiipHoooo!* — Manu parecia um animal em transe com olhos de fogo.

Em perfeita sincronia, nós três nos transformamos em um monstro de três cabeças e seis braços empurrando a canoa a uma velocidade que, na Terra ou no Paramundo, nenhum trio navegador da história jamais haveria de ter alcançado. Ainda assim, conseguíamos apenas retardar a aproximação viking. A penúltima gaivota refugou a poucos metros da muralha e subiu paralelamente na vertical como um foguete. Amanaki, na popa da canoa, também remava com um olho no nevoeiro e outro no drakkar logo atrás.

— Estão muito perto, não vai dar!

— Tem que dar! — Eu me postava quase paralela à canoa, de tanta força que imprimia para puxar a água.

Os vikings já estavam a menos de cinquenta metros de nós e prestes a nos atropelar.

— *Hiiip... Hoooo! Hiiip Hoooo! HiiipHoooo!*

— Remem, remem! — eu berrava junto com as determinações de Manu. — Vai, vai!

O Va'a enfim atravessou o nevoeiro, o drakkar penetrou atrás. Feito um míssil, a última gaivota entrou também, furando a massa de névoa pelo alto.

— A gente precisa contornar! — Mesmo sem enxergar em meio à neblina espessa, Manu sabia qual era a rota. — Guinar a bombordo!

— Bombordo?

— Isso, esquerda! Agora!

O drakkar estava quase em cima de nós. Trocamos os remos de lado e puxamos com tanta força que meu corpo praticamente paralisou de dor.

— Vai bater! — Amanaki gritou.

O Va'a ricocheteou na água em direção ao maciço de pedra gigantesco e voou, ficando quase na vertical. Eu me segurei para não cair. A caixa de vidro então foi arremessada, a canoa bateu de volta na água.

— A caixa, não!

— Rema, Vida!

Mudamos a direção em cima do paredão, a ama do Va'a tirou uma fina da rocha, seguimos para a esquerda. A caixa de vidro se estilhaçou na pedra, libertando a marreta. Os vikings desviaram para a direita, sem conseguirem evitar o choque lateral do drakkar na rocha e a destruição de todos os remos esquerdos. Surtei, ao ver a marreta de paramídio e ouro, mil vezes mais resistente do que o aço e dez vezes mais leve do que o ar, subindo como um balão de gás e sumindo da vista.

— Agora não tem mais como, não tenho mais nenhuma ferramenta, e eu não, acabou, acabou...

— Vida, acorda! — gritou Amanaki. — A gente precisa fugir, os vikings vão contornar a pedra.

Voltamos a remar, e o drakkar reapareceu muito antes do que imaginávamos. Olhei para trás e vi um viking enorme, com uma cabeça descomunal e os cabelos acinzentados agarrado à serpente talhada na proa do navio. O gigante puxou o machado das costas, mirou e atirou em minha direção. Mas Amanaki, na decisão de uma fração de segundo, largou seu remo e voou sobre mim, fazendo uma barreira com o próprio corpo. O machado cravou em suas costas.

— Amanaki! Não! — eu gritava surtada, um guincho agudo entre lágrimas. — Não vai meu amigo, por favor! Eu não quero te esquecer, você não... você não pode... eu... quem...

Conforme eu gritava, o peso daquele homem sobre minhas costas diminuía. A estranheza de um corpo colado ao seu se desintegrando, o inexistente sentimento de saudade no Paramundo, a loucura de amar alguém que acabou de salvar sua vida e, de repente, a pessoa já não fazer mais nenhum sentido.

— A canoa ficou mais leve, tinha alguém aqui! — Eu atropelava as palavras. — Nosso timoneiro está re-morto!

— Se agora somos só dois, vamos ter de remar por três. Não pare, Vida!

Botei máxima força na remada, ali era questão de fugir ou fugir, não havia uma terceira opção. A vantagem de nossa canoa, um peixinho diante do tubarão nórdico, estava no fato de que, além de Manu Tatau Moala, nenhum outro navegador da história havia chegado tão longe. Em meio à névoa espessa, aceleramos fora da vista dos vikings e conseguimos despistá-los, serpenteando entre as ilhas na direção dos confins do arquipélago.

— Passando a ilha do chifre de unicórnio, vamos nos esconder na do coração — sussurrou Manu após um tempo. — Precisamos descansar.

Abrigamos a canoa em uma cavidade do coração. Numa verdadeira ópera de horror, os ventos sopravam com rugidos sombrios graves e silvos sinistros, feito monstros guturais travando duelos vocais com criaturas de gargalhada aguda. Era o canto da chama azul, mais uma vez exercendo sobre mim atração e repulsa muito mais intensas do que sobre qualquer habitante do Paramundo.

— Sem a marreta, como vai ser?

Gastei muito tempo pensando na pergunta.

— Eu preciso continuar.

Manu me encarou e balançou a cabeça, concordando.

— Será que os vikings se perderam ou desistiram? — meu olhar se perdeu na neblina.

— Eu não confiaria em nenhuma das duas hipóteses. E vamos trocar de posição, teremos mais potência com você no banco da frente e eu atrás, de timoneiro — determinou o polinésio. — Qualquer mínima vantagem, agora, pode ser decisiva...

A chuva torrencial e a luminosidade cada vez mais opaca impediam os vikings de enxergarem o que vinha pela frente. Egil Skallagrimsson, ainda de pé sobre Jörmungandr e com os dentes travados, tentava esquadrinhar por entre o nevoeiro. Algumas ilhas depois, finalmente os amáveis surgiram à frente. O gigante berserker apontou para os remadores, comandando que aumentassem a velocidade e assim eles fizeram.

— Vida, a estibordo! — Manu determinou. A brava canoa polinésia, agora conduzida por um monstro amável de duas cabeças e quatro braços, virou à direita, fora do raio de ação da embarcação nórdica.

Entretanto, a breve fuga foi incapaz de fazer frente à determinação de Egil Skallagrimsson. Enquanto o drakkar começava a manobrar um longo círculo para retornar à rota da canoa, o bárbaro, decidido a resolver a questão, deu um salto espetacular, nadou em velocidade e agarrou a popa do Va'a, que ergueu a proa. Como se imerso em um transe, o viking se elevou do mar, puxou o polinésio pelo pescoço e passou a enforcá-lo, ao tempo em que berrava palavras incompreensíveis até para o composto-tradutório.

De repente, a frente da canoa subiu em velocidade e começou a adernar. Olhei para trás e vi o monstro enforcando Manu. Sabendo que qualquer mínimo vacilo poderia ser tarde demais, pulei do meu banco e fui por cima do hull com fogo nos olhos, segurando firme o remo.

— Ah, eu não vou perder mais ninguém!

Reunindo toda a força que ainda me restava, desferi um golpe lateral seco no pescoço do gigante viking. Como se fosse de um material inquebrável, a cabeça do temível apenas pendeu para o lado e se aprumou. Gritando novas palavras no dialeto indecifrável, ele seguia esmagando o pescoço de Manu, que se debatia, não conseguia reagir e já parecia perder os sentidos. Foi então que encontrei, caído no assoalho do banco 2, o machado atirado pelo próprio viking e que havia re-matado o terceiro remador amável. Apertei a empunhadura da arma. O rosto do temível fervia mortalmente e os poros de sua pele exalavam fúria. Ele cravou os dentes no ombro de Manu, arrancando um pedaço da carne e abrindo uma cachoeira de sangue. Mas na fração de segundo entre meu amigo fechar os olhos e dar boas-vindas à re-morte, soltei um berro agudo e desci o machado no crânio enrugado daquele viking, abrindo-o ao meio. Ele caiu para trás e desapareceu nas águas. Puxei o machado a tempo.

— Você tá bem, Manu? Não vá, fique aqui comigo! Por favor!

Ele tragou o ar com sofreguidão, tossiu, pressionou o ombro que ainda sangrava, seu rosto pálido voltou a pegar alguma cor.

— Agora é questão de honra — balbuciou. — A gente vai chegar nessa ilha de mão de pedra, nem que seja a última coisa que eu faça na minha re-vida! Estou de saco cheio destes vikings.

A serpente na proa do drakkar então ressurgiu imponente do meio da fumaça, tal qual um fantasma à espreita da vítima, e voltou à caça.

— Tive uma ideia. — Apontei para um vulto por detrás da névoa, na forma de um gigante de trinta metros de altura. — Vamos na direção daquela ilha.

— Isso é uma mudança de rota, não está na minha tatuagem. Não sei o que tem lá. Pode ser um caminho sem volta, Vida.

— Se for, é assim que vai ser, porque eu também estou muito de saco cheio destes e de quaisquer outros temíveis tentando me pegar.

— Você é quem manda.

Aumentamos a velocidade, o drakkar também. Conforme avançávamos em direção ao gigante de pedra, as ondas se levantavam com ainda mais potência, batiam no paredão e voltavam chicoteando a canoa. Manu se contorcia pela dor no ombro que jorrava sangue, mas mantinha a determinação.

— *Hiiip Hoooo! Hiiip Hoooo! Hiiip Hoooo!* — Eu gritava com uma voz transformada na soma de bilhões de vozes berrando ao mesmo tempo.

Raios cruzavam o céu, a tormenta açoitava meus braços, àquela altura já pesando toneladas. O drakkar entrou no raio de ação da canoa, cada vez mais nos aproximávamos da ilha. Mais. E mais. Cada vez mais. Os vikings se prepararam para abordar.

— Calma! Calma! Mais um pouco... — pedi. — Só... mais... um... pouco e... AGORA, A BOMBORDO!

Freamos a pá do remo e puxamos a água ao contrário, o Va'a deu uma guinada noventa graus à esquerda, quase um cavalo de pau, ficando perpendicular ao drakkar, manobra tão inacreditável quanto arriscada. A ama do Va'a parou a centímetros do gigante de pedra.

— ACELERA, MANU!

Nossa velocidade não valeu por dois, mas por três, cinco, dez polinésios dos mais fortes de todos os tempos, e conseguimos nos afastar. O destino do drakkar, entretanto, havia sido selado e a embarcação entrou à toda no paredão, partindo-se ao meio, derrubando a tripulação e naufragando. Um a um os bárbaros foram desaparecendo, até que, pouco depois, eu e Manu já não nos lembrávamos de quem havia nos perseguido dentro do Triângulo das 5.000 Ilhas. Meu coração custou a desacelerar e, agora, entre mim e a ilha da mão de pedra haveria apenas o mar e a determinação inexplicável de um time formado por uma garota e o melhor navegador polinésio da História. Ficamos ali por um tempo, calmos, sentindo apenas a chuva sobre nossos corpos e o balanço da canoa ao sabor da maré. O brilho suave combinado entre os raios das luas e a fina camada do sol na bruma então incidiu sobre as águas, criando uma avenida à frente.

— Um sinal para a gente seguir, meu amigo. — Peguei meu remo.

Manu, porém, tocou meu braço com gentileza.

— Só quando te conheci eu entendi qual era o sentido da minha re-vida: há 2.200 ciclos, precisei remar sozinho um Va'a de seis lugares para re-sobreviver e hoje poder estar aqui ao seu lado. Você deu significado a tudo e ainda me salvou da re-morte. Nunca vou conseguir retribuir à altura. O mínimo que posso fazer é remar sozinho por você até a ilha da mão de pedra. Descanse, porque lá você vai precisar ser quem jamais imaginou.

Eu sabia que ele tinha razão. Cada um de meus músculos tinha se transformado num cabo de aço esticado à máxima tensão, câimbras espalhavam-se por todo o corpo, o frio chicoteava minha pele. Manu Tatau Moala estudou o mapa em seu peito, botou a canoa no rumo e partiu remando devagar. E eu me envolvi no casaco, encolhi-me no meu banco e, tremendo, peguei no sono profundo.

76

A ILHA DA MÃO DE PEDRA

Um chamado sombrio, grave e escuro. A pura essência do medo, dotada de consciência de sua própria força, penetrou na minha mente, lançando o desafio para o duelo final. Despertei assustada, em meio ao intenso nevoeiro e a uma chuva torrencial. Diante de meus olhos, na perfeita anatomia que tinha povoado meus piores pesadelos, projetavam-se fora d'água as pontas de cinco descomunais dedos de pedra. A canoa subia e descia, empurrada pela força da maré.

— Manu? — Virei-me para trás.

Desabado em seu banco, Manu se contorcia, as mãos tensionadas e retorcidas numa cena de possessão que eu me recordava dos filmes de terror. O polinésio tremia, babava, ofegava, não conseguia pronunciar nada. O pavor exalado pela chama azul sobre ele vinha numa intensidade infinitas vezes mais forte do que quando ela era apenas uma fagulha, 2.200 ciclos antes.

— MANU! — repeti, desferindo um tapa firme em seu rosto.

Ele acordou do transe, o olhar pegou foco e subiu horrorizado.

— Vida, a gente precisa ir embora. Agora!

— Há quanto tempo estamos aqui?

— Quando vi a mão de pedra minha vista escureceu, não consegui mais remar, eu me perdi dentro de mim. Precisamos nos afastar o mais rápido possível. — Ele atropelava as palavras. — Por favor, me escuta! Eu não vou suportar ficar aqui, nem você. Eu estou com muito medo.

— Eu também estou, mas preciso entrar na ilha. Daqui em diante a jornada é só minha. Você deve ir pra longe.

— Prometa que volta. Eu não quero ficar mais milhares de ciclos em silêncio no Paramundo e, se você não voltar, é o que vai acontecer.

Tirei meu bracelete com o par de flores de flamboyant e o entreguei a ele.

— Isso aqui é a coisa mais valiosa que eu tenho. Guarde para mim, porque eu vou voltar para buscar.

Cortei um bom pedaço da corda, enrolei-a na cintura e ali prendi o machado viking. Equilibrei-me em pé no hull, meu coração batia a mil por hora, prestes a saltar pela boca. As pernas tremiam.

— A fenda por onde entraram os chineses fica em qual dos dedos?

— Não me lembro, está tudo diferente, a maré muito alta, não consigo ver por detrás do nevoeiro. Quando eu vim, era tempo de luz e maré baixa. A palma da mão e toda a extensão dos dedos eram visíveis, mas agora a fenda está submersa.

Supliquei em silêncio por um sinal, não poderia ter lutado tanto para chegar ali e entregar o jogo nos minutos finais. Um mísero indício de por onde mergulhar. Esperei, esperei e nada. Manu recomeçou a se contorcer, era fundamental que ele se afastasse o mais rápido possível. Restou apostar na sorte e escolher um dedo qualquer. Mas quando eu estava prestes a pular em direção ao anelar, um rasgo na névoa se fez, revelando, pousada no alto do indicador, a solitária gaivota branca. O animal grasnou agudo, como se me convocasse. Respirei fundo, relaxei, lembrei-me das poucas técnicas de Harry Houdini em meu único treinamento e torci para que funcionassem. Palavras de Musashi sobre ler a natureza voaram da minha mente até minha pele, os pelos do corpo arrepiaram. E a frase de Leônidas ressurgiu: *Nem tudo o que parecer impossível será, assim como você deve redobrar a atenção ao que aparentar ser fácil demais.*

Pulei na água e bati os braços em direção ao dedo indicador. A luz rarefeita, o nevoeiro, a tormenta, a baixa temperatura, as ondas que se chocavam na ilha e retornavam com violência, tudo aquilo pareciam alertas da natureza para me dissuadir de encontrar a chama do medo. Mas nada seria capaz de diminuir minha determinação, eu havia descansado, a energia em meu corpo estava renovada e a hora era aquela. Mergulhei já perto do indicador, torcendo para que o minuto e meio que eu conseguia ficar em apneia desse para alguma coisa. O tempo parecia correr seis vezes mais veloz, e subir à superfície para renovar o ar seria impossível, sem o risco de ser arremessada contra as pedras. O ar nos pulmões começou a rarear, a visão embaralhou, mas, enfim, encontrei a fenda alguns metros abaixo. Movimentei os braços com força, aproximei-me rapidamente. Ao ultrapassar para o interior da ilha, porém, o machado preso na minha cintura enganchou numa reentrância. Tentei puxá-lo várias vezes, sem sucesso. A falta de oxigênio começou a fazer efeito, passei a perder a noção de onde eu estava, mas abandonar a ferramenta não era opção. Despejei a força que ainda me restava. Quando prestes a desistir, enfim o machado se soltou e eu subi à superfície como uma flecha.

Saí da água ofegando, agarrei-me a uma rocha. O interior da caverna lembrava a nave de uma catedral gótica tomada de estalactites que desciam das pontas dos dedos em direção ao poço d'água. Finos fachos da luz violeta do sol e das luzes brancas das luas penetravam por furos e reentrâncias, transformando em vitrais as paredes com milhares de conchas coloridas incrustadas. Uma visão linda e perturbadora, como se eu tivesse entrado em uma caixinha de joias. Em contraste, sobre os platôs de pedras colados ao paredão, estalagmites em formatos os mais diversos traziam um ar fúnebre de velhas esculturas assemelhadas a carrancas.

Um cheiro adocicado me fez lembrar do verniz nas madeiras de minha casa no condomínio. *Sinta-se em casa, Única*, parecia gritar o anfitrião com uma voz muda. Aquele odor se fazia armadilha, um feitiço como o ardil da vespa que injeta veneno na presa e a hipnotiza para devorá-la mais tarde. A maré continuava subindo, o tempo era mais um adversário naquela corrida. Escondida em algum lugar do interior da imensa mão, a chama azul emanava a pura energia renascida de uma batalha ocorrida bilhões de ciclos antes. O medo em estado bruto atingia meu corpo e minha mente, comecei a ofegar e a tremer.

— A caixinha, a caixinha — eu repetia, à procura de alguma pista, enquanto andava em passos rápidos pela parte da caverna que ainda respirava acima da linha d'água.

Então vi, incrustada no paredão à direita, uma sequência de conchas em um dourado tão forte que só podia esconder ouro e paramídio por detrás. Fui até lá, tirei o machado da cintura e passei a golpear com fúria. As pancadas apenas riscavam a rocha, parecia impossível atravessar o coral enrijecido. Entre um golpe e outro, percebi adiante uma sequência de conchas em tons azulados, os mais brilhantes que eu jamais tinha visto. Só podia ser lá. Engatinhei em velocidade sobre as pedras ásperas, escorreguei, acertei o joelho em uma rocha pontiaguda e aparei com as mãos para não desmontar. Mãos e joelho começaram a sangrar. Gritei de dor, mas não havia tempo para choro. A maré subia, trazendo a nítida sensação de as estalactites se fecharem como dentes de uma boca monstruosa. Desferi novos golpes com o machado no paredão. Assim como as douradas, as conchas azuis pareciam agarradas ali por milhões de anos. Sangue escorria por entre meus dedos e pintava de vermelho o cabo do machado, mas eu seguia batendo enquanto gritava e chorava. E como se dentro de um labirinto onde as pistas da saída eram oferecidas pouco a pouco, minha atenção foi capturada por uma inscrição talhada em uma rocha no alto: *Batatas bebem água. Cenouras e beterrabas viajam a pé.* Parei de golpear, meus olhos foram freneticamente de um lado a outro. *Eu já li isso em algum lugar! O que é, mesmo?* Após alguns segundos sussurrei:

— Chinês arcaico. Confúcio. — Fechei os olhos e me concentrei para tentar lembrar a tradução. A água já se elevava acima de meus pés, o joelho jorrava sangue. Enfim a citação veio, como se soprada pelo próprio Confúcio. — A re-vida é realmente simples. Nós é que insistimos em torná-la complicada!

Procurei ao redor por algum sinal inequívoco daquela simplicidade, até ver, na parede do lado oposto ao grande poço, uma protuberância num formato semelhante ao que eu tinha visto na Máquina de Contar Histórias e em inúmeros lugares do Paramundo. A pequena câmara fechada com algum tipo de argamassa produzida ali mesmo recobria-se de cracas endurecidas e conchas escuras, mas era sutil tratar-se da figura de uma chama. Eu precisava agir, a maré já serpenteava pela parede onde se escondia a caixinha dourada. Ondas violentas, porém, entravam pela fenda subterrânea e subiam em velocidade, jorrando jatos e criando uma corrente ascendente que tornava impossível a uma pessoa nadar pelo poço e não ser arremessada contra as pedras. *A criatividade combate o medo, a criatividade combate o medo.*

— Vai, Vida, pensa, pensa. — Eu dava tapas na cabeça.

Tive uma ideia. Procurei uma estalactite acima do poço e que servisse ao propósito, até encontrar uma com a protuberância lateral pontiaguda feito um chifre de rinoceronte. Fiz um laço na corda e atirei, enganchando-a. Firmei as mãos junto com o machado e saltei num pêndulo. Caí na outra margem, escorreguei na lâmina d'água e bati as costas no chão de pedra. Mais sangue passou a correr. O machado deslizou em direção ao mar, eu me arrastei freneticamente e puxei a arma já começando a afundar. Chorando de dor, cansaço, raiva e pavor, com as mãos ainda sangrando golpeei o machado de cima para baixo, da esquerda para a direita e no sentido oposto, arrebentando a parede até um brilho dourado se fazer e finalmente revelar o pequeno baú.

A essência da Força Temível exalava seu poder miserável, e o medo retornou com a potência que eu só tinha sentido uma vez, soterrada sob a neve, na montanha de Moscquito. Mas, novamente, aquela energia presa em meu peito se manifestou e, como se eu precisasse estar frente a frente com a chama azul, enfim compreendi a razão de eu ter sido empurrada cegamente até aquele lugar: a Força Amável se comprimiu num ponto menor do que a cabeça de um alfinete, para então despejar uma microexplosão de energia, acendendo-se de fagulha em chama e partindo de meu coração até a ponta dos meus dedos. Encolhida por uma dor difusa em todo meu corpo, minhas mãos ferveram. E, olhando para elas, todo o sentido se completou nas palavras de Maria, a Profetisa: *Algo impossível também pode destruir a mistura de paramídio e ouro: uma temperatura tão alta quanto o centro de uma estrela como o sol violeta.*

Pois o impossível parecia possível, ali, nas minhas próprias mãos. A caixinha se desprendeu da parede e começou a flutuar em direção ao topo da caverna. Segurei-a e ela se derreteu como gelatina por entre meus dedos, expondo a chama temível, que emanava finos raios azuis tão lindos quanto assustadores, sonho e pesadelo misturados, transformando o lugar numa câmara de tortura.

Dores capturadas do fundo de minha memória então projetaram nos paredões cenas que representavam meus piores medos, desde os explícitos até os que eu ainda não havia elaborado. Imagens dos alunos da escola me ridicularizando, debochando de meus cabelos, de minha voz e de meu nome incomum. Gargalhando de meus sonhos, de eu ser um tanto quanto diferente e não me encaixar nos padrões. O bumerangue da bolinha de papel batendo no capacete de legionário. "Fric! Fric! Fric!", uma multidão gritando e apontando os indicadores. O pavor da rejeição, de ser excluída, do julgamento dos outros, de ficar sozinha, de ninguém compreender minha percepção do mundo, de ser humilhada, de duvidarem de minha capacidade por ser "apenas uma garota" e, em última instância, de não conseguir cumprir a missão que me havia sido conferida. "Vida, me salva! Por favor! Vida!", eu via e ouvia Grilo e Euclides chorando em minha direção. E minha mãe definhando pela doença até se tornar um cadáver inerte. Tal como fizera ao enlouquecer Xu Fu, a essência da Força Temível sabia como jogar o jogo, trapaceava, utilizava ardis para desestabilizar aquela que trazia no peito sua maior adversária.

A chama azul passou a rotacionar em torno do próprio eixo numa velocidade inacreditável, atirando seu poder para todas as direções. Eu me encolhia, minha voz calou como se dois dedos apertassem minha glote, as mãos ferventes retorciam-se para dentro. A água subia rapidamente. Sumiram pontos de apoio onde eu pudesse me manter a salvo antes de me afogar ou ser esmagada contra o teto. Como um animal feroz invadido de loucura, ao som gutural de um berro miserável de várias vozes misturadas, a chama azul passou a tentar se libertar da caverna, voando e se chocando contra o alto das paredes. Meus olhos iam de um lado a outro, num transe que me permitia acompanhar sua trajetória. Era tanta energia exalada que, se eu não agisse a tempo, a chama abriria um buraco na rocha ou acertaria um dos orifícios já existentes, para seguir seu destino rumo às bordas do Universo. Pois, foi aquele o momento em que entendi que a força do medo era um demônio possuindo meu corpo, e que seria impossível combatê-lo sozinha. Eu precisava de ajuda, teria de ceder o controle de minha alma para algo muito, mas muito mais poderoso. E assim fiz. Deixei-me flutuar na água, relaxei cada músculo, abri os braços em cruz e mantive os olhos abertos.

E então eu já não era mais eu.

Inacreditavelmente, comecei a me ver ali deitada sobre as águas, como uma espectadora sentada no alto da caverna e com visão privilegiada. Meu peito e meus olhos adquiriram o mesmo tom vermelho de minhas mãos, meu corpo foi projetado no ar e entrou no rumo da chama azul que voava freneticamente, até que ela me bombardeou e foi sugada por minha pele.

A essência do medo, agora, estava dentro de mim. Eu me via sendo arremessada para trás, batendo as costas nas paredes e tombando de frente na água, ao tempo em que um milhão de novas imagens aterrorizantes se projetavam na catedral gótica: o Paramundo e a Terra caindo de joelhos, o horror tomando conta de todo e qualquer ser humano, da criança mais inocente ao guerreiro mais sanguinário, dos jovens aos velhos, dos gênios e poderosos a todos os anônimos. Fosse quem fosse o temível ou o amável, todos se igualavam no pânico e se encolhiam em seus próprios corpos. Em transe, eu sentia a dor de centenas de bilhões de pessoas concentrada num ponto no fundo do meu peito. Em cada esquina de cada vilarejo ou megacidade, em cada país ou ilha da Terra, em todas as casas, praças e ruas, os cidadãos fechando olhos e tapando ouvidos, humilhados por suas fobias mais secretas. Famílias se juntando, escondendo-se, tentando se proteger sem saber exatamente do quê. Meu pai e Valentina chorando abraçados na sala de casa. Minha mãe, careca e de bandana, gritando e cravando as unhas nas paredes úmidas de um lugar muito escuro. Manu Tatau Moala em uma ilha em formato de ferradura, tentando sem sucesso desatar um nó que ele próprio fizera para prender seu corpo à canoa e impedir que desse cabo da própria re-vida.

A chama azul não poupava nada, nem ninguém, mas ela havia sido tragada para dentro da arena de inocência, pureza e liberdade profetizada na Revelação, numa batalha em que teria de enfrentar sua adversária mais poderosa: a Força Amável. A Única seguia vendo seu próprio corpo sendo revirado, erguido acima da água, mergulhado, retorcido, esticado e arremessado de um lado a outro feito uma boneca de pano. Como se houvesse entrado em modo de hibernação, seus músculos enrijeceram, a pele enrugou e os lábios embranqueceram e racharam. A luta entre a Força Amável e a chama azul dentro do coração da menina duraria um tempo impreciso e seria muito mais poderosa do que ela poderia suportar, caso seus limiares de dor não tivessem sido elevados a um patamar muito além da compreensão humana.

A cicatriz de chama vermelha em seu peito mudou a cor para violeta.

A água finalmente tocou o teto da ilha, preenchendo toda a caverna. Seria impossível respirar, se para a Única respirar ainda fosse necessário. Ela foi tragada para o fundo do mar, girando submersa de ponta cabeça num movimento em parafuso até sumir na escuridão. O silêncio então desceu sobre o Paramundo e a Terra, fazendo as ações de todos os seres humanos e animais mudarem para câmera lenta. Como se uma poderosa força houvesse pisado no freio dos dois mundos, tudo desacelerou. Gritos mudos, lágrimas vertidas vagarosas em rostos desfigurados, choros silenciosos, árvores balançando preguiçosas. O sistema ferroviário a serviço do transporte das tropas amáveis freou, tal qual os aviões no céu da Terra, desafiando a lógica da Física. Num e noutro mundo o vento sumiu, os falcões-correios e todas as outras aves pousaram, insetos interromperam seus voos no ar. A letargia fez cada segundo parecer uma eternidade.

Quando tudo parecia acabado e a derrota amável configurada pela missão da Única encerrada pouco antes de começar, seu corpo ressurgiu, subindo pela corrente que vinha das profundezas e sendo arremessado para fora da mão de pedra pela fenda na base do indicador. Ela se agarrou ao topo da ilha, que tinha apenas a fina casca superior do dedo médio acima da linha d'água. Vomitou um líquido azul e viscoso, que se diluiu na imensidão do mar. Apagou num sono pesado. Olhos e mãos tinham voltado às cores normais, mas a cicatriz agora brilhava mais vermelha do que nunca, um desenho de chama perfeito projetando-se da pele.

Um sentimento de coragem então pairou nos quatro cantos do Paramundo e da Terra. A velocidade dos dois mundos voltou ao normal. Aquela eternidade de horror e letargia passaria a ser tão somente uma fração ínfima e esquecida por todas as vidas e re-vidas. Em Capri de Páscoa, os gênios se abraçaram e choraram. Em Londyork, também Grilo, Euclides e cada um dos generais de guerra amáveis. Todos eles sabiam o que acontecera: a Única tinha cumprido a primeira das três fases de sua missão. O sinal mais poderoso? Eles se lembravam dela, de seu nome, de seu rosto e de seu jeito doce.

Abri os olhos lentamente, fechei ainda mais devagar, abri outra vez, semicerrados. Tudo ao meu redor acontecia lentamente e emitia um som longínquo e abafado. Não me lembrava do que havia acontecido nas muitas últimas horas, o tempo indefinido em que uma escuridão absoluta e vazia tomou conta da minha alma. Apenas sentia que não havia mais medo, eu o derrotara dentro de mim, numa sensação poderosa de que nada mais seria capaz de me impedir de chegar onde eu quisesse. Deitada sobre uma pedra, não conseguia me mexer ou falar. Sentia frio, muito frio. Tremia. E observava a imagem do Nevoeiro Eterno tomado de calmaria e silêncio. A Violembranca se completara. Renascimento. Por entre brechas na bruma, o mar agora se fazia espelho para os dois astros gigantescos, redondos e brancos, um em cada extremo do horizonte, a iluminar a noite do Triângulo das 5.000 Ilhas.

Então vi a proa do Va'a se aproximando e Manu pulando até perto de mim. Ele me pegou nos braços, eu piscava como se estivesse anestesiada. Meu amigo falava, gesticulava, dava para ver que estava desesperado por me ver destruída, mas o som abafado me impedia de compreender suas palavras. Eu não conseguiria dizer nada mesmo, minha boca não se mexia. Senti que Manu prendeu gentilmente meu bracelete de volta, me envolveu em todos os casacos de pele e me pousou na canoa.

E quando ele começou a remar, ouvi o eco de um canto agudo no céu.

Era a gaivota branca.

AGRADECIMENTOS

A você, leitor, que chegou até aqui. Se também parou para ler os agradecimentos, isso significa que você é uma pessoa legal.

À editora Simone Fraga e a todos da Qualis a concretização de mais um de meus sonhos literários.

À Luciana Villas-Boas, Anna Luiza Cardoso, Yasmin Ribeiro e Miguel Sader, da Villas-Boas&Moss, há tantos anos acreditando nas minhas histórias.

Ao meu irmão Pedro Fernando a parceria sempre certeira na comunicação visual.

Ao amigo Stefan Kossobudzki a tradução polonesa da frase de Confúcio.

Aos queridos Mimi Suzano, Jéssica Raíssa, Lucas Gomyde, Robson Bat, Viviane Holmes, Ana Cláudia Duarte, Talita Ferreira, Ana Paula Almeida, Ângela Pontes e meu pai, Fernando Dória, as leituras-beta e os comentários e sugestões ao texto.

Aos escritores Felipe Castilho e Karen Soarele a gentileza das palavras sobre minha história.

Aos tantos parceiros literários a empolgação com que sempre me ajudam a divulgar meu trabalho.

Por fim, à minha família M, todos os dias, horas e minutos da minha vida.

Dedicado a todos os “frics” do mundo.

As pessoas mais diferentes são sempre as melhores.

TRILOGIA VIDA BECKER

Vida Becker e a Máquina de Contar Histórias

Vida Becker e o Triunfo dos Titãs

Vida Becker e a Solução Terminal